11/12

CW00505766

Steve Berry
O Terceiro Segredo

Romance

Tradução
Maria Filomena Duarte

DOM QUIXOTE

Booket
Publicações Dom Quixote
Edifício Arcis
Rua Ivone Silva, n.º 6 – 2.º
1050-124 Lisboa • Portugal

Título original: *The Third Secret*

Capa: Atelier Henrique Cayatte
a partir de capa de João Rocha
Fotografia do autor © Joel Silverman, 2005
Pré-press (capa): Critério – Produção Gráfica, Lda.

Revisão: Eulália Pyrrait
1.ª edição Booket: Fevereiro de 2008
Paginação: Guidesign
Depósito legal n.º 269 635/08
Impressão e acabamento: Litografia Rosés, Barcelona, Espanha

ISBN: 978-972-20-3568-2

www.booket.pt

Para Dolores Murad Parrish,
que partiu demasiado cedo deste mundo
1930-1992

AGRADECIMENTOS

Como sempre, mil vezes obrigado. Primeiro, a Pam Ahearn, a minha agente, pelos seus conselhos sábios. Depois, a todo o pessoal da Random House: Gina Centrello, uma editora extraordinária que apostou em mim; Mark Tavani, cujos conselhos editoriais transformaram um manuscrito tosco num livro; Cindy Murray, que suporta pacientemente as minhas idiossincrasias; Kim Hovey, que vende com o rigor de um especialista; Beck Stvan, o artista responsável pela magnífica imagem da capa; Laura Jorstad, arguta editora de texto; Carole Lowenstein e a sua extraordinária equipa, que mais uma vez fizeram brilhar estas páginas; e por último todo o pessoal das Promoções e Vendas – nada teria sido possível sem o seu superior contributo. Também não posso esquecer Fran Downing, Nancy Pridgen e Daiva Woodworth. Este foi o último manuscrito que escrevemos em co-autoria, e sinto verdadeiramente a falta desses tempos. Como sempre, a minha mulher, Amy, e a minha filha, Elizabeth, acompanharam-me e encorajaram-me.

Dedico este livro à minha tia, uma mulher espantosa, que já não é viva. Teria ficado muito orgulhosa. Mas sei que ela nos observa e, tenho a certeza, com um sorriso.

Este é para si, Bobba.

A Igreja só precisa da verdade.

PAPA LEÃO XIII (1881)

Não há nada mais intenso do que este fascinante e encantador mistério de Fátima, que tem acompanhado a Igreja e toda a humanidade durante este longo século de apostasia, e que sem dúvida continuará a acompanhá-las até ao fim e à ressurreição.

ABADE GEORGES DE NANTES (1982),
por ocasião da primeira peregrinação do
papa João Paulo II a Fátima

A fé é uma aliada preciosa na procura da verdade.

PAPA JOÃO PAULO II (1998)

Mar do Nort

IRLANDA REINO
UNIDO

Kinnegad
Mar da
Irlanda

PAÍSE
BAIXO

Londres

BÉLGICA

OCEANO
ATLÂNTICO

Canal da Mancha

Paris R. Sena

R. Loire

Golfo da
Biscaia

FRANÇA

R. Ródano

La Salette

Lourdes

PORTUGAL

Fátima

Córs
(Fran

Lisboa

ESPANHA

Ilhas Baleares
(Espanha)

Sarden
(Itália

Estreito de Gibraltar

EUROPA

PRÓLOGO

FÁTIMA, PORTUGAL
13 de Julho de 1917

Lúcia olhou para o céu e viu a Senhora a descer. A aparição veio de nascente, como das duas vezes anteriores, emergindo como uma mancha cintilante do céu carregado de nuvens. Não houve um tremor no Seu movimento deslizante. Aproximou-se rapidamente e a Sua forma resplandescente imobilizou-se sobre a azinheira, a dois metros e meio do solo.

A Senhora estava de pé, e um brilho mais ofuscante que o do próprio sol envolvia a Sua imagem cristalina. Lúcia baixou o olhar, reagindo àquela beleza deslumbrante.

À volta de Lúcia estava uma multidão, ao contrário da primeira vez que a Senhora aparecera, há dois meses. Nessa altura, apenas Lúcia, Jacinta e Francisco andavam pelos campos, a guardar as ovelhas da família. Os primos tinham sete e nove anos. Ela era a mais velha, com dez anos, e tinha consciência disso. À sua direita, Francisco, de calças compridas e barrete, ajoelhou-se. À esquerda, Jacinta, de blusa preta e com um lenço a cobrir-lhe o cabelo escuro, ajoelhou-se também.

Lúcia levantou a cabeça e reparou de novo na multidão. As pessoas tinham começado a juntar-se na véspera, muitas vindas das aldeias vizinhas e algumas acompanhadas de crianças aleijadas, na esperança de que a Senhora as curasse.

O prior de Fátima declarara que a aparição era uma fraude e exortara todos a afastarem-se. *É o Diabo em acção*, dissera ele, mas as pessoas não lhe tinham dado ouvidos, e um dos paroquianos até o apelidara de louco, visto que o Diabo nunca incitaria ninguém a rezar.

Uma mulher no meio da multidão gritava, chamando impostores a Lúcia e aos primos, jurando que Deus havia de vingar aquele sacrilégio. Manuel Marto, tio de Lúcia e pai de Jacinta e de Francisco, estava atrás deles e Lúcia ouviu-o mandar calar a mulher. Era respeitado em todo o vale por ser um homem que conhecia o mundo para além da serra de Aire. Os seus olhos castanhos argutos e a sua calma eram um conforto para Lúcia. Era bom tê-lo por perto, ali no meio dos desconhecidos.

Tentou ignorar as palavras que os presentes gritavam na sua direcção e abstraiu do aroma da hortelã e dos pinheiros e do odor intenso do rosmaninho-silvestre. Os seus pensamentos, e depois o seu olhar, concentraram-se na imagem da Senhora que pairava à sua frente.

Só ela, Jacinta e Francisco viam a Senhora, mas só ela e a prima a ouviam. Lúcia achou isto estranho – por que motivo havia Francisco de ser excluído? –, mas, durante a Sua primeira aparição, a Senhora esclarecera que Francisco só iria para o Céu depois de rezar muitos terços.

Uma brisa suave atravessou o vale grande e fundo conhecido por Cova da Iria. O terreno pertencia aos pais de Lúcia e estava repleto de oliveiras e manchas de verdura. As ervas altas davam um feno excelente e a terra produzia batatas, couves e milho.

Muros de pedras empilhadas delimitavam os campos. A maior parte deles já se desmoronara, o que Lúcia agradecia, porque assim as ovelhas podiam pastar à vontade. Tinha a seu cargo guardar o rebanho da família. Jacinta e Francisco haviam sido incumbidos da mesma responsabilidade pelos pais, e nos últimos anos tinham passado muito tempo nos campos, a brincar, a rezar e a ouvir Francisco a tocar flauta.

Mas tudo isto mudara há dois meses, quando se dera a primeira aparição.

Desde então, tinham sido importunados com perguntas constantes e alvo de troça dos que não acreditavam. A mãe de Lúcia até a levara ao padre da paróquia, obrigando-a a dizer que aquilo era tudo mentira. O padre ouvira o que ela contara e afirmara que não era possível que Nossa Senhora descesse do Céu apenas para recomendar que rezassem o terço todos os dias. Lúcia só encontrava consolo quando estava sozinha e podia chorar livremente por si própria e pelo mundo.

O céu escureceu, e as sombrinhas que a multidão abrira para se proteger do sol começaram a fechar-se. Lúcia levantou-se e gritou:

– Tirem o chapéu, que eu estou a ver Nossa Senhora!

Os homens obedeceram de imediato e alguns benzeram-se, como que pedindo perdão pela sua indelicadeza.

Lúcia virou-se de novo para a visão.

– O que me quer vossemecê? – perguntou ela.

– Não ofendas o Senhor nosso Deus, porque Ele já foi muito ofendido. Quero que venhas aqui no décimo terceiro dia do mês que vem e que continues a rezar o terço em honra de Nossa Senhora do Rosário para que haja paz no mundo e a guerra acabe. Só Ela poderá ajudar-vos.

Lúcia olhou fixamente para a Senhora. A forma era transparente, etérea, em vários tons de amarelo, branco e azul, e o rosto belo, mas ensombrado pela tristeza. Envergava um vestido até aos pés. Um véu cobria-lhe a cabeça e um rosário que parecia feito de pérolas pendia-lhe das mãos postas. A voz era suave e agradável, sem altos nem baixos, sempre com o mesmo tom reconfortante, como a brisa que continuava a soprar sobre a multidão.

Lúcia encheu-se de coragem e disse:

–Quero pedir-lhe que nos diga quem é e que faça um milagre para que todos acreditem que vossemecê nos apareceu.

–Continuem a vir aqui todos os meses, neste mesmo dia. Em Outubro, dir-vos-ei quem sou e o que pretendo, e farei um milagre em que todos terão de acreditar.

Durante o último mês, Lúcia pensara no que havia de dizer. Muitos tinham-na encarregado de pedir pelos seus entes queridos e por outros que, de tão doentes, nem podiam falar. Lembrou-se de um em especial.

–Pode curar o filho aleijado da Maria Carreira?

–Não o curarei, mas farei que consiga ganhar a vida, desde que ela reze o terço todos os dias.

Lúcia achou estranho que uma senhora vinda do Céu impusesse condições para conceder misericórdia, mas compreendeu que a devoção era necessária. O padre da paróquia sempre afirmara que era esta a única maneira de alcançar a graça de Deus.

–Sacrifiquem-se pelos pecadores – acrescentou a Senhora. – E digam muitas vezes, sobretudo quando fizerem algum sacrifício: «Ó Jesus, isto é pelo Teu amor, pela conversão dos pecadores e para reparar as faltas cometidas contra o Imaculado Coração de Maria.»

A Senhora abriu as mãos e estendeu os braços, irradiando um brilho penetrante que envolveu Lúcia numa onda de calor, como o do Sol de Inverno num dia frio. A garota acolheu a sensação e depois reparou que o brilho não se quedou nela nem nos primos; atravessou a terra e o solo abriu-se.

Isto era novo e diferente, e Lúcia assustou-se.

Um mar de fogo estendia-se diante dela, numa visão terrível. No interior das chamas apareceram formas enegrecidas, como pedaços de carne a rodopiar num caldeirão. Tinham aparência humana, mas não se distinguiam as feições nem os rostos. Saltavam no meio das labaredas, e os seus movimentos eram acompanhados por gritos e gemidos tão lancinantes que Lúcia sentiu um calafrio na espinha. As pobres almas pareciam despojadas de peso e de equilíbrio e estavam completamente à mercê do fogo que as consumia. Surgiram também formas animalescas, algumas das quais Lúcia reconheceu, mas todas tinham um aspecto medonho. Eram demónios, alimentavam as chamas. Lúcia sentia-se aterrada e viu que Jacinta e Francisco também estavam assustados. Tinham os olhos marejados de lágrimas, e ela queria consolá-los. Se não fosse a Senhora, que pairava diante deles, também se teria descontrolado.

– Olhem para Ela – segredou Lúcia aos primos.

Eles obedeceram, e as três crianças desviaram o olhar da terrível visão, com as mãos postas, viradas para o céu.

– Vistes o Inferno, para onde vão as almas dos pobres pecadores – disse a Senhora. – Para as salvar, Deus quer estabelecer no mundo a devoção a Meu Imaculado Coração. Se fizerem o que Eu vos disser, salvar-se-ão muitas almas e terão paz. A guerra vai acabar. Mas se não deixarem de ofender a Deus, no reinado de Pio XI começará outra pior.

A visão do Inferno desapareceu e a luz acolhedora voltou às mãos postas da Senhora.

– Quando virdes uma noite alumiada por uma luz desconhecida, sabei que é o grande sinal que Deus vos dá de que vai punir o mundo de seus crimes por meio da guerra, da fome e de perseguições à Igreja e ao Santo Padre.

Lúcia ficou perturbada com as últimas palavras da Senhora. Sabia que uma guerra devastara a Europa nos últimos anos. Os homens das aldeias tinham partido para combater e talvez muitos nem regressassem. Apercebera-se da tristeza das famílias na igreja. Agora indicavam-lhe a maneira de pôr termo a esse sofrimento.

– Para evitar que isto aconteça, virei pedir a consagração da Rússia a Meu Imaculado Coração e a Comunhão reparadora nos primeiros sábados. Se atenderem aos Meus

17

pedidos, a Rússia converter-se-á e terão paz; senão, espalhará os seus erros pelo mundo, promovendo guerras e perseguições à Igreja. Os bons serão martirizados, o Santo Padre terá muito que sofrer e várias nações serão aniquiladas. Por fim, o Meu Imaculado Coração triunfará. O Santo Padre consagrar-me-á a Rússia, que se converterá, e será concedido ao mundo algum tempo de paz.

Lúcia ficou a pensar no que seria a *Rússia*. Uma pessoa? Uma mulher má que precisava da salvação? Talvez uma localidade? Além dos galegos e de Espanha, não sabia o nome de mais nenhum país. O seu mundo era a aldeia de Fátima, onde vivia a família, o lugarejo de Aljustrel, onde habitavam Francisco e Jacinta, a Cova da Iria, onde o rebanho pastava e as hortaliças cresciam, e a gruta do Cabeço, onde o anjo aparecera nos dois últimos anos, para anunciar a vinda da Senhora. Essa tal Rússia devia ser muito importante, para ser alvo das atenções da Senhora... Mas Lúcia quis saber outra coisa.

– E Portugal?

– Em Portugal, o dogma da fé manter-se-á sempre.

Lúcia sorriu. Era reconfortante saber que a sua terra natal era bem considerada no Céu.

– Quando rezares o terço, diz sempre, depois de cada mistério: «Ó meu Jesus, perdoai-nos e livrai-nos do fogo do Inferno. Levai todas as almas à salvação, em especial as que mais precisarem» – recomendou a Senhora.

Lúcia fez um sinal afirmativo.

– Tenho mais uma coisa a dizer-te.

Depois de concluir a terceira mensagem, a Senhora acrescentou:

– Não digas isto a ninguém, por enquanto.

– Nem mesmo ao Francisco? – perguntou Lúcia.

– A ele, podes dizer.

Seguiu-se um longo silêncio. Da multidão não vinha um único som. Todos, homens, mulheres e crianças, de pé ou de joelhos, estavam em êxtase, fascinados pelo que os três videntes – como Lúcia ouvira chamar-lhes – faziam. Muitos agarravam-se aos rosários e rezavam em surdina. Ela sabia que ninguém podia ver nem ouvir a Senhora – aquela seria uma experiência de fé.

Também ela saboreou o silêncio. Reinava um ambiente de profunda solenidade em toda a Cova da Iria. Nem o vento se ouvia. Lúcia começou a ficar com frio e, pela primeira vez, sentiu o peso da responsabilidade. Respirou fundo e perguntou:

– Vossemecê não quer mais nada de mim?

A Senhora começou a elevar-se no céu, a nascente. Ouviu-se um som que parecia o ribombar de um trovão. Lúcia levantou-se. Estava a tremer.

– Lá vai ela!… – exclamou Lúcia, apontando para o céu.

A multidão percebeu que a visão terminara e começou a juntar-se ainda mais.

– Que aspecto tinha?

– O que disse?

– Por que estás tão triste?

– Ela virá outra vez?

Eram cada vez mais as pessoas que se aproximavam da azinheira, e de súbito Lúcia sentiu-se amedrontada.

– É segredo, é segredo…

– Bom ou mau? – gritou uma mulher.

– Bom para uns, mau para outros.

– E não nos contas?

– É segredo e a Senhora disse-nos que não contássemos nada.

Manuel Marto pegou em Jacinta ao colo e começou a abrir caminho através da multidão. Lúcia foi atrás dele, com Francisco pela mão. Algumas pessoas seguiram-nos, sempre a fazer-lhes perguntas. Lúcia só conseguiu arranjar uma resposta:

– É segredo, é segredo…

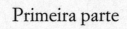

Primeira parte

UM

Monsenhor Colin Michener ouviu o som outra vez e fechou o livro. Estava ali alguém. Sabia que estava.

Como antes.

Levantou-se da mesa de leitura e percorreu com o olhar a série de prateleiras barrocas. As estantes antigas eram mais altas do que ele e chamavam ainda mais a atenção para os corredores estreitos, que divergiam nos dois sentidos. A sala cavernosa tinha uma aura, uma mística que advinha, em parte, do nome inscrito na placa. *L'Archivio Segreto Vaticano*. Os Arquivos Secretos do Vaticano.

Sempre considerara tal designação estranha, visto que apenas uma pequena parte do conteúdo daqueles livros era secreta. Quase todos encerravam o registo meticuloso de dois milénios de organização da Igreja, os relatos de uma época em que os papas eram reis, guerreiros, políticos e amantes. Ao todo, havia trinta e oito quilómetros de estantes, que tinham muito a oferecer a quem soubesse onde procurar. E Michener sabia, sem dúvida.

Voltando a concentrar-se no som, deixou que o olhar vagueasse pela sala, passando pelos frescos de Constantino, Pepino e Frederico II até se imobilizar num gradeamento de ferro, no extremo oposto. Do outro lado só havia escuridão e silêncio. O acesso à reserva dependia directamente da

23

autorização do papa e a chave do portão estava à guarda do arquivista. Michener nunca entrara naquele recinto, embora tivesse ficado respeitosamente do lado de fora enquanto o seu chefe, o papa Clemente XV, se aventurara a ir lá dentro. Mesmo assim, sabia da existência de alguns documentos preciosos que se encontravam depositados naquele espaço sem janelas. A última carta de Maria, rainha dos escoceses, antes de ser decapitada por Isabel I; as petições de setenta e cinco lordes ingleses dirigidas ao papa para que anulasse o primeiro casamento de Henrique VIII; a confissão assinada de Galileu; o Tratado de Tolentino assinado por Napoleão.

Examinou o rebordo superior e as escoras da grade, rematados por um friso dourado de folhagem e animais. O portão, propriamente dito, datava do século XIV. Nada era vulgar na Cidade do Vaticano, tudo ostentava a marca característica de um artista célebre ou de um artesão lendário, de alguém que tinha trabalhado durante anos para tentar agradar a Deus e ao papa.

Atravessou a sala a passos largos, que ecoaram no ambiente abafado, e parou junto ao portão. Sentiu uma brisa quente vinda do outro lado do gradeamento. A parte direita do portão era dominada por um ferrolho enorme. Michener experimentou a fechadura; estava bem trancada e segura.

Deu meia volta, perguntando a si próprio se algum elemento do pessoal teria entrado nos arquivos. O escrivão de serviço saíra quando ele chegara, e mais ninguém era autorizado a entrar enquanto ele ali estava, porque o secretário do papa não precisava de ama-seca, mas havia uma profusão de portas por onde era possível entrar e sair, e Michener admitiu que o ruído que ouvira há pouco fosse de gonzos antigos a serem abertos e depois fechados com o máximo cuidado. Era difícil dizer ao certo. No interior daquele espaço enorme, o som era tão confuso como os próprios textos que ali se encontravam.

Virou à direita, para um dos longos corredores – o Corredor dos Pergaminhos. Mais à frente ficava a Sala dos Inventários e Índexes. À medida que avançava, as lâmpadas do tecto acendiam-se e apagavam-se, projectando uma sucessão de focos de luz. Era como se se encontrasse num subterrâneo, embora estivesse dois pisos acima do solo.

Avançou um pouco, não ouviu nada e deu meia volta.

Era muito cedo e a semana ia a meio. Michener escolhera propositadamente aquele momento para fazer a sua investigação – era menor a probabilidade de estorvar outras pessoas que tinham acesso aos arquivos e de atrair a atenção dos funcionários da Cúria. Fora incumbido daquela missão pelo Santo Padre, as suas averiguações eram de carácter sigiloso, mas não estava sozinho. Da última vez, há uma semana, sentira a mesma coisa.

Voltou a entrar no corredor principal e recuou até à mesa de leitura, mas sem desviar a atenção da sala. O soalho era um diagrama zodiacal orientado para o sol, cujos raios conseguiam entrar graças a frestas cuidadosamente abertas no cimo das paredes. Michener sabia que, há séculos, o calendário gregoriano fora calculado precisamente naquele sítio. Nesse dia, porém, a luz do sol não conseguia entrar. Lá fora, o tempo estava frio e húmido. Uma chuvada própria de meados de Outono caía sobre Roma.

Os livros que o tinham absorvido nas duas últimas horas estavam meticulosamente dispostos em cima da mesa. Alguns haviam sido compostos nas duas últimas décadas; quatro eram muito mais antigos. Dois eram escritos em italiano, um em espanhol e o outro em português. Michener lia-os com facilidade – mais uma razão para Clemente XV lhe ter atribuído aquele cargo.

As versões espanhola e italiana tinham pouco valor, eram ambas readaptações da obra portuguesa *Estudo Abrangente e Detalhado das Aparições da Santa Virgem Maria em Fátima – 13 de Maio a 13 de Outubro de 1917.*

O papa Bento XV ordenara a investigação em 1922, no âmbito das averiguações da Igreja ao que teria acontecido num vale recôndito de Portugal. O documento fora todo escrito à mão e, com o tempo, a tinta adquirira um tom amarelo-dourado, de tal modo que as palavras pareciam desenhadas a ouro. O bispo de Leiria levara a cabo uma investigação minuciosa, que se prolongara por oito anos, e mais tarde as informações tornaram-se fundamentais, quando em 1930 o Vaticano reconheceu que as seis aparições da Virgem em Fátima eram *dignas de assentimento*. Os três apêndices, agora junto do original, tinham sido redigidos nos anos 50, 60 e 90.

Michener estudara-os com o rigor de um advogado ao qual a Igreja proporcionara a devida formação. Sete anos na Universidade de Munique valeram-lhe o diploma, embora nunca tivesse exercido direito em termos convencionais. O seu mundo era o dos pronunciamentos eclesiásticos e das leis canónicas. O anterior abrangia dois milénios e baseava-se mais numa compreensão dos tempos do que em qualquer conceito de *stare decisis*. A sua consistente formação jurídica revelara-se preciosa para a sua actividade ao serviço da Igreja, visto que a lógica das leis fora muitas vezes uma aliada no atoleiro confuso da política divina, e, o que era mais importante, ajudara-o a encontrar neste labirinto de informações esquecidas aquilo que Clemente XV pretendia.

Ouviu o som outra vez.

Um estalido suave, como passos leves ou um rato fugidio.

Michener correu para o sítio de onde vinha o som e olhou nas duas direcções.

Nada!

À esquerda, a cerca de cinco metros, havia uma porta de saída do arquivo. Aproximou-se do umbral e experimentou a fechadura; esta cedeu. Tentou abrir a pesada trave de carvalho trabalhado e os gonzos de ferro chiaram um pouco.

Um som que reconheceu.

No corredor do outro lado não estava ninguém, mas um brilho no chão de mármore chamou-lhe a atenção.

Ajoelhou-se.

E viu manchas regulares de humidade, cujas gotículas se prolongavam até ao corredor e para além da entrada no arquivo... misturadas com restos de lama, folhas e ervas.

Michener seguiu o rasto com o olhar, que parou junto de uma estante. A chuva continuava a cair sobre o telhado.

Conhecia bem aquelas manchas.

Eram pegadas.

DOIS

O circo mediático começou cedo, como Michener previra. Aproximou-se da janela e observou as carrinhas e os atrelados das cadeias de televisão que entravam na Praça de S. Pedro e reclamavam os lugares que lhes estavam destinados. O gabinete de imprensa do Vaticano comunicara-lhe na véspera que tinham sido concedidas setenta e uma autorizações a jornalistas norte-americanos, ingleses e franceses para estarem presentes no tribunal, embora o grupo incluísse também doze italianos e três alemães. A maioria pertencia à imprensa escrita, mas algumas agências noticiosas haviam solicitado autorização para fazer transmissões a partir do local e os pedidos tinham sido aprovados. A BBC insistira até no acesso das câmaras ao interior do tribunal, no âmbito de um documentário que estava a preparar, mas o pedido fora recusado. Iria ser um espectáculo em grande, mas esse era o preço a pagar pela perseguição a uma celebridade.

A Penitenciária Apostólica era o mais importante dos três tribunais do Vaticano e ocupava-se exclusivamente das excomunhões. Segundo a lei canónica, uma pessoa podia ser excomungada por cinco motivos: por quebrar a confidencialidade da confissão, por atacar fisicamente o papa, por consagrar um bispo sem a aprovação da Santa Sé, por profanar a Eucaristia, e por aquilo que estava em causa nesse dia: por um sacerdote ter absolvido o seu cúmplice num pecado de natureza sexual.

O padre Thomas Kealy, da Igreja de S. Pedro e S. Paulo, em Richmond, Virgínia, fizera o que parecia impensável: há três anos, envolvera-se numa relação ostensiva com uma mulher e depois, perante toda a congregação, anunciara a absolvição de ambos do pecado. Este acto de desafio, a par dos comentários contundentes de Kealy acerca da inflexibilidade da Igreja face ao celibato, tinha atraído as atenções. Há muito que alguns sacerdotes e teólogos, a título individual, vinham desafiando a autoridade de Roma quanto ao celibato, e a reacção habitual era aguardar que os defensores dessa causa se afastassem, visto que a maioria ou desistia ou se integrava, mas o padre Kealy levou o seu desafio a outros níveis ao publicar três livros, um dos quais, um êxito de vendas em todo o mundo, contrariava directamente a doutrina católica estabelecida. Michener sabia bem o medo institucional que o rodeava. Uma coisa era um sacerdote desafiar a autoridade de Roma, outra era as pessoas começarem a dar-lhe ouvidos.

E as pessoas davam ouvidos a Thomas Kealy.

Kealy era um homem elegante e inteligente e possuía o dom invejável de conseguir transmitir o que pensava de uma forma sucinta. Viajara pelo mundo inteiro e granjeara uma forte adesão. Todos os movimentos precisavam de um líder, e, aparentemente, os defensores da reforma da Igreja tinham encontrado o seu neste sacerdote arrojado. O seu sítio na Web, que era acompanhado a par e passo pela Penitenciária Apostólica, contabilizava mais de vinte mil consultas por dia, e há um ano fundara um movimento global, o Catholics Rallying for Equality Against Theological Eccentricities (CREATE), que já contava com mais de um milhão de membros, sobretudo na América do Norte e na Europa.

A liderança destemida de Kealy dera até mais coragem aos bispos americanos, e nos últimos doze meses um grupo de dimensões consideráveis começara a apoiar abertamente as suas ideias e a questionar o facto de Roma se basear na filosofia medieval arcaica. Tal como Kealy afirmara muitas vezes, a Igreja americana estava em crise devido às ideias antiquadas, aos sacerdotes caídos em desgraça e aos líderes arrogantes. Era conhecida a sua tese de que *o Vaticano gosta do dinheiro americano, mas não da influência americana*. Kealy revelava o senso comum populista que Michener sabia agradar muito à mentalidade ocidental. Tornara-se uma celebridade. Agora chegara o momento de o provocador enfrentar o paladino, e a luta de ambos seria registada pela imprensa mundial.

Mas, primeiro, Michener tinha de travar o seu próprio combate pessoal.

Virou as costas à janela e observou Clemente XV, afastando da mente o pensamento de que o seu velho amigo poderia morrer dentro de pouco tempo.

– Como se sente hoje, Vossa Santidade? – perguntou em alemão. Quando estavam sós, usavam sempre a língua materna de Clemente. No palácio, quase ninguém falava alemão.

O papa pegou numa chávena de porcelana e saboreou um gole de café expresso.

– É espantoso que o facto de estar rodeado de tamanha grandiosidade seja tão frustrante…

O cinismo não era novo, mas ultimamente acentuara-se. Clemente pôs a chávena em cima da mesa.

– Descobriu aquelas informações no arquivo?

Michener afastou-se da janela e fez um sinal afirmativo.

– O relato original sobre Fátima foi útil?

– Nem por isso. Descobri outros documentos que me ajudaram mais.

Interrogou-se de novo sobre a importância deste assunto, mas não disse nada.

O papa pareceu adivinhar os seus pensamentos.

– Você nunca faz perguntas, pois não?

– Se Vossa Santidade quisesse que eu soubesse, dir-me-ia.

Muita coisa mudara neste homem nos últimos três anos. De dia para dia, o papa tornava-se mais distante, pálido e frágil. Apesar de Clemente sempre ter sido um homem baixo e magro, ultimamente parecia que o seu corpo estava a refugiar-se dentro de si próprio. Na cabeça, outrora coberta por uma cabeleira castanha, via-se agora uma penugem rala e grisalha. O rosto que abrilhantara jornais e revistas, a sorrir à varanda da Basílica de S. Pedro quando a sua eleição fora anunciada, tornara-se macilento, como uma caricatura. As faces coradas tinham desaparecido e o sinal cor de vinho, que antes mal se notava, era agora uma mancha bem visível que o gabinete de imprensa do Vaticano se habituara a eliminar nas fotografias. As pressões para ocupar o trono de S. Pedro tinham o seu preço, acelerando fortemente o envelhecimento de um homem que ainda há pouco tempo escalava os Alpes bávaros com regularidade.

Michener aproximou-se do tabuleiro do café. Recordou-se do tempo em que o pequeno-almoço era constituído por salame, iogurte e pão escuro.

– Por que não come? O camareiro disse-me que ontem Vossa Santidade nem jantou.

– Você é um maçador…

– Por que não tem apetite?

– E persistente, também.

– Não é esquivando-se às minhas perguntas que afasta os meus receios.

– E quais são os seus receios, Colin?

Michener queria referir-se às rugas na testa de Clemente, à palidez alarmante, às veias salientes nas mãos e nos pulsos do velho, mas limitou-se a responder:

– Apenas o estado de saúde de Vossa Santidade.

Clemente sorriu.

– Você sabe evitar os meus sarcasmos…

– Discutir com Vossa Santidade é um esforço inútil.

– Ah, essa questão da infalibilidade! Esqueci-me. Eu tenho sempre razão.

Michener resolveu aceitar o desafio.

– Nem sempre.

Clemente riu-se.

– Encontrou o nome nos arquivos?

Michener enfiou a mão na sotaina e retirou o que apontara pouco antes de ter ouvido barulho. Estendeu o papel a Clemente e disse:

– Alguém lá foi outra vez.

– O que não deve surpreendê-lo. Aqui nada é privado!... – Leu o bilhete e repetiu o que lá estava escrito. – Padre Andrej Tibor.

Michener sabia o que esperavam dele.

– É um padre aposentado que vive na Roménia. Fui verificar os nossos arquivos. O cheque da reforma continua a ser enviado para a mesma morada.

– Quero que vá encontrar-se com ele.

– Vai dizer-me porquê?

– Por enquanto, não.

Há três meses que Clemente andava muito preocupado. O velho tentara disfarçar, mas, após vinte e quatro anos de amizade, pouca coisa escapava a Michener. Recordava-se exactamente do momento em que essa apreensão começara. Fora logo a seguir a uma visita aos arquivos, à reserva, e ao antigo cofre que havia do outro lado do gradeamento de ferro.

– Posso saber quando é que tenciona dizer-me?

O papa levantou-se da cadeira.

– Depois das orações.

Saíram do escritório e atravessaram o quarto andar em silêncio; pararam junto de uma porta aberta. A capela era revestida de mármore branco e os vitrais das janelas representavam a Via Sacra. Clemente ia ali todas as manhãs para uns minutos de meditação. Ninguém podia interrompê-lo; tudo tinha de esperar até que ele acabasse de falar com Deus.

Michener estava ao serviço de Clemente desde os tempos em que o vigoroso alemão fora sucessivamente arcebispo, cardeal e secretário de Estado do Vaticano. Subira com o seu mentor – passara de seminarista a sacerdote e a monsenhor – e atingira o topo da escala quando o Sacro Colégio dos Cardeais elegera Jakob Volkner ducentésimo sexagésimo sétimo sucessor de S. Pedro. Volkner escolhera imediatamente Michener para seu secretário pessoal.

Michener conhecia bem Clemente, um homem educado na tumultuosa sociedade alemã do pós-guerra. Aprendera a arte da diplomacia em postos tão versáteis como Dublin, Cairo, Cidade do Cabo e Varsóvia. Jakob Volkner era dotado de uma paciência infinita e de uma atenção fanática. Durante os anos que passaram juntos, nunca Michener duvidara da fé nem do carácter do seu mentor e concluíra há muito que, se ele próprio fosse metade do que Volkner era, poderia considerar que a sua vida fora um êxito.

Clemente terminou as suas orações, benzeu-se e depois beijou a cruz que dignificava o peitilho da sua veste branca. Nesse dia, o seu período de silêncio fora breve. Levantou-se do genuflexório, mas permaneceu junto do altar. Michener deixou-se ficar ao canto até que o sumo pontífice se abeirasse dele.

– Tenciono explicar-me numa carta que vou enviar ao padre Tibor. Será uma autorização papal para que ele lhe preste determinadas informações.

Continuava a não haver uma justificação para a necessidade da viagem.

– Quando quer que eu parta?

– Amanhã. Daqui a dois dias, o mais tardar.

– Não sei se será boa ideia. Um dos legados não pode encarregar-se dessa tarefa?

– Garanto-lhe, Colin, que não morrerei na sua ausência. Posso estar com mau aspecto, mas sinto-me bem.

Isto mesmo fora confirmado pelos médicos há pouco menos de uma semana. Depois de uma série de exames, concluíra-se que o papa não sofria de doença degenerativa, mas, particularmente, o médico do papa avisara que o *stress* era o pior inimigo de Clemente, e o rápido declínio dos últimos meses parecia ser a prova de que algo o atormentava.

– Eu nunca disse que Vossa Santidade estava com mau aspecto...

– Nem precisava de dizer. – O velho apontou-lhe para os olhos. – Está aí. Aprendi a lê-los.

Michener pegou no bilhete.

– Por que tem de entrar em contacto com este sacerdote?

– Devia tê-lo feito quando entrei na reserva pela primeira vez, mas resisti. – Clemente fez uma pausa. – Não posso resistir por mais tempo. Não tenho alternativa.

– Por que é que o sumo pontífice da Igreja Católica Romana não tem alternativa?

O papa afastou-se e virou-se para um crucifixo que estava pendurado na parede. Dois círios grossos ardiam de cada lado do altar de mármore.

– Vai ao tribunal esta manhã? – perguntou Clemente, de costas para ele.

– Isso não responde à minha pergunta.

– O sumo pontífice da Igreja Católica Romana pode escolher aquilo a que quer responder.

– Creio que Vossa Santidade me deu instruções para estar presente no tribunal, por isso, sim, lá estarei. Junto de uma multidão de repórteres.

– Ela vai lá estar?

Michener sabia exactamente a quem se referia o velho.

– Disseram-me que solicitou a necessária acreditação para fazer a cobertura do acontecimento.

– Sabe qual é o interesse dela no tribunal?

Michener abanou a cabeça.

– Como já lhe disse, só por acaso tive conhecimento da sua presença.

Clemente virou-se para ele.

– Mas que acaso feliz…

A curiosidade demonstrada pelo papa intrigou Michener.

– Faz bem em interessar-se, Colin. Ela faz parte do seu passado. Uma parte que você não deve esquecer.

Clemente conhecia a história, porque Michener precisara de um confessor e o arcebispo de Colónia era então o seu companheiro mais próximo. Fora a única vez que quebrara os seus votos durante vinte e cinco anos de sacerdócio. Admitira apostatar, mas Clemente dissuadira-o, explicando que só através da fraqueza uma alma podia alcançar força; não tinha nada a ganhar em abandonar a vida religiosa. Agora, passados mais de doze anos, Michener sabia que Clemente tinha razão. Era o secretário do papa. Há cerca de três anos que ajudava Clemente XV a governar uma combinação irrisória de personalidade e cultura católicas. Aparentemente, o facto de toda a sua participação se basear numa violação do juramento feito ao seu Deus e à Igreja nunca o incomodara. E essa constatação, de tão tardia, era muito perturbante.

– Não esqueci absolutamente nada – respondeu em voz baixa.

O papa aproximou-se dele e pousou-lhe a mão no ombro.

– Não lamente o que perdeu. É doentio e contraproducente.

– Mentir não é fácil para mim…

– O seu Deus perdoou-lhe. Não precisa de mais nada.

– Como pode ter a certeza?

– Tenho. E se você não consegue acreditar no chefe infa-lível da Igreja Católica, em quem acredita?

Este comentário jocoso foi acompanhado de um sorriso, dando a entender a Michener que não devia levar as coisas demasiado a sério.

Sorriu também.

– Vossa Santidade é impossível...

Clemente retirou a mão.

– É verdade, mas sou amorável.

– Vou tentar lembrar-me disso.

– Nem mais! Daqui a pouco terei a carta pronta para o padre Tibor. Vou pedir-lhe uma resposta por escrito, mas se ele quiser falar, ouça o que tem a dizer, pergunte-lhe o que quiser e conte-me tudo. Entendido?

Como saberia Michener o que havia de perguntar se nem sequer fazia ideia do motivo da viagem? No entanto, limitou-se a responder:

– Compreendo, Vossa Santidade. Como sempre.

Clemente sorriu.

– É verdade, Colin. Como sempre.

TRÊS

Michener entrou no recinto do tribunal. Era um espaço imponente de mármore cinzento e branco, enriquecido por um padrão geométrico de mosaicos coloridos que faziam jus a quatro séculos de história da Igreja.

Dois guardas suíços à paisana ladeavam as portas de bronze e curvaram-se ao reconhecer o secretário papal. Michener deixara propositadamente passar uma hora antes de entrar. Sabia que a sua presença seria objecto de falatório, pois era raro que alguém tão próximo do papa assistisse às sessões.

Por insistência de Clemente, Michener lera os três livros de Kealy e, em privado, informara resumidamente o sumo pontífice do seu conteúdo provocatório. Clemente optara por não os ler, visto que tal acto daria origem a grande especulação, no entanto, mostrara-se muito interessado naquilo que o padre Kealy escrevera. Quando Michener ocupou o seu lugar ao fundo da sala, viu Thomas Kealy pela primeira vez.

O acusado estava sentado a uma mesa, sozinho. Aparentava cerca de trinta e cinco anos, tinha o cabelo castanho-avermelhado e forte e um rosto agradável e jovial. O sorriso que esboçava de vez em quando parecia calculado – a expressão e os modos denotavam uma excentrici-

37

dade quase intencional. Michener lera os pareceres redigidos pelo tribunal e em todos Kealy era descrito como um indivíduo presunçoso e inconformista. *Claramente um oportunista*, escrevera um dos investigadores. Todavia, Michener não podia deixar de pensar que os argumentos de Kealy eram, em muitos aspectos, convincentes.

Kealy estava a ser interrogado pelo cardeal Alberto Valendrea, o secretário de Estado do Vaticano, e Michener não invejava a posição do homem. Kealy atraíra um painel implacável. Todos os cardeais e bispos eram, na opinião de Michener, fortemente conservadores. Nenhum seguia os ensinamentos do Vaticano II e nenhum apoiava Clemente XV. Valendrea, em especial, era conhecido pela sua adesão radical ao dogma. Os membros do tribunal estavam vestidos a rigor, os cardeais de seda escarlate e os bispos de lã preta, empoleirados atrás de uma mesa de mármore curvilínea instalada por baixo de um dos quadros de Rafael.

– Ninguém está tão longe de Deus como um herege – disse o cardeal Valendrea. A sua voz cavernosa ecoou, sem necessidade de amplificação.

– Parece-me, eminência, que, quanto menos aberto for um herege, mais perigoso se tornará – retorquiu Kealy. – Não escondo as minhas discordâncias, pelo contrário, creio que o debate aberto é saudável para a Igreja.

Valendrea empunhou três livros, e Michener reconheceu pelas capas que eram as obras de Kealy.

– Isto é heresia! Não há outra maneira de os qualificar!

– Porque eu defendo que os padres devem casar-se? Que as mulheres devem exercer o sacerdócio? Que um padre pode amar uma mulher, um filho e o seu Deus como outros homens de fé? Que talvez o papa não seja infalível? Ele é um ser humano, susceptível de errar. Isto é heresia?

– Não creio que algum dos presentes neste tribunal dissesse o contrário.

E ninguém disse.

Michener observou o italiano Valendrea, que se mexeu na cadeira. O cardeal era baixo e atarracado. Uma franja de cabelos brancos emaranhados caía-lhe sobre a testa e chamava a atenção pelo contraste com a pele cor de azeitona. Aos sessenta anos, Valendrea podia considerar-se um jovem numa Cúria dominada por homens muito mais velhos. Além disso, não possuía a solenidade que os estranhos associavam a um príncipe da Igreja. Fumava quase dois maços de cigarros por dia, era proprietário de uma adega que fazia inveja a muitos e movia-se regularmente nos círculos sociais europeus. A sua família fora abençoada com dinheiro, grande parte do qual fora investida nele, o elemento masculino mais velho na linha paterna.

Há muito que a imprensa aplicara a Valendrea o rótulo de *papabile*, ou seja, elegível para o pontificado devido à idade, ao nível hierárquico e à influência. Michener ouvira rumores segundo os quais o secretário de Estado se posicionava para o próximo conclave, negociando com elementos capazes de assumir posições dúbias e atacando uma potencial oposição. Clemente fora obrigado a nomeá-lo secretário de Estado, o cargo com mais poder abaixo do papa, devido à insistência de um número considerável de cardeais, e era suficientemente astuto para tranquilizar quem o colocara no trono de Pedro. Além disso, como o papa explicou nessa altura, *deixa que os teus amigos fiquem perto e os teus inimigos ainda mais perto*.

Valendrea apoiou os braços na mesa. Não se viam quaisquer documentos à sua frente. Era conhecido por ser um homem que raramente necessitava de material de consulta.

– Padre Kealy, muita gente no seio da Igreja sente que a experiência do Vaticano II não pode ser considerada um sucesso, e o senhor é um exemplo gritante do nosso fracasso. Os homens da Igreja não têm liberdade de expressão. Há demasiadas opiniões neste mundo para que lhes seja permitido um discurso pessoal. A Igreja tem de falar a uma só voz, que é a do Santo Padre.

– E hoje em dia muitos sentem que o celibato e a infalibilidade papal são falhas doutrinárias. Pertencem a uma época em que o mundo era analfabeto e a Igreja corrupta.

– Discordo das suas conclusões, mas ainda que esses prelados existam, guardam as opiniões para si próprios.

– O medo pode ser uma forma de silenciamento, eminência.

– Não há razões para ter medo!

– Desta cadeira em que me sento, permito-me discordar.

– A Igreja não castiga os seus clérigos por pensamentos, padre, apenas por actos. A sua organização é um insulto para a Igreja que serve.

– Se eu não respeitasse a Igreja, eminência, ter-me-ia limitado a sair sem dizer nada, mas amo a Igreja o suficiente para desafiar as suas políticas.

– Pensou que a Igreja não fazia nada enquanto o senhor quebrava os seus votos, mantinha uma relação amorosa ostensiva com uma mulher e se auto-absolvia dos seus pecados? – Valendrea pegou de novo nos livros. – E depois escreveu acerca disso? Foi o senhor que provocou este confronto!

– Acredita sinceramente que todos os padres são celibatários? – indagou Kealy.

A pergunta despertou a atenção de Michener. O secretário reparou que os repórteres também se agitavam.

– O que interessa não é aquilo em que eu acredito – respondeu Valendrea. – Isso é com cada um. Cada sacerdote fez um juramento a Deus e à Igreja. Espero que esse juramento seja honrado. Quem falhar neste ponto deve sair ou ser expulso.

– Cumpriu o seu juramento, eminência?

Michener ficou atónito com o atrevimento de Kealy. Talvez já soubesse qual seria o seu destino e, por conseguinte, podia falar à vontade.

Valendrea abanou a cabeça.

– Acha que o facto de me desafiar pessoalmente será benéfico para a sua defesa?

– Limitei-me a fazer uma pergunta...

– Sim, padre, cumpri o meu juramento.

Kealy mostrou-se imperturbável.

– Que outra resposta poderia dar?

– Está a insinuar que eu sou mentiroso?

– Não, eminência. Mas nenhum padre, cardeal ou bispo ousaria admitir o que realmente sente. Todos somos obrigados a dizer o que a Igreja quer que digamos. Não faço ideia daquilo que o senhor sente de verdade, o que é triste.

– O que eu sinto é irrelevante para a sua heresia!

– Até parece que já me julgou, eminência...

– Não mais que o seu Deus. Que *é* infalível. Ou será que o senhor também põe em causa essa doutrina?

– Quando é que Deus decretou que os padres não podem beneficiar do amor de um companheiro?

– Companheiro? Por que não apenas de uma mulher?

– Porque o amor não conhece limites, eminência.

– Com que então, também defende a homossexualidade?

– Defendo apenas que cada indivíduo deve seguir o seu coração.

Valendrea abanou a cabeça.

– Já se esqueceu, padre, de que a sua ordenação foi uma união com Cristo? A verdade da sua identidade, que é a mesma para todos os que fazem parte deste tribunal, advém de uma participação total nessa união. O senhor deve ser uma imagem viva e transparente de Cristo.

– Mas como é que nós sabemos qual é essa imagem? Nenhum de nós existia quando Cristo era vivo!...

– É como a Igreja diz.

– Mas isso não é apenas o homem a moldar o divino de acordo com as suas necessidades?

Valendrea ergueu o sobrolho direito com uma visível incredulidade.

– A sua arrogância é espantosa! O senhor põe em dúvida o celibato do próprio Cristo? Que Ele tenha colocado a Sua Igreja acima de tudo? Que Ele estivesse em união com a Sua Igreja?

– Não tenho qualquer ideia acerca das preferências sexuais de Cristo, nem o senhor.

Valendrea hesitou e depois disse:

– O seu celibato, padre, é uma dádiva de si próprio, uma expressão do seu serviço dedicado. É essa a doutrina da Igreja. Que o senhor parece não conseguir, ou não querer, compreender.

Kealy reagiu, citando mais dogmas, e Michener deixou que a sua atenção se afastasse do debate. Evitara virar-se, tentando convencer-se de que não era esse o motivo que o levara ali, mas o seu olhar percorreu rapidamente os cento e tal jornalistas que se encontravam na sala e concentrou-se numa mulher sentada duas filas atrás de Kealy.

O cabelo dela era da cor da noite e com um brilho fascinante. Michener recordou a juba e o aroma a limão fresco de outros tempos. Agora usava o cabelo curto, às madeixas e despenteado. Só conseguiu ver de relance o perfil anguloso, mas o nariz delicado e os lábios finos continuavam iguais. A pele conservava o tom de café com leite claro, fruto da união de uma cigana romena com um húngaro de origem alemã. O seu nome, Katerina Lew, significava «leoa pura», descrição que sempre considerara apropriada, dada a volatilidade do seu temperamento e o fanatismo das suas convicções.

Tinham-se conhecido em Munique. Ele tinha trinta e três anos e estava a acabar o curso de Direito; ela tinha vinte e cinco e oscilava entre o jornalismo e a carreira de romancista. Sabia que ele era padre, e tinham passado cerca de dois anos juntos até porem as cartas na mesa. *Ou o teu Deus ou eu*, declarou ela.

Ele escolhera Deus.

– Padre Kealy, a natureza da sua fé não é algo que possa ser acrescentado ou retirado. Tem de aceitar totalmente os ensinamentos da Santa Madre Igreja ou rejeitá-los por completo. Não há católicos parciais. Os nossos princípios, tal como foram expostos pelo Santo Padre, não são ímpios nem podem ser atenuados. São tão puros como Deus.

– Creio que essas são as palavras do papa Bento XV – disse Kealy.

– Está bem informado, o que só contribui para que a sua heresia me entristeça ainda mais. Um homem tão inteligente como o senhor devia compreender que a Igreja não pode e não tolerará a dissenção ostensiva, sobretudo ao nível a que a sua se revelou.

– O que está a dizer é que a Igreja receia o debate.

– Estou a dizer que a Igreja estabelece regras. Se não gostar delas, então reúna os votos suficientes para eleger outro papa que as altere. Na falta disso, tem de fazer o que lhe mandam.

– Oh, já me esquecia: o Santo Padre é infalível! O que quer que ele diga a respeito da fé está, sem dúvida, certo. Exprimi-me de acordo com o dogma?

Michener reparou que nenhum dos outros homens do tribunal tentara sequer usar da palavra; aparentemente, o secretário de Estado era o inquisidor do dia. Michener sabia que todos os membros do colectivo eram leais a Valendrea e que seria pouco provável que desafiassem o seu protector, mas Thomas Kealy estava a facilitar-lhe a tarefa, causando mais danos a si próprio do que qualquer das perguntas deles poderia provocar.

– Sem dúvida – respondeu Valendrea. – A infalibilidade papal é essencial para a Igreja.

– Mais uma doutrina criada pelo homem.

– Mais um dogma a que a Igreja adere.

– Sou um padre que ama Deus e a Igreja – disse Kealy. – Não percebo porque é que o facto de eu discordar de um deles me pode valer a excomunhão. O debate e a troca de ideias só contribuem para fomentar políticas sensatas. Por que é que a Igreja tem medo disso?

– Padre, o objectivo desta audição não é falar da liberdade de expressão. Não se trata da Constituição americana ou de qualquer outra que garanta esse direito. Esta audição destina-se a falar sobre a sua relação impudica com uma mulher, o perdão público dos seus pecados e a sua dissenção ostensiva. Tudo isso está em contradição directa com as leis da Igreja a que o senhor aderiu.

O olhar de Michener fugiu de novo para Kate. Era o nome que ele lhe dera, como forma de impor uma parte da sua herança irlandesa à personalidade leste-europeia dela. Estava sentada com as costas direitas, com um bloco de apontamentos no regaço, e muito atenta ao debate que se desenrolava.

Michener recordou-se do último Verão que tinham passado na Baviera, quando tirara três semanas de férias entre os semestres lectivos. Tinham ido para uma aldeia nos Alpes e ficado hospedados numa estalagem rodeada por picos cobertos de neve. Sabia que não agira bem, mas ela tocara-lhe num ponto cuja existência ele ignorava. O que o cardeal Valendrea acabara de dizer acerca de Cristo e da união de um padre com a Igreja era, de facto, a base do celibato clerical. Um padre devia dedicar-se exclusivamente a Deus e à Igreja. Porém, desde esse Verão perguntava a si próprio por que motivo não podia amar uma mulher, a Igreja e Deus ao mesmo tempo. O que dissera Kealy? *Como outros homens de fé.*

Michener sentiu que alguém estava a fitá-lo. Ao reordenar os pensamentos, apercebeu-se de que Katerina virara a cabeça e olhava agora para ele.

O seu rosto denotava ainda a firmeza que tanto o atraí-ra. Mantinha o toque ligeiramente asiático dos olhos, o queixo suave e feminino. Não havia zonas angulosas. Essas, como ele tão bem sabia, estavam escondidas na sua perso-nalidade. Michener examinou a expressão dela e tentou sondá-la: não havia raiva, nem ressentimento, nem afecto. Era uma expressão que parecia não dizer nada, nem sequer um «olá». Sentiu-se desconfortável por ser apenas uma recordação. Talvez Kate já estivesse à espera de que ele aparecesse e não quisesse dar-lhe a satisfação de pensar que se interessava por ele. Afinal, a separação de ambos há tan-tos anos não fora amigável.

Katerina virou-se de novo para o tribunal e a ansiedade de Michener diminuiu.

– Padre Kealy – disse Valendrea –, pergunto-lhe apenas o seguinte: renuncia à sua heresia? Reconhece que aquilo que fez é contra as leis da Igreja e do seu Deus?

O sacerdote encostou-se à mesa.

– Não acredito que amar uma mulher seja contra as leis de Deus, portanto, o perdão desse pecado não teve conse-quências. Tenho o direito de dizer o que penso e, por con-seguinte, não peço desculpa pelo movimento que encabeço. Não fiz nada de mal, eminência.

– O senhor é um homem insensato, padre. Dei-lhe todas as oportunidades de pedir perdão. A Igreja pode, e deve, perdoar, mas a contrição funciona nos dois sentidos. O penitente tem de manifestar boa vontade.

– Não procuro o seu perdão.

Valendrea abanou a cabeça.

– O meu coração chora por si e pelos seus seguidores, padre. É óbvio que todos vós estais com o Demónio.

QUATRO

O cardeal Alberto Valendrea manteve o silêncio, na esperança de que a euforia que antes sentira no tribunal contrabalançasse a sua irritação crescente. Era espantoso como uma má experiência podia destruir por completo uma boa.

– O que acha, Alberto? – perguntou Clemente XV. – Tenho tempo de aparecer à multidão?

O papa apontou para a janela aberta.

Valendrea ficava exasperado com o facto de o papa perder tempo diante de uma janela a acenar às pessoas na Praça de S. Pedro. Os serviços de segurança do Vaticano já o tinham alertado para o perigo de tal gesto, mas o velho tonto ignorava os avisos. A imprensa referia-se constantemente a este assunto, comparando o alemão com João XXIII. E, na verdade, havia semelhanças: ambos tinham ascendido ao trono papal com perto de oitenta anos; ambos tinham sido considerados papas de transição; ambos tinham surpreendido toda a gente.

Valendrea detestava também o modo como os observadores do Vaticano associavam o facto de o papa aparecer à janela para acenar aos fiéis com *o seu espírito animado, a sua abertura sem artifícios e a sua ternura carismática*. O papado nada tinha a ver com popularidade, mas com consistência, e desagradava-lhe a facilidade com que Clemente dispensara hábitos seguidos durante tanto tempo. Os assistentes já não se ajoelhavam na sua presença, poucos eram os que beijavam o anel papal, e era raro Clemente falar na primeira pessoa do plural, como os papas tinham feito durante centúrias. *Estamos no século XXI*, gostava de dizer Clemente, enquanto punha termo a mais uma tradição secular.

Valendrea lembrava-se de que, ainda não há muito tempo, os papas nunca apareciam à janela. Mesmo abstraindo das questões de segurança, a exposição limitada criava uma aura, um certo mistério, e nada fomentava mais a fé e a obediência do que uma sensação de milagre.

Servira quatro papas durante cerca de quatro décadas, subira rapidamente na Cúria, e conquistara o solidéu antes dos cinquenta anos. Era um dos mais jovens dos tempos modernos. Ocupava agora o segundo cargo mais importante na Igreja Católica – secretário de Estado –, e as suas funções permitiam-lhe intervir em todos os aspectos da Santa Sé. Mas queria mais. Queria ter a posição mais forte, aquela em que ninguém desafiasse as suas decisões, em que falasse de infalibilidade e não fosse questionado. Queria ser papa.

– Está um dia maravilhoso – dizia Clemente. – Parece que a chuva se foi embora. O ar é igual ao do meu país, nas montanhas alemãs, de uma frescura alpina. É uma pena estar fechado em casa...

Entrou no vão da janela, mas não o suficiente para que o vissem do lado de fora. Vestia uma sotaina de linho branco, com uma capa sobre os ombros e a tradicional túnica branca. Calçava sapatos escarlates e usava um solidéu na cabeça calva. Entre um bilião de católicos, era o único prelado que estava autorizado a vestir-se desta maneira.

– Talvez Vossa Santidade pudesse entregar-se a essa actividade tão agradável depois de concluirmos a nossa reunião. Tenho outros compromissos e a sessão do tribunal ocupou-me durante toda a manhã.

– Isto não demora muito – disse o papa.

O cardeal sabia que o alemão gostava de censurá-lo. Do lado de fora da janela aberta veio o alarido de Roma, esse som único de três milhões de almas e das suas máquinas, que se deslocavam sobre cinzas vulcânicas transformadas em lava porosa.

– É o *nosso* som.

– Ah, já me esquecia! Você é italiano e nós não somos.

Valendrea estava junto de uma pesada cama de carvalho; as mossas e os riscos eram tantos que pareciam fazer parte da decoração. De um lado, viu uma velha manta de croché dobrada e, do outro, duas almofadas enormes. O resto do mobiliário também era alemão: o roupeiro, a cómoda e as mesas, tudo pintado de cores alegres, em estilo bávaro. Desde meados do século XI que não havia um papa alemão. Clemente II constituíra uma fonte de inspiração para o actual Clemente XV – algo de que o sumo pontífice, aliás, não fazia segredo –, mas tudo indicava que Clemente II fora envenenado, lição que este alemão não devia esquecer, pensava muitas vezes Valendrea.

– Talvez tenha razão – admitiu Clemente. – As visitas podem esperar. Temos assuntos a tratar, não é verdade?

Uma brisa vinda da janela agitou os documentos que estavam em cima da secretária e Valendrea apressou-se a impedir que eles voassem até ao terminal do computador. Clemente ainda não ligara o aparelho. Era o primeiro papa versado em informática – outro ponto que fazia as delícias da imprensa –, mas Valendrea não se preocupara com essa diferença. Era muito mais fácil controlar os computadores e as linhas de fax do que os telefones.

– Soube que foi bastante enérgico esta manhã – disse Clemente. – Qual vai ser a decisão do tribunal?

Valendrea partiu do princípio de que Michener já lhe contara o que se passara. Tinha visto o secretário do papa na sala de audiências.

– Não sabia que Vossa Santidade estava tão interessada neste caso.

– É difícil evitar a curiosidade. A praça, lá em baixo, está cheia de carrinhas de televisão a fazer a transmissão. Por favor, responda à minha pergunta.

– O padre Kealy deu-nos poucas alternativas. Vai ser excomungado.

O papa pôs as mãos atrás das costas.

– Ele não se desculpou?

– Foi arrogante ao ponto do insulto e convidou-nos a desafiá-lo.

– Talvez devêssemos fazê-lo.

A sugestão apanhou Valendrea desprevenido, mas várias décadas de experiência diplomática tinham-no ensinado a disfarçar a surpresa com perguntas.

– E qual seria o objectivo de um acto tão pouco ortodoxo?

– Por que é que toda a gente precisa de um objectivo? Talvez devêssemos apenas escutar alguém que tem um ponto de vista oposto.

Valendrea não se mexeu.

– Não é possível discutir abertamente a questão do celibato. Há cinco séculos que faz parte da doutrina. O que virá a seguir? O sacerdócio para as mulheres? O casamento para os clérigos? A aprovação dos métodos contraceptivos? Vai haver uma inversão total dos dogmas?

O papa aproximou-se da cama e observou uma gravura medieval de Clemente II pendurada na parede. Valendrea sabia que ela viera de um dos subterrâneos cavernosos, onde se encontrava há séculos.

– Era bispo de Bamberg. Um homem simples, que não tinha qualquer desejo de ser papa.

– Era o confidente do rei – disse Valendrea. – Com ligações políticas. Estava no local certo à hora certa.

Clemente virou-se para ele.

– Como eu, calculo?

– Vossa Santidade foi eleita por uma maioria esmagadora de cardeais, todos eles inspirados pelo Espírito Santo.

Clemente esboçou um sorriso irritante.

– Ou talvez a eleição tenha sido afectada pelo facto de nenhum dos outros candidatos, incluindo você, ter conseguido reunir votos suficientes para ser eleito.

Aparentemente, os dois homens iam começar a digladiar-se.

– É um homem ambicioso, Alberto. Julga que o facto de usar esta sotaina branca o fará feliz… Posso garantir-lhe que não será assim.

Já tinham alimentado conversas semelhantes, mas a troca de palavras havia subido de tom nos últimos tempos. Ambos sabiam o que cada um pensava. Não eram amigos, e nunca o seriam. Valendrea divertia-se ao pensar que, só porque ele era cardeal e Clemente papa, as pessoas julgavam que entre ambos existia uma relação sagrada de duas almas devotas que colocavam acima de tudo as necessidades da Igreja. Pelo contrário, eram homens muito diferentes e a sua união advinha apenas de políticas antagónicas. Felizmente, nenhum abrira de forma ostensiva as hostilidades. Valendrea era mais esperto do que isso – ninguém devia discutir com o papa – e Clemente percebia que o seu secretário de Estado era apoiado por muitos cardeais.

– Eu não desejo nada, excepto que Vossa Santidade tenha uma vida próspera e longa.

– Você não é bom a mentir.

Valendrea estava cansado das ferroadas do velho.

– Que importância tem isso? O senhor não estará cá quando se realizar o conclave. Não se preocupe com as perspectivas.

Clemente encolheu os ombros.

– É verdade que não é importante para mim. Serei sepultado na cripta da Basílica de S. Pedro, junto dos outros que ocuparam esta cadeira. Quero lá saber quem será o meu sucessor! Mas esse homem? Sim, esse homem deve estar muito preocupado!...

O que sabia o velho prelado? Ultimamente, tornara-se um hábito lançar indirectas estranhas.

– Há alguma coisa que desagrade a Vossa Santidade?

Os olhos de Clemente chisparam.

– Você é um oportunista, Alberto, um político calculista. Talvez eu o decepcione e viva mais dez anos.

Valendrea resolveu tirar a máscara.

– Duvido.

– Espero sinceramente que herde este cargo. Verá que é muito diferente do que imagina. Talvez você seja a pessoa indicada...

A curiosidade de Valendrea fora espicaçada.

– A pessoa indicada para quê?

Clemente deixou-se ficar calado. Depois respondeu:

– Para ser papa, evidentemente. O que havia de ser?

– É isso que o atormenta?

– Nós somos uns idiotas, Alberto. Todos nós, na nossa majestade, não passamos de uns idiotas. Deus é muito mais sensato do que qualquer de nós imagina.

– Não creio que algum crente ponha isso em dúvida.

– Expomos o nosso dogma e, de caminho, destruímos as vidas de homens como o padre Kealy. Ele é apenas um sacerdote que tenta seguir a sua consciência.

– Mais parece um oportunista, para usar o seu termo. Um homem que gosta de protagonismo. No entanto, não há dúvida de que conhecia a política da Igreja quando fez o seu juramento para enfrentar os nossos ensinamentos.

– Mas quais ensinamentos? São homens como você e eu que proclamam a chamada «Palavra de Deus». São homens como você e eu que castigam outros homens por violarem esses ensinamentos. Interrogo-me muitas vezes se o nosso precioso dogma corresponde aos pensamentos do Todo--Poderoso ou apenas aos de clérigos vulgares...

Valendrea associou esta interrogação ao estranho comportamento do papa nos últimos tempos. Não sabia se havia de sondá-lo, mas concluiu que estava a ser posto à prova e respondeu da única maneira que podia:

– Considero que a Palavra de Deus e o dogma da Igreja são uma e a mesma coisa.

– Boa resposta. Digna de um compêndio. Infelizmente, Alberto, essa convicção acabará por ser a sua perdição.

O papa deu meia volta e encaminhou-se para a janela.

CINCO

Michener foi ao encontro do sol do meio-dia. A chuva dissipara-se, o céu enchera-se de nuvens ralas e as manchas de azul contrastavam com o rasto esbranquiçado de um avião que se dirigia para leste. À sua frente, o empedrado da Praça de S. Pedro ostentava os restos do temporal; viam-se poças de água por todo o lado, como lagos numa paisagem a perder de vista. As equipas de televisão ainda lá estavam e muitas prosseguiam as suas transmissões.

Michener saíra do tribunal antes do fim da sessão. Mais tarde, soube por um dos seus assistentes que o confronto entre o padre Kealy e o cardeal Valendrea se prolongara por quase duas horas. Interrogou-se sobre a utilidade da audição. A decisão de excomungar Kealy decerto já fora tomada muito antes de o sacerdote ser chamado a Roma. Eram poucos os clérigos acusados que compareciam em tribunal, e o mais provável era que Kealy tivesse vindo para atrair as atenções sobre si próprio e o seu movimento. Dentro de algumas semanas, seria considerado *não em comunhão com a Santa Sé*, mais um desterrado a proclamar que a Igreja era um dinossauro em vias de extinção.

E às vezes Michener admitia que certos críticos, como Kealy, pudessem ter razão.

53

Quase metade dos católicos viviam actualmente na América Latina. Juntando-lhe a África e a Ásia, a fracção subia para três quartos. Aplacar esta maioria internacional emergente, sem alienar os europeus e os italianos, era um desafio de todos os dias. Nenhum chefe de Estado lidava com tal complexidade. Mas a Igreja Católica Romana não fazia outra coisa há dois mil anos – nenhuma outra instituição podia vangloriar-se do mesmo –, e diante dele estava uma das maiores manifestações da Igreja.

A praça em forma de chave, rodeada pelas duas magníficas colunatas semicirculares de Bernini, era surpreendente. A Cidade do Vaticano sempre impressionara Michener. Visitara-a pela primeira vez há doze anos, como adjunto do arcebispo de Colónia – a sua virtude fora testada por Katerina Lew, mas a sua convicção reforçara-se. Recordava-se de ter explorado os 0,44 km^2 do enclave murado, maravilhando-se com a imponência que dois milénios de construção constante podiam atingir.

O pequeno Estado não ocupava uma das colinas em que Roma fora edificada inicialmente; coroava apenas o *Mons Vaticanus*, a única das sete designações antigas de que as pessoas ainda se lembravam. Os cidadãos, no verdadeiro sentido da palavra, eram menos de duzentos, mas eram ainda menos os que possuíam passaporte. Nunca ali nascera ninguém e poucos lá tinham morrido, excepto os papas, e ainda menos lá estavam sepultados. Em termos políticos, era uma das últimas monarquias absolutas do mundo, e – uma peculiaridade que Michener sempre considerara irónica – o representante da Santa Sé nas Nações Unidas não pudera assinar a Declaração Universal dos Direitos do Homem porque, no Vaticano, não havia liberdade religiosa.

Michener contemplou a praça cheia de sol, os camiões das cadeias de televisão, com a sua profusão de antenas, e de súbito reparou que as pessoas olhavam para cima, à direita.

Algumas gritavam «Santíssimo Padre». Santo Padre. Seguiu o movimento das cabeças até ao quarto andar do Palácio Apostólico. Clemente XV apareceu entre as portadas de madeira de uma janela de canto.

Muita gente começou a acenar. Clemente correspondeu.

—Isto continua a fascinar-te, não é? – perguntou uma voz de mulher.

Michener virou-se. A poucos metros dele, estava Katerina Lew. De certo modo, sabia que ela viria ao seu encontro. Aproximou-se do sítio em que ele estava, à sombra de uma das colunatas de Bernini.

—Não mudaste nada. Continuas apaixonado pelo teu Deus. Vi isso no teu olhar, no tribunal.

Michener tentou sorrir, mas teve o cuidado de se concentrar no desafio que tinha pela frente.

—Como tens passado, Kate? – As feições dela perderam a crispação inicial. – A vida tem corrido à medida dos teus desejos?

—Não posso queixar-me. Não, não me queixo. É inútil. Foi assim que uma vez qualificaste as lamentações.

—Gosto de ouvir essas palavras.

—Como soubeste que eu estaria aqui esta manhã?

—Vi o teu pedido de acreditação há umas semanas. Posso perguntar qual é o teu interesse no padre Kealy?

—Há quinze anos que não nos vemos e é disso que queres falar?

—Da última vez que nos encontrámos, disseste-me para nunca mais voltar a falar de *nós*. Disseste que *nós* não existíamos. Só eu e Deus. Por isso não me pareceu que fosse um bom tema de conversa.

—Mas eu só disse isso depois de me participares que regressavas ao arcebispado e te dedicavas a servir os outros. Um sacerdote da Igreja Católica.

Como estavam próximos um do outro, Michener deu uns passos atrás e embrenhou-se mais na sombra da colunata. Do sítio onde se encontrava via os raios de sol outonal reflectirem-se na cúpula de Miguel Ângelo, no cimo da Basílica de S. Pedro.

– Verifico que continuas a ter jeito para fugir às perguntas – disse ele.

– Estou aqui porque Tom Kealy me pediu que viesse. Ele não é parvo, sabe o que o tribunal vai fazer.

– Para quem escreves?

– Trabalho por conta própria. Ele e eu estamos a escrever um livro.

Katerina escrevia bem, sobretudo poesia. Sempre lhe invejara essa capacidade e queria mesmo saber mais acerca do que lhe acontecera depois de Munique. Tinha conhecimento de umas coisas soltas. A colaboração em alguns jornais europeus, sempre breve, e até um emprego na América. De vez em quando via o nome dela num jornal ou numa revista – nada de muito profundo, sobretudo artigos religiosos. Estivera fortemente tentado a seguir-lhe o rasto, ansioso por beber um café com ela, mas sabia que era impossível. Fizera a sua opção e não podia voltar atrás.

– Não fiquei admirada quando li que tinhas sido nomeado secretário papal – disse ela. – Quando o Volkner foi eleito papa, percebi que não te deixaria escapar.

Pela expressão dos olhos cor de esmeralda de Katerina, Michener percebeu que ela estava a lutar com as emoções, tal como há quinze anos. Nessa altura, ele era um sacerdote que estudava Direito, ansioso e cheio de ambição, ligado ao destino de um bispo alemão que muitos diziam que um dia poderia ser cardeal. Agora corria que ele próprio poderia ingressar no Sacro Colégio. Não era inédito que os secretários papais transitassem directamente do Palácio Apostólico para o solidéu. Ele queria ser um príncipe da Igreja, participar no próximo conclave na Capela Sistina, sob os frescos de Miguel Ângelo e Botticelli, ter voz, direito de voto.

– Clemente é um homem bom – disse ele.

– É um idiota – retorquiu Katerina sem sobressaltos. – É apenas alguém que os cardeais puseram no trono até que um deles consiga reunir apoios suficientes.

– De onde vem essa tua autoridade?

– Estou enganada?

Michener virou-lhe as costas até se acalmar e observou um grupo de vendedores ambulantes de recordações no perímetro da praça. Katerina conservava uma atitude ríspida, e as suas palavras eram mordazes e amargas como sempre. Estava perto dos quarenta anos, mas a maturidade não contribuíra para aplacar as paixões que a consumiam. Era uma das coisas de que nunca gostara nela, e que ele não tinha. No seu mundo, a franqueza era desconhecida. Estava rodeado de pessoas que sabiam dizer com convicção o que não pensavam, e portanto a verdade era rara. Pelo menos, cada um sabia exactamente onde estava: em terra firme, não nas eternas areias movediças com as quais se acostumara a lidar.

– Clemente é um homem bom, que está encarregado de uma tarefa quase impossível – afirmou.

– É claro que, se a querida Madre Igreja cedesse um pouco, as coisas talvez não fossem tão difíceis. É muito duro gerir um bilião de pessoas quando todas têm de aceitar que o papa é o único homem na Terra que não comete erros.

Michener não queria discutir o dogma com ela, sobretudo no meio da Praça de S. Pedro. Dois guardas suíços, de capacete emplumado e com as alabardas em riste, passaram a poucos metros deles a marchar. Michener viu-os avançar para a entrada principal da basílica. Os seis sinos maciços no alto da cúpula estavam silenciosos, mas, segundo os seus cálculos, não faltaria muito para que dobrassem a finados pela morte de Clemente XV. O que tornava a insolência de Katerina ainda mais irritante. Cometera dois erros: ter ido ao tribunal e estar a falar com ela nesse momento. Sabia o que tinha a fazer.

– Foi bom voltar a ver-te, Kate.

Deu meia volta e fez menção de se afastar.

– Patife!

Lançou o insulto em voz alta para ele ouvir.

Michener virou-se para trás, sem saber se ela falava a sério. A sua expressão denunciava um conflito interior. Aproximou-se e replicou, sem levantar a voz:

– Não falámos durante anos, e tudo o que tens a dizer--me é que a Igreja não presta. Se a desprezas tanto, por que perdes o teu tempo a escrever sobre ela? Vai escrever o tal romance de que falaste. Pensei que talvez, *talvez*, tivesses abrandado. Mas verifico que não.

– Como é maravilhoso saber que te preocupas comigo! Não te deste ao trabalho de pensar nos meus sentimentos quando me participaste que estava tudo acabado entre nós!…

– Temos de passar por isso tudo outra vez?

– Não, Colin, não vale a pena. – Katerina recuou. – Não vale mesmo a pena. Como tu disseste, foi bom voltar a ver--te.

Por um instante, detectou uma nota de amargura, mas ela recompôs-se depressa da vulnerabilidade que a afec-tara.

Michener virou-se para o palácio. Havia agora muito mais pessoas a gritar e a acenar. Clemente continuava a corresponder-lhes. Algumas equipas de televisão filmavam a cena.

– É *ele*, Colin – disse Katerina. – O teu problema está *nele*. Mas tu não sabes.

E, antes que ele pudesse ripostar, foi-se embora.

SEIS

Valendrea pôs os auscultadores, carregou no botão de *play* do gravador e ouviu a conversa entre Colin Michener e Clemente XV. Os mecanismos de escuta instalados nos aposentos do papa tinham voltado a funcionar impecavelmente. Havia muitos outros microfones espalhados pelo Palácio Apostólico. Ele próprio tratara do assunto após a eleição de Clemente, o que fora fácil, visto que, como secretário de Estado, competia-lhe velar pela segurança do Vaticano.

Clemente fora a escolha certa. Valendrea desejava que o actual pontificado durasse um pouco mais, o tempo suficiente para ele conquistar os poucos recalcitrantes de que precisava no conclave. Dos cento e sessenta membros que constituíam o Sacro Colégio dos Cardeais, só quarenta e sete tinham mais de oitenta anos, e, como tal, não eram elegíveis se se realizasse um conclave dentro de um mês. Tinha quase a certeza de que podia contar com quarenta e cinco votos. Era um bom começo, mas faltavam muitos para garantir a eleição. Da última vez, ignorara o ditado: *Quem entra no conclave como papa sai como cardeal.* Desta vez, não arriscaria. Os aparelhos de escuta eram apenas um aspecto da sua estratégia para assegurar que os cardeais italianos não repetiriam o erro. Era espantoso como os príncipes da Igreja cometiam indiscrições todos os dias. O pecado não lhes era estranho; tinham necessidade de purificar a alma como outra pessoa qualquer. Mas Valendrea sabia bem que, por vezes, é preciso impor a penitência ao penitente.

Faz bem em interessar-se, Colin. Ela faz parte do seu passado. Uma parte que você não deve esquecer.

Valendrea tirou os auscultadores e olhou para o homem que estava sentado ao seu lado. O padre Paolo Ambrosi acompanhava-o há mais de dez anos. Era um indivíduo baixo e magro, de cabelo grisalho, fino como palha. O nariz adunco e o formato dos maxilares faziam lembrar um falcão, analogia que também descrevia a personalidade do sacerdote. Raramente sorria, e o riso era ainda mais raro nele. Tinha um ar grave que nunca o abandonava mas que não incomodava Valendrea, porque Ambrosi era um homem dominado tanto pela paixão como pela ambição, duas características que o cardeal muito admirava.

– É curioso, Paolo, que eles falem alemão como se fossem os únicos a saber esta língua. – Valendrea desligou o gravador. – O nosso papa parece preocupado com essa mulher que aparentemente conhece bem o padre Michener. Fale-me dela.

Estavam sentados num salão sem janelas no terceiro andar do Palácio Apostólico, uma parte da área enorme destinada à secretaria de Estado. Era ali que se encontravam guardados os gravadores e o receptor de rádio, num armário fechado à chave. Valendrea não estava preocupado com a possibilidade de alguém descobrir os aparelhos. Com mais de dez mil aposentos, salas de audiências e corredores, quase todos fechados à chave, o perigo de que alguém perturbasse o sossego daqueles trinta e poucos metros quadrados era mínimo.

– Chama-se Katerina Lew. É filha de pais romenos que fugiram do país quando ela era adolescente. O pai era professor de Direito. Ela é licenciada pela Universidade de Munique e pelo Belgian National College. Regressou à Roménia no fim dos anos 80 e estava lá quando Ceausescu foi deposto. É uma revolucionária orgulhosa. – Valendrea detectou uma ponta de ironia na voz de Ambrosi. – Conheceu o Michener em Munique, onde ambos andavam a estudar. Tiveram um caso amoroso que durou dois anos.

– Como é que sabe tudo isso?

– Michener e o papa já tiveram outras conversas.

Valendrea sabia que escutava apenas as gravações mais importantes, enquanto Ambrosi saboreava tudo.

– Por que é que nunca me falou do assunto?

– Não me pareceu relevante até ao momento em que o Santo Padre demonstrou interesse pelo tribunal.

– Talvez eu tenha subestimado o padre Michener. Afinal, ele parece humano. Tem um passado. E defeitos, também. Esta sua faceta agrada-me, de facto. Continue.

– Katerina Lew trabalhou para várias publicações europeias. Auto-intitula-se jornalista, mas acima de tudo escreve por conta própria. Foi colaboradora do *Der Spiegel*, do *Herald Tribune* e do *Times* de Londres. Não aquece o lugar. É esquerdista na política e radical na religião. Os seus artigos não são lisonjeiros para o culto organizado. Escreveu três livros em co-autoria, dois sobre o Partido dos Verdes alemão e outro sobre a Igreja Católica em França. Nenhum deles registou vendas significativas. É muitíssimo inteligente, mas indisciplinada.

Valendrea farejou aquilo que verdadeiramente queria saber.

– E ambiciosa, também, diria eu…

– Foi casada duas vezes, depois da ruptura com o Michener. Coisas de pouca dura. A sua ligação ao padre Kealy foi mais ideia dela do que dele. Nos últimos dois anos, esteve a trabalhar na América. Um dia, apareceu no gabinete dele e estão juntos desde então.

Estas palavras despertaram ainda mais o interesse de Valendrea.

– São amantes?

Ambrosi encolheu os ombros.

– É difícil dizer. Mas ela parece gostar de padres, portanto presumo que sim.

Valendrea voltou a pôr os auscultadores e ligou o gravador. Ouviu a voz de Clemente XV. *Daqui a pouco, terei a carta pronta para o padre Tibor. Vou pedir-lhe uma resposta por escrito, mas se ele quiser falar, ouça o que tem a dizer, pergunte-lhe o que quiser e conte-me tudo.* Tirou os auscultadores.

– O que anda este velho idiota a preparar? Mandar o Michener ao encontro de um padre com oitenta anos! Para quê?

– Ele é um dos dois sobreviventes, além de Clemente, que viu o que existe na reserva acerca dos segredos de Fátima. O padre Tibor recebeu o texto original da irmã Lúcia das mãos de João XXIII.

Valendrea sentiu um aperto no estômago ao ouvir falar de Fátima.

– Localizou o Tibor?

– Tenho um endereço na Roménia.

– Isto tem de ser acompanhado de perto.

– Estou a ver que sim, mas não sei porquê.

Valendrea não se dispôs a dar-lhe explicações; só quando não tivesse alternativa.

– Creio que será útil arranjar alguém que nos ajude a controlar o Michener.

Ambrosi sorriu.

– Acha que Katerina Lew dará uma ajuda?

Valendrea ficou a matutar na pergunta e doseou a resposta de acordo com o que sabia acerca de Colin Michener e com as suspeitas que tinha agora de Katerina Lew.

– Veremos, Paolo.

SETE

Michener encontrava-se diante do altar-mor da Basílica de S. Pedro. A igreja já fechara e o silêncio era quebrado apenas pelas equipas de manutenção que puxavam o lustro ao chão de mosaicos. Encostou-se a uma balaustrada e ficou a observar os empregados que limpavam os degraus de mármore com as esfregonas, removendo a sujidade acumulada durante o dia. O centro teológico e artístico da Cristandade estava ali mesmo por baixo dele, no túmulo de S. Pedro. Michener curvou-se e enfiou a cabeça no baldaquino espiralado de Bernini. Depois contemplou o céu através da cúpula de Miguel Ângelo, que protegia o altar, *como as mãos em concha de Deus*, nas palavras de um observador.

Pensou no Concílio Vaticano II e imaginou a nave à sua volta repleta de filas de bancos onde se tinham sentado três mil cardeais, sacerdotes, bispos e teólogos de quase todas as confissões religiosas. Fora em 1962, estava ele entre a primeira comunhão e a confirmação, era um rapazinho que frequentava a escola católica nas margens do rio Savannah, no Sudeste da Geórgia. O que estava a acontecer em Roma, a quatro mil e quinhentos quilómetros de distância, não tinha qualquer significado para ele. Ao longo dos anos, vira filmes da sessão de abertura do concílio, no qual João XXIII, debruçado no trono papal, pedira aos tradicionalistas e aos progressistas que unissem esforços para que *a cidade terrena possa ser construída à imagem e semelhança da cidade celeste onde reina a verdade*. Fora um gesto sem precedentes. Um monarca absoluto que reunira os seus súbditos para lhes recomendar como haviam de proceder às mudanças necessárias. Durante três anos, os delegados debateram a liberdade religiosa, o judaísmo, o laicismo, o casamento, a cultura e o sacerdócio. No fim, a Igreja sofreu alterações fundamentais. Uns não debateram o suficiente, outros reflectiram de mais.

À semelhança do que acontecera na sua própria vida.

Apesar de ter nascido na Irlanda, fora criado na Geórgia. Iniciara os estudos na América e concluíra-os na Europa. Não obstante a sua educação bicontinental, a Cúria, dominada por italianos, considerava-o um americano. Felizmente, compreendia bem o ambiente volátil que o rodeava. Trinta dias depois de chegar ao palácio papal, já conhecia as quatro regras básicas de sobrevivência no Vaticano. *Primeira: nunca reflectir sobre um pensamento original. Segunda: se por algum motivo surgir uma ideia, nunca a verbalizar. Terceira: nunca, mas nunca, passar um pensamento ao papel. Quarta: em nenhuma circunstância assinar algo que imprudentemente se escreveu.*

Voltou a contemplar a igreja, maravilhado com as proporções harmoniosas, responsáveis por um equilíbrio arquitectónico quase perfeito. À sua volta estavam sepultados cento e trinta papas, e nessa noite ele esperava encontrar alguma paz de espírito junto dos seus túmulos.

Todavia, as suas preocupações com Clemente continuavam a perturbá-lo.

Meteu a mão na sotaina e tirou duas folhas de papel dobradas. Concentrara toda a sua investigação sobre Fátima nas três mensagens da Virgem, e elas pareciam essenciais para aquilo que inquietava o papa. Abriu-as e leu o relato do primeiro segredo feito pela irmã Lúcia:

Nossa Senhora mostrou-nos um grande mar de fogo que parecia estar debaixo da terra. Mergulhados nesse fogo, havia demónios e almas com forma humana, transparentes como recordações, negros e brilhantes como estátuas de bronze. Esta visão durou apenas um instante.

O segundo segredo era consequência directa do primeiro:

Vistes o Inferno, para onde vão as almas dos pobres pecadores, disse-nos a Senhora. Para as salvar, Deus quer estabelecer no mundo a devoção a Meu Imaculado Coração. Se fizerem o que Eu vos disser, salvar-se-ão muitas almas e terão paz. A guerra vai acabar. Mas se não deixarem de ofender a Deus, no reinado de Pio XI começará outra pior. [...] Virei pedir a consagração da Rússia a Meu Imaculado Coração e a Comunhão reparadora nos primeiros sábados. Se atenderem a Meus pedidos, a Rússia converter-se-á e terão paz; se não, espalhará os seus erros pelo mundo, promovendo guerras e perseguições à Igreja. Os bons serão martirizados, o Santo Padre terá muito que sofrer, várias nações serão aniquiladas. Por fim, o Meu Imaculado Coração triunfará. O Santo Padre consagrar-me-á a Rússia, que se converterá, e será concedido ao mundo algum tempo de paz.

A terceira mensagem era a mais misteriosa de todas:

Depois das duas partes que já expliquei, quando Nossa Senhora desapareceu e um pouco mais acima, vimos um anjo com uma espada flamejante na mão esquerda, a brilhar. Dela saíam labaredas que pareciam prontas a incendiar o mundo, mas extinguiram-se em contacto com o esplendor que Nossa Senhora irradiava na direcção dele com a sua mão direita. Apontando para a terra com a mão esquerda, o anjo exclamou em voz alta: «Penitência, penitência, penitência!», e nós vimos uma luz imensa que era Deus. Tal como as pessoas aparecem num espelho quando passam diante dele. Um bispo vestido de branco, «tivemos a impressão de que era o Santo Padre», outros bispos, padres, homens e mulheres religiosos que subiam uma montanha íngreme, no cimo da qual havia uma grande cruz feita de troncos grosseiramente cortados, como os de um sobreiro com a cortiça. Antes de lá chegar, o Santo Padre passou por uma grande cidade meio em ruínas e a tremer com passos vacilantes, atormentado com o sofrimento e a tristeza. Rezou pelas almas dos cadáveres que encontrou no caminho. Ao chegar ao cimo da montanha, ajoelhado ao pé da grande cruz, foi morto por soldados que dispararam balas e setas sobre ele, e da mesma maneira morreram um a um os outros bispos, padres, homens e mulheres religiosos, e várias pessoas leigas de diferentes condições. Debaixo dos dois braços da cruz estavam dois anjos, cada um com um aspersório de cristal na mão, no qual tinham juntado o sangue dos mártires, e com ele aspergiram as almas que se encaminhavam para Deus.

As frases encerravam o mistério oculto de um poema, cujo significado era subtil e aberto a interpretações. Durante várias décadas, teólogos, historiadores e teóricos da conspiração tinham reclamado as suas próprias análises, por isso, quem sabia alguma coisa ao certo? Contudo, havia algo que inquietava profundamente Clemente XV.

– Padre Michener.

O sacerdote virou-se para trás.

Uma das freiras que lhe tinham preparado o jantar dirigia-se apressadamente para ele.

– Desculpe, mas o Santo Padre gostaria de falar consigo.

Em geral, Michener jantava com Clemente, mas nessa noite o papa comera com um grupo de bispos mexicanos que estavam de visita ao North American College. Olhou para o relógio. Clemente voltara cedo.

– Obrigado, irmã. Vou já para o apartamento.

– O papa não está lá.

Isso era estranho.

– Está nos Arquivos Secretos do Vaticano. Na reserva. Pediu que fosse lá ter com ele.

Michener disfarçou a sua surpresa e respondeu:

– Está bem. Vou já para lá.

Percorreu os corredores desertos até chegar aos arquivos. O facto de Clemente se encontrar de novo na reserva era um problema. Sabia exactamente o que o papa estava a fazer, mas não conseguia descobrir porquê. Deixou que a sua mente vagueasse, recapitulando mais uma vez o fenómeno de Fátima.

Em 1917, a Virgem Maria revelara-se a três crianças do campo num grande vale chamado Cova da Iria, nos arredores da aldeia portuguesa de Fátima. Jacinta e Francisco Marto eram irmãos. Ela tinha sete anos e ele nove. Lúcia Santos, prima direita de ambos, tinha dez. A Mãe de Deus apareceu seis vezes entre Maio e Outubro, sempre no décimo terceiro dia de cada mês, no mesmo local, à mesma hora. Na última aparição, estavam presentes milhares de pessoas, que viram o sol a dançar no céu, um sinal celestial de que as visões eram reais.

Só daí a mais de uma década a Igreja sancionou as aparições como *dignas de assentimento*, mas dois dos jovens videntes não viveram para assistir a esse reconhecimento: Jacinta e Francisco morreram ambos com gripe, trinta dias depois da última aparição da Virgem. Lúcia, porém, chegou à velhice e morreu há pouco tempo, tendo dedicado a sua vida a Deus como freira de clausura. A Virgem anunciou mesmo estes acontecimentos quando disse: *Em breve levarei Jacinta e Francisco, mas tu, Lúcia, ficarás aqui durante algum tempo. Jesus quer servir-se de ti para fazer que Eu seja conhecida e amada.*

Foi durante a Sua aparição de Julho que a Virgem transmitiu três segredos aos jovens videntes. Lúcia revelou os dois primeiros alguns anos depois, e incluiu-os mesmo nas suas memórias, publicadas no início dos anos 40, mas só Jacinta e Lúcia ouviram a Virgem a transmitir o terceiro segredo. Por qualquer motivo, Francisco foi excluído de uma revelação directa, embora Lúcia fosse autorizada a contar-lho. No entanto, apesar de terem sido muito pressionadas pelo bispo local a revelar o terceiro segredo, todas as crianças se recusaram a fazê-lo. Jacinta e Francisco levaram a informação consigo para a sepultura, embora Francisco tenha declarado numa entrevista, em Outubro de 1917, que o terceiro segredo «era para o bem das almas e que muitas ficariam tristes se soubessem».

Coube a Lúcia ser a guardiã da mensagem final.

Apesar de ter sido abençoada com saúde, em 1943 uma pleurisia recorrente parecia anunciar o fim. O bispo local, um homem de apelido «Silva», pediu-lhe que escrevesse o terceiro segredo e o fechasse num envelope. A princípio, Lúcia resistiu, mas em Janeiro de 1944 a Virgem apareceu-lhe no Convento de Tui e disse-lhe que era desejo de Deus que ela registasse a última mensagem.

Lúcia escreveu o segredo e fechou-o num envelope. Ao perguntarem-lhe quando é que a comunicação seria divulgada publicamente, diria apenas: *Em 1960.* O envelope foi enviado ao bispo Silva, guardado dentro de um envelope maior, lacrado, e depositado no cofre da diocese, onde permaneceu durante treze anos.

Em 1957, o Vaticano solicitou que todos os textos de Lúcia fossem enviados para Roma, incluindo o terceiro segredo. À sua chegada, o papa Pio XII guardou o envelope com o terceiro segredo dentro de uma caixa de madeira com a inscrição *secretum sancti officio*, Segredo do Santo Ofício. A caixa ficou guardada na secretária do papa durante dois anos e Pio XII nunca leu o que estava lá dentro.

Em Agosto de 1959, a caixa foi finalmente aberta e o duplo envelope, ainda lacrado, entregue ao papa João XXIII. Em Fevereiro de 1960, o Vaticano fez uma declaração lacónica em que afirmava que o segredo de Fátima permaneceria sob sigilo. Não foram dadas mais explicações. Por ordem do papa, o texto manuscrito de Lúcia foi de novo guardado na caixa de madeira e depositado na reserva. Ninguém tinha acesso a ele, excepto o Santo Padre. Desde João XXIII todos os papas visitaram os arquivos e se inteiraram da mensagem contida na caixa, mas nenhum divulgou publicamente a informação.

Até ao pontificado de João Paulo II.

Quando uma bala assassina quase o ia matando, em 1981, ele concluiu que um gesto maternal desviara a trajectória do projéctil. Dezanove anos mais tarde, em sinal de reconhecimento à Virgem, ordenou que o segredo fosse revelado. Para evitar qualquer debate, fez acompanhar a revelação de uma dissertação com quarenta e cinco páginas, na qual se interpretavam as complexas metáforas da Virgem. Além disso, foram publicadas fotografias dos textos manuscritos da irmã Lúcia. Durante algum tempo, a imprensa ficou fascinada; depois, o assunto diluiu-se.

A especulação terminou.

Poucos foram os que voltaram ao assunto.

Só Clemente XV continuava obcecado.

Michener entrou nos arquivos e passou pelo guarda, que se limitou a baixar a cabeça. A cavernosa sala de leitura, do outro lado, estava mergulhada na sombra. Ao fundo, junto do gradeamento de ferro da reserva, agora aberto, via-se uma luz amarelada.

O cardeal Maurice Ngovi estava cá fora, de braços cruzados sob a sotaina escarlate. Era um homem magro, cujo rosto ostentava a pátina de uma vida difícil. O cabelo, encaracolado, era escasso e grisalho, e os óculos de aros metálicos realçavam uns olhos que denotavam uma permanente e profunda inquietação. Apesar de ter apenas sessenta e dois anos, era o arcebispo de Nairobi, o mais velho dos cardeais africanos. Não era um bispo titular, contemplado com uma diocese honorária, mas um prelado no activo que controlava a maior população católica a sul do Sara.

O seu envolvimento diário com essa diocese mudou quando Clemente XV o chamou a Roma para supervisionar a Congregação para a Educação Católica. Ngovi enredou-se então em todos os aspectos da educação católica, lado a lado com bispos e sacerdotes, trabalhando cuidadosamente para garantir que as escolas, as universidades e os seminários católicos estavam em consonância com a Santa Sé. No passado a sua posição tinha sido de confronto, fora de Itália, mas o espírito renovador do Vaticano II alterara essa hostilidade, tal como Maurice Ngovi, que conseguiu acalmar as tensões e, ao mesmo tempo, garantir a conformidade.

A forte ética profissional e a personalidade conciliadora tinham sido dois dos motivos pelos quais Clemente nomeara Ngovi; outro era o desejo de que este cardeal brilhante fosse conhecido por mais pessoas. Há seis meses, Clemente concedera-lhe um novo título, o de camerlengo. Isto significava que Ngovi administraria a Santa Sé depois da morte de Clemente, durante duas semanas, até se realizar uma eleição canónica. Era uma função de zelador, essencialmente cerimonial, mas ainda assim importante, visto que garantiria que Ngovi seria um elemento fundamental no próximo conclave.

Michener e Clemente tinham falado várias vezes do papa seguinte. O homem ideal, se a história tinha alguns ensinamentos a dar, seria uma figura incontroversa, multilingue, com experiência da Cúria, de preferência arcebispo de um país que não fosse uma potência mundial. Após três anos frutuosos em Roma, Maurice Ngovi possuía todas estas características, e os cardeais do Terceiro Mundo não se cansavam de perguntar: *Não é tempo de termos um papa de cor?*

Michener aproximou-se da entrada da reserva. Lá dentro, Clemente XV encontrava-se diante de um cofre antigo que em tempos fora pilhado por Napoleão. As suas duas portas de ferro estavam abertas de par em par, mostrando gavetas e prateleiras de bronze. Clemente abrira uma das gavetas. Lá dentro, via-se uma caixa de madeira. O papa segurava uma folha de papel com mãos trémulas. Michener sabia que o texto original de Lúcia sobre Fátima ainda estava guardado naquela caixa, mas também sabia que lá havia outra folha de papel: uma tradução italiana da mensagem portuguesa original, feita quando João XXIII lera pela primeira vez aquelas palavras, em 1959. O sacerdote que executara essa tarefa fora um jovem principiante da secretaria de Estado.

O padre Andrej Tibor.

Michener lera diários de funcionários da Cúria que constavam dos arquivos. Estes revelavam que o padre Tibor entregara pessoalmente a sua tradução ao papa João XXIII, o qual lera a mensagem e depois ordenara que a caixa de madeira fosse selada, juntamente com a tradução.

Agora Clemente XV queria encontrar o padre Andrej Tibor.

–Isto é preocupante – comentou Michener em surdina, de olhos postos na reserva.

O cardeal Ngovi estava perto, mas não disse nada; limitou-se a agarrá-lo pelo braço e a desviá-lo para junto de uma estante. Ngovi era uma das poucas pessoas do Vaticano em que ele e Clemente confiavam sem reservas.

– O que está a fazer aqui? – perguntou a Ngovi.

– Fui chamado.

– Julguei que Clemente estava no North American College – acrescentou Michener sem levantar a voz.

– Esteve, mas saiu de repente. Chamou-me há meia hora e disse-me que viesse ter com ele aqui.

– Esta é a terceira vez em duas semanas que ele cá vem. Com certeza que as pessoas começam a reparar.

Ngovi fez um sinal afirmativo.

– Felizmente, naquele cofre estão guardadas muitas coisas. É difícil saber ao certo o que anda a fazer.

– Estou preocupado com isto, Maurice. Ele anda estranho.

Só em privado Michener podia quebrar o protocolo e usar nomes próprios.

– Concordo. Descarta sempre as minhas perguntas com enigmas...

– Passei o último mês a estudar todas as aparições marianas que foram investigadas, li todos os relatos feitos por testemunhas e videntes. Nunca pensei que houvesse tantas visitas terrenas vindas do Céu. Ele quer saber os pormenores de cada uma e as palavras que a Virgem pronunciou, mas não me diz porquê, limita-se a voltar aqui. – Michener abanou a cabeça. – Pouco falta para que Valendrea saiba disto.

– Ele e o Ambrosi não estão no Vaticano esta noite.

– Não interessa, vai saber. Às vezes, pergunto a mim próprio se toda a gente aqui não reportará a ele.

Ouviu-se o estalido de uma tampa a fechar-se vindo do interior da reserva, a que se seguiu o ruído de uma porta metálica também a fechar-se. Pouco depois apareceu Clemente.

– Temos de encontrar o padre Tibor.

Michener avançou.

– Soube o local exacto em que ele se encontra na Roménia através da secção de registos.

– Quando parte?

– Amanhã ao fim da tarde ou na manhã seguinte, consoante os voos.

– Quero que esta viagem fique entre nós os três. Tire umas férias. Compreende?

Michener fez um sinal afirmativo. Clemente falara sempre em voz baixa, o que lhe despertou a curiosidade.

– Por que estamos a falar tão baixo?

– Não dei por isso…

Michener detectou uma ponta de irritação na voz do sumo pontífice, como se não devesse ter tocado no assunto.

– Colin, você e o Maurice são os únicos homens em quem confio em absoluto. Aqui o meu amigo cardeal não pode ir ao estrangeiro sem chamar a atenção. Agora é demasiado famoso e importante, por isso, só você pode executar esta tarefa.

Michener apontou para a reserva.

– Por que continua a ir ali?

– As palavras atraem-me.

– Sua Santidade o papa João Paulo II revelou a terceira mensagem de Fátima ao mundo no começo do novo milénio – disse Ngovi. – Antes, foi analisada por uma comissão de sacerdotes e estudiosos. Fiz parte dessa comissão. O texto foi fotografado e publicado em todo o mundo.

Clemente não respondeu.

– Talvez um parecer dos cardeais pudesse ajudar a resolver o problema, seja ele qual for – acrescentou Ngovi.

– É dos cardeais que eu tenho mais medo.

– E o que espera saber de um velho que vive na Roménia?

– Ele enviou-me uma coisa que requer a minha atenção.

– Não me recordo de ter recebido nada dele – disse Michener.

– Veio através da mala diplomática. Um envelope fechado do núncio apostólico em Bucareste. O remetente limitou-se a dizer que tinha traduzido a mensagem da Virgem para o papa João.

– Quando? – perguntou Michener.

– Há três meses.

Michener reparou que fora mais ou menos na altura em que Clemente começara a deslocar-se à reserva.

– Mas eu não quero que o núncio apostólico continue envolvido nisto. Preciso que você vá à Roménia e avalie o padre Tibor. A sua opinião é importante para mim.

– Vossa Santidade...

Clemente levantou a mão.

– Não tenciono permitir que me questionem mais acerca deste assunto!

A declaração estava eivada de cólera, uma emoção invulgar em Clemente.

– Está bem – disse Michener. – Vou encontrar o padre Tibor, pode ter a certeza.

Clemente deitou um olhar à reserva.

– Os meus antecessores estavam tão enganados...

– Em que sentido, Jakob? – perguntou Ngovi.

Clemente virou-se, com um olhar distante e triste.

– Em todos os sentidos, Maurice.

OITO

Valendrea estava a gostar do serão. Ele e o padre Ambrosi tinham saído do Vaticano há duas horas, num carro oficial, para La Marcello, um dos seus restaurantes preferidos. O coração de vitela com alcachofras era, sem dúvida, o melhor de Roma; a *ribollita*, uma sopa toscana de feijão, legumes e pão, recordava-lhe a infância; e a sobremesa de sorvete de limão com molho de tangerina era suficiente para garantir o regresso de qualquer estreante. Há anos que jantava ali, sempre na mesma mesa, nas traseiras do edifício. O proprietário sabia perfeitamente qual o seu vinho preferido e que o seu cliente exigia privacidade total.

– Está uma noite linda – disse Ambrosi.

O padre mais novo ia sentado de frente para Valendrea na parte de trás de um grande Mercedes *coupé* que transportara muitos diplomatas na Cidade Eterna, e até o presidente dos Estados Unidos, que a visitara no Outono anterior. O compartimento dos passageiros estava separado do motorista por um vidro fosco. Todas as janelas eram fumadas e à prova de bala, e os lados e o *chassis* revestidos de aço.

– É verdade. – Valendrea fumava um cigarro, fruindo a sensação calmante da nicotina a entrar na corrente sanguínea depois de uma refeição reconfortante. – O que soubemos do padre Tibor?

Acostumara-se a falar na primeira pessoa do plural, uma prática que esperava que se generalizasse nos anos vindouros.

Os papas tinham falado assim durante séculos. João Paulo II fora o primeiro a abandonar o hábito e Clemente XV decretara-o oficialmente extinto. Mas se o papa actual estava determinado a ignorar as tradições dos velhos tempos, Valendrea estaria igualmente empenhado em ressuscitá-las.

Durante o jantar, não perguntara nada a Ambrosi acerca do assunto que o inquietava, seguindo o princípio de nunca abordar questões do Vaticano fora do Vaticano. Vira demasiados homens derrubados pelas suas línguas incautas, alguns dos quais ele próprio empurrara para a queda. Mas o seu carro era uma extensão do Vaticano, e Ambrosi velava diariamente para que não houvesse mecanismos de escuta no seu interior.

Do leitor de CD saía uma melodia suave de Chopin. A música descontraía-o, mas também mascarava a conversa, protegendo-a de aparelhos de escuta móveis.

– Chama-se Andrej Tibor – disse Ambrosi. – Trabalhou no Vaticano entre 1959 e 1967. Depois disso, foi um sacerdote discreto, que serviu muitas congregações, e reformou-se há vinte anos. Hoje em dia vive na Roménia e recebe uma pensão mensal que é creditada regularmente na sua conta.

Valendrea puxou uma fumaça do cigarro e saboreou-a.

– Então, a pergunta que se impõe é o que pretende Clemente desse velho sacerdote.

– O assunto está com certeza relacionado com Fátima.

Tinham acabado de contornar a Via Milazzo e desciam agora a Via dei Fori Imperiali em direcção ao Coliseu. Valendrea adorava a maneira como Roma se agarrava ao seu próprio passado. Imaginava a satisfação de imperadores e papas, sabendo que podiam dominar algo tão belo e espectacular. Um dia, também ele teria essa sensação. Nunca se contentaria com o solidéu vermelho de cardeal; queria usar o camauro, reservado apenas aos papas. Clemente recusara esse chapéu à antiga, considerando-o anacrónico, mas o barrete de veludo vermelho debruado a pele branca seria um dos muitos sinais de que o papado imperial regressara. Os católicos do Ocidente e do Terceiro Mundo nunca mais seriam autorizados a enfraquecer o dogma latino. A Igreja empenhara-se muito mais em adaptar-se ao mundo do que em defender a sua fé. O islão, o hinduísmo, o budismo e muitas religiões protestantes estavam a provocar uma autêntica razia na comunidade católica, e isso era obra do Demónio. A verdadeira Igreja apostólica estava em apuros, mas Valendrea sabia do que ela precisava: de mão firme, que garantisse a obediência dos padres, a permanência dos fiéis e o aumento do rendimento. E ele estava disposto a contribuir para isso.

Sentiu um toque no joelho e olhou pela janela.

–Eminência, é mesmo ali à frente – disse Ambrosi, apontando.

Voltou a olhar lá para fora quando o carro virou para uma rua repleta de cafés, pequenos restaurantes e discotecas com letreiros vistosos. Era uma artéria secundária, a Via Frattina, em cujos passeios se acumulavam os noctívagos.

–Ela está hospedada num hotel ali adiante – acrescentou Ambrosi. – Vi a informação no pedido de acreditação arquivado no departamento de segurança.

Ambrosi fora meticuloso, como era habitual. Valendrea corria um risco ao visitar Katerina Lew sem se fazer anunciar, mas esperava que a agitação nocturna e o adiantado da hora reduzissem os olhares curiosos. A maneira de estabelecer contacto com ela dera-lhe que pensar. Não tencionava propriamente aparecer-lhe à porta do quarto, nem tão-pouco queria que fosse Ambrosi a fazê-lo, mas depois percebeu que isso não seria necessário.

–Talvez Deus esteja a velar pela nossa missão – disse ele, apontando para uma mulher que ia no passeio e se dirigia para a entrada coberta de hera de um hotel.

Ambrosi sorriu.

–A oportunidade é tudo.

Disseram ao motorista que passasse pelo hotel e abrandasse ao aproximar-se da mulher. Valendrea carregou num botão e o vidro da janela traseira desceu.

– Miss Lew, sou o cardeal Alberto Valendrea. Talvez se recorde de mim no tribunal, esta manhã…

Ela parou e virou-se para a janela. Tinha um corpo pequeno e flexível, mas o modo como se apresentou, como fincou os pés no chão e considerou o pedido do cardeal, como empinou os ombros e curvou o pescoço, denotava que tinha um carácter mais enérgico do que a sua estatura poderia dar a entender. Havia nela uma languidez especial, como se todos os dias fosse abordada por um príncipe da Igreja Católica – nada mais nada menos do que o secretário de Estado. Mas Valendrea detectou algo mais: ambição. E essa percepção descansou-o imediatamente. Talvez a tarefa fosse muito mais fácil do que imaginara.

– Acha que podíamos ter uma conversa? Aqui no carro?

Ela sorriu.

– Como é que eu poderia recusar um pedido tão amável ao secretário de Estado do Vaticano?

Valendrea abriu a porta e fez deslizar o assento de couro para arranjar espaço para ela. Katerina entrou, desabotoando o casaco forrado de lã. Em seguida, Ambrosi fechou a porta. Valendrea reparou que ela levantou um pouco a saia ao sentar-se.

O Mercedes arrancou e parou mais adiante, numa rua estreita; os transeuntes tinham ficado para trás. O motorista saiu do carro e encaminhou-se para o fundo da rua, para impedir o acesso de outros veículos.

– Este é o padre Paolo Ambrosi, meu assistente-chefe na secretaria de Estado.

Katerina apertou a mão que Ambrosi lhe estendeu. Valendrea reparou que o olhar de Ambrosi perdera uma certa dureza, o suficiente para acalmar a convidada. Paolo sabia exactamente como lidar com as situações.

Valendrea disse:

– Temos de falar consigo acerca de um assunto importante, e esperamos que nos possa ajudar.

– Não estou a ver como possa ajudar alguém com o seu estatuto, eminência.

– A senhora assistiu à audição desta manhã no tribunal. Presumo que foi o padre Kealy que solicitou a sua presença...

– É disso que se trata? Está preocupado com a imprensa desfavorável em relação a este caso?

Valendrea mostrou-se escandalizado.

– Apesar do número de repórteres presentes, garanto-lhe que não é nada disso. O destino do padre Kealy está traçado, como certamente a senhora, ele e toda a imprensa perceberam. Isto tem a ver com algo muito mais importante do que um herege.

– O que vai dizer-me pode ser divulgado?

Valendrea permitiu-se esboçar um sorriso.

– Sempre a jornalista... Não, Miss Lew, nada disto é para divulgar. Continua interessada?

Esperou que ela, em silêncio, ponderasse as opções. Era um daqueles momentos em que a ambição tinha de sobrepor-se ao bom senso.

– Está bem – disse ela. – *Off the record*. Continue.

Valendrea regozijou-se. Até ali, estava a correr tudo bem.

– O assunto diz respeito a Colin Michener.

Katerina mostrou-se surpreendida.

– Sim, sei que teve uma relação com o secretário do papa. Um caso muito sério para um sacerdote, sobretudo com a importância que ele tem.

– Isso foi há muito tempo.

Nas palavras dela havia uma negação implícita. «Talvez agora compreendesse por que motivo estava disposta a confiar que manteria as suas declarações *off the record*», pensou o cardeal.

– Paolo assistiu ao seu encontro com Michener esta tarde, na praça. Não primou pela cordialidade. *Patife*, creio que foi o que a senhora lhe chamou...

Katerina olhou de relance para o acólito de Valendrea.

– Não me recordo de o ter visto lá.

– A Praça de S. Pedro é muito grande – retorquiu Ambrosi em voz baixa.

– Talvez esteja a pensar como é que ouvimos a conversa. De facto, os senhores falaram em voz baixa, mas Paolo é exímio a ler o movimento dos lábios. Um talento que dá jeito, não acha? – prosseguiu Valendrea.

Aparentemente, ela não sabia o que havia de responder, e Valendrea esperou um pouco antes de acrescentar:

– Miss Lew, não estou a tentar ser ameaçador. O padre Michener está de partida para uma viagem ordenada pelo papa. Preciso da sua ajuda em relação a essa viagem.

– E em que poderia eu ser útil?

– Alguém tem de saber onde ele vai e porquê. A senhora seria a pessoa ideal para isso.

– E por que faria eu tal coisa?

– Porque em tempos se interessou por ele. Talvez até o amasse... Talvez ainda o ame... Há muitos sacerdotes como o padre Michener, que conheceram mulheres. É a vergonha dos nossos tempos. Os homens que ignoram a sua promessa a Deus. – Fez uma pausa. – Ou os sentimentos femininos que podem ferir. Creio que não faria nada para prejudicar o padre Michener. – Deixou que as palavras se apoderassem dela. – Penso que está a criar-se um problema que pode vir a prejudicá-lo. Não fisicamente, compreende? Mas pode afectar a posição dele no seio da Igreja. Talvez até pôr a sua carreira em risco. Estou a tentar evitar que isso aconteça. Se encarregasse alguém do Vaticano desta tarefa, tal facto seria conhecido dentro de algumas horas, e a missão falharia. Gosto do padre Michener. É um amigo. Não quero que a carreira dele seja afectada. Preciso do sigilo que a senhora pode garantir para o proteger.

Katerina apontou para Ambrosi.

– Por que não envia este senhor padre?

Valendrea ficou impressionado com a coragem dela.

– O padre Ambrosi é demasiado conhecido para levar a cabo esta tarefa. Por sorte, a missão de que Michener foi encarregado levá-lo-á à Roménia, um país que a senhora conhece bem. Assim, podia aparecer sem que ele fizesse demasiadas perguntas. Partindo do princípio de que ele saberia da sua presença...

– E qual seria o objectivo dessa visita ao meu país natal?

Valendrea desvalorizou a pergunta com um gesto da mão.

– Isso só contribuiria para influenciar o seu relato. Limite--se a observar. Desse modo, não poremos em causa a imparcialidade das suas considerações.

– Por outras palavras, não vai dizer-me nada.

– Exactamente.

– E qual seria o meu benefício ao fazer-lhe esse favor?

Valendrea riu-se e tirou um charuto de uma bolsa lateral da porta.

– Infelizmente, o papa Clemente XV não vai durar muito. Aproxima-se um conclave. Quando isso acontecer, posso garantir-lhe que terá um amigo que lhe dará informações suficientes para que os seus artigos sejam uma matéria importante nos círculos jornalísticos. Talvez o suficiente para que volte a trabalhar com todos aqueles editores que prescindiram da sua colaboração.

– Devo ficar impressionada com o facto de o senhor saber algumas coisas a meu respeito?

– Estou a fazer o possível para não a impressionar, Miss Lew. Limito-me a garantir o seu apoio em troca de algo que faria as delícias de qualquer jornalista.

Acendeu o charuto e saboreou-o. Nem se deu ao trabalho de abrir a janela antes de exalar uma baforada.

– Isso deve ser importante para si – disse ela.

Valendrea reparou no modo como ela verbalizara o que pretendia insinuar. Não dissera «importante para a Igreja», mas «importante para si». Resolveu acrescentar uma parcela de verdade à conversa:

– O suficiente para eu ter descido às ruas de Roma. Garanto-lhe que cumprirei a minha parte do acordo. O próximo conclave será imponente, e a senhora poderá contar com uma fonte fidedigna de informação em primeira mão.

Katerina parecia dividida. Talvez tivesse pensado que Colin Michener seria a fonte incógnita do Vaticano que ela poderia contactar para confirmar as histórias que conseguisse. Mas aqui estava outra oportunidade, uma proposta lucrativa. E em troca de uma tarefa tão simples... O cardeal não estava a pedir-lhe que roubasse, mentisse ou enganasse alguém; tratava-se apenas de visitar de novo o seu país e observar um antigo namorado durante uns dias.

– Deixe-me pensar – disse, por fim.

Valendrea aspirou de novo o charuto.

– Eu não levaria muito tempo. Isto vai desenrolar-se depressa. Amanhã telefono-lhe para o hotel, digamos... às duas horas, para saber a resposta.

– Partindo do princípio de que eu digo que sim, como comunicarei o que descobrir?

Valendrea apontou para Ambrosi.

– O meu assistente entrará em contacto consigo. Nunca tente telefonar-me. Compreende? Ele há-de encontrá-la.

Ambrosi cruzou os braços sobre a sotaina preta e Valendrea permitiu que ele saboreasse o momento. Queria que Katerina Lew soubesse que aquele sacerdote não era alguém que ela pudesse desafiar, e a pose rígida de Ambrosi transmitiu a mensagem. Valendrea sempre apreciara esta característica em Paolo. Tão reservado em público e tão veemente em privado...

Valendrea meteu a mão debaixo do banco e tirou um envelope, que entregou à sua convidada.

– Dez mil euros para bilhetes de avião, hotel, etc. Se decidir ajudar-me, decerto não será a senhora a financiar esta empresa. Se disser que não, guarde o dinheiro pelo incómodo que lhe causei.

Estendeu o braço à frente dela e abriu a porta.

– Gostei da nossa conversa, Miss Lew.

Ela saiu do carro com o envelope na mão. Ele olhou para o céu e disse:

– O seu hotel fica à esquerda, na rua principal. Tenha uma boa noite.

Katerina afastou-se em silêncio. Ele fechou a porta e disse em voz baixa:

– Tão previsível! Ela quer que fiquemos à espera da resposta, mas não tenho dúvidas de que vai aceitar.

– Foi demasiado fácil – comentou Ambrosi.

– É precisamente por isso que eu o quero na Roménia. Esta mulher tem de ser vigiada, e será mais fácil de controlar do que o Michener. Pedi a um dos nossos patronos que disponibilizasse um jacto particular. Você parte de manhã. Como já sabemos para onde vai o Michener, chegue primeiro e aguarde. Ele deve lá estar amanhã à noite ou, o mais tardar, na manhã seguinte. Não se mostre, mas mantenha-a debaixo de olho e faça-a entender que queremos o retorno do nosso investimento.

Ambrosi respondeu com um gesto de assentimento.

O motorista voltou e sentou-se ao volante. Ambrosi deu uma pancadinha no vidro, e o carro arrancou e dirigiu-se para a rua principal.

Valendrea quis abstrair do trabalho.

– Depois desta intriga toda, que tal um conhaque e um pouco de Tchaikovsky antes de nos irmos deitar? Agrada-lhe, Paolo?

NOVE

Katerina afastou-se do padre Tom Kealy e descontraiu-se. Ele estava à sua espera no quarto e ouviu-a atentamente quando ela lhe falou do encontro inesperado com o cardeal Valendrea.

– Foi bom, Katerina. Como de costume – disse Kealy, às escuras.

Ela examinou o perfil do seu rosto, iluminado pela luz cor de âmbar que entrava através dos cortinados semicerrados.

– De manhã sou despojado do colarinho e à noite sou possuído. E por uma bela mulher!

– Isso descontrai.

Ele riu-se.

– Bem podes dizê-lo!

Kealy sabia tudo acerca da relação dela com Colin Michener. Por sinal, fizera-lhe bem desabafar com alguém que, na sua opinião, saberia compreender. Fora ela a fazer o primeiro contacto, insinuando-se na paróquia de Kealy, algures na Virgínia, e pedindo uma entrevista. Estava a trabalhar nos Estados Unidos por conta própria e colaborava com uns periódicos interessados em lutas religiosas radicais. Ganhara algum dinheiro, o suficiente para cobrir as despesas, mas admitira que a história de Kealy pudesse dar-lhe acesso a qualquer coisa em grande.

84

Ele era um padre em guerra com Roma por causa de uma questão que tocava o coração dos católicos ocidentais. A Igreja norte-americana tentava desesperadamente colar--se aos membros da comunidade. Os escândalos causados por padres pedófilos e pelo abuso de crianças tinham destruído a reputação da Igreja, e a reacção indiferente de Roma só complicara uma situação que já era difícil. Os anátemas lançados sobre aqueles que condenavam o celibato e defendiam a homossexualidade e a contracepção só contribuíam para aumentar a desilusão popular.

Kealy convidara-a para jantar no primeiro dia, e passado pouco tempo partilhava a cama dele. Era um prazer medir forças com Kealy, tanto física como mentalmente. A sua relação com a mulher que provocara toda aquela agitação terminara há um ano. Ela cansara-se da atenção de que era alvo e não quisera ser o foco de uma potencial revolução religiosa. Katerina não ocupara o lugar dela e preferia manter-se na retaguarda, mas gravara horas e horas de entrevistas e esperava que elas constituíssem uma excelente base para um livro. *O Processo contra o Celibato dos Padres* era o título que tinha em mente. Previa um ataque populista a um conceito que, segundo Kealy, era tão útil para a Igreja como «uma viola num enterro». O ataque final da Igreja, a excomunhão de Kealy, constituiria a base do plano promocional. *Um padre despojado do hábito por discordar de Roma transforma-se numa causa para o clero moderno*. É claro que o conceito já surgira antes, mas Kealy dava-lhe uma voz nova e ousada. A CNN até falava de contratá-lo como comentador para o próximo conclave, alguém que estava por dentro do acontecimento e que podia servir de contraponto às habituais opiniões conservadoras que se ouviam durante o processo de eleição de um papa. Vistas bem as coisas, a relação de ambos fora mutuamente benéfica.

Mas isso fora antes de o secretário de Estado do Vaticano a ter abordado.

– E Valendrea? O que pensas da proposta dele?

– É um pavão que bem pode vir a ser o próximo papa.

Katerina já ouvira o mesmo vaticínio a outros, o que tornava a proposta de Valendrea ainda mais atractiva.

– Ele está interessado no que o Colin anda a fazer.

Kealy virou-se na cama e olhou para ela.

– Tenho de admitir que também estou. O que irá o secretário do papa fazer à Roménia?

– Como se não houvesse lá nada interessante!

– Estás demasiado sensível, não achas?

Apesar de nunca se ter considerado uma patriota, Katerina era romena e orgulhava-se disso. Os pais tinham fugido do país quando ela era adolescente, mas mais tarde voltara para ajudar a depor Ceausescu. Encontrava-se em Bucareste quando o ditador fez o último discurso em frente do edifício do comité central. Destinava-se a ser um acontecimento encenado, para demonstrar o apoio dos trabalhadores ao governo comunista, mas transformara-se num motim. Katerina ainda se lembrava de ouvir os gritos quando se gerou o pandemónio e a polícia avançou, armada, enquanto a vozearia e os aplausos pré-gravados soavam nos altifalantes.

– Talvez te seja difícil acreditar nisto – disse ela –, mas uma revolta não é o mesmo que encher uma sala de audiências, lançar palavras provocadoras na Internet ou seduzir uma mulher. Uma revolução significa derramamento de sangue.

– Os tempos mudaram, Katerina.

– Não vais mudar a Igreja assim com tanta facilidade.

– Viste hoje todo aquele aparato mediático? A audição será transmitida para todo o mundo, as pessoas vão saber o que se passa comigo.

– E se ninguém se ralar com isso?

– Recebemos mais de vinte mil mensagens por dia no sítio da Web. É muita atenção! As palavras podem ter um efeito poderoso.

– Também as balas. Eu estive lá, naqueles dias antes do Natal, quando tantos romenos morreram para que o ditador e a cabra da mulher fossem fuzilados!

– Terias sido tu a puxar o gatilho, se te pedissem, não é verdade?

– Sem hesitar. Eles destruíram o meu país. Paixão, Tom. É o motor da revolta. Uma paixão profunda e implacável!

– Então o que tencionas fazer em relação ao Valendrea? Ela suspirou.

– Não tenho alternativa. Sou obrigada a aceitar.

Kealy riu-se.

– Há sempre alternativas. Deixa-me adivinhar... Esta oportunidade poderá dar-te mais uma hipótese com Colin Michener?

Com o tempo, percebera que contara demasiadas coisas a seu respeito a Tom Kealy. Ele garantira-lhe que nunca revelaria nada, mas estava preocupada. Era certo que o lapso de Michener ocorrera há muito tempo, mas qualquer revelação, verdadeira ou falsa, custaria a carreira ao secretário papal. Katerina nunca reconhecera nada publicamente, por muito que detestasse a opção de Michener.

Durante alguns instantes ficou imóvel, a olhar para o tecto. Valendrea afirmara que estava a criar-se um problema que poderia prejudicar a carreira de Michener. Então, se ela podia ajudar Michener e, ao mesmo tempo, ajudar-se a si própria, por que não?

– Eu vou.

– Estás a enfiar-te num ninho de víboras – declarou Kealy no seu tom bem-humorado –, mas creio que estás bem equipada para lutar com esse demónio. E o Valendrea é um demónio, deixa-me dizer-te. É um patife ambicioso!

– Que tu estás em condições de identificar.

Katerina não conseguiu resistir a dizer isto.

Kealy pousou-lhe a mão na perna nua.

– Talvez, a par das minhas habilidades para outras coisas...

A arrogância dele era surpreendente. Nada parecia desconcertá-lo: nem a audição dessa manhã na presença de prelados tão austeros, nem a perspectiva de ser afastado do sacerdócio... Teria sido o atrevimento dele que a atraíra? De qualquer modo, estava a tornar-se enfadonho. Katerina perguntava a si própria se alguma vez ele desejara ser padre. Havia uma coisa admirável em Michener: a sua devoção religiosa. Tom Kealy só era leal ao momento presente. No entanto, quem era ela para julgar? Atirara-se a Kealy por motivos egoístas, que ele reconhecia e de que tirava partido. Mas agora, tudo isso podia mudar. Acabara de falar com o secretário de Estado da Santa Sé, um homem que a sondara para uma tarefa que podia dar muitos frutos. E, sim, tal como afirmara Valendrea, podia ser o suficiente para que voltasse a colaborar com todos aqueles editores que a tinham dispensado.

Sentiu um formigueiro estranho.

Os acontecimentos inesperados dessa noite actuavam nela como um afrodisíaco. Hipóteses deliciosas quanto ao seu futuro rodopiaram na sua mente. E essas hipóteses fizeram que o sexo que acabara de praticar parecesse ainda mais gratificante do que o acto propriamente dito – e a atenção que desejava era agora muito mais tentadora.

DEZ

Michener espreitou pela janela do helicóptero para a cidade, lá em baixo. Turim estava envolta num manto diáfano de nevoeiro, que o sol forte da manhã procurava dispersar. Mais adiante avistou Piemonte, essa região de Itália que confina com a França e a Suíça, uma planície baixa e muito extensa, rodeada pelos picos dos Alpes, por glaciares e pelo mar.

Clemente ia sentado a seu lado, com dois funcionários dos serviços de segurança em frente. O papa deslocara-se ao Norte para abençoar o Santo Sudário de Turim antes de a relíquia ser de novo guardada. Esta exposição especial começara logo a seguir à Páscoa, e Clemente devia ter estado presente quando da inauguração, mas prevalecera uma visita de Estado já agendada a Espanha, e ficara combinado que compareceria ao encerramento da exposição, na senda do que os seus antecessores faziam há séculos.

O helicóptero inclinou-se para a esquerda e iniciou uma descida lenta. Lá em baixo, o tráfego compacto da manhã enchia a Via Roma, e a Praça de S. Carlos também estava congestionada. Turim era um centro industrial, sobretudo de automóveis, uma cidade fabril segundo a tradição europeia, quase igual a muitas que Michener conhecera desde a infância no Sul da Geórgia, onde dominava a indústria do papel.

A Catedral de S. João, com as suas altas agulhas cobertas de névoa, começou a surgir. O monumento, dedicado a S. João Baptista, fora erigido no século XV, mas só no século XVII o Santo Sudário lá fora depositado.

Os patins do helicóptero tocaram ao de leve no pavimento molhado.

Michener desapertou o cinto de segurança assim que os rotores se desligaram, mas só quando as hélices se imobilizaram completamente os dois homens da segurança abriram a porta da cabina.

– Vamos? – perguntou Clemente.

O papa falara pouco desde que partira de Roma. Às vezes, era muito lacónico durante as viagens, e Michener era sensível aos humores do velho.

Michener desceu, seguido de Clemente. Uma multidão enorme aglomerava-se à volta do perímetro da praça. O tempo estava fresco, mas Clemente insistira em não trazer casaco. Impressionava com a sua sotaina branca e a cruz peitoral, e o fotógrafo papal começou a tirar fotografias que estariam à disposição da imprensa antes do final do dia. O papa acenou e a multidão correspondeu à sua atenção.

– Não podemos demorar-nos – disse Michener ao ouvido de Clemente.

A segurança do Vaticano acentuara insistentemente o facto de a praça não estar bem protegida. Esta era uma questão recorrente levantada pelas equipas de segurança. A catedral e a capela eram os únicos locais que tinham sido passados a pente fino em busca de explosivos e que estavam a ser vigiados desde a véspera. Como a visita tinha sido muito publicitada e fora marcada com grande antecedência, quanto menos tempo o papa estivesse ao ar livre, melhor.

– Já vamos – retorquiu Clemente, continuando a acenar à multidão. – Eles vieram para ver o sumo pontífice. Deixe--os.

Os papas sempre tinham viajado livremente por toda a península. Era um privilégio de que os italianos gozavam em troca dos seus dois mil anos de proximidade com a Santa Madre Igreja. Clemente demorou-se um pouco, correspondendo às saudações da multidão.

Por fim, dirigiu-se para a catedral. Michener acompanhou-o, virando-se de vez em quando para trás, propositadamente, para que os clérigos locais tivessem oportunidade de ser fotografados com o Santo Padre.

O cardeal Gustavo Bartolo aguardava-os lá dentro. Envergava uma sotaina de seda escarlate com uma faixa a condizer que indicava o seu estatuto superior no Sacro Colégio dos Cardeais. Era um homem buliçoso, de cabelo branco e sem brilho e com longas barbas. Muitas vezes, Michener perguntara a si próprio se a semelhança com um profeta bíblico seria ou não intencional, visto que Bartolo não era conhecido pela vivacidade intelectual nem pelos conhecimentos espirituais, mas essencialmente por ser um mensageiro fiel. Fora nomeado bispo de Turim pelo antecessor de Clemente e elevado ao Sacro Colégio dos Cardeais, o que lhe permitira vir a ser prefeito do Santo Sudário.

Clemente mantivera-o no cargo, apesar de Bartolo ser um dos homens mais próximos de Valendrea. O sentido de voto de Bartolo no próximo conclave não oferecia dúvidas, e Michener divertiu-se ao ver o papa dirigir-se ao cardeal e estender-lhe a mão direita com a palma para baixo. Bartolo pareceu aperceber-se imediatamente das exigências do protocolo, diante dos olhares dos sacerdotes e das freiras, e foi obrigado a aceitar a mão, a ajoelhar-se e a beijar o anel papal. Há muito que Clemente dispensara tal gesto. Em geral, em situações como esta, em espaços interiores e confinados aos membros da Igreja, um aperto de mão era suficiente. A insistência do papa no rigor do protocolo foi uma mensagem que o cardeal deu mostras de entender. Michener detectou nele um assomo de irritação, que o velho clérigo tentou a custo reprimir.

Clemente, porém, pareceu ignorar o mal-estar de Bartolo e começou imediatamente a trocar cumprimentos com os presentes. Após alguns minutos de conversa de circunstância, abençoou as vinte e quatro pessoas que se encontravam à sua volta e em seguida dirigiu-se para o interior da catedral, acompanhado pelo seu séquito.

Michener ficou para trás e deixou que a cerimónia se realizasse sem ele. Competia-lhe estar perto, pronto para o que fosse necessário, mas não tomar parte nela. Reparou que um dos padres locais também ficara à espera. Michener conhecia o homem baixo e calvo; era o assistente de Bartolo.

– Sua Santidade fica para almoçar? – perguntou o sacerdote em italiano.

Michener não gostou do tom brusco. Era respeitador, mas eivado de irritação. Era óbvio que os aliados do padre não estavam com o velho papa, nem o homem sentia necessidade de disfarçar a animosidade que lhe despertava um monsenhor americano que decerto perderia o cargo quando o actual Vigário de Cristo morresse. Este homem imaginava o que o *seu* prelado poderia fazer por ele, tal como Michener há vinte anos, quando um bispo alemão simpatizara com um seminarista tímido.

– O papa fica para almoçar desde que os horários sejam cumpridos. Por sinal, estamos um pouco adiantados. Recebeu as indicações sobre a ementa?

O sacerdote respondeu com um leve gesto de cabeça.

– É o que foi pedido.

Clemente não apreciava a cozinha italiana, facto que o Vaticano se esforçava por manter em segredo. Oficialmente, os hábitos alimentares do papa eram um assunto privado, que não interferia nos seus deveres.

– Vamos entrar? – perguntou Michener.

Nos últimos tempos, sentia-se menos inclinado do que era habitual a troçar da política da Igreja. Apercebia-se de que a sua influência diminuía na proporção directa da saúde de Clemente.

Entrou na catedral, seguido pelo irritante sacerdote. Aparentemente, seria o seu anjo da guarda nesse dia.

Clemente estava no ponto de intersecção da nave, onde se encontrava um estojo de vidro rectangular suspenso do tecto. Lá dentro, iluminado por uma luz indirecta, estava um pedaço de pano desbotado, cor de areia, com cerca de quatro metros de comprimento. Nele via-se a imagem ténue de um homem, deitado, cujo rosto e partes laterais se juntavam no cimo, como se ali tivesse sido depositado um cadáver que depois fora embrulhado. Tinha barbas, cabelos desgrenhados que lhe davam pelos ombros e as mãos singelamente cruzadas sobre a púbis. Viam-se feridas na cabeça e nos pulsos. O peito estava dilacerado e as costas ostentavam marcas de chicotadas.

Se se tratava ou não da imagem de Cristo era apenas uma questão de fé. Pessoalmente, Michener tinha dificuldade em aceitar que um pedaço de tecido espinhado se mantivesse intacto durante dois mil anos, e na sua opinião a relíquia era semelhante ao que lera com grande intensidade nos últimos dois meses acerca das aparições marianas. Estudara os relatos de todos os videntes que afirmavam ter recebido uma visita do Céu. As investigações levadas a cabo pelo papa permitiram concluir que, na maioria dos casos, se tratara de um erro, de uma alucinação ou da manifestação de problemas psicológicos. Alguns não passavam de mistificações. Mas havia cerca de duas dúzias de incidentes que, por muito que tentassem, os investigadores não tinham conseguido desacreditar. No fim, não fora encontrada outra explicação, excepto uma aparição terrena da Mãe de Deus. Essas eram as visões consideradas *dignas de assentimento*.

Como as de Fátima.

Mas, à semelhança do sudário que se encontrava à sua frente, esse *assentimento* advinha da fé.

Clemente rezou durante dez minutos em frente do Santo Sudário. Michener reparou que estavam a atrasar-se, mas ninguém se atreveu a interrompê-lo. A assembleia manteve-se em silêncio até o papa se levantar, benzer e encaminhar para uma capela de mármore preto, atrás do cardeal Bartolo. O cardeal-prefeito parecia ansioso por exibir aquele espaço impressionante.

A visita durou cerca de meia hora e foi prolongada pelas perguntas de Clemente e pela sua insistência em cumprimentar todas as pessoas que se encontravam na catedral. O horário começava agora a ficar apertado, e Michener sentiu-se aliviado quando Clemente se dirigiu com os seus acompanhantes para um edifício ao lado da igreja, onde seria servido o almoço.

O papa parou pouco antes de entrar na sala de jantar e virou-se para Bartolo.

– Há um sítio onde eu possa ficar a sós com o meu secretário?

O cardeal apressou-se a conduzi-lo a um cubículo sem janela que aparentemente fazia as vezes de vestiário. Depois de fechar a porta, Clemente meteu a mão na sotaina e retirou um envelope azul-cinza. Michener reconheceu o papel que o papa usava para comunicações privadas. Comprara-o num grande armazém de Roma e oferecera-o a Clemente no último Natal.

– Esta é a carta que quero que você leve para a Roménia. Se o padre Tibor estiver incapacitado ou não quiser fazer o que eu peço, destrua isto e regresse a Roma.

Michener aceitou o envelope.

– Compreendo, Vossa Santidade.

– O bom cardeal Bartolo é bastante acolhedor, não é?

Clemente sorriu ao fazer a pergunta.

– Duvido que ele tenha acumulado as trezentas indulgências concedidas por beijar o anel papal...

Segundo uma tradição já muito antiga, todos aqueles que beijassem *com devoção* o anel do papa seriam contemplados com indulgências. Muitas vezes, Michener perguntara a si próprio se os papas medievais que criaram a recompensa estariam preocupados com o perdão dos pecados ou apenas em garantir que eram venerados com o devido zelo.

Clemente riu-se.

– Calculo que o cardeal tenha mais de trezentos pecados para perdoar. Ele é um dos maiores aliados do Valendrea. O Bartolo até pode vir a substituir o Valendrea na secretaria de Estado quando o toscano tiver o papado garantido. Mas pensar nisso é assustador. As habilitações de Bartolo mal servem para ele ser bispo desta catedral!...

Tudo indicava que se seguiria uma conversa franca, e Michener sentiu-se à vontade para dizer:

– Vossa Santidade vai precisar de todos os seus amigos para garantir que isso não acontecerá no próximo conclave.

Clemente deu mostras de compreender imediatamente.

– Você quer o tricórnio escarlate, não quer?

– Bem sabe que sim.

O papa apontou para o envelope.

– Leve-me isto.

Michener perguntou a si próprio se a sua ida à Roménia estaria relacionada com uma nomeação cardinalícia, mas depressa afastou tal pensamento. Não era dessa forma que Jakob Volkner conduzia os assuntos. Mesmo assim, o papa mostrara-se evasivo, e já não era a primeira vez que isso acontecia.

– Insiste em não me dizer o que o preocupa?

Clemente aproximou-se dos paramentos.

– Acredite, Colin, que não ia gostar de saber.

– Talvez eu possa ajudar.

– Não me falou da sua conversa com Katerina Lew. Como estava ela depois de todos estes anos?

Mais uma mudança de assunto.

– Falámos pouco, e o que dissemos foi sob tensão.

Curioso, Clemente ergueu o sobrolho.

– Por que deixou que isso acontecesse?

– Ela é casmurra. As suas opiniões acerca da Igreja são intransigentes.

– E quem pode acusá-la, Colin? Talvez ela o amasse, mas não pudesse fazer nada por isso. Perder a favor de outra mulher é uma coisa, mas a favor de Deus... pode ser difícil de aceitar. O amor reprimido não é agradável.

O interesse que Clemente demonstrava pela sua vida pessoal voltou a intrigá-lo.

– Isso já não importa. Ela tem a sua vida e eu tenho a minha.

– O que não significa que não possam ser amigos. Partilhem as vossas vidas através de palavras e de sentimentos, gozem a intimidade que a amizade sincera pode proporcionar. A Igreja não proíbe esse prazer.

A solidão era um obstáculo para qualquer padre. Michener tivera sorte, quando terminara a relação com Katerina, pudera contar com Volkner, que o escutou e lhe concedeu a absolvição. Curiosamente, fizera o mesmo que Tom Kealy, o qual iria ser excomungado. Talvez fosse isso que atraía Clemente para Kealy...

O papa aproximou-se de um dos armários e passou os dedos pelos paramentos coloridos.

– Quando eu era pequeno, em Bamberg, fui acólito. É-me grato recordar esse tempo. Foi depois da guerra, durante a reconstrução. Felizmente, a catedral não foi destruída. Não foi bombardeada. Sempre pensei tratar-se de uma metáfora. Mesmo com tudo aquilo que o homem é capaz de fazer, a igreja da nossa cidade sobreviveu.

Michener não disse nada. Com certeza todo este pala-vreado tinha um propósito. Por que motivo faria Clemente esperar todos os outros com uma conversa que podia ter ficado para mais tarde?

– Eu adorava aquela catedral – prosseguiu Clemente. – Fazia parte da minha juventude. Parece que ainda ouço o coro a cantar. Verdadeiramente inspirador! Como eu gostava de ser sepultado lá! Mas não é possível, pois não? Os papas têm de ficar na cripta da Basílica de S. Pedro. Gostava de saber quem é que instituiu essa regra...

Clemente falava com uma voz distante. Michener per-guntou a si próprio com quem é que estaria verdadeira-mente a falar. Aproximou-se dele.

– Jakob, diga-me o que se passa.

Clemente largou os paramentos e fechou as mãos tré-mulas à sua frente.

– Você é muito ingénuo, Colin. Você não compreende, pura e simplesmente. Nem pode. – O papa falou em sur-dina, quase sem mexer os lábios. A voz saiu-lhe impassível, desprovida de emoção. – Julga, por acaso, que temos alguma privacidade no Vaticano? Não se apercebe de quão profunda é a ambição de Valendrea? O toscano sabe tudo o que fazemos, tudo o que dizemos. Quer ser cardeal? Para isso deve ter consciência da dimensão dessa responsabili-dade. Como pode esperar que eu o nomeie se você não vê o que é tão claro?

Desde que trabalhavam em conjunto, raramente se tinham digladiado, mas o papa estava a castigá-lo. Porquê?

– Somos apenas homens, Colin, mais nada. Sou tão infa-lível como você. Mas autoproclamamo-nos príncipes da Igreja. A única preocupação dos clérigos devotos é agradar a Deus, enquanto nós agradamos apenas a nós próprios. Esse idiota, o Bartolo, que está à espera lá fora, é um bom exemplo. Só quer saber quando é que eu morrerei. Nessa altura muda a sorte dele, com certeza. Tal como a sua.

–Espero que não fale assim com mais ninguém.

Clemente afagou a cruz que trazia ao peito. Aparentemente, o gesto acalmou os seus tremores.

–Estou preocupado consigo, Colin. Você é como um golfinho fechado num aquário. Durante toda a vida, os seus tratadores asseguraram que a água estava limpa e que a comida não faltava. Agora, preparam-se para devolvê-lo ao mar. Será que consegue sobreviver?

Michener ficou ressentido com o tom de Clemente.

–Sei mais do que o senhor imagina.

–Você não conhece as profundezas de uma pessoa como Alberto Valendrea. Ele não é um homem de Deus. Tem havido muitos papas como ele, gananciosos e presunçosos, homens insensatos, convencidos de que o poder é a resposta para tudo. Julguei que já tinham passado à história, mas enganei-me. Pensa que pode lutar com Valendrea? – Clemente abanou a cabeça. – Não, Colin. Você não está ao nível dele. Você é demasiado decente, demasiado crédulo.

–Por que está o senhor a dizer-me tudo isso?

–Porque tenho de o fazer. – Clemente aproximou-se mais. Os dois homens estavam agora a poucos centímetros um do outro. – Alberto Valendrea será a ruína da Igreja, se é que eu e os meus antecessores não o fomos já. Você está constantemente a perguntar-me o que se passa, mas devia preocupar-se menos com o que me perturba e mais com o que eu lhe digo para fazer. Compreende?

Michener ficou abismado com a rudeza de Clemente. Era um monsenhor com quarenta e sete anos, o secretário do papa, um servo dedicado. Por que é que o seu velho amigo questionava a sua lealdade e as suas capacidades? Mas resolveu não discutir mais.

–Compreendo, Vossa Santidade.

–Maurice Ngovi é a pessoa mais próxima de mim que você terá. Lembre-se disso no futuro. – Clemente recuou e pareceu mudar de tom. – Quando é que parte para a Roménia?

– Amanhã de manhã.

Clemente abanou a cabeça. Em seguida, meteu a mão na sotaina e tirou mais um envelope azul-cinza.

– Óptimo! Envie-me isto pelo correio, por favor.

Michener pegou no envelope e reparou que era dirigido a Irma Rahn. Ela e Clemente eram amigos de infância. Irma ainda vivia em Bamberg, e ambos mantinham uma correspondência assídua há anos.

– Eu trato disso.

– Daqui.

– Como disse?

– Envie a carta daqui, de Turim. Você pessoalmente, por favor. Não a entregue a mais ninguém.

Michener sempre enviara pessoalmente as cartas do papa e nunca precisara que lhe dissessem como havia de proceder, mas, mais uma vez, resolveu não fazer perguntas.

– Com certeza, Vossa Santidade. Vou enviá-la daqui. Pessoalmente.

ONZE

Valendrea encaminhou-se directamente para o gabinete do arquivista da Santa Igreja Católica. O cardeal responsável pelos Arquivos Secretos do Vaticano não era um dos seus aliados, mas ele sabia que o homem era suficientemente esperto para não hostilizar alguém que poderia vir a ser papa. Todos os cargos terminavam com a morte de um papa. A manutenção do serviço dependia apenas do que decidisse o Vigário de Cristo seguinte, e Valendrea sabia que o arquivista actual queria conservar o seu lugar.

Encontrou o homem sentado à secretária, a trabalhar. Entrou tranquilamente no gabinete espaçoso e fechou a porta de bronze atrás de si.

O cardeal levantou a cabeça, mas não disse nada. Tinha perto de setenta anos, um rosto magro e uma testa alta e inclinada. Nascera em Espanha, mas trabalhara em Roma durante toda a sua vida.

O Sacro Colégio estava dividido em três categorias. Os cardeais-bispos, que chefiavam os bispados de Roma, os cardeais-padres, que chefiavam as dioceses fora de Roma, e os cardeais-diáconos, que eram funcionários da Cúria a tempo inteiro. O arquivista era o mais velho dos cardeais-diáconos e, como tal, fora-lhe concedida a honra de anunciar da varanda da Praça de S. Pedro o nome dos papas recém-eleitos. Valendrea não estava preocupado com esse privilégio sem valor; a importância do velho residia na influência que ele exercia em alguns cardeais-diáconos que ainda hesitavam quanto ao apoio a dar antes do conclave.

Avançou para a secretária e reparou que o seu anfitrião não se levantou nem o cumprimentou.

– Não é assim tão grave – disse ele, reagindo ao olhar de que estava a ser alvo.

– Não estou tão certo disso. Presumo que o sumo pontífice ainda se encontre em Turim.

– Por que outro motivo estaria eu aqui?

O arquivista respirou fundo.

– Quero que abra a reserva e o cofre – disse Valendrea.

Finalmente, o velho levantou-se.

– Tenho de recusar.

– Isso seria imprudente.

Valendrea esperava que o homem entendesse a mensagem.

– As suas ameaças não podem contrariar uma ordem papal. Só o papa pode entrar na reserva, mais ninguém. Nem sequer o senhor.

– Ninguém precisa de saber. Não me demoro.

– O meu compromisso com este cargo e com a Igreja é mais importante para mim do que o senhor imagina.

– Escute, velhote. Estou numa missão da maior importância para a Igreja. Uma missão que exige um acto extraordinário.

Era mentira, mas soava bem.

– Nesse caso, decerto não se importa que o Santo Padre autorize o acesso. Posso telefonar para Turim.

Chegara o momento da verdade.

– Possuo uma declaração feita sob juramento da sua sobrinha. Entregou-ma de boa vontade. Ela jura perante o Todo-Poderoso que o senhor perdoou à filha o aborto que fez. Como é possível, eminência? Isso é heresia...

– Eu sei da existência das declarações feitas sob juramento. O seu padre Ambrosi foi bastante convincente com a família da minha irmã. Absolvi a minha sobrinha porque ela estava a morrer e tinha medo de passar a eternidade no Inferno. Confortei-a com a graça de Deus, como qualquer padre deve fazer.

– O meu Deus, o seu Deus, não perdoa o aborto. Isso é um assassínio. O senhor não tinha o direito de lhe perdoar. Creio que o Santo Padre seria obrigado a concordar com isto.

Valendrea percebeu que o velho estava fortalecido perante o seu dilema, mas também reparou num tremor no olho esquerdo – talvez fosse exactamente o sítio por onde o medo se escapava.

A bravata do cardeal-arquivista não impressionou Valendrea. O velho passara a vida inteira a transferir documentos de uns *dossiers* para os outros, aplicando regras sem sentido, erguendo obstáculos diante de quem se atrevesse a desafiar a Santa Sé. Fazia parte de uma longa série de *scrittori* para os quais a obra da sua vida era garantir a segurança dos arquivos papais. Depois de se empoleirarem num trono negro, a sua presença física nos arquivos servia de aviso para que a autorização para entrar não fosse concedida com leviandade. Tal como numa escavação arqueológica, daquelas estantes só viriam revelações depois de um mergulho meticuloso nas suas profundezas. E isto levava tempo – uma vantagem que só nas últimas décadas a Igreja se resolvera a conceder. Valendrea compreendia que a única tarefa de homens como o cardeal-arquivista consistia em proteger a Santa Madre Igreja, mesmo dos seus príncipes.

– Faça como quiser, Alberto. Conte a toda a gente o meu segredo. Mas não vou permitir que entre na reserva. Para lá chegar, terá de ser papa. E não é.

Talvez tivesse subestimado este rato de biblioteca. O velho era mais forte do que parecia. Valendrea resolveu deixar assentar a poeira, pelo menos por enquanto. Era possível que viesse a precisar do homem nos meses seguintes.

Deu meia volta e encaminhou-se para as portas de bronze.

– Quando eu for papa, volto a falar consigo. – Parou e olhou para trás. – Veremos então se é tão leal para comigo como é para com os outros.

DOZE

Katerina aguardava no quarto do hotel pouco depois do almoço. O cardeal Valendrea dissera que telefonaria às duas horas, mas não cumprira a sua palavra. Com certeza pensava que dez mil euros eram suficientes para que ela esperasse pelo telefonema. Ou talvez considerasse que a sua anterior relação com Colin Michener constituía um incentivo suficiente para garantir que faria o que ele lhe pedira. Fosse como fosse, não lhe agradava que o cardeal se tivesse julgado tão inteligente ao ponto de ler os seus pensamentos.

Era verdade que o dinheiro que ganhara nos Estados Unidos estava quase a acabar e que se cansara de sugar Tom Kealy, ao qual parecia agradar a sua dependência. Kealy saíra-se bem com os três livros, e dentro de pouco tempo os resultados seriam ainda melhores. Agradava-lhe ser a personalidade religiosa mais recente da América. Era um viciado do protagonismo, o que era compreensível até certo ponto, mas ela conhecia determinadas facetas de Tom Kealy que os seus seguidores ignoravam. As emoções não podiam ser lançadas num sítio da Web nem introduzidas num memorando publicitário. Os verdadeiros especialistas conseguiam transmiti-las por palavras, mas Kealy não escrevia bem. Os seus três livros tinham sido escritos por outra pessoa – uma das tais *coisas* que só ela e o editor sabiam, e que Kealy não queria ver revelada. O homem não era real, pura e simplesmente, apenas uma ilusão que alguns milhares de pessoas, entre as quais ele próprio, tinham aceitado.

Era tão diferente de Michener!

Katerina recriminava-se por ter sido agressiva na véspera. Antes de chegar a Roma, e admitindo que os caminhos de ambos se cruzassem, prometera a si própria que teria cuidado com as palavras. Afinal, passara-se muito tempo e a vida continuara para os dois, mas quando o viu no tribunal percebeu que ele deixara uma marca indelével nas suas emoções, uma marca que ela receava admitir e que produzia um ressentimento incontrolável.

Na noite anterior, enquanto Kealy dormia a seu lado, perguntara a si própria se o caminho tortuoso que percorrera nos últimos doze anos não seria um prelúdio deste momento. A sua carreira estava longe de ser um sucesso, a sua vida pessoal era um desconsolo, e no entanto ali estava ela à espera de que o segundo homem mais poderoso da Igreja Católica lhe desse uma oportunidade de enganar alguém de quem ainda gostava muito.

Antes, recolhera algumas informações através de contactos na imprensa italiana e soubera que Valendrea era um homem complexo. Nascera rico, no seio de uma das famílias nobres mais antigas de Itália. Contava pelo menos dois papas e cinco cardeais entre os seus antepassados e tinha tios e irmãos envolvidos tanto na política italiana como na actividade empresarial internacional. O clã Valendrea também tinha fortes raízes no domínio da arte europeia e possuía palácios e grandes propriedades. Os Valendrea haviam sido cautelosos com Mussolini e ainda mais com os regimes tumultuosos que se seguiram em Itália. As suas indústrias e o seu dinheiro tinham sido, e continuavam a ser, requestados, mas eles mostravam-se criteriosos nos seus apoios.

Lia-se no *Annuario Pontifico* do Vaticano que Valendrea tinha sessenta anos e era licenciado pela Universidade de Florença, pela Universidade Católica do Sagrado Coração e pela Academia de Direito Internacional da Haia. Era autor de catorze tratados. O seu estilo de vida exigia mais do que os três mil euros por mês que a Igreja pagava aos seus príncipes. E apesar de o Vaticano não gostar que os cardeais se envolvessem em actividades seculares, sabia-se que Valendrea era accionista de várias *holdings* italianas e fazia parte de muitos conselhos de administração. A sua relativa juventude era considerada uma vantagem, tal como as suas capacidades inatas para a política e a sua personalidade dominadora. Usava com bom senso o cargo de secretário de Estado e era muito conhecido nos meios de informação ocidental. Era um homem que reconhecia as tendências da comunicação moderna e a necessidade de dar uma imagem pública consistente. Além disso, era um teólogo da linha dura que se opunha abertamente ao Vaticano II, posição que se revelara durante a audição de Kealy no tribunal, e um dos tradicionalistas para os quais a melhor maneira de servir a Igreja era o culto do passado.

Quase todas as pessoas com quem Katerina trocara impressões concordavam que Valendrea era o cardeal mais bem posicionado para suceder a Clemente, não necessariamente porque fosse o ideal para o cargo, mas porque não havia ninguém com força suficiente para o desafiar. A todos os níveis, estava pronto para o próximo conclave.

Mas também há três anos seguia na linha da frente e perdera.

O telefone afastou-a dos seus pensamentos.

O seu olhar desviou-se para o auscultador. Lutou contra o impulso de atender logo, preferindo que Valendrea, se é que o telefonema era dele, suasse um pouco. Depois do sexto toque, atendeu.

– Estava a fazer-me esperar? – perguntou Valendrea.

– Não mais do que eu esperei.

Do outro lado ouviu-se um risinho trocista.

– A senhora agrada-me, Miss Lew. Tem personalidade. Então diga-me, qual é a sua decisão?

– Como se não a soubesse já…

– Julguei que estava a ser amável.

– Não o tenho na conta de se preocupar com esses pormenores.

– Não tem muito respeito por um cardeal da Igreja Católica…

– O senhor veste-se todas as manhãs como outra pessoa qualquer.

– Tenho a sensação de que não é uma mulher religiosa.

Foi a vez de Katerina soltar uma gargalhada.

– Não me diga que converte almas nos intervalos da política!…

– Fiz bem em escolhê-la. A senhora e eu vamos dar-nos bem.

– Quem lhe diz que eu não estou a gravar tudo isto?

– E a perder a oportunidade da sua vida? Duvido muito. Já para não falar da hipótese de estar com o bom padre Michener… Tudo à minha custa, ainda por cima! Quem poderia exigir mais?

A atitude irritante de Valendrea não era muito diferente da de Tom Kealy. Por que se sentiria atraída por homens tão emproados e seguros de si?

– Quando parto?

– O secretário do papa parte amanhã de manhã e chega a Bucareste à hora do almoço. Acho que a senhora podia partir hoje ao fim do dia e adiantar-se a ele.

– E para onde vou?

– Michener vai visitar um padre chamado Andrej Tibor. Ele está reformado e trabalha num orfanato cerca de sessenta quilómetros a norte de Bucareste, na aldeia de Zlatna. Talvez saiba onde fica…

– Sim.

– Então não terá dificuldade em saber o que Michener faz e diz enquanto lá estiver. Além disso, o Michener leva uma carta do papa. Se conseguisse descobrir o que ela diz, ficaria ainda mais bem vista a meus olhos.

– Não é nada exigente, pois não?

– A senhora é uma mulher cheia de talentos. Sugiro que utilize os mesmos encantos de que Tom Kealy parece usufruir. Com certeza a sua missão será um autêntico sucesso.

E a chamada desligou-se.

TREZE

CIDADE DO VATICANO
17.30h

Valendrea estava à janela do seu gabinete, no terceiro andar. Lá fora, os cedros altos, os pinheiros e os ciprestes dos jardins do Vaticano insistiam em não deixar partir o Verão. Desde o século XIII que os papas deambulavam pelos caminhos de tijolo bordejados de loureiros e de murta e encontravam conforto nas esculturas clássicas, nos bustos e nos relevos de bronze.

Recordou a época em que frequentara os jardins, acabado de sair do seminário e colocado no único sítio do mundo em que desejava servir. Nesse tempo, as áleas estavam repletas de jovens sacerdotes que ignoravam o seu futuro. Ele pertencia a um período em que os italianos dominavam o papado. Mas o Vaticano II alterara tudo isso, e Clemente XV estava a afastar-se ainda mais. Todos os dias saía do quarto andar mais uma lista de ordens para transferir padres, bispos e cardeais. Cada vez eram chamados mais ocidentais, africanos e asiáticos a Roma. Tentava adiar a execução de todas essas ordens, na esperança de que Clemente morresse, mas acabava por ser obrigado a cumpri-las.

Os italianos já estavam em minoria no Sacro Colégio dos Cardeais; Paulo VI fora talvez o último. Valendrea conhecera o cardeal de Milão, pois tivera a sorte de se encontrar em Roma nos dois últimos anos do seu pontificado. Em 1983, Valendrea era arcebispo. João Paulo II concedera-lhe finalmente o tricórnio vermelho, decerto uma maneira de o polaco captar as simpatias dos locais.

Ou seria algo mais?

As tendências conservadoras de Valendrea eram conhecidas, assim como a sua fama de trabalhador diligente. João Paulo nomeara-o prefeito da Congregação para a Evangelização dos Povos. Aí, coordenava as actividades missionárias em todo o mundo, supervisionava a construção de igrejas, definia os limites das dioceses e ensinava os catequistas e o clero. O cargo permitira-lhe que se envolvesse em todos os aspectos da Igreja e construísse discretamente uma base de poder entre os homens que um dia poderiam vir a ser cardeais. Nunca se esqueceu do que o pai lhe ensinara. *Um favor feito é um favor retribuído.*

E era mesmo verdade.

Como em breve viria a provar-se.

O cardeal afastou-se da janela.

Ambrosi já tinha partido para a Roménia. Valendrea sentia a sua falta; era a única pessoa com a qual se sentia inteiramente à vontade. Ambrosi parecia compreender a sua maneira de ser. E o seu esforço. Havia tanta coisa a fazer no momento certo, nas proporções exactas, e as hipóteses de insucesso eram muito superiores às de êxito.

Não havia muitas oportunidades de ascender ao pontificado. Valendrea participara num conclave e talvez não faltasse muito para o segundo. Se não conseguisse ser eleito dessa vez, a menos que o papa seguinte morresse de repente, não voltaria a ter outra oportunidade. A possibilidade de fazer parte do processo terminava oficialmente aos oitenta anos, uma medida tomada por Paulo VI contra a sua vontade, e não havia fitas magnéticas recheadas de segredos que chegassem para alterar essa realidade.

Olhou para um retrato de Clemente XV que se encontrava do outro lado do seu gabinete. O protocolo exigia a presença daquele objecto irritante, mas, se fosse ele a escolher, teria optado por uma fotografia de Paulo VI. Italiano de nascimento, romano por natureza, latino no carácter, Paulo VI fora brilhante e só cedera em pequenas coisas, comprometendo-se apenas o suficiente para satisfazer os eruditos. Era assim que ele próprio, também, conduziria a Igreja: mudar alguma coisa para que tudo ficasse na mesma. Desde a véspera que andava a pensar em Paulo VI. O que dissera Ambrosi acerca do padre Tibor? *É a única pessoa ainda viva, além de Clemente, que viu o que se encontra na reserva sobre os segredos de Fátima.*

Não era verdade.

A sua mente recuou até 1978.

* * *

– Venha, Alberto. Venha comigo.

Paulo VI levantou-se e sentiu a pressão no joelho direito. O velho pontífice tinha padecido muito nos últimos anos de vida. Sofrera de bronquite, gripe, problemas de bexiga, insuficiência renal e fora submetido à ablação da próstata. As doses maciças de antibióticos tinham evitado infecções, mas os medicamentos estavam a enfraquecer-lhe o sistema imunitário, a roubar-lhe forças. A artrite era particularmente dolorosa, e Valendrea tinha pena do velho. O fim estava a chegar, mas com uma lentidão agónica.

O papa saiu a custo do apartamento e encaminhou-se para o elevador privado do quarto andar. Era Maio e estava uma noite de temporal. Reinava o silêncio no Palácio Apostólico. Paulo dispensou os seguranças, dizendo-lhes que ele e o seu primeiro-secretário assistente não se demoravam. Não era necessário chamar os dois secretários papais.

A irmã Giacomina apareceu à porta do quarto. Era a responsável pelo pessoal doméstico e a enfermeira de Paulo. A Igreja decretara há muito que as mulheres que trabalhavam nas instalações do clero tinham de ser de idade canónica. Na opinião de Valendrea, esta regra era divertida. Por outras palavras, tinham de ser velhas e feias.

– Onde vai, Vossa Santidade? – perguntou a freira, como se se tratasse de uma criança a sair do quarto sem autorização.

– Não se preocupe, irmã. Tenho um assunto a tratar.

– Devia estar a descansar, bem sabe.

– Não me demoro. Mas sinto-me bem e preciso de tratar deste assunto. O padre Valendrea toma bem conta de mim.

– Não mais de meia hora. Entendido?

Paulo sorriu.

– Prometo. Daqui a meia hora, vou para a cama.

A freira retirou-se para o seu quarto e eles dirigiram-se para o elevador. No rés-do-chão, Paulo atravessou uma série de corredores até chegar aos arquivos.

– Retardei uma coisa durante muitos anos, Alberto. Creio que esta noite é tempo de remediar isso.

Continuou a andar com o auxílio da bengala e Valendrea encurtou o passo para o acompanhar. Entristecia-o olhar para este homem que fora tão imponente. Giovanni Battista Montini era filho de um advogado italiano de sucesso. Fora subindo na hierarquia da Cúria até chegar a secretário de Estado. Depois fora arcebispo de Milão e administrara a diocese com eficiência, chamando a atenção do Sacro Colégio dos Cardeais como opção natural para suceder ao tão estimado João XXIII. Fora um papa excelente, e o seu pontificado desenrolara-se num período difícil após o Vaticano II. A Igreja viria a sentir muito a sua falta, tal como o próprio Valendrea. Nos últimos tempos, tivera a sorte de privar com Paulo. O velho guerreiro parecia apreciar a sua companhia. Falava-se até de uma possível elevação a bispo, e Valendrea esperava que Paulo a decidisse antes que Deus o chamasse.

Entraram nos arquivos e o prefeito ajoelhou-se ao ver Paulo.

– O que o traz aqui, Vossa Santidade?

– Por favor, abra a reserva.

Valendrea gostou do modo como Paulo respondera a uma pergunta com uma ordem. O prefeito apressou-se a ir buscar uma série de chaves enormes e encaminhou-se para os arquivos às escuras. Paulo foi atrás dele, devagar. Chegaram quando o prefeito acabou de abrir uma grade de ferro e acendeu uma série de lâmpadas incandescentes. Valendrea sabia da existência da reserva e da lei que exigia a autorização do papa para alguém lá entrar. Era a reserva sagrada dos vigários de Cristo. Só Napoleão violara a sua santidade, e acabara por pagar pelo insulto.

Paulo entrou na sala sem janelas e apontou para um cofre preto.

– Abra-o.

O prefeito obedeceu, fazendo girar os mostradores e soltando os volteadores. A porta dupla abriu-se. As dobradiças de latão nem se ouviram.

O papa sentou-se numa de três cadeiras.

– Não é preciso mais nada – disse Paulo, e o prefeito saiu.

– O meu antecessor foi o primeiro a ler o terceiro segredo de Fátima. Disseram-me que depois mandou fechá-lo neste cofre. Durante quinze anos, resisti ao impulso de vir aqui.

Valendrea ficou um pouco confuso.

– Mas em 1967 o Vaticano não fez uma declaração segundo a qual o segredo permaneceria selado? Vossa Santidade não o leu primeiro?

– Há muitas coisas na Cúria que são feitas em meu nome mas acerca das quais pouco sei. No entanto, falaram-me disso. Mais tarde.

Valendrea perguntou a si próprio se teria cometido uma imprudência ao fazer esta pergunta. Tinha de tomar cuidado com as palavras.

– Tudo isto me espanta – disse Paulo. – A Mãe de Deus aparece a três crianças do campo. Não a um padre, a um bispo ou ao papa. Ela escolhe três crianças analfabetas. Parece preferir sempre os humildes. Será que o Céu está a tentar dizer-nos alguma coisa?

Valendrea sabia tudo acerca do modo como a mensagem da Virgem transmitida à irmã Lúcia transitara de Portugal para o Vaticano.

— Nunca julguei que as palavras da boa irmã me despertassem a atenção — continuou Paulo. — Conheci Lúcia em Fátima, que visitei em 1967. Fui criticado por lá ir. Os liberais afirmaram que eu estava a ignorar os progressos do Vaticano II, a atribuir demasiada importância ao sobrenatural, a adorar Maria em detrimento de Cristo e do Senhor, mas eu bem sabia.

Valendrea reparou num brilho ígneo no olhar de Paulo. Talvez houvesse ainda um resquício de combatividade no velho guerreiro.

— Conheci jovens que adoravam Maria. Sentiam-se atraídos pelos santuários. A minha ida a Fátima foi importante, mostrou que o papa se interessava por eles. E eu tinha razão, Alberto. Hoje em dia, Maria é mais popular do que nunca.

Ele sabia que Paulo gostava da Madona e que durante o seu pontificado fizera questão de cumulá-La de títulos e de atenção. Talvez em demasia, na opinião de alguns.

Paulo apontou para o cofre.

— A quarta gaveta da esquerda, Alberto. Abra-a e traga-me o que está lá dentro.

Ele obedeceu e abriu uma pesada gaveta de ferro. Lá dentro estava uma pequena caixa de madeira, com um selo de lacre do lado de fora que ostentava as insígnias papais de João XXIII. Em cima lia-se, numa etiqueta, secretum SANCTI OFFICIO. Valendrea entregou a caixa a Paulo, que a examinou por fora com as mãos trémulas.

— Dizem que Pio XII colocou a etiqueta por cima e que João XXIII ordenou que ela fosse selada. Agora, é a minha *vez de ver o que está lá dentro. Destrua o selo de lacre, Alberto, por favor.*

Ele olhou à volta, à procura de uma ferramenta. Como não encontrou nenhuma, espetou um dos cantos da porta do cofre no lacre e retirou-o. Entregou a caixa a Paulo.

– Esperto – comentou o papa.

Valendrea aceitou o cumprimento com um gesto de cabeça.

Paulo pousou a caixa no regaço e tirou os óculos da sotaina. Ajustou as hastes da armação nas orelhas, abriu a tampa e retirou dois maços de papel. Pôs um de lado e desfez o outro. Valendrea viu uma folha branca envolvida noutra visivelmente mais antiga. Ambas continham escritos.

O pontífice examinou a folha mais antiga.

– Esta é a nota original que a irmã Lúcia escreveu em português – disse Paulo. – Infelizmente, não sei essa língua.

– Nem eu, Vossa Santidade.

Paulo estendeu-lhe a folha de papel. O texto ocupava cerca de vinte linhas escritas a tinta preta que estava a desvanecer-se. Era empolgante pensar que apenas a irmã Lúcia, uma reconhecida vidente da Virgem Maria, e o papa João XXIII tinham tocado naquele documento antes dele.

Paulo apontou para a folha mais recente.

– Isto é a tradução.

– A tradução, Vossa Santidade?

– João também não sabia ler português. Mandou traduzir a mensagem para italiano.

Valendrea não tinha conhecimento deste facto. Portanto, havia um terceiro conjunto de impressões digitais – algum funcionário da Cúria chamado a traduzir o documento, decerto obrigado por juramento a manter sigilo e talvez já falecido.

Paulo desdobrou a segunda folha e começou a ler. A sua expressão era estranha.

—*Nunca fui bom a decifrar enigmas.*

Refez o maço e pegou no segundo.

—*Parece que a mensagem passa para a outra página.*
— Desdobrou as folhas; mais uma vez, uma folha mais nova
e a outra visivelmente mais antiga. — *De novo em português.*
— Paulo olhou para a folha mais recente. — *Ah, em italiano!
Outra tradução.*

Valendrea observava Paulo. O papa lia o documento com
uma expressão que oscilava entre a confusão e uma profunda
inquietação. Tomou fôlego, franziu o sobrolho e leu mais
uma vez a tradução.

Não disse nada. Nem Valendrea, que não se atreveu a
pedir para ler aquelas palavras.

O papa leu a mensagem pela terceira vez.

Paulo humedeceu os lábios ressequidos com a língua e
mexeu-se na cadeira. Uma expressão de espanto apoderou-se
das feições do velho. Por um instante, Valendrea assustou-se.
À sua frente estava o primeiro papa que viajara por todo o
mundo, um homem que se impusera aos progressistas da
Igreja e conduzira a sua revolução com moderação. Deslocara-
-se às Nações Unidas e proclamara: «Guerra nunca mais!»
Denunciara a contracepção como um pecado e mantivera a
sua posição firme, apesar do coro de protestos que abalou os
próprios alicerces da Igreja. Reafirmara a tradição do celibato
eclesiástico e da excomunhão dos dissidentes. Escapara a um
assassino nas Filipinas, desafiara os terroristas e presidira ao
funeral do seu amigo, o primeiro-ministro de Itália. Era um
vigário determinado, que não se deixava abalar. Contudo,
algo o afectara nas linhas que acabara de ler.

Paulo refez o embrulho, arrumou os dois maços na caixa
de madeira e fechou a tampa.

—*Ponha-a onde estava* — disse o papa em surdina, cabis-
baixo. Tinha a sotaina branca salpicada de pedacinhos de
lacre. Afastou-os, como se fossem uma doença. — *Isto foi um
erro, eu não devia ter vindo.* — Em seguida, encheu-se de cora-

116

gem e recuperou a compostura. – Quando chegarmos lá acima, redija uma ordem. Quero que seja você a lacrar de novo aquela caixa, pessoalmente. Depois, não se fará mais nenhuma consulta, sob pena de excomunhão. Não há excepções.

Mas essa ordem não se aplicaria ao papa, pensou Valendrea. Clemente XV podia entrar e sair da reserva quando lhe apetecesse.

E era o que o alemão tinha acabado de fazer.

Há muito tempo que Valendrea sabia da existência de uma tradução italiana do texto da irmã Lúcia, mas só na véspera soubera o nome do tradutor.

O padre Andrej Tibor.

Havia três perguntas que o atormentavam.

O que levava Clemente XV a deslocar-se à reserva? Por que motivo o papa pretendia comunicar com Tibor? E, mais importante, o que saberia o tradutor?

Nesse momento, Valendrea não tinha uma única resposta.

Mas talvez dentro de poucos dias, graças a Colin Michener, Katerina Lew e Ambrosi, viesse a saber as respostas às três perguntas.

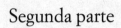

Segunda parte

CATORZE

Michener desceu os degraus metálicos e pisou a pista oleosa do aeroporto de Otopeni. O avião da British Airways em que chegara de Roma voara com metade da lotação e era uma das quatro aeronaves que utilizavam o terminal.

Michener já fora à Roménia uma vez, quando trabalhava na secretaria de Estado sob as ordens do então cardeal Volkner, adstrito à secção de relações com os Estados, integrada na direcção internacional e responsável pelas actividades diplomáticas.

Há décadas que as igrejas do Vaticano e da Roménia se digladiavam por causa de uma transferência, ocorrida depois da Segunda Guerra Mundial, de propriedades da Igreja Católica para a Igreja Ortodoxa que incluíam mosteiros de uma antiga tradição latina. A liberdade religiosa regressou com a queda do comunismo, mas a discussão sobre a posse continuou e tinham-se registado embates violentos entre as duas igrejas. João Paulo II iniciou o diálogo com o governo romeno depois de Ceausescu ter sido derrubado e fez até uma visita oficial à Roménia, mas os progressos eram lentos. O próprio Michener esteve envolvido em negociações posteriores. Há pouco tempo, o governo centralista fizera algumas diligências. No país havia cerca de dois milhões de católicos para vinte e dois milhões de ortodoxos, e as suas vozes começavam a ser ouvidas. Clemente esclarecera que desejava visitar o país, mas a disputa impedia quaisquer conversações sobre uma eventual visita papal.

Este caso era apenas mais uma parcela da complicada política que parecia consumir o tempo de Michener. Ele já não era um sacerdote, era um ministro do governo, um diplomata e um confidente pessoal – e tudo isto terminaria com o último suspiro de Clemente. Talvez então voltasse a ser um sacerdote. Nunca trabalhara verdadeiramente numa congregação. Certas acções missionárias revelavam-se autênticos desafios. O cardeal Ngovi falara-lhe do Quénia. A África poderia ser um refúgio excelente para um ex-secretário papal, sobretudo se Clemente morresse antes de o elevar a cardeal.

Afastou as incertezas quanto à sua vida e dirigiu-se para o terminal. Sentia bem que se encontrava a maior altitude. Estava uma atmosfera pesada e fria – doze ou treze graus, conforme o piloto indicara antes de o avião aterrar. No céu, uma camada espessa de nuvens baixas negava à luz do sol a oportunidade de ir ao encontro da terra.

Michener entrou no edifício e dirigiu-se para o controlo dos passaportes. Trazia pouca bagagem, apenas uma mala ao ombro, visto que esperava não se demorar mais de um ou dois dias, e escolhera uma indumentária informal – *jeans*, uma camisola e um casaco –, para corresponder ao pedido de discrição feito por Clemente.

O seu passaporte do Vaticano garantia-lhe a entrada no país sem o visto habitual. Em seguida, alugou um Ford Fiesta já velho num balcão da Eurodollar mesmo à saída da alfândega e pediu ao funcionário que lhe indicasse o caminho para Zlatna. O seu domínio da língua romena era suficiente para que compreendesse a maior parte daquilo que o homem ruivo lhe disse.

Não se sentia particularmente entusiasmado com a perspectiva de conduzir sozinho nas estradas de um dos países mais pobres da Europa. A pesquisa da noite anterior revelara a existência de diversos organismos oficiais que chamavam a atenção para os ladrões e aconselhavam prudência, sobretudo à noite e nas zonas rurais. Michener teria preferido contar com o apoio do núncio apostólico em Bucareste. Um membro do pessoal da nunciatura poderia servir de motorista e de guia, mas Clemente rejeitara a ideia. Michener entrou no carro e saiu do aeroporto. Pouco depois, descobriu a auto-estrada e seguiu para noroeste, a caminho de Zlatna.

Katerina encontrava-se na zona ocidental da praça da cidade. No pavimento incerto, faltavam muitas pedras e a maioria estava a esboroar-se. As pessoas andavam de um lado para o outro, tratando dos seus afazeres, decerto mais prementes – comida, aquecimento e água. O pavimento dilapidado era a menor das suas preocupações quotidianas.

Chegara a Zlatna há duas horas e passara uma hora a recolher todas as informações possíveis acerca do padre Andrej Tibor. Fora cautelosa nas perguntas, porque os romenos eram bastante curiosos. Segundo Valendrea, o voo de Michener chegava pouco depois das onze da manhã. Ele levaria umas boas duas horas para percorrer os cento e trinta e cinco quilómetros que separavam Bucareste de Zlatna. O seu relógio marcava uma e vinte, por conseguinte, partindo do princípio de que o voo chegara à tabela, Michener não devia tardar.

Era simultaneamente estranho e reconfortante voltar à pátria. Katerina nascera e fora criada em Bucareste, mas passara boa parte da infância para além dos Cárpatos, na Transilvânia profunda. Sabia que a região não era um antro de vampiros e de lobisomens, como alguns escreviam nos seus romances, mas como Erdély, uma zona de densas florestas, castelos, praças-fortes e gente calorosa. A cultura era uma mistura de elementos húngaros e alemães, à qual os ciganos davam um toque especial. O pai descendia de colonos saxões que tinham sido enviados para a região no século XII com o propósito de defender os desfiladeiros das invasões dos tártaros. Os descendentes dessa raça europeia haviam resistido a uma série de déspotas húngaros e de monarcas romenos, mas acabaram por ser dizimados pelos comunistas após a Segunda Guerra Mundial.

Os pais da mãe eram *tigani*, ciganos, e os comunistas não foram meigos para eles, orquestrando um ódio colectivo semelhante ao que Hitler fomentara em relação aos judeus. Ao contemplar Zlatna, com as casas de madeira, as varandas de talha e a estação de caminho-de-ferro em estilo mongol, Katerina lembrou-se da aldeia dos avós. Zlatna escapara aos sismos que assolaram a região e sobrevivera à sistematização de Ceausescu, mas não a terra dos avós. Tal como dois terços das aldeias do país, a deles fora destruída como se se tratasse de um ritual e os habitantes despachados para edifícios de apartamentos colectivos incaracterísticos. Os avós tinham até sofrido o vexame e o infortúnio de ser obrigados a demolir a própria casa. *Uma maneira de aliar a experiência do campesinato à eficiência marxista*, assim foi justificado o programa de realojamento. E, infelizmente, poucos romenos lamentaram o desaparecimento das aldeias ciganas. Katerina recordava-se de ter visitado os avós mais tarde no seu apartamento desconsolado, cujas divisões pardacentas pareciam despojadas dos espíritos acolhedores dos antepassados e onde a vida se escoava das suas almas. Era exactamente essa a ideia. Mais tarde, chamaram-lhe *limpeza étnica* na Bósnia. Ceausescu gostava de dizer que fora um passo no sentido da existência progressista; Katerina chamava-lhe loucura. E a paisagem e os sons de Zlatna ressuscitaram todas essas recordações penosas.

Pelo dono de um estabelecimento, soube que havia três orfanatos nas redondezas; num deles, considerado o pior, trabalhava o padre Tibor. O complexo ficava a oeste da cidade e acolhia crianças com doenças terminais – outra das insanidades de Ceausescu.

O ditador atreveu-se a declarar ilegal a contracepção e obrigou as mulheres com menos de quarenta e cinco anos a dar à luz pelo menos cinco filhos. O resultado foi um país com mais crianças do que os pais conseguiam sustentar. O abandono de crianças nas ruas tornou-se um lugar-comum. A sida, a tuberculose, a hepatite e a sífilis ceifaram muitas vidas. Pouco depois, começaram a surgir orfanatos em toda a parte, que pouco mais eram do que vazadouros. A tarefa de cuidar dos enjeitados foi deixada aos estrangeiros.

Katerina também descobrira que Tibor era um búlgaro à beira dos oitenta anos – ou talvez mais, ninguém sabia ao certo – conhecido por ser um homem bondoso, que desistira da reforma para trabalhar junto das crianças que em breve iriam encontrar-se com o seu Deus. Perguntou a si própria onde iria ele buscar coragem para confortar uma criança moribunda, para dizer a um menino de dez anos que faltava pouco para ir para outro sítio muito melhor do que aquele. Não acreditava nessas coisas. Era ateia e sempre fora. A religião havia sido criada pelo homem, tal como o próprio Deus. Na sua opinião, era a política, e não a fé, que explicava tudo. Que melhor maneira de controlar as massas do que aterrá-las com a ira de um ser omnipotente? Era preferível confiar em si própria, acreditar nas suas capacidades e moldar o seu destino neste mundo. A oração era para os fracos e os indolentes. Ela não precisava disso.

Olhou para o relógio. Passava um pouco da uma e meia.

Estava na hora de ir para o orfanato.

E atravessou a praça. Logo veria o que faria quando Michener chegasse.

Mas tinha uma ideia em mente.

* * *

Michener abrandou ao aproximar-se do orfanato. Fizera parte da viagem numa auto-estrada de quatro faixas, surpreendentemente bem conservada, mas a estrada secundária que tomara antes era muito diferente, com a berma destruída, o pavimento esburacado como a superfície da lua e salpicada de sinais de trânsito confusos que por duas vezes o tinham levado a enganar-se. Atravessara o rio Olt pouco antes e um desfiladeiro espectacular entre duas extensões de floresta, mas, à medida que seguia para norte, a topografia ia mudando. Dos terrenos cultivados passou para os contrafortes e depois para as montanhas. Ao longo do caminho, vira o fumo negro das fábricas que subia em espiral como uma cobra no horizonte.

Num talho em Zlatna, perguntou onde podia encontrar o padre Tibor. O orfanato estava instalado num edifício de tijolos vermelhos com dois andares; os buracos e as manchas no telhado denunciavam a atmosfera virulenta e sulfurosa que lhe provocava um forte ardor na garganta. As janelas tinham grades de ferro e a maior parte dos vidros estavam colados com fita adesiva. Muitos haviam sido caiados, e Michener admitiu que talvez fosse para evitar que as pessoas olhassem tanto lá para dentro como para fora.

Entrou no recinto murado e estacionou o carro.

O solo ressequido estava coberto de ervas daninhas. De um lado via-se um escorrega e um baloiço ferrugentos. Uma faixa negra e imunda que não conseguiu identificar bordejava o muro em frente, e talvez fosse daí que vinha o cheiro nauseabundo que sentiu ao sair do carro. Na porta principal do edifício surgiu uma freira com um hábito castanho que lhe chegava aos tornozelos.

– Bom dia, irmã. Sou o padre Colin Michener. Estou aqui para conversar com o padre Tibor.

Michener falou em inglês, esperando que ela o entendesse, e esboçou um sorriso.

A velha esticou as mãos e curvou-se ligeiramente num gesto de saudação.

– Seja bem-vindo, padre. Não percebi que era um sacerdote.

– Estou de férias e resolvi deixar a sotaina em casa.

– É amigo do padre Tibor?

O inglês dela era excelente e sem sotaque.

– Não exactamente. Diga-lhe que é um colega.

– Ele está lá dentro. Venha comigo, por favor. – A freira hesitou. – Padre, já alguma vez visitou um destes sítios?

Michener estranhou a pergunta.

– Não, irmã.

– Por favor, tente ter paciência com as crianças.

Michener baixou a cabeça, dando a entender que compreendera as palavras da freira, e foi atrás dela. Subiram cinco lanços de escadas quase em ruínas. Lá dentro cheirava a uma mistura horrível de urina, fezes e sujidade. Michener combateu a náusea respirando fundo e apeteceu-lhe apertar o nariz, mas pensou que isso seria uma atitude insultuosa. Sentiu que pisava vidros partidos e reparou nas paredes, cuja tinta estalada lembrava pele humana queimada pelo sol.

As crianças saíram dos quartos aos magotes. Eram cerca de trinta, todas do sexo masculino, dos dois aos dezoito anos. Aproximaram-se dele e cercaram-no, todas de cabeça rapada – *para combater os piolhos*, explicou a freira. Umas coxeavam, outras pareciam não controlar os músculos; muitas eram estrábicas, outras sofriam de um defeito da fala. Tocaram nele com as mãos abertas, reclamando a sua atenção. Nas suas vozes havia uma ligeira rouquidão e os dialectos variavam, mas o russo e o romeno eram as línguas mais comuns. Algumas perguntaram quem ele era e por que estava ali. Michener soubera na cidade que a maior parte daquelas crianças sofriam de doenças terminais ou eram deficientes profundas, mas aquela cena era completamente surreal. Os rapazes usavam bibes, uns por cima das calças, outros sobre as pernas nuas; as roupas eram o que se pudera arranjar que servisse nos seus corpos escanzelados. As crianças pareciam só ter olhos e ossos. Quase todas eram desdentadas; tinham feridas abertas nos braços, nas pernas e na cara. Michener tentou ser cauteloso. Na noite anterior, lera que a seropositividade aumentava a um ritmo galopante nas crianças abandonadas da Roménia.

Quis dizer-lhes que Deus tomaria conta delas, que haveria um fim para o seu sofrimento, porém, antes de ele abrir a boca, um homem magro, de sotaina preta mas sem colarinho, entrou no corredor. Trazia um rapazinho agarrado ao pescoço, num abraço desesperado. O velho usava o cabelo cortado quase rente, e tudo no seu rosto, nas suas maneiras e no seu modo de andar denotava bondade. Usava óculos com armações cromadas que lhe emolduravam os olhos castanhos e redondos, sob um tufo de sobrancelhas grisalhas e hirsutas. Era extremamente magro, mas tinha braços rijos e musculosos.

– Padre Tibor? – perguntou Michener em inglês.

– Ouvi-o dizer que era um colega.

O inglês de Tibor tinha um sotaque da Europa de Leste.

– Sou o padre Colin Michener.

O sacerdote pôs no chão a criança que trazia ao colo.

– O Dumitru tem de ir fazer o seu tratamento diário. Diga-me por que hei-de atrasá-lo para falar consigo.

Michener ficou surpreendido com o tom hostil na voz do velho.

– O papa precisa de ajuda.

Tibor respirou fundo.

– Ele vai finalmente reconhecer a situação que vivemos aqui?

Michener queria falar com ele a sós, e não lhe agradava a presença dos que os rodeavam, sobretudo a freira. As crianças continuavam agarradas à sua roupa.

– Temos de falar a sós.

O rosto do padre Tibor denunciou pouca emoção quando avaliou Michener com um olhar sereno. O estado físico do velho era surpreendente, e Michener só desejava estar em tão boa forma quando chegasse aos oitenta anos.

– Leve as crianças, irmã, e encarregue-se do tratamento do Dumitru.

A freira pegou no rapazinho ao colo e levou as outras crianças pelo corredor. O padre Tibor deu-lhe instruções em romeno, algumas das quais Michener compreendeu, mas quis saber mais.

– Que espécie de tratamento é que o menino anda a fazer?

– Limitamo-nos a massajar-lhe as pernas e a tentar que ele ande. Talvez seja inútil, mas não dispomos de outros meios.

– Não têm médicos?

– Damo-nos por muito felizes se conseguirmos alimentar estas crianças. A assistência médica é uma coisa desconhecida por aqui.

– Por que faz isto?

– É uma pergunta estranha vinda de um padre. Estas crianças precisam de nós.

A enormidade do que Michener acabara de ver não lhe saía do pensamento.

– Isto é assim em todo o país?

– Por sinal, este é um dos sítios melhores. Temos trabalhado bastante para o tornar habitável, mas, como pode ver, ainda há muito a fazer.

– Não há dinheiro?

Tibor abanou a cabeça.

– Só aquele que as organizações de ajuda humanitária nos dão. O governo pouco faz e a Igreja quase nada.

– Veio para aqui por decisão sua?

O velho fez um sinal afirmativo.

– Depois da revolução, li vários artigos sobre os orfanatos e concluí que era aqui que eu devia estar. Isso foi há dez anos. Nunca mais me fui embora.

Havia ainda uma certa irritação na voz do padre, e Michener quis saber o motivo.

– Por que é tão hostil?

– Não imagino o que pretenda o secretário papal de um velho.

– Sabe quem sou?

– Não ignoro o que se passa no mundo.

Michener percebeu que Andrej Tibor não era tolo. Talvez João XXIII tivesse feito uma boa escolha ao pedir a este homem que traduzisse a nota da irmã Lúcia.

– Trago uma carta do Santo Padre.

Tibor agarrou ao de leve no braço de Michener.

– Era isso que eu receava. Vamos para a capela.

Desceram o corredor em direcção à fachada do edifício. O que fazia as vezes de capela era uma divisão minúscula, cujo soalho estava coberto de cartão granuloso. As paredes eram de pedra nua e a madeira do tecto estava a esboroar--se. O único sinal de devoção advinha de uma janela cujos vitrais formavam uma Madona, de braços estendidos, que parecia pronta a abraçar todos os que procuravam o seu conforto.

Tibor apontou para o vitral.

– Encontrei-o relativamente perto daqui, numa igreja que ia ser demolida. Foi um dos voluntários de Verão que o instalou. As crianças sentem-se atraídas por Ela.

– Sabe o motivo por que vim, não é verdade?

Tibor não disse nada.

Michener tirou o envelope azul-cinza da algibeira e entregou-o a Tibor.

O padre aceitou-o e aproximou-se da janela. Abriu o envelope e tirou a carta de Clemente. Afastou o papel dos olhos e tentou lê-lo na semiobscuridade.

– Já há muito tempo que não lia nada em alemão, mas estou a recordar-me – disse Tibor, concluindo a leitura. – Quando escrevi ao papa pela primeira vez, esperava que ele fizesse o que lhe pedi.

Michener queria saber o que o padre tinha pedido, mas limitou-se a perguntar:

– Tem uma resposta para o Santo Padre?

– Tenho muitas respostas. Qual delas devo dar?

– Só o senhor pode tomar essa decisão.

– Gostava que isso fosse assim tão simples. – Levantou a cabeça e olhou para o vitral. – Ela complicou tudo.

Após uns momentos de silêncio, virou-se para Michener e perguntou:

– Vai ficar em Bucareste?

– Quer que eu fique?

Tibor entregou-lhe o envelope.

– Há um restaurante, o Café Krom, junto da Piata Revolutiei. É fácil de encontrar. Apareça às oito. Vou pensar no assunto e dou-lhe uma resposta nessa altura.

QUINZE

Michener dirigiu-se para sul, a caminho de Bucareste, tentando afastar da mente as imagens do orfanato.

Tal como muitas daquelas crianças, também ele não conhecera os seus pais naturais. Só muito mais tarde soubera que a sua mãe biológica tinha vivido em Clogheen, uma aldeola a norte de Dublin. Não era casada e ainda não tinha vinte anos quando engravidara. Michener era filho de pai incógnito, ou pelo menos era o que a sua mãe biológica afirmara. Nesse tempo nem se falava em aborto, e a sociedade irlandesa desprezava brutalmente as mães solteiras.

E a Igreja preencheu a lacuna.

O arcebispo de Dublin chamara-lhes «centros de apoio à natalidade», mas pouco mais eram do que vazadouros, como aquele de que saíra Michener. Todos eram administrados por freiras, não boas almas como em Zlatna, mas mulheres difíceis, que tratavam as futuras mães a seu cargo como se fossem criminosas.

As mulheres eram obrigadas a executar tarefas aviltantes até ao parto e depois de darem à luz, trabalhando em condições horríveis em troca de nada ou de uma remuneração ínfima. Algumas eram espancadas, outras passavam fome, e quase todas eram maltratadas. Para a Igreja, eram pecadoras, e o arrependimento forçado era o seu único caminho para a salvação. Mas quase todas eram raparigas do campo e não dispunham de meios para criar um filho. Umas tinham-se envolvido em relações ilícitas que os pais não reconheciam ou queriam esconder, outras eram mulheres casadas que tinham tido o azar de engravidar contra a vontade dos maridos. O denominador comum era a vergonha. Nenhuma queria atrair as atenções sobre si própria ou sobre a sua família por causa de um filho indesejado.

Depois de nascer, as crianças ficavam nos centros durante um ano, ou talvez dois, e a pouco e pouco eram afastadas das mães – todos os dias passavam menos tempo juntas. No caso de Michener, a notícia final chegara uma noite. Na manhã seguinte viria um casal americano. Só aos católicos era concedido o privilégio da adopção, e tinham de comprometer-se a educar a criança no seio da Igreja e a não divulgar a sua origem. Um donativo em dinheiro à Sociedade de Adopção Sagrado Coração, a organização criada para gerir o projecto, era apreciado, mas não obrigatório. As crianças podiam saber que haviam sido adoptadas, mas os novos pais deveriam dizer-lhes que os pais biológicos tinham morrido. Quase todas as mães queriam que assim fosse, na esperança de que a vergonha aliada ao seu erro passasse com o tempo. Ninguém precisava de saber que tinham renunciado a um filho.

Michener recordava-se bem do dia em que fora visitar o centro onde nascera. O edifício de calcário cinzento ficava numa ravina florestada, numa localidade chamada Kinnegad, não muito longe do mar da Irlanda. Vagueara pelo edifício deserto, imaginando uma mãe angustiada a espreitar para o berçário na véspera de o seu filho partir para sempre, tentando ganhar coragem para se despedir dele, sem perceber por que motivo uma igreja e um Deus permitiam tamanho tormento. O seu pecado seria assim tão grande? E se era, por que não pagaria também o pai? Por que era só ela a carregar toda a culpa? E todo o sofrimento.

Aproximou-se de uma janela do primeiro andar e olhou para uma amoreira que havia lá em baixo. O silêncio era quebrado apenas por uma brisa tórrida que ecoava nas salas vazias como o choro das crianças que outrora ali definhavam. Sentiu o horror de uma mãe que tentava olhar pela última vez para o seu bebé enquanto este era levado para um automóvel. Tal como a sua mãe biológica. Michener nunca saberia quem ela fora. As crianças raramente tinham apelido, e portanto era impossível ligar uma criança à mãe. O pouco que sabia de si próprio devia-se à memória cansada de uma freira.

Mais de dois mil bebés saíram da Irlanda deste modo, e um deles foi um menino de cabelo castanho-claro e olhos verdes cujo destino era Savannah, na Geórgia. O pai adoptivo era advogado e a mãe dedicou-se ao seu filho. Michener crescera no litoral atlântico, no seio da classe média-alta. Fora muito bom aluno e tornara-se padre e advogado, fazendo com isto as delícias dos pais adoptivos. Partira para a Europa e encontrara conforto na companhia de um bispo solitário que gostava dele como de um filho. Agora servia esse bispo, um homem que fora eleito papa e que fazia parte da Igreja que tanto falhara na Irlanda.

Amara profundamente os seus pais adoptivos. Eles haviam cumprido a sua parte do acordo, dizendo-lhe sempre que os pais biológicos tinham morrido. Só no leito de morte a mãe lhe contara a verdade – a confissão de uma santa mulher ao seu filho, o padre, na esperança de que ele e o seu Deus lhe perdoassem.

Durante anos, vi-a em espírito, Colin. Como ela deve ter sofrido quando nós te levámos! Tentaram convencer-me de que era para melhor. Eu quis convencer-me de que estava a agir bem. Mas ela continua presente no meu espírito.

Michener não soubera o que dizer.

Desejávamos tanto ter um bebé! E o bispo afirmou que a tua vida seria dura sem nós, que ninguém cuidaria de ti. Mas ela continua presente no meu espírito. Quero pedir-lhe desculpa, dizer-lhe que te criei bem. Amei-te como ela te teria amado. Talvez ela consiga perdoar-nos.

Mas não havia nada a perdoar. A culpa era da sociedade, da Igreja, e não da filha de um agricultor do Sul da Geórgia que não podia ter filhos. Não fizera nada mal, e ele pedira fervorosamente a Deus que lhe desse paz.

Era raro pensar nesse passado, mas o orfanato avivara--lhe as recordações. Ainda sentia o cheiro fétido, que tentou afastar com o vento frio que entrava pela janela aberta do carro.

Aquelas crianças nunca iriam para a América, não poderiam contar com o amor de pais adoptivos que as desejavam. O seu universo estava confinado a um muro cinzento, dentro de um edifício com grades de ferro, sem luz e quase sem aquecimento. Acabariam por morrer, sós e esquecidas, amadas apenas por algumas freiras e um velho padre.

DEZASSEIS

Michener arranjou um hotel longe da Piata Revolutiei e do bairro buliçoso da universidade. Escolheu uma pensão modesta, próxima de um parque solitário. Os quartos eram pequenos e asseados, cheios de adereços *art déco* que pareciam deslocados. No seu, havia um lavatório que, surpreendentemente, tinha água quente. O duche e a sanita eram comuns aos outros hóspedes e ficavam no corredor.

Junto à única janela do quarto, Michener acabava de comer um bolo e de beber uma Diet Coke que comprara para não ficar em jejum até ao jantar. Ao longe, um relógio bateu as cinco da tarde.

O envelope que Clemente lhe entregara estava em cima da cama. Michener sabia o que esperavam dele; agora que o padre Tibor já lera a mensagem, deveria destruí-la, sem verificar o que dizia. Clemente confiava nele, e Michener nunca defraudara o seu mentor, embora sempre tivesse considerado que a sua relação com Katerina fora uma traição. Violara os seus votos, desobedecera à Igreja e ofendera o seu Deus. Para isto, não podia haver perdão. Mas Clemente tinha outra opinião.

Julga que foi o único padre a sucumbir?

Isso não anula o que eu fiz.

Colin, o perdão é o sinal de marca da nossa fé. Você pecou e deve arrepender-se, mas isso não quer dizer que estrague a sua vida. E foi assim tão grave, afinal?

Michener ainda se lembrava do olhar curioso que deitara ao arcebispo de Colónia. O que estava ele a dizer?

Acha que foi grave, Colin? O seu coração diz-lhe que foi imperdoável?

A resposta às duas perguntas era negativa, tanto antes como agora. Ele amara Katerina, era um facto que não podia negar. Ela surgira na sua vida numa fase logo a seguir à morte da mãe, em que estava embrenhado no seu passado. Acompanhara-o ao tal centro de apoio à natalidade em Kinnegad. Depois, tinham passeado pelos penhascos à beira do mar da Irlanda. Ela dera-lhe a mão e dissera-lhe que os pais adoptivos o tinham amado e que fora afortunado por ter conhecido duas pessoas que o estimavam tanto. E tinha razão, mas ele não conseguia deixar de pensar na mãe biológica. Como é que a pressão social podia ser tão forte ao ponto de as mulheres sacrificarem voluntariamente os seus bebés para conseguirem ganhar a vida? Por que é que tal sacrifício havia de ser necessário?

Bebeu o resto da Diet Coke e olhou de novo para o envelope. O seu mais velho e querido amigo, um homem que o acompanhara ao longo de metade da sua vida, estava em apuros.

Tomou uma decisão. Chegara o momento de fazer qualquer coisa.

Pegou no envelope e retirou a carta. Estava escrita em alemão, pela mão de Clemente.

Padre Tibor,
Tenho conhecimento da tarefa que executou para o santo e reverendo João XXIII. A sua primeira mensagem deixou-me muito inquieto. «Por que é que a Igreja mente?», foi a sua pergunta. Sinceramente, não percebi o que queria dizer.

Com o seu segundo contacto, compreendo agora o dilema com que está confrontado. Tenho olhado para a reprodução do terceiro segredo que o senhor enviou com a sua primeira nota e lido a sua tradução muitas vezes. Por que guardou esta prova para si próprio? Mesmo depois de o terceiro segredo ser revelado por João Paulo, o senhor manteve o silêncio. Se o que enviou é verdade, por que não falou nessa altura? Alguns diriam que é um impostor, um homem que não merece crédito, mas eu sei que isso é falso. Porquê? Não consigo explicar. Só sei que acredito em si. Envio-lhe o meu secretário. É um homem de confiança. Pode dizer ao padre Michener o que lhe apetecer. Ele transmitir-me-á as suas palavras, apenas a mim. Se não tiver nenhuma resposta, diga-lhe. Compreendo que possa estar descontente com a Igreja. Também eu tenho pensamentos semelhantes, mas há muita coisa a ponderar, como bem sabe. Peço-lhe que devolva esta carta e o envelope ao padre Michener. Agradeço-lhe o serviço que possa prestar. Deus esteja consigo, padre.

Clemente
P. P. Servus Servorum Dei

A assinatura era a oficial do papa. «Pastor dos Pastores, Servo dos Servos de Deus.» Era assim que Clemente assinava todos os documentos oficiais.

Michener sentia-se mal por trair a confiança de Clemente, mas era óbvio que alguma coisa estava a acontecer. Aparentemente, o padre Tibor impressionara o papa o suficiente para que o secretário papal tivesse recebido instruções para avaliar a situação no terreno. *Por que guardou esta prova para si próprio?*

Que prova?

Tenho olhado para a reprodução do terceiro segredo que o senhor enviou com a sua primeira nota e lido a sua tradução muitas vezes.

Estariam estes dois documentos na reserva, dentro daquela caixa que Clemente abria de vez em quando?

Voltou a pôr a carta dentro do envelope, dirigiu-se à casa de banho ao fundo do corredor, rasgou tudo em pedacinhos, deitou-os na sanita e puxou o autoclismo.

Katerina ouviu Michener a andar no piso de cima. Acompanhou com o olhar o som vindo do tecto até se desvanecer no corredor.

Seguira-o de Zlatna até Bucareste. Concluíra que era muito mais importante saber onde ele estava do que tentar apurar o que se passara com o padre Tibor. Não se admirara por ele se ter desviado do coração da cidade e seguido directamente para um dos hotéis mais modestos. Além disso, evitara a residência do núncio apostólico, perto do Centro Cívico. Mais uma vez, tal não fora surpresa, visto que Valendrea esclarecera que não se tratava de uma visita oficial.

Ao atravessar o centro, sentiu-se triste por verificar que a mesma uniformidade orwelliana continuava a caracterizar os sucessivos blocos de apartamentos de tijolos amarelos, todos eles erigidos depois de Ceausescu ter arrasado a parte histórica da cidade para arranjar espaço para os seus complexos grandiosos. De certo modo, essa grandiosidade transmitia magnificência, e não importava que os edifícios fossem desconfortáveis, dispendiosos e indesejados. O Estado decretara que a populaça os apreciaria – os ingratos iam para a prisão e os que tivessem sorte eram fuzilados.

Katerina saíra da Roménia seis meses depois de Ceausescu ter enfrentado o pelotão de fuzilamento, e só lá ficara o tempo suficiente para participar nas primeiras eleições da história do país. Com a vitória dos antigos comunistas,

139

percebeu que a mudança não seria significativa nem rápida e verificou que acertara nas suas previsões. A Roménia continuava mergulhada na tristeza, como a vigília depois de um funeral. Ela compreendia porquê. O que fizera da sua vida? Pouco, nos últimos doze anos. O pai insistira para que ficasse a trabalhar na nova e supostamente livre imprensa romena, mas ela cansara-se de tanta agitação. A excitação da revolta contrastava fortemente com a calmaria que se seguira. Os outros que se encarregassem dos acabamentos; ela preferia misturar o pedrisco, a areia e a argamassa. Por isso partiu e andou pela Europa, encontrou e perdeu Colin Michener e foi para a América, onde conheceu Tom Kealy.

Agora estava de volta.

E um homem que amara em tempos andava de um lado para o outro, no piso de cima.

Como é que havia de saber o que ele andava a fazer? O que dissera Valendrea? *Sugiro que utilize os mesmos encantos de que Tom Kealy parece usufruir. Com certeza a sua missão será um autêntico sucesso.*

Estúpido!

Porém, talvez o cardeal tivesse razão num ponto: a abordagem directa parecia ser a melhor. Era verdade que conhecia as fraquezas de Michener e já se recriminara por se ter aproveitado delas, mas tinha poucas alternativas.

Levantou-se e dirigiu-se para a porta.

DEZASSETE

O último compromisso de Valendrea acabara cedo para uma sexta-feira. Depois, um jantar na embaixada de França fora cancelado inesperadamente – uma crise qualquer em Paris retivera o embaixador –, e encontrara-se de repente com uma noite livre, o que era raro.

A seguir ao almoço, passara uma hora desgastante com Clemente. A reunião, que se destinava a tratar de assuntos de política externa, resumira-se a uma escaramuça entre os dois. A relação de ambos estava a deteriorar-se rapidamente e o risco de um confronto público aumentava de dia para dia. Ele não pedira a demissão e certamente Clemente esperava que alegasse motivos de natureza espiritual e se fosse embora. Mas isso não iria acontecer.

Na agenda da reunião anterior estava incluída a preparação de uma visita do secretário de Estado americano que se realizaria dentro de duas semanas. Washington tentava obter o apoio da Santa Sé para iniciativas de carácter político no Brasil e na Argentina. A Igreja era uma força política na América do Sul, e Valendrea mostrara-se disposto a utilizar a influência do Vaticano em prol de Washington, mas Clemente não queria que a Igreja se envolvesse. A este respeito, era muito diferente de João Paulo II. O polaco pregara o mesmo em público, mas fizera o contrário em privado.

Uma manobra de diversão, pensara Valendrea muitas vezes, que embalara Moscovo e Varsóvia e acabara por provocar a queda do comunismo. Ele fora o primeiro a perceber o que o líder moral e espiritual de um bilião de fiéis podia fazer aos governos e pelos governos. Era uma pena desperdiçar este potencial, mas Clemente dera ordens para que não se estabelecesse qualquer aliança entre os Estados Unidos e a Santa Sé. Os argentinos e os brasileiros teriam de resolver os seus próprios problemas. Era quase como se o alemão soubesse o que Valendrea estava a planear.

Alguém bateu à porta do apartamento.

Valendrea encontrava-se sozinho, porque pedira ao seu camareiro que fosse buscar café. Atravessou o escritório, entrou numa antecâmara adjacente e abriu a porta de batentes que dava acesso ao corredor. Dois guardas suíços, de costas para a parede, flanqueavam a porta. No meio deles estava o cardeal Maurice Ngovi.

– Pensei que talvez pudéssemos conversar um pouco, eminência. Fui ao seu gabinete, mas disseram-me que já não voltava lá hoje.

A voz de Ngovi era baixa e calma, e Valendrea reparou na formalidade do tratamento – *eminência* –, decerto para os guardas ouvirem. Com Colin Michener a calcorrear a Roménia, aparentemente Clemente delegara em Ngovi a função de mensageiro.

Valendrea convidou o cardeal a entrar e deu ordens aos guardas para não ser interrompido. Em seguida conduziu Ngovi até ao seu escritório e indicou-lhe um canapé dourado para que se sentasse.

– Oferecia-lhe um café, mas mandei o camareiro buscá-lo.

Ngovi levantou a mão.

– Não é preciso. Vim para conversar.

Valendrea sentou-se.

– Então o que quer Clemente?

– Sou eu que quero. O que o levou ontem aos arquivos? Foi para intimidar o cardeal-arquivista? Era desnecessário.

– Não me parece que os arquivos estejam sob a jurisdição da Congregação para a Educação Católica.

– Responda à pergunta!

– Afinal, Clemente sempre quer alguma coisa...

Ngovi não disse nada, uma estratégia irritante a que o africano recorria com frequência e que por vezes levava Valendrea a falar de mais.

– Você disse ao arquivista que estava incumbido de uma missão da maior importância para a Igreja e que exigia uma acção extraordinária. A que se referia?

Valendrea perguntou a si próprio até onde teriam ido as revelações do patife da biblioteca. Com certeza não confessara o seu pecado, o perdão de um aborto. O velho não era assim tão imprudente... Ou seria? Resolveu passar ao ataque.

– Bem sabemos os dois que Clemente está obcecado com o segredo de Fátima. Anda sempre a caminho da reserva!

– Essa é uma prerrogativa do papa. Não nos compete questioná-la.

Valendrea inclinou-se para a frente na cadeira.

– Por que é que o nosso bom pontífice alemão se atormenta tanto com uma coisa que o mundo já sabe?

– Isso não é da nossa conta. João Paulo II satisfez a minha curiosidade ao revelar o terceiro segredo.

– Você não fez parte da comissão? Aquela que analisou o segredo e escreveu a interpretação que acompanhou a sua divulgação.

– Tive essa honra. Há muito que desejava saber qual fora a última mensagem da Virgem.

– Mas isso não teve impacte. Não revelou grande coisa, além do apelo habitual à penitência e à fé.

– Previu o assassínio do papa.

–O que explica por que razão a Igreja o guardou durante tanto tempo... não fosse dar a algum louco um motivo divino para alvejar o papa.

–Acreditámos que era essa a ideia quando João XXIII leu a mensagem e ordenou que ela fosse selada.

–E aconteceu aquilo que a Virgem anunciou. Alguém tentou abater a tiro Paulo VI, e depois um turco atingiu João Paulo II. Mas o que eu pretendo saber é por que motivo Clemente sente necessidade de continuar a ler o texto original.

–Mais uma vez, não me cabe a mim nem a si questionar isso.

–Excepto quando um de nós for papa.

Valendrea ficou à espera, para ver se o adversário mordia o isco.

–Mas nenhum de nós é papa. A sua tentativa constituiu uma violação da lei canónica.

Ngovi continuava a falar com uma voz fria, e Valendrea interrogou-se se aquele homem tão calmo alguma vez teria perdido as estribeiras.

–Tenciona acusar-me?

Ngovi nem pestanejou.

–Se tivesse alguma hipótese de ser bem-sucedido, acusava.

–Então, talvez eu fosse obrigado a demitir-me e você chegasse a secretário de Estado, não é? Gostava disso, não é verdade, Maurice?

–Eu só gostava de mandá-lo de volta para Florença, que é o seu lugar e o dos seus antepassados Médicis.

Valendrea precaveu-se. O africano era um mestre na arte da provocação. Este seria um bom teste para o conclave, onde Ngovi tentaria a todo o custo incitar uma reacção.

–Eu não sou um Médicis, sou um Valendrea. Nós opusemo-nos aos Médicis.

–Com certeza foi só depois de verem que a família Médicis caíra em desgraça. Calculo que os seus antepassados também fossem uns oportunistas.

Valendrea apercebeu-se do confronto – os dois principais pretendentes ao pontificado, face a face. Sabia que Ngovi seria o seu adversário mais difícil. Já ouvira gravações de conversas entre cardeais quando eles se julgavam seguros em gabinetes fechados do Vaticano. Ngovi era o seu adversário mais perigoso, e para isso muito contribuía o facto de o arcebispo de Nairobi não procurar activamente o pontificado. Quando o questionavam a esse respeito, o manhoso punha sempre termo a qualquer especulação agitando a mão e reafirmando a deferência que tinha por Clemente XV. Ninguém enganava Valendrea! Desde o século I que um africano não se sentava no trono de S. Pedro. E que vitória seria! Quanto mais não fosse, Ngovi era um nacionalista fervoroso e declarava abertamente que África merecia mais do que estava a receber – e que melhor plataforma para impor a reforma social do que como chefe da Santa Sé?

–Desista, Maurice – disse ele. – Por que não se junta à equipa vencedora? Não sairá do próximo conclave como papa, isso posso eu garantir-lhe.

–O que me incomoda mais é que o papa possa ser *você*.

–Eu sei que tem o bloco africano bem preparado, mas trata-se apenas de oito votos, não são suficientes para me vedar o caminho.

–Mas são suficientes para desempatar numa votação renhida.

Era a primeira vez que Ngovi se referia ao conclave. Seria uma mensagem?

–Onde está o padre Ambrosi? – perguntou Ngovi.

Agora Valendrea percebia qual fora o motivo da visita: Clemente precisava de informações.

–Onde está o padre Michener?

– Disseram-me que foi de férias.

– Também Paolo. Talvez tenham ido juntos.

Valendrea fez acompanhar o sarcasmo de um risinho trocista.

– Espero que Colin tenha mais bom gosto na escolha dos amigos.

– E eu espero o mesmo de Paolo.

Por que estaria o papa tão preocupado com Ambrosi? Que interesse teria isso? Talvez Valendrea tivesse subestimado o alemão.

– Sabe, Maurice, eu estava a brincar há pouco, mas você daria um excelente secretário de Estado. Os seus apoios no conclave assegurar-lhe-iam esse cargo.

Ngovi tinha os dedos entrelaçados debaixo da sotaina.

– E a quantos outros acenou você com essa cenoura?

– Só aos que estão em posição de resignar.

O interlocutor de Valendrea levantou-se do canapé.

– Lembro-lhe a Constituição Apostólica, que proíbe fazer campanha pelo pontificado. Estamos ambos obrigados a esse princípio.

Ngovi dirigiu-se para a antecâmara.

Valendrea não se levantou da cadeira, mas bradou em tom ameaçador:

– Eu não me apoiaria no protocolo durante muito tempo, Maurice. Falta pouco para que estejamos na Capela Sistina, e a sua sorte pode mudar drasticamente. Como, isso só depende de si.

DEZOITO

Quando bateram à porta, Michener sobressaltou-se. Ninguém sabia que ele estava na Roménia, excepto Clemente e o padre Tibor. E ninguém sabia que se encontrava hospedado naquele hotel.

Levantou-se, atravessou o quarto, abriu a porta e deparou com Katerina Lew.

– Como é que deste comigo?

Ela sorriu.

– Foste tu que disseste que os únicos segredos do Vaticano são os que ninguém sabe.

Michener não gostava do que estava a acontecer. A última coisa que Clemente desejava era que uma repórter soubesse o que ele andava a fazer. E quem é que teria divulgado a informação de que saíra de Roma?

– Desagradou-me o que se passou na praça no outro dia – acrescentou ela. – Eu não devia ter dito aquilo.

– E vieste à Roménia para me pedires desculpa?

– Precisamos de falar, Colin.

– Esta não é uma boa altura.

– Disseram-me que vinhas de férias. Julguei que era a melhor altura.

Convidou-a a entrar e fechou a porta, lembrando-se de que o mundo ficara muito mais restrito desde a última vez

147

que estivera a sós com Katerina Lew. Depois ocorreu-lhe algo que o perturbou: se ela sabia tanta coisa a seu respeito, o que não saberia Valendrea? Tinha de telefonar a Clemente para o avisar de que houvera uma fuga de informação na residência papal, mas recordou-se do que Clemente afirmara na véspera acerca de Valendrea – *o toscano sabe tudo o que fazemos, tudo o que dizemos* – e percebeu que o papa já estava a par da situação.

– Colin, não há razão para seres tão hostil. Compreendo muito melhor o que aconteceu há anos. Até estou disposta a admitir que conduzi mal as coisas.

– É a primeira vez…

Katerina não reagiu ao remoque.

– Tenho sentido a tua falta. Por isso é que fui a Roma, para te ver.

– E o Tom Kealy?

– Estive envolvida com o Tom – Katerina hesitou –, mas ele é diferente de ti. – Aproximou-se mais. – Não me envergonho do tempo que passei com ele. A situação do Tom é estimulante para um jornalista, oferece muitas oportunidades. – Os seus olhos dominaram os dele como só ela conseguia. – Mas tenho de saber. Por que foste ao tribunal? O Tom disse-me que os secretários do papa não costumam incomodar-se com esses assuntos.

– Sabia que estarias lá.

– Gostaste de me ver?

Michener pensou no que havia de dizer e respondeu:

– Não te mostraste muito contente por me ver.

– Estava apenas a tentar calcular qual seria a tua reacção.

– Tanto quanto me lembro, não houve qualquer reacção da tua parte.

Ela afastou-se em direcção à janela.

– Partilhámos algo especial, Colin, não vale a pena negá-lo.

– Nem vale a pena recriá-lo.

– É a última coisa que eu quero. Estamos ambos mais velhos. E mais espertos, espero. Não podemos ser amigos?

Ele viera à Roménia por ordem do papa e agora via-se envolvido numa troca de palavras com uma mulher que amara em tempos. Estaria o Senhor a pô-lo de novo à prova? Não podia negar o que sentia só por estar junto de Katerina. Como ela afirmara, no passado tinham partilhado tudo. Fora extraordinária quando ele tentara saber quem eram os seus antepassados, o que acontecera à sua mãe biológica, por que motivo o pai biológico o abandonara. Com a sua ajuda, expulsara muitos desses demónios. Mas outros começavam a surgir. Talvez umas tréguas com a sua consciência fossem a atitude mais indicada. Quem prejudicariam?

– Essa ideia agrada-me.

Ela vestia umas calças pretas coladas às pernas magras. O casaco espinhado a condizer e o colete de couro davam-lhe um ar de revolucionária, e ele sabia que isso correspondia à verdade. Não havia sonho no seu olhar, tinha os pés bem assentes na terra. Talvez demasiado. Mas, lá no fundo, existia uma verdadeira emoção, e Michener sentia a falta disso.

Foi avassalado por uma estranha vibração.

Lembrou-se da época em que se refugiara nos Alpes, para pensar, e em que ela, como hoje, lhe aparecera à porta, confundindo-o ainda mais.

– O que andas a fazer em Zlatna? – perguntou Katerina. – Disseram-me que o orfanato é uma instituição difícil, gerida por um velho padre.

– Estiveste lá?

Ela fez um sinal afirmativo.

– Fui atrás de ti.

Mais uma realidade perturbante, que ele deixou passar.

– Fui falar com esse padre.

– Queres contar-me o que se passou?

149

Parecia interessada e ele tinha necessidade de falar no assunto. Talvez pudesse ajudá-lo. Mas havia outro ponto a considerar.

– *Off the record?* – perguntou.

O sorriso dela confortou-o.

– Evidentemente, Colin. *Off the record.*

DEZANOVE

Michener levou Katerina ao Café Krom. Tinham passado duas horas a conversar no quarto. Ele fizera-lhe um resumo do que se passara com Clemente XV nos últimos meses e dissera-lhe o que o levara à Roménia, omitindo apenas que lera a missiva de Clemente para Tibor. Não havia mais ninguém, além do cardeal Ngovi, a quem admitisse sequer falar das suas inquietações. E até com Ngovi sabia que a discrição era a melhor atitude a adoptar. No Vaticano, as alianças mudavam como as marés, um amigo de hoje podia ser um inimigo amanhã. Katerina não estava aliada a ninguém no seio da Igreja e conhecia o terceiro segredo de Fátima. Falou-lhe de um artigo que escrevera para uma revista dinamarquesa em 2000, quando o papa João Paulo II divulgara o texto. Era acerca de um grupo dissidente, cujos membros acreditavam que o terceiro segredo era uma visão apocalíptica, metáforas complexas usadas pela Virgem, uma declaração óbvia de que o fim estava próximo. Katerina considerava-os loucos e o seu artigo chamava a atenção para a insanidade que estas seitas fomentavam. No entanto, depois de ver a reacção de Clemente na reserva, Michener não estava tão certo quanto à natureza dessa insanidade. Esperava que o padre Tibor pudesse desfazer a confusão.

O padre aguardava numa mesa perto de uma janela de vidro laminado. Lá fora, uma luminosidade cor de âmbar envolvia as pessoas e o trânsito. A névoa embaciava a atmosfera nocturna. O restaurante ficava no centro da cidade, perto da Piata Revolutiei, e estava cheio com a clientela própria das noites de sexta-feira. Tibor mudara de roupa, substituindo a sotaina preta por umas calças de sarja e uma camisola de gola alta. Levantou-se quando Michener o apresentou a Katerina.

– Miss Lew faz parte do meu gabinete. Trouxe-a para tomar apontamentos, caso o senhor tenha alguma coisa a dizer.

Michener queria que ela ouvisse o que Tibor revelasse, e pensou que uma mentira seria preferível à verdade.

– Se é esse o desejo do secretário do papa, quem sou eu para questioná-lo? – retorquiu Tibor.

O tom do padre era suave, e Michener esperava que o azedume inicial se tivesse dissipado. Tibor chamou a empregada e pediu mais duas cervejas. Em seguida, pôs um envelope em cima da mesa.

– Esta é a minha resposta à pergunta de Clemente.

Michener não tocou no envelope.

– Passei a tarde inteira a pensar nela – acrescentou Tibor. – Queria ser rigoroso, e portanto escrevi-a.

A empregada pousou duas canecas de cerveja cheia de espuma em cima da mesa. Michener bebeu um gole. Katerina fez o mesmo. A avaliar por uma caneca vazia que estava na mesa, Tibor já ia na segunda.

– Há muito que eu não pensava em Fátima – disse Tibor tranquilamente.

– Trabalhou no Vaticano muito tempo? – perguntou Katerina.

– Durante oito anos, entre os pontificados de João XXIII e Paulo VI. Depois regressei ao trabalho missionário.

– Estava lá quando João XXIII leu o terceiro segredo? – indagou Michener, sondando-o com cuidado, tentando não dar a entender o que sabia da carta de Clemente.

Tibor olhou através da janela durante um longo momento.

– Sim, estava lá.

Como Michener sabia o que Clemente perguntara a Tibor, insistiu:

– Padre, o papa está muito preocupado com qualquer coisa. Pode ajudar-me a compreender?

– Consigo entender a angústia dele.

Michener tentou mostrar-se desinteressado.

– Tem algumas pistas?

O velho abanou a cabeça.

– Passados quarenta anos, eu próprio ainda não entendo. – Desviou o olhar, como se não tivesse a certeza do que estava a afirmar. – A irmã Lúcia era uma santa mulher. A Igreja tratou-a mal.

– O que quer dizer? – perguntou Katerina.

– Roma tratou de mantê-la em clausura. Lembre-se de que em 1959 só João XXIII e ela conheciam o terceiro segredo. Depois o Vaticano ordenou que apenas a família mais próxima podia visitá-la e que não devia falar nas aparições a mais ninguém.

– Mas ela participou na revelação quando João Paulo II divulgou publicamente o segredo em 2000 – atalhou Michener. – Estava sentada na tribuna quando o texto foi divulgado ao mundo em Fátima.

– Mas já tinha mais de noventa anos. Disseram-me que o ouvido e a visão dela estavam a falhar. E não se esqueça de que estava proibida de falar no assunto. Ela não fez comentários. Absolutamente nenhuns.

Michener bebeu mais um gole de cerveja.

– Que mal fez o Vaticano em relação à irmã Lúcia? Não estava a protegê-la de algum paranóico que quisesse atormentá-la com perguntas?

Tibor cruzou os braços.

– Eu não estava à espera que compreendesse. Você é um produto da Cúria!

Michener ressentiu-se da acusação, porque era tudo menos isso.

– O meu pontífice não é amigo da Cúria!

– O Vaticano exige obediência total, se não, a Penitenciária Apostólica envia uma carta intimando-nos a deslocarmo-nos a Roma para nos justificarmos. Nós temos de obedecer. A irmã Lúcia foi uma serva leal, fez o que lhe mandaram. Acredite que a última coisa que Roma queria era que ela tivesse acesso à imprensa mundial. João mandou calá-la porque não tinha alternativa, e todos os papas posteriores confirmaram essa ordem porque não tinham outra opção.

– Tanto quanto me lembro, Paulo VI e João Paulo II foram visitá-la. João Paulo até a consultou antes de divulgar o terceiro segredo. Falei com os bispos e cardeais que tomaram parte na revelação. Ela autenticou o seu próprio texto.

– Qual texto? – atalhou Tibor.

Era uma pergunta estranha.

– Está a dizer que a Igreja mentiu acerca da mensagem? – indagou Katerina.

Tibor pegou na caneca.

– Nunca saberemos. A boa freira, João XXIII e João Paulo II já não estão entre nós. Já partiram todos, excepto eu.

Michener resolveu mudar de assunto.

– Então conte-nos o que sabe. O que aconteceu quando João XXIII leu o segredo?

Tibor recostou-se na cadeira de carvalho desengonçada e pareceu acolher a pergunta com interesse. Por fim, disse:

– Está bem. Vou contar-lhe exactamente o que se passou.

– Sabe português? – perguntou monsenhor Capovilla.

Tibor levantou a cabeça. Há dez meses que trabalhava no Vaticano e era a primeira vez que alguém do quarto andar do

Palácio Apostólico lhe dirigia a palavra, e ainda por cima o secretário pessoal de João XXIII.

– Sei.

– O Santo Padre precisa da sua ajuda. Pode trazer um bloco e uma caneta e vir comigo?

Tibor foi atrás do padre em direcção ao elevador. Subiram em silêncio até ao quarto andar, onde foi introduzido no apartamento do papa. João XXIII estava sentado a uma secretária, sobre a qual se encontrava uma pequena caixa de madeira com um selo de lacre quebrado. Tinha duas folhas de papel na mão.

– Padre Tibor, consegue ler isto? – perguntou João.

Tibor pegou nas duas folhas e examinou o texto, sem atentar no significado, só para ver se o compreendia.

– Sim, Vossa Santidade.

Na face rechonchuda do papa apareceu um sorriso, o mesmo que tinha galvanizado os católicos em todo o mundo. A imprensa habituara-se a designá-lo por papa João, um tratamento que ele acolhera de bom grado. Durante muito tempo, enquanto Pio XII estivera doente, as janelas do palácio papal tinham ficado envolvidas na escuridão, com os cortinados corridos em sinal de luto. Agora, as portadas estavam abertas e o sol de Itália entrava por ali dentro, um sinal para todos os que se encontravam na Praça de S. Pedro de que este cardeal veneziano estava empenhado numa revivescência.

– Então, sente-se aqui ao pé da janela e faça uma tradução para italiano – disse João. – Em folhas separadas, como nos originais.

Tibor passou quase uma hora a certificar-se de que as suas traduções eram fiéis. O original fora escrito por uma mulher, e o português era antiquado, da viragem do século. As línguas, tal como as pessoas e as culturas, tinham tendência a mudar com o tempo, mas ele possuía uma boa formação e a tarefa era relativamente simples.

João não lhe prestou muita atenção enquanto ele trabalhava, conversando em voz baixa com o seu secretário.

Quando Tibor terminou, entregou a tradução ao papa. Ficou a observá-lo, enquanto ele lia a primeira folha, esperando uma reacção. Nada. Depois, o papa leu a segunda folha. Seguiu-se um momento de silêncio.

–Isto não diz respeito ao meu pontificado – comentou João em surdina.

Dado aquilo que escrevera, Tibor estranhou o comentário, mas não disse nada.

João dobrou as folhas em separado, juntando a cada uma a respectiva tradução e formando dois maços. Deixou-se ficar em silêncio durante alguns instantes, e Tibor não se mexeu. Este papa, que se sentara no trono de S. Pedro apenas há nove meses, alterara profundamente o mundo católico. Um dos motivos que levara Tibor a Roma fora participar nesta mudança. O mundo estava preparado para algo diferente e Deus, aparentemente, providenciara nesse sentido.

João encostara os dedos roliços aos lábios e balouçava-se na cadeira sem fazer barulho.

–Padre Tibor, quero que dê a sua palavra de honra ao seu papa e ao seu Deus de que aquilo que acabou de ler nunca será revelado.

Tibor compreendeu a importância da promessa.

–Tem a minha palavra de honra, Vossa Santidade.

Com os seus olhos lacrimejantes, João fitou-o como se lhe atravessasse a alma. Tibor sentiu um calafrio na espinha. Fez um esforço para não se levantar imediatamente.

O papa pareceu ler os seus pensamentos.

–Pode ter a certeza de que farei o que puder para satisfazer os desejos da Virgem – disse João num murmúrio.

–Nunca mais falei com João XXIII – disse Tibor.

–E não voltou a ser contactado por outro papa? – perguntou Katerina.

Tibor abanou a cabeça.

– Até hoje. Dei a minha palavra de honra a João XXIII e mantive-a. Até há três meses.

– O que enviou ao papa?

– Você não sabe?

– Não sei os pormenores.

– Talvez Clemente não queira que saiba.

– Se assim fosse, não me teria mandado aqui.

Tibor apontou para Katerina.

– E também quer que ela saiba?

– Quero eu – respondeu Michener.

Tibor observou-o com um ar implacável.

– Lamento, padre. O que eu enviei só a Clemente e a mim diz respeito.

– O senhor disse que João XXIII nunca mais falou consigo. Tentou entrar em contacto com ele? – insistiu Michener.

Tibor abanou a cabeça.

– Passados poucos dias, João XXIII convocou o Concílio Vaticano II. Lembro-me muito bem do anúncio. Considerei que essa era a sua resposta.

– Importa-se de explicar?

O velho abanou a cabeça.

– Não quero explicar.

Michener acabou de beber a cerveja e teve vontade de pedir outra, mas pensou melhor. Observou o rosto das pessoas que estavam à sua volta e perguntou a si próprio se alguma estaria interessada no que ele estava a fazer, mas afastou rapidamente essa ideia.

– E quando João Paulo II divulgou o terceiro segredo?

O rosto de Tibor crispou-se.

– O que quer dizer com isso?

O laconismo do velho estava a cansá-lo.

– Hoje o mundo conhece as palavras da Virgem.

– A Igreja é perita a refazer a verdade.

– Está a insinuar que o Santo Padre enganou o mundo? – perguntou Michener.

Tibor não respondeu logo.

– Não sei o que estou a insinuar. A Virgem apareceu muitas vezes neste mundo. Dir-se-ia que já devíamos ter compreendido a mensagem.

– Que mensagem? Passei os últimos meses a estudar todas as aparições desde há dois mil anos. Cada uma parece ser uma experiência única.

– Então, não tem estudado com a devida atenção – retorquiu Tibor. – Também eu passei anos a lê-las, e em todas o Céu nos exorta a fazer o que diz o Senhor. A Virgem é a mensageira celestial. Encaminha-nos e esclarece-nos, e nós, estupidamente, têmo-la ignorado. Nos tempos modernos, esse erro começou em La Salette.

Michener conhecia os pormenores da aparição em La Salette, uma aldeia nos Alpes franceses. Em 1846, duas crianças que andavam a guardar gado, um rapaz, Maxime, e uma rapariga, Mélanie, tinham tido uma visão. Em muitos aspectos, o acontecimento era semelhante a Fátima – uma paisagem rural, uma luz que desceu do céu e a imagem de uma mulher que falou aos pastorinhos.

– Tanto quanto me recordo, foram revelados às crianças segredos que pouco depois foram passados a escrito, e os textos apresentados a Pio IX – disse Michener. – Mais tarde, os videntes publicaram as suas próprias versões. Surgiram acusações de que a verdade fora alterada. A aparição foi manchada pelo escândalo.

– Está a dizer que existe uma relação entre La Salette e Fátima? – perguntou Katerina.

Tibor fez uma expressão de enfado.

– Não estou a dizer coisa nenhuma. Aqui o padre Michener é que tem acesso aos arquivos. Verificou se havia alguma relação?

– Estudei as visões de La Salette – respondeu Michener. – Pio IX não fez comentários depois de ler os segredos um por um, mas nunca autorizou que fossem revelados publicamente. E apesar de os textos originais constarem da lista dos documentos de Pio IX, já não se encontram nos arquivos.

– Em 1960, procurei os segredos de La Salette e também não encontrei nada, mas existem algumas pistas quanto ao seu conteúdo.

Michener percebeu o que Tibor quis dizer.

– Li os relatos de testemunhas que estavam presentes quando Mélanie escreveu as mensagens. Ela perguntou como é que se escrevia *infalivelmente, sujo* e *anticristo*. Lembro-me muito bem.

Tibor concordou, com um gesto de cabeça.

– O próprio Pio IX forneceu algumas pistas. Depois de ler a mensagem de Maxime, disse: «Aqui está a candura e simplicidade de uma criança.» Mas, depois de ler a de Mélanie, exclamou: «Tenho menos receio dos ímpios do que dos indiferentes. E não é por acaso que a Igreja se considera militante e que estão na presença do seu capitão!»

– Você tem boa memória – observou Tibor. – Mélanie não foi nada agradável quando teve conhecimento da reacção do papa. «Este segredo devia dar prazer ao papa. Um papa devia gostar de sofrer», disse ela.

Michener recordou os decretos da Igreja emitidos na época em que os fiéis eram exortados a abster-se de comentar os acontecimentos de La Salette, fosse de que forma fosse, sob pena de serem alvo de sanções.

– Padre Tibor, nunca foi dado a La Salette o mesmo crédito de Fátima.

– Porque os textos originais com as mensagens dos videntes desapareceram, só dispomos de especulações. O assunto não foi debatido porque a Igreja proibiu essa discussão. Pouco depois da aparição, Maxime afirmou que aquilo que a Virgem lhe anunciara seria favorável para uns e desfavorável para outros. Lúcia pronunciou as mesmas palavras setenta anos mais tarde, em Fátima: «Bom para uns, mau para outros.» – O padre esvaziou a caneca. Parecia gostar de álcool. – Maxime e Lúcia tinham razão. Bom para uns, mau para outros. É tempo de as palavras da Madona não serem ignoradas.

–O que quer dizer com isso? – perguntou Michener, frustrado.

–Em Fátima, os desejos do Céu foram transmitidos com grande clareza. Não li o segredo de La Salette, mas posso imaginar o que ele diz.

Michener estava farto de enigmas, mas resolveu deixar falar o velho padre.

–Sei o que a Virgem disse em Fátima no segundo segredo, sobre a consagração da Rússia e o que sucederia se isso não acontecesse. Concordo, é uma instrução específica...

–No entanto, nenhum papa fez essa consagração, só João Paulo II. Nenhum bispo do mundo, em consonância com Roma, consagrou a Rússia entre 1917 e 1984. O comunismo floresceu, morreram milhões de pessoas, esse país foi pilhado e devastado por monstros. O que disse a Virgem? *Os bons serão martirizados, o Santo Padre terá muito que sofrer, várias nações serão aniquiladas.* Tudo porque os papas escolhem o seu próprio caminho e não o do Céu. – A irritação era óbvia, e Tibor nem sequer tentou disfarçá-la.

– Mas, seis anos após a consagração, o comunismo caiu.

Tibor passou a mão pela testa.

–Roma nunca reconheceu oficialmente uma aparição mariana. O máximo que fará será considerar a ocorrência *digna de assentimento.* A Igreja recusa-se a aceitar que os videntes têm algo importante a dizer.

–Mas isso só revela prudência – contrapôs Michener.

–Como assim? A Igreja reconhece que a Virgem apareceu, encoraja os fiéis a acreditar no acontecimento, e depois desacredita o que os videntes dizem? Você não reconhece a contradição?

Michener não respondeu.

– Raciocine – continuou Tibor. – Desde 1870 e do Concílio Vaticano I que o papa é considerado infalível quando fala de doutrina. O que acha que aconteceria a este conceito se as palavras de uma simples criança do campo fossem consideradas mais importantes?

Michener nunca encarara o assunto sob este prisma.

– A autoridade didáctica da Igreja acabaria – acrescentou Tibor. – Os fiéis procurariam orientação noutro lado qualquer. Roma deixaria de ser o centro. E isso nunca poderia acontecer. A Cúria sobrevive, aconteça o que acontecer. E será sempre assim.

– Mas, padre Tibor, os segredos de Fátima são exactos quanto a locais, datas e épocas – interpôs Katerina. – Falam da Rússia e designam os papas pelos nomes. Mencionam assassínios de papas. A Igreja não está apenas a ser cautelosa? Esses segredos são tão diferentes dos Evangelhos que todos podem ser considerados suspeitos.

– Boa questão. Nós, os humanos, temos tendência a ignorar aquilo com que não concordamos. Mas talvez o Céu pensasse que era necessário dar instruções mais específicas, os tais *pormenores* a que a senhora se refere.

Michener viu a agitação no rosto de Tibor e o nervosismo nas mãos que agarravam a caneca vazia. Seguiram-se alguns momentos de tensão. Depois o velho inclinou-se para a frente e apontou para o envelope:

– Diga a Vossa Santidade que faça o que a Madona ordenou. Não discuta nem ignore, faça o que Ela disse. – A voz de Tibor era fria e desprovida de emoção. – Caso contrário, diga-lhe que ele e eu iremos em breve para o Céu e que eu espero que ele assuma toda a responsabilidade.

VINTE

22 h

Michener e Katerina desceram do metropolitano e saíram da estação. Estava uma noite gélida. À sua frente erguia--se o antigo palácio real romeno, cuja fachada de pedra, iluminada por lâmpadas de vapor de sódio, denunciava o desgaste dos elementos. A Piata Revolutiei desdobrava-se em todas as direcções e o pavimento húmido estava repleto de pessoas envoltas em pesados casacos de lã. O trânsito fluía nas ruas adjacentes. A atmosfera fria deixava na garganta de Michener um sabor a carbono.

Observou Katerina ao mesmo tempo que examinava a praça. Os seus olhos estavam cravados na velha sede do Partido Comunista, um monólito da era estalinista, e, mais concretamente, na varanda do edifício.

– Foi ali que o Ceausescu fez o discurso naquela noite – disse Katerina, apontando para norte. – Eu estava ali. Foi um espectáculo inolvidável. Aquele fanfarrão à luz dos holofotes e a gabar-se de que toda a gente gostava dele! – O edifício gigantesco encontrava-se às escuras, como se a sua reduzida importância já não justificasse a iluminação. – As câmaras de televisão transmitiram o discurso para todo o país. Ele estava cheio de si, até que todos nós começámos a gritar em uníssono: «Timisoara, Timisoara!»

Michener conhecia a história de Timisoara, uma cidade na região ocidental da Roménia em que um padre isolado erguera finalmente a sua voz contra Ceausescu. Quando a Igreja Ortodoxa Reformada, controlada pelo governo, o afastou, a revolta alastrou a todo o país. Seis dias depois, aquela praça era um mar de violência.

– Devias ter visto a cara do Ceausescu, Colin! Foi a indecisão dele, aquele momento de choque, que nos incitou a agir. Rompemos as barricadas da polícia e... foi impossível voltar para trás. – Katerina baixou a voz. – Chegaram os tanques, depois as mangueiras, e por fim as balas. Perdi muitos amigos nessa noite.

Michener, com as mãos enfiadas nos bolsos do casaco, observou o seu próprio bafo a evaporar-se, permitindo que ela desfiasse as suas recordações, sabendo que se orgulhava do que fizera. E ele também.

– Ainda bem que voltaste – afirmou.

Katerina virou-se para ele. Viam-se mais alguns casais a deambular pela praça, de braço dado.

– Senti a tua falta, Colin.

Michener lera algures que na vida de todas as pessoas havia alguém que tocava num ponto tão profundo, tão precioso, que a mente regressava sempre a ele em épocas de necessidade, procurando conforto em recordações que aparentemente nunca decepcionavam. Katerina fora esse alguém para si, e o facto de reconhecer que nem a Igreja nem o seu Deus lhe proporcionavam a mesma satisfação era desconcertante.

Ela aproximou-se mais.

– Aquilo de que o padre Tibor falou acerca de obedecer a Nossa Senhora... O que quis ele dizer?

– Bem gostava eu de saber!

– Podias saber...

Michener percebeu ao que ela se referia e tirou do bolso o envelope onde se encontrava a resposta do padre Tibor.

– Não posso abri-lo, bem sabes.

– Porquê? Podemos arranjar outro envelope. O Clemente nunca viria a saber.

Nesse dia, Michener já sucumbira à desonestidade ao ler a primeira carta do papa.

– Mas saberia eu.

E, embora ciente da inconsistência da sua recusa, voltou a meter o envelope no bolso.

– Clemente criou um leal servidor – disse Katerina. – Tenho de reconhecer esse mérito ao velho.

– Ele é o meu papa, devo-lhe respeito.

Katerina fez um trejeito que ele já conhecia.

– A tua vida é estares ao serviço dos papas? E tu, Colin Michener?

Michener fizera esta mesma pergunta a si próprio muitas vezes nos últimos anos. E ele? O objectivo da sua vida era usar um solidéu? Fazer pouco mais do que exibir o prestígio conferido por uma sotaina escarlate? Homens como o padre Tibor é que faziam o verdadeiro trabalho de sacerdotes. Sentiu de novo a carícia das crianças que afagara e o desespero que transmitiam. Foi varrido por um sentimento de culpa.

– Quero que saibas, Colin, que não direi a ninguém uma palavra acerca deste assunto.

– Incluindo o Tom Kealy?

Michener arrependeu-se imediatamente do tom da pergunta.

– Ciumento?

– Tenho motivos para isso?

– Acho que tenho um fraquinho por padres.

– Tem cuidado com o Tom Kealy. Parece-me que ele é da laia dos que fugiram desta praça quando o tiroteio começou. – Michener viu a crispação no rosto dela. – Não foi como tu.

Katerina sorriu.

– Eu estava à frente de um tanque com mais umas cen-
tenas de pessoas.
– Esse pensamento perturba-te. Não quero ver-te
magoada.
Ela deitou-lhe um olhar curioso.
– Mais do que já estou?

Katerina deixou Michener no quarto e desceu a escada;
os degraus rangiam sob os seus pés. Combinaram voltar a
falar na manhã seguinte, ao pequeno-almoço, antes de ele
regressar a Roma. Michener não ficara admirado ao saber
que ela estava instalada no andar de baixo, e Katerina
omitira-lhe que também regressaria a Roma num voo posterior, afirmando que não sabia ainda qual seria o seu próximo destino.

Começava a lamentar o envolvimento com o cardeal
Alberto Valendrea. O que a princípio se apresentara como
uma possível progressão na carreira degenerara e levara-a
a enganar o homem que continuava a amar. Não lhe agradava mentir a Michener. Se o pai soubesse o que ela estava
a fazer, ficaria envergonhado. E também este pensamento
era inquietante, pois já causara bastantes decepções aos
pais nos últimos anos.

Abriu a porta do quarto e entrou.

A primeira coisa que viu foi o rosto sorridente do
padre Paolo Ambrosi. Sobressaltou-se, mas depressa
recuperou o controlo das emoções, apercebendo-se de
que seria um erro revelar medo na presença de tal homem.
Aliás, já esperava a sua visita, visto que Valendrea a avisara de que Ambrosi daria com ela. Fechou a porta, des-
piu o casaco e fez menção de acender o candeeiro da
mesa-de-cabeceira.

– Por que não continuamos às escuras? – sugeriu Ambrosi.

Katerina reparou que o sacerdote vestia umas calças pretas, uma camisola de gola alta e um sobretudo aberto, ambos de cor escura. Não envergava o hábito religioso. A jornalista encolheu os ombros e atirou o casaco para cima da cama.

– O que apurou? – perguntou Ambrosi.

Ela não respondeu logo; por fim fez-lhe uma descrição abreviada do orfanato e resumiu o que Michener lhe dissera acerca de Clemente, mas omitiu alguns factos essenciais. Acabou por lhe falar no padre Tibor, também de forma resumida, e reproduziu a advertência do velho sacerdote em relação a Nossa Senhora.

– Você tem de descobrir o que está na resposta de Tibor – disse Ambrosi.

– O Colin não a abriria.

– Arranje uma maneira.

– E como é que eu conseguiria uma coisa dessas?

– Vá lá acima, seduza-o. Leia-a depois de ele adormecer.

– Por que não vai lá você? Tenho a certeza de que se interessa mais por padres do que eu.

Ambrosi avançou para ela, agarrou-a pelo pescoço com os dedos longilíneos e empurrou-a para cima da cama. Tinha as mãos frias e pegajosas. Encostou-lhe um joelho ao peito e fez bastante força, enterrando-a nas pregas do colchão. Era mais forte do que ela julgava.

– Ao contrário do cardeal Valendrea, tenho pouca paciência para a sua mania da superioridade. Lembro-lhe de que estamos na Roménia e não em Roma, e aqui as pessoas desaparecem com facilidade. Quero saber o que o padre Tibor escreveu. Descubra, ou é provável que eu não me controle da próxima vez que nos encontrarmos. – Aumentou a pressão do joelho no peito de Katerina. – Não gosto de me repetir. Amanhã irei ao seu encontro, tal como vim esta noite.

Katerina teve vontade de lhe cuspir na cara, mas a pressão dos dedos dele no seu pescoço aconselhou-a a ser mais prudente.

Ambrosi largou-a e encaminhou-se para a porta.

Ela afagou o pescoço e respirou fundo. Em seguida, saltou da cama.

Ambrosi virou-se para ela, com uma arma na mão.

Katerina parou.

– Seu… mafioso de um raio!

Ele encolheu os ombros.

– A história ensina que a fronteira entre o bem e o mal é uma linha imperceptível. Durma bem.

Abriu a porta e saiu.

VINTE E UM

Valendrea apagou o cigarro no cinzeiro quando alguém bateu à porta do quarto. Havia quase uma hora que estava embrenhado na leitura de um romance. Gostava tanto de *thrillers* americanos! Constituíam um escape bem-vindo à sua existência de palavras estudadas e rigor protocolar. Todas as noites ansiava por refugiar-se num mundo de mistério e intriga, e Ambrosi providenciava para que tivesse sempre uma nova aventura para ler.

– Entre! – exclamou.

O rosto do camareiro apareceu à porta.

– Acabei de receber um telefonema, eminência. Sua Santidade está na reserva. O senhor pretendia ser informado se tal acontecesse.

Valendrea tirou os óculos e fechou o livro.

– É tudo.

O camareiro retirou-se.

Valendrea vestiu à pressa umas calças e uma camisola, calçou uns ténis e saiu do apartamento. Encaminhou-se para o elevador principal. No rés-do-chão, atravessou os corredores vazios do Palácio Apostólico. O silêncio só era interrompido pelo zumbido suave das câmaras de televisão de circuito fechado que giravam nos seus poleiros altos e pelo chiar das solas de borracha no terraço. Não havia o perigo de alguém o ver – o palácio já estava encerrado e só reabriria na manhã seguinte.

Entrou nos arquivos e ignorou o guarda, avançando pelo labirinto de estantes em direcção ao portão de ferro da reserva. Clemente encontrava-se no interior da zona iluminada, de costas para ele; vestia uma sotaina de linho branco.

As portas do antigo cofre abriram-se. Valendrea não fez qualquer tentativa para disfarçar a sua aproximação; chegara o momento do confronto.

– Entre, Alberto – disse o papa, sem se virar para ele.

– Como sabia que era eu?

Clemente deu meia volta.

– Quem mais havia de ser?

Valendrea avançou para a zona iluminada. Era a primeira vez que entrava na reserva desde 1978. Nessa época, havia apenas algumas lâmpadas incandescentes naquele vão sem janelas; agora, as lâmpadas fluorescentes espalhavam uma luz cor de pérola à sua volta. Lá estava a mesma caixa de madeira na mesma gaveta, aberta. À volta, viam-se os restos do selo de lacre que Clemente quebrara.

– Soube que você veio aqui com Paulo – disse Clemente, apontando para a caixa – e que estava presente quando ele a abriu. Diga-me, Alberto, ele ficou admirado? O velho tonto estremeceu ao ler as palavras da Virgem?

Valendrea não daria a Clemente a satisfação de saber a verdade.

– Paulo valia mais como papa do que você!

– Era um homem obstinado, inflexível. Teve oportunidade de fazer alguma coisa, mas deixou que o orgulho e a arrogância o controlassem. – Clemente pegou numa folha de papel dobrada que estava junto da caixa. – Ele leu isto, mas sobrepôs-se a Deus.

– Morreu passados três meses. O que podia ter feito?

– Podia ter feito tudo o que a Virgem pediu.

– Fazer o quê, Jakob? O que é assim tão importante? O terceiro segredo de Fátima não exige mais nada além de fé e penitência. O que havia Paulo de fazer?

Clemente manteve a pose rígida.

– Você mente tão bem!

Valendrea sentiu uma raiva cega crescer dentro de si, mas apressou-se a reprimi-la.

– Está doido?

O papa deu um passo na direcção dele.

– Tenho conhecimento da sua *segunda* visita a esta sala.

Valendrea não disse nada.

– Os arquivistas conservam registos bastante pormenorizados. Durante séculos, apontaram o nome de todos os que alguma vez entraram nesta sala. Na noite de 19 de Maio de 1978, você veio cá com Paulo. Uma hora mais tarde, voltou. Sozinho.

– Cumprindo uma missão de que Sua Santidade me incumbiu. Ele ordenou-me que voltasse.

– Não duvido, considerando o que estava dentro da caixa nessa época.

– Recebi ordens para selar de novo a caixa e a gaveta.

– Mas antes de selar a caixa, leu o que estava lá dentro. E quem podia censurá-lo? Você era um padre jovem, adstrito à casa papal. O seu papa, que você idolatrava, tinha acabado de ler as palavras de uma vidente mariana que decerto o perturbaram.

– Você não sabe nada!

– Se assim não foi, ele ainda era mais tonto do que eu imaginava! – O olhar de Clemente tornou-se mais penetrante. – Você leu essas palavras e depois retirou uma parte delas. Antigamente, havia quatro folhas de papel nesta caixa, como sabe. Duas escritas pela irmã Lúcia quando memorizou o terceiro segredo, em 1944, e duas escritas pelo padre Tibor quando fez a tradução, em 1960. Mas depois de Paulo ter aberto a caixa e de você ter voltado a selá-la, ela só foi reaberta em 1981, quando João Paulo II leu o terceiro segredo pela primeira vez. Essa leitura foi feita na presença de vários cardeais. O testemunho deles confirma que o selo de Paulo estava intacto. Todos os que se encontravam presentes nesse dia atestaram igualmente que só havia duas folhas de papel dentro da caixa, uma escrita pela irmã Lúcia e outra pelo padre Tibor, ou seja, a tradução. Dezanove anos mais tarde, em 2000, quando João Paulo II divulgou ao mundo o texto do terceiro segredo, lá estavam apenas as mesmas duas folhas de papel dentro da caixa. Como justifica isso, Alberto? Onde se encontram as duas outras folhas que lá estavam em 1978?

– Você não sabe nada!

– Sei, infelizmente para si e para mim. Havia algo que você ignorava. O tradutor de João XXIII, o padre Andrej Tibor, copiou as duas folhas do terceiro segredo para um bloco e depois fez a tradução também em duas folhas. Entregou o original do seu trabalho ao papa, mas mais tarde reparou que as marcas do que escrevera haviam ficado gravadas no bloco. Ele, tal como eu, tinha o hábito incómodo de não se deixar vencer com facilidade. Pegou num lápis, sombreou as marcas das palavras e em seguida decalcou-as em duas folhas. Numa figuram as palavras originais da irmã Lúcia, na outra, a tradução dele. – Clemente exibiu o papel que tinha na mão. – Uma das cópias é esta, que o padre Tibor me enviou há pouco tempo.

Valendrea ficou impassível.

– Posso ver?

Clemente sorriu.

– Se quiser…

Valendrea pegou na folha. A apreensão surgiu em catadupa e provocou-lhe um aperto no estômago. As palavras estavam escritas na mesma letra feminina de que se recordava. Eram cerca de dez linhas, em português, uma língua que ele continuava a desconhecer.

– O português era a língua materna da irmã Lúcia – disse Clemente. – Comparei o estilo, o formato e a letra da cópia do padre Tibor com a primeira parte do terceiro segredo que você teve a amabilidade de deixar na caixa. São iguais em tudo.

– Existe uma tradução? – perguntou Valendrea, disfarçando a emoção.

– Existe, e o bom padre também enviou a sua cópia. – Clemente apontou para a caixa. – Mas está na caixa, onde é o seu lugar.

– Em 2000 foram reveladas ao mundo fotografias do texto original da irmã Lúcia. Esse tal padre Tibor podia ter copiado a letra dela – contrapôs Valendrea, agitando a folha que tinha na mão. – Isto pode ser um documento forjado.

– Como é que eu adivinhei que você iria dizer isso? Podia ser, mas não é. E ambos sabemos que não é.

– Foi por isso que veio cá? – perguntou Valendrea.

– O que faria você no meu lugar?

– Ignorava essas palavras.

Clemente abanou a cabeça.

– É a única coisa que não posso fazer. Juntamente com esta reprodução, o padre Tibor enviou-me uma pergunta. *Por que razão a Igreja mente?* Você sabe qual é a resposta. Ninguém mentiu, porque quando João Paulo II divulgou ao mundo o texto do terceiro segredo, ninguém sabia, além do padre Tibor e de si, que a mensagem estava incompleta.

Valendrea recuou, meteu a mão no bolso e tirou um isqueiro em que pegara antes de descer. Deitou fogo ao papel e atirou para o chão a folha em chamas.

Clemente não fez nada para o impedir.

Valendrea pisou as cinzas com força, como se tivesse acabado de lutar com o Demónio. Em seguida olhou fixamente para Clemente.

– Dê-me essa maldita tradução do padre!

– Não, Alberto. Ela está guardada na caixa.

O instinto aconselhava Valendrea a afastar o velho à força e a fazer o que era necessário, mas o guarda apareceu à porta da reserva.

– Feche esta casa-forte! – ordenou Clemente ao funcionário, que se apressou a cumprir a ordem.

O papa deu o braço a Valendrea e obrigou-o a sair da reserva. O cardeal teve vontade de o empurrar, mas a presença do guarda exigia que se comportasse respeitosamente. Lá fora, no meio das estantes, já longe do guarda, libertou-se do braço de Clemente.

– Eu quis que você soubesse o que o espera – disse o papa.

Mas havia algo que preocupava Valendrea.

– Por que não me impediu de queimar aquela folha?

– Foi perfeito, não foi, Alberto, retirar duas folhas da reserva? Ninguém viria a saber. Paulo estava a morrer e dentro de pouco tempo iria para a cripta. A irmã Lúcia foi proibida de falar fosse com quem fosse, excepto talvez com algum misterioso tradutor búlgaro. Mas em 1978 já se passara tanto tempo que esse tradutor não constituía obstáculo para si. Só você saberia que essas folhas tinham existido. E, se alguém desse por isso, enfim... os documentos têm tendência a desaparecer dos nossos arquivos. Mesmo que o tradutor se manifestasse, sem a exibição das folhas não haveria provas, era só conversa.

Valendrea não ia responder a nada do que acabara de ouvir, mas queria perceber uma coisa.

– Por que não me impediu de queimar aquele papel?

O papa hesitou e depois respondeu:

– Verá, Alberto.

Em seguida afastou-se, enquanto o guarda fechava com estrondo a porta da reserva.

VINTE E DOIS

Katerina tinha dormido mal. Doía-lhe o pescoço da agressão de Ambrosi e estava furiosa com Valendrea. A primeira coisa que lhe veio à cabeça foi mandar o cardeal às urtigas e em seguida contar a verdade a Michener, mas sabia que as tréguas forjadas na noite anterior não seriam duradouras. Michener nunca acreditaria que o principal motivo que a levara a aliar-se a Valendrea fora a oportunidade de se aproximar dele, e só teria olhos para o seu acto de traição.

Tom Kealy não se enganara acerca de Valendrea. *Esse é um patife ambicioso!* Mais do que ele imaginava, pensou ela, olhando fixamente para o tecto do quarto às escuras e massajando os músculos doridos. Kealy também tinha razão em relação a outro assunto. Dissera-lhe uma vez que havia dois tipos de cardeais: os que queriam ser papas e os que queriam *mesmo* ser papas. Katerina acrescentava agora um terceiro tipo: os que desejavam ser papas a todo o custo. Como Alberto Valendrea.

Katerina odiou-se. Havia uma inocência em Michener que ela violara. Ele não podia deixar de ser quem era nem renegar a sua fé. Talvez fosse esta a característica que de facto a atraíra nele. Infelizmente, a Igreja não permitia que os seus clérigos fossem felizes; a vida deles sempre fora controlada e continuaria a ser. Maldita Igreja Católica Romana! Amaldiçoado Alberto Valendrea!

Dormira vestida e há duas horas que aguardava pacientemente, até que o ranger do soalho no andar de cima a alertara. Seguiu o som com o olhar enquanto Michener andava pelo quarto. Ouviu a água a correr no lavatório e esperou. Pouco depois, sentiu-o a dirigir-se para o corredor e ouviu a porta a abrir-se e a fechar-se.

Levantou-se, saiu do quarto e encaminhou-se para as escadas assim que ouviu a porta da casa de banho do corredor a fechar-se no andar de cima. Subiu e hesitou ao chegar ao cimo. Ficou à espera de ouvir a água do duche a correr. Em seguida, deslizou como podia sobre as tábuas desconjuntadas do soalho em direcção ao quarto de Michener, na esperança de que ele não o tivesse fechado à chave.

A porta abriu-se.

Mal entrou, viu imediatamente o saco de viagem de Michener. A roupa que ele vestira na véspera também lá estava. Procurou nas algibeiras do casaco e encontrou a carta do padre Tibor. Lembrou-se de que Michener tinha o hábito de tomar duches rápidos e apressou-se a abrir o envelope.

Vossa Santidade,

Cumpri o juramento que João XXIII me impôs pelo amor que dedico a Nosso Senhor, mas há uns meses um incidente levou-me a repensar os meus deveres. Uma das crianças do orfanato morreu. Nos seus últimos momentos de vida, quando gritava de dor, fez-me perguntas acerca do Céu e quis saber se Deus lhe perdoaria. Não consegui imaginar qual seria a necessidade de perdão desse inocente, mas disse-lhe que Deus lhe perdoaria tudo. Ele quis que eu explicasse, mas a morte revelou-se impaciente e ele expirou antes de eu satisfazer o seu pedido. Só então me apercebi de que também eu tinha de procurar o perdão.

O meu juramento ao papa foi importante para mim. Mantive-o durante mais de quarenta anos, mas no pressuposto de que o Céu não seria desafiado. Não me cabe dizer a Vossa Santidade, o Vigário de Cristo, o que deve ser feito. Isso só pode advir da vossa abençoada consciência e da orientação do nosso Senhor e Salvador. Mas sou obrigado a perguntar: qual o nível de intolerância que o Céu permite? Não quero ser desrespeitoso, mas foi Vossa Santidade que pediu a minha opinião. Por isso lha dou com humildade.

Katerina leu a mensagem outra vez. O padre Tibor era tão enigmático no papel como fora em pessoa na noite anterior e só criara ainda mais mistério.

Voltou a dobrar a carta e meteu-a num envelope branco que encontrara no meio das outras coisas. Era um pouco maior do que o original, mas aparentemente não tão diferente que levantasse suspeitas.

Enfiou o envelope de novo na algibeira do casaco de Michener e saiu do quarto.

Ao passar pela porta da casa de banho, a torneira do duche fechou-se. Imaginou Michener a enxugar-se, sem saber da sua última traição. Hesitou um pouco e depois desceu as escadas, sem olhar para trás, sentindo-se ainda pior na sua própria pele.

VINTE E TRÊS

Valendrea pôs o pequeno-almoço de parte. Não tinha apetite. Dormira pouco e o seu sonho fora de tal modo real que não conseguia afastá-lo da mente.

Viu-se na sua própria entronização, a ser transportado para a Basílica de S. Pedro na sumptuosa cadeira gestatória. Oito monsenhores seguravam num baldaquino de seda que abrigava a antiga cadeira dourada. A corte papal rodeava-o, e todos os seus membros estavam impecavelmente vestidos. Flabelos de penas de avestruz flanqueavam-no e acentuavam o seu estatuto superior como representante divino de Cristo na Terra. O coro cantava, a multidão aplaudia e muitos milhões de pessoas viam a cerimónia na televisão.

O que era estranho era que ele estava nu.

Sem roupa. Sem coroa. Completamente nu, e ninguém parecia reparar nisso excepto ele próprio, o que muito o afligia. Tinha uma estranha sensação de desconforto enquanto continuava a acenar à multidão. Por que motivo ninguém daria por isso? Quis cobrir-se, mas o medo manteve-o pregado à cadeira. Se se levantasse, as pessoas poderiam mesmo reparar. E rir-se-iam? Pô-lo-iam a ridículo? Depois, um rosto destacou-se entre os milhões que o rodeavam. O de Jakob Volkner.

177

O alemão usava as insígnias papais – as vestes, a mitra, o pálio –, tudo o que Valendrea devia usar. No meio dos aplausos, da música e das vozes do coro, Valendrea ouviu as palavras de Volkner, tão claramente como se os dois estivessem lado a lado.

Ainda bem que é você, Alberto.

O que quer dizer com isso?

Você verá.

Acordou alagado em suor e pouco depois voltou a adormecer, mas recomeçou a sonhar. Por fim, aliviou a tensão com um duche bem quente. Cortou-se duas vezes ao fazer a barba e ia escorregando no chão da casa de banho. O nervosismo desestabilizava-o; não estava acostumado à ansiedade.

Quero que você saiba o que o espera, Alberto.

O maldito alemão fora mesmo presunçoso, na véspera.

E agora percebia porquê.

Jakob Volkner sabia o que acontecera em 1978.

Valendrea voltou a entrar na reserva. Paulo ordenara-lhe que o fizesse e o arquivista recebera instruções específicas para abrir o cofre e garantir-lhe privacidade.

Abriu a gaveta e tirou a caixa de madeira. Levava consigo um pau de lacre, um isqueiro e o selo de Paulo VI. Tal como o selo de João XXIII fora aposto em tempos no exterior, o de Paulo VI indicava que a caixa não deveria ser aberta, excepto por ordem do papa.

Levantou a tampa e certificou-se de que os dois maços, com quatro folhas de papel dobradas, estavam lá dentro. Ainda se lembrava da expressão de Paulo ao ler o maço que estava por cima. Denotara sobressalto, uma emoção que Paulo VI rara-

mente manifestava. Porém houve algo mais, muito breve, mas de que Valendrea se apercebera com clareza.

Medo.

Olhou fixamente para a caixa. Os dois maços com o terceiro segredo de Fátima ainda lá estavam. Tinha consciência de que não devia fazer aquilo, mas ninguém saberia. Então, abriu o maço de cima, o mesmo que provocara a tal reacção.

Desdobrou a folha e pôs de lado o original em português. Em seguida, leu atentamente a tradução italiana.

Compreendeu logo. Sabia o que havia a fazer. Seria por isso que Paulo VI o mandara lá? Talvez o velho se tivesse apercebido de que ele leria aquelas palavras e que depois faria o que um papa não podia fazer.

Enfiou a tradução na sotaina e, um segundo depois, o texto original da irmã Lúcia. Em seguida, desdobrou o outro maço e leu.

Nada que pudesse ter consequências.

Então voltou a juntar as duas folhas, pô-las na caixa e selou-a.

Valendrea fechou à chave as portas do seu apartamento que davam para o exterior. Em seguida entrou no quarto e retirou de um armário um pequeno escrínio de bronze. Fora um presente do pai no dia em que completara dezassete anos. Desde então, era ali que guardava todos os seus tesouros, entre as fotografias dos pais, as escrituras de propriedades, os cupões das acções, o seu primeiro missal e um rosário de João Paulo II.

Meteu a mão por baixo da sotaina e encontrou a chave que trazia pendurada ao pescoço. Abriu o escrínio e remexeu até ao fundo. As duas folhas de papel dobradas, retiradas da reserva naquela noite de 1978, ainda lá estavam.

Uma escrita em português e a outra em italiano. Metade do terceiro segredo de Fátima.

Valendrea tirou as duas folhas da caixa.

Não conseguiu voltar a ler aquelas palavras; uma vez fora mais do que suficiente. Entrou na casa de banho, rasgou as duas folhas aos bocadinhos e em seguida deitou-as na sanita.

Puxou o autoclismo.

Desapareceram.

Finalmente.

Tinha de voltar à reserva e destruir a última cópia de Tibor, mas só poderia lá entrar depois da morte de Clemente. Além disso, precisava de falar com o padre Ambrosi. Há uma hora, tentara contactá-lo pelo celular, mas não conseguira. Pegou no telefone da casa de banho e voltou a ligar.

Ambrosi respondeu.

– O que aconteceu? – perguntou ele ao assistente.

– Ontem à noite falei com o nosso anjo. Soube pouca coisa. Hoje vai trabalhar melhor.

– Esqueça isso. O que planeámos é irrelevante. Preciso de outra coisa.

Tinha de ser cauteloso com as palavras, porque um telefone por satélite não garantia privacidade.

– Ouça-me com atenção – disse ele.

VINTE E QUATRO

Michener acabou de se vestir e atirou os artigos de higiene e a roupa suja para dentro do saco de viagem. Por um lado, apetecia-lhe voltar a Zlatna e passar mais algum tempo com aquelas crianças. O Inverno não vinha longe, e na véspera o padre Tibor falara-lhe da dificuldade em manter as caldeiras a funcionar. No ano anterior, tinham passado dois meses com os canos gelados e recorrido a fogões improvisados para queimar a lenha que conseguiam trazer da floresta. Tibor esperava que o próximo Inverno corresse melhor, graças aos trabalhadores que tinham passado o Verão inteiro a reparar uma caldeira muito velha sem cobrarem um cêntimo.

Tibor confessara que o seu maior desejo era que decorressem mais três meses sem perder mais nenhuma criança. No ano anterior tinham morrido três, que estavam sepultadas num cemitério junto ao muro. Michener interrogou-se sobre a finalidade de tanto sofrimento. Tivera sorte. O objectivo dos centros irlandeses de apoio à natalidade fora encontrar um lar para as crianças, mas com o inconveniente de as mães se separarem para sempre dos filhos. Michener pensara muitas vezes no burocrata do Vaticano que aprovara um plano tão absurdo, sem reflectir sequer um pouco no sofrimento que ele provocaria. A Igreja Católica Romana era uma máquina política exasperante. A sua engrenagem permanecera indomável durante dois séculos, incólume à revolução protestante, aos infiéis, a um cisma que a desagregara e à pilhagem de Napoleão. «Por que havia a Igreja de recear as afirmações de uma jovem camponesa de Fátima?», interrogou-se Michener. «Que importância teria isso?»

Mas, aparentemente, tinha.

Pôs o saco de viagem ao ombro, desceu as escadas e dirigiu-se ao quarto de Katerina. Haviam combinado tomar o pequeno-almoço juntos antes de ele ir para o aeroporto. Entalado na ombreira da porta estava um bilhete. Michener pegou nele.

> *Colin*
> *Achei que era preferível não nos vermos esta manhã. Queria que nos separássemos com a sensação de que tínhamos partilhado esta noite, como dois bons amigos que apreciaram a companhia um do outro. Desejo-te as maiores felicidades em Roma. Mereces ter sucesso.*
>
> *Sempre, Kate*

Michener sentiu um certo alívio. A verdade é que não sabia o que lhe havia de dizer. Era impossível manterem uma relação de amizade em Roma. Bastaria o mais pequeno deslize para arruinar a carreira dele. Mas estava satisfeito por se terem separado de boas relações. Talvez tivessem feito finalmente as pazes. Pelo menos, era o que ele esperava.

Rasgou o bilhete aos pedacinhos, dirigiu-se à casa de banho que havia ao fundo do corredor e deitou-os na sanita. Era estranho que tal fosse necessário, mas a mensagem dela tinha de ser completamente destruída. Não podia haver nada que os associasse.

E porquê?

Por uma questão de protocolo e de imagem, obviamente.

O que não era tão óbvio era o seu desagrado crescente em relação aos dois motivos.

Michener abriu a porta do seu apartamento, no quarto andar do Palácio Apostólico. Os seus aposentos, onde há muito tempo viviam os secretários papais, ficavam perto dos do papa. Quando se mudara para ali, há três anos, cometera a ingenuidade de admitir que o espírito dos anteriores residentes pudesse de certo modo orientá-lo, mas nenhuma dessas almas fora ao seu encontro, o que o levara a concluir que teria de encontrar dentro de si próprio a orientação de que viesse a necessitar.

À chegada, apanhara um táxi no aeroporto em vez de telefonar para o seu gabinete a pedir um carro, cumprindo assim as ordens de Clemente segundo as quais a sua viagem deveria passar despercebida. Entrara no Vaticano pela Praça de S. Pedro, vestido como qualquer dos muitos milhares de turistas que por ali circulavam.

O sábado era um dia calmo na Cúria. A maioria dos funcionários estavam ausentes e os gabinetes, excepto alguns da secretaria de Estado, encontravam-se fechados. Michener passou pelo seu gabinete e ficou a saber que Clemente partira mais cedo para Castel Gandolfo e que só deveria regressar na segunda-feira. A propriedade ficava trinta quilómetros a sul de Roma e há quatrocentos anos que era o local de refúgio dos papas. Os pontífices modernos recorriam ao seu ambiente informal para fugir aos Verões opressivos de Roma e para passar os fins-de-semana. Deslocavam-se de helicóptero.

Michener sabia que Clemente adorava a casa de campo, mas inquietava-o o facto de a deslocação não estar prevista no plano de viagens do papa. Um dos assistentes não dera explicações, limitando-se a dizer que o papa manifestara o desejo de passar dois dias no campo e que, por conseguinte, tudo fora alterado. O gabinete de imprensa recebera alguns pedidos de esclarecimento acerca do estado de saúde do papa, o que não era raro quando se registava alguma alteração nos planos pontifícios, mas apressara-se a fazer a declaração habitual – *o Santo Padre possui uma constituição física robusta e desejamos-lhe uma longa vida.*

Todavia, Michener estava preocupado e telefonou ao assistente que acompanhara Clemente.

– O que está ele aí a fazer? – indagou Michener.

– Só queria ver o lago e passear nos jardins.

– Perguntou por mim?

– Nem uma palavra.

– Diga-lhe que já voltei.

Passada uma hora, tocou o telefone no apartamento de Michener.

– Sua Santidade quer vê-lo. Afirmou que uma viagem de automóvel através do campo seria encantadora. Compreende o que ele quer dizer?

Michener sorriu e consultou o relógio. Eram três e vinte da tarde.

– Diga-lhe que chegarei ao anoitecer.

Aparentemente, Clemente não queria que ele usasse o helicóptero, apesar de a Guarda Suíça preferir o transporte aéreo. Michener telefonou para a garagem e pediu para aprontarem uma viatura não identificada.

* * *

A viagem para sudoeste, através de olivais, contornava os montes Alban. O complexo papal de Castel Gandolfo era formado pela Villa Barberini, a Villa Cybo e um jardim requintado, dispostos à beira do lago Albano. O santuário era desprovido da agitação permanente de Roma, um local solitário no meio do bulício imparável que reinava no seio da Igreja.

Michener foi encontrar Clemente no solário. Assumindo o seu papel de secretário papal, envergava o colarinho e a sotaina preta com a faixa roxa. O papa estava instalado numa poltrona de madeira submersa pela folhagem dos produtos hortícolas. Os enormes painéis envidraçados que constituíam as paredes exteriores recebiam o sol da tarde e a atmosfera quente cheirava a néctar.

– Colin, puxe uma dessas poltronas para aqui – disse Clemente, acrescentando um sorriso à saudação.

Michener obedeceu.

– O senhor está com bom aspecto.

Clemente sorriu.

– Não sabia que estava assim com um aspecto tão mau.

– Bem sabe o que quero dizer.

– Por sinal, sinto-me bem. E vai gostar de saber que hoje tomei o pequeno-almoço e almocei. Agora conte-me tudo sobre a Roménia, com todos os pormenores.

Michener explicou o que acontecera, omitindo o tempo que passara com Katerina. Em seguida entregou o envelope ao papa, que leu a resposta do velho sacerdote.

– O que lhe disse exactamente o padre Tibor? – perguntou Clemente.

Michener contou-lhe o que se passara, e acrescentou:

– Ele falou por enigmas. Não disse algo concreto, embora não tenha sido lisonjeiro para a Igreja.

– Isso compreendo eu... – retorquiu Clemente em voz baixa.

– Mostrou-se desagradado com o modo como a Santa Sé lidava com o terceiro segredo. Deu a entender que a mensagem da Virgem estava a ser propositadamente ignorada. Pediu-me várias vezes para lhe dizer que fizesse o que Ela mandou. Sem discussão, sem demora, que se limitasse a obedecer-Lhe.

O olhar do velho demorou-se em Michener.

– Ele falou-lhe de João XXIII, não é verdade?

Michener fez um sinal afirmativo.

– Conte-me o que ele disse.

Clemente mostrou-se fascinado com o relato de Michener.

– O padre Tibor é a única pessoa que lá estava nesse dia e que ainda é viva – explicou Clemente. – Com que impressão ficou dele?

As imagens do orfanato sucederam-se na mente de Michener.

– Parece sincero… Mas também o achei obstinado. – Michener não acrescentou o que estava a pensar – *como Vossa Santidade*. – Jakob, não pode dizer-me o que há por detrás disto?

– Preciso que você faça mais uma viagem.

– Outra?

Clemente fez um sinal afirmativo.

– Desta vez é a Medjugorje.

– À Bósnia? – perguntou Michener, incrédulo.

– Tem de falar com um dos videntes.

Michener conhecia Medjugorje. Segundo afirmavam duas crianças, em 24 de Junho de 1981 tinham visto uma linda mulher com um bebé ao colo, no cimo de uma montanha no Sudoeste da Jugoslávia. Na tarde seguinte, as crianças voltaram ao local na companhia de quatro amigos, e os seis tiveram uma visão semelhante. Daí em diante, as aparições sucederam-se diariamente e todas as crianças receberam mensagens. Os funcionários do Partido Comunista afirmaram que se tratava de uma conspiração revolucionária e tentaram impedir a afluência das pessoas, mas a multidão concentrava-se no local. Passados alguns meses, surgiram testemunhos de curas milagrosas e de rosários que se transformavam em ouro. Mesmo durante a guerra civil da Bósnia, as visões continuaram, assim como as peregrinações. Agora as crianças já eram crescidas e a região chamava-se Bósnia-Herzegovina; apenas uma das seis crianças deixara de ter visões. Tal como em Fátima, havia segredos. A Virgem confiara dez mensagens a cinco dos videntes; o sexto só tinha conhecimento de nove. Os nove segredos haviam sido divulgados publicamente, mas o décimo continuava a ser um mistério.

– Essa viagem é necessária, Vossa Santidade?

Não lhe agradava a ideia de deambular por uma zona devastada pela guerra, como era o caso da Bósnia. As forças de manutenção da paz dos Estados Unidos e da NATO ainda se mantinham na região para assegurar a ordem.

– Tenho de saber qual é o décimo segredo de Medjugorje – disse Clemente, cujo tom dava a entender que o assunto não estava aberto à discussão. – Redija uma ordem papal para apresentar aos videntes. Ele ou ela que lhe transmita a mensagem. A mais ninguém. Apenas a si.

Michener quis argumentar, mas o cansaço provocado pela viagem de avião e pela agenda sobrecarregada da véspera não lhe permitiu envolver-se numa discussão que se afigurava inútil. Limitou-se a perguntar:

– Quando, Vossa Santidade?

O seu velho amigo deu mostras de se aperceber da sua fadiga.

– Daqui a uns dias, para que não atraia tanto as atenções. E, mais uma vez, este assunto fica entre nós.

VINTE E CINCO

Valendrea desapertou o cinto assim que o *Gulfstream* saiu das nuvens nocturnas e aterrou no aeroporto de Otopeni. O jacto pertencia a um consórcio italiano que tinha ligações profundas com os Valendrea da Toscana, e o próprio Valendrea usava-o regularmente nas suas escapadelas de Roma.

O padre Ambrosi aguardava-o na pista, vestido à civil, com um sobretudo antracite a envolver a sua figura esguia.

– Seja bem-vindo, eminência – disse Ambrosi.

A noite romena estava fria, e Valendrea congratulou-se por ter vestido um espesso casaco de lã. Tal como Ambrosi, trajava informalmente. Não se encontrava em visita oficial e a última coisa que queria era ser reconhecido. A sua deslocação era um risco, mas tinha de ser ele próprio a suster a ameaça.

– E a alfândega? – perguntou.

– Está tudo resolvido. Os passaportes do Vaticano têm peso aqui.

Entraram num automóvel antiquado. Ambrosi sentou-se ao volante e Valendrea ocupou o banco traseiro. Saíram de Bucareste e dirigiram-se para norte por uma série de estradas em mau estado que conduziam às montanhas. Era a primeira vez que Valendrea visitava a Roménia. Sabia do desejo de Clemente de organizar uma peregrinação oficial, mas qualquer missão papal a um país tão conturbado teria de aguardar que fosse ele a mandar.

– Ele vai lá rezar todos os sábados à tarde – dizia Ambrosi do banco da frente –, esteja frio ou calor. Há anos que faz a mesma coisa.

Valendrea inclinou a cabeça em sinal de aprovação. Ambrosi nunca descurava os assuntos que lhe diziam respeito.

Durante cerca de uma hora não trocaram palavra. Foram subindo progressivamente até entrarem numa estrada sinuosa que acompanhava uma encosta íngreme e arborizada. Ambrosi abrandou ao aproximar-se do cimo, encostou numa berma semidestruída e desligou o motor.

– É ali, ao fundo daquele carreiro – disse Ambrosi, apontando através dos vidros embaciados para um caminho sombrio no meio do arvoredo.

À luz dos faróis, Valendrea reparou que havia outro carro estacionado mais adiante.

– Por que vem ele aqui?

– Segundo me disseram, considera que este local é sagrado. Na Idade Média, a velha igreja era frequentada pela população local. Quando os turcos conquistaram esta região, incendiaram as aldeias com as pessoas todas lá dentro. Parece que ele vai buscar força a esses mártires.

– Há uma coisa que você tem de saber – disse Valendrea. O assistente continuava sentado no banco da frente, imóvel, a olhar lá para fora através do pára-brisas. – Estamos prestes a atravessar uma fronteira, mas é imperativo que o façamos. Há muita coisa em jogo. Eu não lhe faria este pedido se ele não fosse de uma importância crucial para a Igreja.

– Não é preciso explicar nada – respondeu Ambrosi em voz baixa. – Basta-me a palavra de Vossa Eminência.

– A sua fé é impressionante. Mas você é um soldado de Deus, e um guerreiro deve saber porque combate, portanto, deixe-me contar-lhe de que se trata.

Saíram do carro. Ambrosi foi à frente. A lua cheia iluminava o céu de veludo com a sua luz esbranquiçada. Cinquenta metros mais adiante, no meio das árvores, avistaram a sombra de uma igreja. Ao aproximarem-se, Valendrea reparou nas antigas rosáceas e no campanário. As pedras do edifício, de tão carcomidas, já não se distinguiam umas das outras. Lá dentro não se via luz.

– Padre Tibor! – exclamou Valendrea em inglês.

Um vulto escuro apareceu à porta.

– Quem está aí?

– Sou o cardeal Alberto Valendrea. Vim de Roma para falar consigo.

Tibor saiu da igreja.

– Primeiro o secretário do papa, agora o secretário de Estado. Mas que pompa para um humilde sacerdote!

Valendrea não conseguiu perceber se o tom era de sarcasmo ou de respeito. Estendeu-lhe a mão com a palma virada para baixo e Tibor ajoelhou-se diante dele e beijou-lhe o anel que usava desde o dia em que João Paulo II o investira como cardeal. Apreciou a atitude submissa do sacerdote.

– Levante-se, padre, por favor. Temos de conversar.

Tibor levantou-se.

– A minha mensagem já chegou às mãos de Clemente?

– Já, e o papa está-lhe muito grato. Mas mandou-me cá para saber mais.

– Eminência, lamento não poder acrescentar mais ao que já disse. Infelizmente, quebrei o voto de silêncio que fiz a João XXIII.

Valendrea gostou de ouvir estas palavras.

– Então não falou disso a mais ninguém? Nem sequer a um confessor?

– Exactamente. Não contei a ninguém o que sabia, excepto a Clemente.

– O secretário do papa não veio cá ontem?

– Veio, mas eu limitei-me a aflorar a verdade. Ele não sabe nada. Calculo que Vossa Eminência já tenha lido a minha resposta por escrito…

– Já – respondeu Valendrea, mentindo.

– Então, sabe que eu pouco disse.

– O que o levou a fazer uma reprodução da mensagem da irmã Lúcia?

– É difícil explicar. Naquela noite, quando voltei aos meus aposentos depois de ter estado a trabalhar com João, reparei nas marcas que tinham ficado no bloco. Rezei e algo me disse que devia sombrear a folha de papel e revelar as palavras.

– Por que as guardou durante todos estes anos?

– Já fiz a mesma pergunta a mim mesmo. Não sei por-quê, mas guardei.

– E por que resolveu finalmente entrar em contacto com Clemente?

– O que se passou em relação ao terceiro segredo não está certo. A Igreja não foi honesta para com o seu povo. Algo dentro de mim me ordenou que falasse. Foi um impulso que não pude ignorar.

Valendrea olhou de relance para Ambrosi, que virou a cabeça ligeiramente para a direita. *Por ali*.

– Caminhemos um pouco, padre Tibor – disse Valendrea, dando-lhe o braço. – Diga-me, por que vem para este sítio?

– Por sinal, não sei como conseguiu encontrar-me, eminência.

– A sua devoção à oração é bem conhecida. O meu assistente limitou-se a perguntar nas redondezas e todos lhe falaram no seu ritual semanal.

– Este lugar é sagrado. Há cinco séculos que os católicos rezam aqui. Considero-o reconfortante. – Tibor fez uma pausa. – Também cá venho por causa da Virgem.

Seguiam por um caminho estreito. Ambrosi ia a frente.

– Explique-se, padre.

– Nossa Senhora disse aos pastorinhos de Fátima que devia realizar-se uma comunhão reparadora no primeiro sábado de cada mês. Venho aqui todas as semanas para oferecer a minha reparação pessoal.

– Por que reza?

– Rezo para que reine no mundo a paz de que falou Nossa Senhora.

– Também eu rezo pela mesma intenção. E o Santo Padre.

O caminho terminava à beira de um precipício. Diante deles estendia-se uma paisagem de montanhas e florestas cerradas, envolvida numa luz clara, azul-acinzentada. Viam-se poucas luzes e duas fogueiras a arder ao longe. Ao sul, na linha do horizonte, um clarão assinalava Bucareste, a sessenta quilómetros de distância.

– Magnífico! Que vista espantosa! – exclamou Valendrea.

– Venho aqui muitas vezes depois de rezar – disse Tibor.

– O que deve ajudá-lo a aceitar o sofrimento com que convive no orfanato – acrescentou Valendrea, sem levantar a voz.

Tibor assentiu.

– Sinto-me muito tranquilo aqui.

– Como seria de esperar.

Valendrea fez sinal a Ambrosi, que empunhava uma faca. Ambrosi agarrou o velho padre por trás e espetou-lhe a lâmina na garganta. Tibor abriu muito os olhos e engasgou-se com a primeira golfada de sangue. Ambrosi deixou cair a faca, agarrou Tibor pelas costas e atirou-o para o precipício.

O corpo do sacerdote desapareceu na escuridão.

Segundos depois ouviu-se um impacte, outro, e em seguida fez-se silêncio.

Valendrea nem se mexeu. Ao lado de Ambrosi, não tirava os olhos do fundo do precipício.

– Esta zona é rochosa? – perguntou tranquilamente.

– Muito, e há um ribeiro caudaloso. Só deverão encontrar o corpo daqui a uns dias – respondeu Ambrosi.

– Custou-lhe matá-lo?

Queria mesmo saber a verdade.

– Era preciso fazer isto.

Valendrea fitou o amigo no escuro. Em seguida, estendeu o braço e fez o sinal da cruz na testa, na boca e no peito de Ambrosi.

– Perdoo-lhe, em nome do Pai, do Filho e do Espírito Santo.

Ambrosi baixou a cabeça, em sinal de agradecimento.

– Todos os movimentos religiosos têm os seus mártires. E nós acabámos de ver o último da Igreja Católica. – Valendrea ajoelhou-se. – Venha, reze comigo pela alma do padre Tibor.

VINTE E SEIS

CASTEL GANDOLFO
Domingo, 12 de Novembro
12 h

Michener ia atrás de Clemente dentro do papamóvel quando a viatura saiu da propriedade e se dirigiu para a cidade. O veículo, especialmente concebido, era uma carrinha Mercedes modificada, com capacidade para transportar duas pessoas de pé, envolvidas numa redoma de material transparente à prova de bala. O papa usava-o sempre que se deslocava no meio de grandes multidões.

Clemente concordara com a visita dominical. Na aldeia que confinava com a propriedade papal viviam apenas cerca de três mil pessoas, mas eram extraordinariamente dedicadas ao sumo pontífice e as visitas de Clemente eram uma maneira de ele demonstrar a sua gratidão.

Depois da conversa de ambos na véspera, Michener só voltara a ver o papa de manhã. Apesar de gostar muito de conviver e de conversar, Clemente XV era também Jakob Volkner, um homem solitário que adorava a sua privacidade, por isso, não era de admirar que tivesse passado o serão sozinho, a rezar e a ler, e recolhido cedo aos seus aposentos.

Há uma hora, Michener redigira uma carta em que o papa dava instruções a um dos videntes de Medjugorje para reproduzir o chamado «décimo segredo», e Clemente assinara o documento. Michener continuava sem vontade nenhuma de partir para a Bósnia. Restava-lhe acalentar a esperança de que a viagem fosse de curta duração.

Não levaram mais de alguns minutos a chegar à cidade. A praça da aldeia estava apinhada e a multidão aclamou o papa à sua passagem. Clemente pareceu voltar à vida perante a manifestação de júbilo e correspondeu aos acenos, apontando para rostos que reconheceu e verbalizando saudações especiais.

– É bom que eles gostem do seu papa – disse Clemente baixinho em alemão, sem desviar a atenção da multidão nem largar o corrimão de aço inoxidável em que se apoiava.

– Vossa Santidade não lhes dá motivos para o contrário – atalhou Michener.

– Devia ser a finalidade de todos os que usam estas vestes.

O papamóvel contornou a praça.

– Peça ao motorista que pare – disse o papa.

Michener bateu duas vezes no vidro. A carrinha parou e Clemente abriu a porta envidraçada. Desceu para o pavimento e os quatro guarda-costas que acompanhavam o carro entraram imediatamente em estado de alerta.

– Acha que isto é sensato? – perguntou Michener.

Clemente levantou a cabeça e respondeu:

– O mais sensato possível.

Segundo o regulamento, o papa nunca devia sair da viatura. Embora a visita tivesse sido combinada na véspera, com pouca antecedência, já decorrera um lapso de tempo suficiente para provocar uma certa inquietação.

Clemente aproximou-se da multidão com os braços estendidos. As crianças aceitaram as suas mãos envelhecidas e ele puxou-as para as abraçar. Michener sabia que um dos grandes desgostos da vida de Clemente era não ter sido pai. As crianças eram preciosas para ele.

A equipa de guarda-costas rodeou o papa, mas as pessoas da aldeia colaboraram, mantendo uma atitude reverencial enquanto Clemente se deslocava no meio delas. Muitas gritaram o tradicional *Viva, Viva*, que os papas ouviam há séculos.

Michener ficou a observar a cena. Clemente XV repetia o que os papas faziam há dois milénios. *Tu és Pedro e sobre esta pedra edificarei a Minha Igreja e as portas do Inferno nada poderão contra ela. Dar-te-ei as chaves do Reino dos Céus, e tudo quanto ligares na terra ficará ligado nos Céus e tudo quando desligares na terra será desligado nos Céus.* Duzentos e sessenta e sete homens tinham sido escolhidos como elos de uma corrente indestrutível, que começava em Pedro e acabava em Clemente XV. Diante de Michener estava um exemplar perfeito do pastor no meio do seu rebanho.

Uma parte do terceiro segredo de Fátima atravessou a sua mente como um clarão.

O Santo Padre passou por uma grande cidade meio em ruínas e a tremer com passos vacilantes, atormentado com o sofrimento e a tristeza. Rezou pelas almas dos cadáveres que encontrou no caminho. Ao chegar ao cimo da montanha, ajoelhado ao pé da grande cruz, foi morto por soldados que dispararam balas e setas sobre ele.

Talvez a referência ao perigo explicasse o motivo pelo qual João XXIII e os seus sucessores tinham optado por suavizar a mensagem. No entanto, um assassino a soldo dos russos acabara por tentar matar João Paulo II em 1981. Pouco depois, durante o período de recuperação, João Paulo lera pela primeira vez o terceiro segredo de Fátima. Então, por que esperara ele dezanove anos para revelar ao mundo as palavras da Virgem? Boa pergunta… Mais uma a acrescentar ao seu rol de perguntas sem resposta. Michener resolveu não pensar no assunto; concentrou-se em Clemente no meio da multidão, e os seus medos desvaneceram-se.

De certo modo sabia que, nesse dia, ninguém faria mal ao seu querido amigo.

Eram duas da tarde quando regressaram à casa de campo. Um almoço leve servido no solário aguardava o papa, que convidou Michener para o acompanhar. Comeram em silêncio, desfrutando a beleza das flores e uma esplendorosa tarde de Novembro. A piscina da propriedade, do outro lado das paredes envidraçadas, estava vazia. Era um dos poucos luxos em que João Paulo II insistira quando a Cúria se queixara dos custos envolvidos, afirmando que isso sairia muito mais barato do que eleger um novo papa.

O almoço foi uma substancial sopa de carne com legumes, uma das preferidas de Clemente XV, com pão escuro. Michener apreciou particularmente o pão, que lhe lembrava Katerina; muitas vezes o tinham comido depois do jantar e do café. Perguntou a si próprio onde estaria ela nesse momento e quais os motivos que a tinham levado a partir de Bucareste sem se despedir. Esperava voltar a vê-la um dia, talvez depois de terminar a sua missão no Vaticano, num sítio em que não existissem homens como Alberto Valendrea, onde ninguém quisesse saber quem ele era ou o que fazia. Onde talvez pudesse seguir o que o coração lhe ditava.

– Fale-me dela – disse Clemente.

– Como sabe que eu estava a pensar nela?

– Não foi difícil.

Michener tinha de facto vontade de falar no assunto.

– Está diferente, mais convivial, mas é difícil definir essa mudança.

Clemente bebeu um gole de vinho.

– Não posso deixar de pensar que seria um padre melhor, um homem melhor, se não tivesse de reprimir o que sinto.

O papa pousou o copo.

– A sua confusão é compreensível. O celibato obrigatório é um erro.

Michener interrompeu a refeição.

– Espero que não tenha comunicado essa conclusão a mais ninguém...

– Se eu não puder ser sincero consigo, com quem hei-de ser?

– Quando chegou a essa conclusão?

– O Concílio de Trento realizou-se há muito tempo. No entanto, aqui estamos nós no século XXI, amarrados a uma doutrina do século XVI.

– É da natureza do catolicismo.

– O Concílio de Trento foi convocado para lidar com a Reforma. Perdemos essa batalha, Colin. Os protestantes vieram para ficar.

Michener compreendia o que Clemente estava a dizer. O Concílio de Trento confirmara a necessidade do celibato clerical em nome dos Evangelhos, mas reconhecera que não era de origem divina, o que significava que a Igreja poderia alterar a situação, se assim o desejasse. Nos outros dois concílios posteriores ao de Trento, Vaticano I e II, os seus participantes tinham-se recusado a levar a cabo qualquer mudança nesse sentido. Agora, o sumo pontífice, o único homem que podia fazer alguma coisa, questionava a justeza dessa indiferença.

– O que quer dizer, Jakob?

– Não quero dizer nada, estou apenas a conversar com um velho amigo. Por que é que os padres não podem casar? Por que têm de manter a castidade? Se isso é aceitável para os outros, por que não é para os clérigos?

– Pessoalmente, concordo consigo, mas suponho que a Cúria seja de outra opinião.

Clemente inclinou-se para a frente e pôs de lado a tigela vazia.

– Esse é que é o problema. A Cúria levantará sempre objecções a tudo o que ameace a sua sobrevivência. Sabe o que um deles me disse há umas semanas?

Michener abanou a cabeça.

– Afirmou que temos de manter o celibato porque, caso contrário, os custos de remuneração dos padres subiriam em flecha. Seríamos obrigados a canalizar dezenas de milhões de euros para pagar o aumento de salários, visto que os padres teriam de sustentar mulher e filhos. Está a ver? É esta a lógica da Igreja.

Michener concordou, mas foi obrigado a dizer:

– Se o senhor aventasse sequer uma hipótese de mudança, daria de mão beijada motivo a Valendrea para recorrer aos cardeais. Poderia desencadear uma revolta aberta.

– Mas é essa a vantagem de ser papa, ser infalível quando fala de matéria doutrinal. Eu tenho a última palavra. Não preciso de autorização e o meu gabinete não pode votar contra mim.

– A infalibilidade também foi uma criação da Igreja – lembrou Michener. – Pode ser alterada pelo próximo papa, a par de outras decisões que o senhor tomar.

Clemente beliscava a parte carnuda da mão, um tique nervoso que Michener já lhe conhecia.

– Tive uma visão, Colin.

As palavras, pronunciadas em surdina, levaram uns momentos a assentar.

– Uma quê?

– A Virgem falou-me.

– Quando?

– Há várias semanas, pouco depois da primeira comunicação do padre Tibor. Por isso é que fui à reserva. Ela ordenou-me que o fizesse.

Primeiro, o papa falava em abandonar o dogma vigente durante cinco séculos; agora, proclamava aparições marianas. Michener percebeu que a conversa tinha de ficar por ali, só com as plantas como testemunhas, mas recordou o que Clemente afirmara em Turim: *Julga, por acaso, que temos alguma privacidade no Vaticano?*

– É acertado falarmos disso?

Michener esperava que o tom da sua pergunta servisse de aviso, mas, aparentemente, Clemente não o entendeu.

– Ontem, a Virgem apareceu-me na minha capela. Levantei a cabeça e lá estava Ela a pairar diante de mim, envolta num halo de luz azul e dourada, em todo o Seu esplendor. – O papa fez uma pausa. – Disse-me que o Seu coração estava rodeado de espinhos com os quais os homens A trespassam devido à sua ingratidão e blasfémias.

– Tem a certeza do que está a dizer? – perguntou Michener.

Clemente fez um gesto afirmativo.

– Ela disse-me isto claramente. – O papa enganchou os dedos uns nos outros. – Não estou senil, Colin. Foi uma visão, disso tenho a certeza. – Fez uma pausa. – João Paulo II viveu a mesma experiência.

Michener já sabia, mas não disse nada.

– Nós, homens, não temos juízo – prosseguiu Clemente.

Os enigmas começavam a agitá-lo.

– A Virgem disse para irmos a Medjugorje.

– E é por isso que eu lá vou?

Clemente inclinou a cabeça em sinal afirmativo.

– Então tudo se esclarecerá, segundo Ela declarou.

Seguiram-se alguns momentos de silêncio. Michener não sabia o que havia de dizer. Era difícil argumentar com o Céu.

– Permiti que Valendrea lesse o que estava dentro da caixa de Fátima – acrescentou Clemente em voz baixa.

Michener não percebeu bem as palavras do papa.

– O que está lá dentro?

– Uma parte do que o padre Tibor me enviou.

– Vai dizer-me o que é?

– Não posso.

– Por que permitiu que Valendrea lesse esse texto?

– Para ver a reacção dele. O Valendrea até tentou intimidar o arquivista, só para dar uma olhadela! Agora, sabe exactamente o mesmo que eu.

Michener ia perguntar mais uma vez do que se tratava, quando uma pancadinha na porta do solário interrompeu a conversa de ambos. Um dos empregados entrou, com uma folha de papel dobrada na mão.

– Isto chegou agora mesmo de Roma por fax, monsenhor Michener. Os serviços secretos deram instruções para que lhe fosse entregue imediatamente.

Michener pegou no papel e agradeceu ao empregado, que saiu sem demora. Leu a mensagem. Em seguida, olhou para Clemente e disse:

– O núncio apostólico em Bucareste telefonou há pouco. O padre Tibor morreu. O corpo foi encontrado esta manhã, levado pela corrente de um rio a norte da cidade. Foi degolado e, segundo tudo indica, atirado de um penhasco. O carro dele foi encontrado junto de uma igreja que frequentava. A polícia desconfia de ladrões, visto que aquela região está infestada deles. Fui notificado porque uma freira do orfanato disse ao núncio que eu lá tinha estado. O núncio não compreende por que motivo não me fiz anunciar.

A cor desapareceu do rosto de Clemente. Fez o sinal da cruz, pôs as mãos e começou a rezar. Michener viu o velho cerrar as pálpebras com força e falar sozinho.

Depois, as lágrimas começaram a deslizar pela face de Clemente.

VINTE E SETE

Michener passara a tarde inteira a pensar no padre Tibor. Deambulara pelos jardins da casa de campo e tentara afastar da mente a imagem do corpo ensanguentado do velho búlgaro a ser resgatado do rio. Por fim, encaminhou-se para a capela onde os papas e os cardeais se curvavam diante do altar há séculos. Há mais de dez anos que não celebrava uma missa. Andara demasiado ocupado a satisfazer as necessidades seculares de outras pessoas, mas agora sentia-se impelido a dizer uma missa fúnebre por alma do velho sacerdote.

Em silêncio, paramentou-se. Depois, escolheu uma estola preta, pô-la ao pescoço e dirigiu-se para o altar. Em geral, o corpo do defunto encontrava-se diante do altar e os bancos enchiam-se com os familiares e os amigos. O que importava era realçar a união com Cristo, a comunhão com os santos de que gozava agora aquele que partira. Mais tarde, no Dia do Juízo, todos se reuniriam e habitariam para sempre na casa do Senhor.

Ou pelo menos era o que a Igreja anunciava.

Porém, ao fazer as orações da praxe, Michener não pôde deixar de se interrogar sobre a utilidade de tudo aquilo. Existiria de facto um ser superior à espera de oferecer a salvação eterna? E essa recompensa poderia ser alcançada pelo simples facto de os homens obedecerem aos preceitos da Igreja? Bastaria um instante de arrependimento para fazer esquecer uma vida inteira de más acções? Deus não desejaria mais? Não exigiria toda uma vida de sacrifício? Ninguém era perfeito, haveria sempre lapsos, mas os requisitos para a salvação decerto não se resumiam a alguns actos de arrependimento.

Michener não sabia ao certo quando começara a duvidar. Talvez após aqueles anos que passara com Katerina. Quiçá a circunstância de estar rodeado de prelados ambiciosos, que proclamavam ostensivamente o amor a Deus, mas que em privado eram consumidos pela ambição e pela ganância, o tivesse afectado. De que servia ajoelhar e beijar o anel papal? Cristo nunca sancionaria tais manifestações. Então, por que havia Ele de conceder esse privilégio aos Seus filhos? Seriam as suas dúvidas apenas um sinal dos tempos?

O mundo mudara nos últimos cem anos. Todas as pessoas pareciam estar ligadas, as comunicações eram instantâneas, a informação atingira uma fase de avidez insaciável. Aparentemente, Deus não encaixava nesta situação. Talvez os homens nascessem, vivessem, morressem e o seu corpo se decompusesse ao voltar à terra, pura e simplesmente. *Porque tu és pó e em pó te hás-de tornar*, como se lia na Bíblia. Mais nada. Mas se isto fosse verdade, o modo como conduzissem a sua vida poderia ser a única recompensa que receberiam – a recordação da sua vida seria a sua salvação.

Michener estudara o suficiente da Igreja Católica Romana para compreender que a maior parte dos seus ensinamentos estava directamente relacionada com os interesses da instituição e não com os dos seus membros. O tempo decerto esbatera a linha que separava a secularidade da divindade. O que no passado fora uma criação do homem transformara-se numa lei celeste. Os padres não se casavam porque Deus assim ordenara. Os padres eram homens porque Deus era do sexo masculino. Adão e Eva eram um homem e uma mulher, e por conseguinte só podia existir amor entre indivíduos de sexos diferentes. De onde vinham estes dogmas? Por que subsistiam?

E por que os questionava ele? Tentou abstrair destes assuntos e concentrar-se, mas era impossível. Talvez o facto de ter reencontrado Katerina tivesse ressuscitado as suas dúvidas ou a morte inútil de um velho na Roménia lhe tivesse lembrado que estava com quarenta e sete anos e que fizera pouca coisa na vida, além de ir atrás de um bispo alemão para o Palácio Apostólico.

Era imperioso fazer algo mais. Algo produtivo, que ajudasse mais alguém.

Um movimento da porta chamou-lhe a atenção. Levantou a cabeça e viu Clemente, que entrou na capela e se ajoelhou num dos bancos.

– Termine, por favor. Também eu estou necessitado – disse o papa, baixando a cabeça e começando a rezar.

Michener retomou a missa e preparou o sacramento. Como só trouxera uma hóstia, partiu o pedaço de pão ázimo em duas metades.

Aproximou-se de Clemente.

O velho despertou das suas preces, com os olhos vermelhos de tanto chorar e as feições alteradas pelo desgosto. Michener ignorava a origem da tristeza que se apoderara de Jakob Volkner. A morte do padre Tibor afectara-o profundamente. Ofereceu-lhe a hóstia e o papa abriu a boca.

– O corpo de Cristo – disse em voz baixa, depositando a hóstia na língua de Clemente.

O papa persignou-se e baixou de novo a cabeça, entregue às suas orações. Michener retirou-se para junto do altar e concluiu a missa.

Mas foi uma tarefa difícil. Os soluços de Clemente XV, que ecoavam na capela, afligiam-no.

VINTE E OITO

Katerina odiou-se por voltar para junto de Tom Kealy, mas o cardeal Valendrea ainda não a contactara desde que ela chegara a Roma, na véspera. Recebera instruções para não telefonar, o que era óptimo, porque pouco tinha para dizer além do que Ambrosi já sabia.

Lera no jornal que o papa fora passar o fim-de-semana a Castel Gandolfo e calculou que Michener também lá estivesse. Na véspera, Kealy, com a perversidade que lhe era peculiar, divertira-se a atormentá-la com a viagem à Roménia, insinuando que se passara muito mais do que estava disposta a admitir. Propositadamente, Katerina não lhe contara tudo o que o padre Tibor dissera. Michener tinha razão acerca de Kealy, o homem não era de confiança, por isso fornecera-lhe uma versão abreviada, o suficiente para tentar saber através dele em que é que Michener poderia estar envolvido.

Encontravam-se numa estalagem acolhedora. Kealy vestia um fato de cor clara com gravata, talvez para se habituar a não usar colarinho em público.

– Não compreendo toda esta agitação – disse ela. – Os católicos transformaram os segredos marianos numa instituição. Por que é o terceiro segredo de Fátima tão importante?

205

Kealy encomendara uma garrafa de vinho caro e encheu o copo.

– Porque era fascinante, mesmo para a Igreja. Foi uma mensagem supostamente vinda do Céu, mas a verdade é que uma série de papas a ocultaram e só em 2000 João Paulo II a revelou ao mundo.

Katerina mexeu a sopa e esperou que ele se explicasse.

– Oficialmente, a Igreja sancionou as aparições de Fátima e considerou-as dignas de assentimento nos anos 30 do século passado. Isto quis dizer que os católicos podiam acreditar no que acontecera, se quisessem. – Kealy sorriu. – A hipocrisia do costume. Roma diz uma coisa e faz outra. Não se importa que as pessoas acorram a Fátima e ofereçam donativos de milhões, mas não consegue revelar o que realmente aconteceu e não quer que os fiéis saibam tudo o que a Virgem terá dito.

– Mas porquê esconder?

Kealy bebeu um gole de borgonha e acariciou o pé do copo.

– Desde quando o Vaticano tem demonstrado bom senso? Esses tipos julgam que ainda estão no século XV, quando tudo o que diziam era aceite sem objecções. Se alguém argumentasse, era excomungado pelo papa. Mas os tempos são outros e essa corja já não existe. – Chamou a atenção do empregado e pediu mais pão, apontando para o cesto. – Lembra-te de que o papa é infalível quando discute assuntos de fé e de moral. O Vaticano I é que instituiu essa pequena preciosidade, em 1870. E se, por um instante delicioso, o que a Virgem disse fosse contrário ao dogma? Não seria o máximo? – Kealy parecia verdadeiramente deleitado com tal hipótese. – Quem sabe se não será esse o tema do livro que vamos escrever? Tudo sobre o terceiro segredo de Fátima... Podemos denunciar a hipocrisia e passar em revista a actuação dos papas e de alguns cardeais. Talvez até a do próprio Valendrea.

– E a tua situação? Já não é importante?

– Sinceramente, não acreditas que eu tenha alguma hipótese de ganhar naquele tribunal, pois não?

– Talvez se contentassem com um aviso. Desse modo, poderiam manter-te no seu seio e controlar-te, e tu conseguirias salvar o colarinho.

Ele riu-se.

– Pareces muito preocupada com o meu colarinho, o que é uma atitude estranha, vinda de uma ateia.

– Vai-te lixar, Tom!

Definitivamente, contara a este homem demasiadas coisas a seu respeito.

– Mas que genica! Aprecio isso em ti, Katerina. – Bebeu mais um gole de vinho. – A CNN telefonou ontem. Querem a minha colaboração para o próximo conclave.

– Fico satisfeita, é óptimo para ti.

Katerina perguntou a si própria aonde isso a levaria.

– Não te preocupes, continuo a querer escrever o tal livro. O meu agente anda a contactar editores por causa dele e de um romance. Tu e eu faremos uma grande equipa.

A conclusão a que chegou foi tão súbita que ela própria se admirou. Era uma daquelas decisões que não levantava a mais pequena dúvida: não haveria equipa. O que começara por ser prometedor tornara-se de mau gosto. Felizmente, ainda tinha em seu poder alguns milhares de euros de Valendrea, o suficiente para partir para França ou para a Alemanha, onde poderia colaborar num jornal ou numa revista. E desta vez portar-se-ia bem, cumpriria as regras do jogo.

– Katerina, estás cá? – perguntou Kealy.

Katerina concentrou-se de novo nele.

– Parece que estás a muitos quilómetros de distância.

– E estava. Não creio que vá haver nenhum livro, Tom. Amanhã vou-me embora de Roma. Terás de encontrar outra pessoa que escreva o livro por ti.

O empregado de mesa pousou um cesto de pão quente em cima da mesa.

– Não será difícil – replicou ele.

– Nem eu pensava que fosse.

Kealy serviu-se de pão.

– Se eu estivesse no teu lugar, mantinha o cavalo atrelado à minha carruagem. Ela tem futuro.

Katerina levantou-se da mesa.

– Mas não comigo.

– Ainda tens um fraquinho por ele, não é?

– Não tenho um fraquinho por ninguém, estou farta de ti! Uma vez, o meu pai disse-me que, quanto mais o macaco subia no poste, mais se lhe via o rabo. Nunca mais me esqueci disso.

Com estas palavras, Katerina foi-se embora. Há várias semanas que não se sentia tão bem.

VINTE E NOVE

Michener acordou. Nunca precisara de despertador, porque o seu corpo parecia ter sido abençoado com um cronómetro interno que o acordava sempre à hora que ele escolhia antes de adormecer. Jakob Volkner, quando era arcebispo e depois cardeal, viajara por todo o mundo e fizera parte de sucessivas comissões, baseando-se apenas no facto de Michener nunca se atrasar. A pontualidade era uma das características notórias de Clemente.

Tal como em Roma, Michener ocupava um quarto no mesmo piso dos aposentos de Clemente, ao fundo do corredor, e havia um telefone que ligava os dois quartos. Dentro de duas horas, partiriam para o Vaticano de helicóptero. Deste modo, o papa teria tempo para fazer as suas orações da manhã, tomar o pequeno-almoço e analisar rapidamente qualquer assunto que exigisse a sua atenção imediata, considerando que havia gozado dois dias de descanso. Na noite anterior, tinham sido enviados vários memorandos por fax e Michener tencionava discuti-los depois do pequeno-almoço. Sabia que o resto do dia seria agitado, visto que havia uma série de audiências papais marcadas para a tarde e para o princípio da noite. Até o cardeal Valendrea solicitara uma reunião de uma hora para debater assuntos externos a meio da manhã.

Ainda estava preocupado com a missa fúnebre. Clemente chorara durante meia hora antes de sair da capela. Não trocara uma palavra com ele; o que perturbava o seu amigo não estava aberto à discussão. Talvez mais tarde houvesse tempo para isso. Era possível que o regresso ao Vaticano e os rigores do trabalho afastassem o problema da mente do papa, mas fora desconcertante presenciar aquela torrente de emoção.

Michener tomou duche sem pressas, vestiu uma sotaina preta lavada e saiu do quarto. Percorreu o corredor em direcção aos aposentos do papa. À porta encontravam-se um camareiro e uma das freiras adstritas à residência papal. Michener olhou para o relógio: eram seis e quarenta e cinco da manhã. Apontou para a porta e perguntou:

– Ainda não se levantou?

O camareiro abanou a cabeça.

– Não houve qualquer movimento.

Michener sabia que todas as manhãs o pessoal esperava à porta do quarto até ouvir Clemente a mexer-se lá dentro, em geral entre as seis e as seis e meia. Ao som do papa a acordar seguia-se uma pancadinha na porta, e só então começava a rotina matinal, que incluía tomar duche, fazer a barba e vestir-se. Clemente não gostava que ninguém o ajudasse com o banho. Tomava-o sozinho, enquanto o camareiro fazia a cama e lhe preparava a roupa. A tarefa da freira consistia em arrumar o quarto e servir o pequeno--almoço.

– Talvez ainda esteja a dormir – disse Michener. – Até os papas podem preguiçar um pouco de vez em quando.

Os seus dois interlocutores sorriram.

– Vou para o meu quarto. Avisem-me quando o sentirem.

Meia hora depois, bateram à porta. Era o camareiro.

– Continua a não se ouvir nada, monsenhor – disse o homem com ar preocupado.

Michener sabia que ninguém, excepto ele próprio, entraria no quarto do papa sem autorização de Clemente. Aquela zona era a única em que a privacidade dos papas podia ser garantida. Mas eram quase sete e meia, e percebeu o que pretendia o camareiro.

– Está bem, eu vou lá ver – declarou.

Seguiu o homem até à porta do quarto. A freira não abandonara o seu posto e indicou que ainda não ouvira nada lá dentro. Michener bateu à porta devagarinho e ficou à espera. Voltou a bater, com mais força. Nada! Pegou no puxador e rodou-o. A porta abriu-se, ele entrou e fechou-a.

O quarto era espaçoso. Num dos extremos, enormes portas envidraçadas abriam-se para uma varanda que dava para os jardins. O mobiliário era antigo. Ao contrário dos apartamentos do Palácio Apostólico, que cada papa decorava a seu gosto e com conforto, estes aposentos permaneciam inalterados e neles reinava um ambiente do Velho Mundo, reminiscente do tempo em que os papas eram também guerreiros e reis.

As luzes estavam apagadas, mas o sol da manhã atravessava as cortinas corridas, e reinava no quarto uma semiobscuridade silenciosa.

Clemente encontrava-se debaixo dos lençóis, de lado. Michener aproximou-se e disse em voz baixa:

– Vossa Santidade…

Clemente não reagiu.

– Jakob…

Nada!

O papa tinha a cara virada para o outro lado, e os lençóis e o cobertor cobriam metade do seu corpo frágil. Michener estendeu o braço e abanou-o ligeiramente. Reparou de imediato numa frieza estranha. Contornou a cama e olhou para o rosto de Clemente: tinha a pele flácida e cor de cinza, a boca aberta, e deixara cair uma gota de saliva no lençol. Deitou o papa de costas e afastou a roupa da

211

cama para trás. Os braços de Clemente caíram, inertes, ao lado do corpo, e não se via qualquer movimento no peito.

Michener tomou-lhe o pulso.

Nada!

Pensou em pedir ajuda ou em administrar os primeiros socorros. Fora treinado para isso, assim como todo o pessoal da residência papal, mas sabia que era inútil. Clemente XV estava morto.

Michener fechou os olhos, assolado por uma onda de tristeza; era como se voltasse a perder o pai e a mãe. Rezou pela alma do seu bom amigo e em seguida procurou acalmar-se e controlar as emoções. Havia coisas a fazer. Tinha de cumprir-se o protocolo. Eram procedimentos muito antigos, e era seu dever garantir que fossem estritamente mantidos.

Mas algo lhe chamou a atenção.

Em cima da mesa-de-cabeceira estava um pequeno frasco cor de caramelo. Há uns meses, o médico do papa receitara-lhe um medicamento para o ajudar a descansar. Fora o próprio Michener que mandara aviar a receita e colocara o frasco na casa de banho do papa. Eram trinta comprimidos e há poucos dias, da última vez que Michener os contara, estavam lá os mesmos trinta. Clemente detestava medicamentos. Já era difícil convencê-lo a tomar uma aspirina, por isso o frasco, ali, à cabeceira, dava que pensar.

Michener espreitou lá para dentro. Estava vazio.

Ao lado do frasco encontrava-se um copo com um resto de água.

As implicações eram tão profundas que Michener sentiu necessidade de se benzer.

Olhou para Jakob Volkner e perguntou a si próprio o que seria da alma do seu querido amigo. Se existisse um sítio chamado Céu, esperava ardentemente que o velho alemão encontrasse o caminho. O sacerdote que havia nele queria perdoar aquilo que acontecera, mas só Deus, se existisse, o podia fazer.

Havia papas que tinham sido esfaqueados até à morte, estrangulados, envenenados, asfixiados, mortos à fome e assassinados por maridos desvairados.

Mas nenhum pusera termo à própria vida.

Até agora.

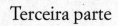

Terceira parte

TRINTA

Da janela do quarto, Michener viu o helicóptero do Vaticano a aterrar. Não abandonara Clemente desde que descobrira o seu corpo inerte e servira-se do telefone que se encontrava à cabeceira para informar o cardeal Ngovi, em Roma.

O africano era o camerlengo, o camareiro da Santa Igreja Católica, a primeira pessoa a ser avisada da morte de um papa. Segundo a lei canónica, Ngovi estava agora encarregado de administrar a Igreja durante a *sede vacante*, o termo oficial para designar a fase transitória em que o governo do Vaticano se encontrava. Não havia sumo pontífice, por isso Ngovi, em colaboração com o Sacro Colégio dos Cardeais, integraria uma comissão governativa durante as duas semanas seguintes, o tempo de preparar as cerimónias fúnebres e de assegurar a realização do conclave. Na qualidade de camerlengo, Ngovi não teria os poderes de um papa; seria apenas um zelador, mas a sua autoridade não oferecia dúvidas. Michener nada tinha a opor. Alguém devia controlar Alberto Valendrea.

As hélices do helicóptero imobilizaram-se e a porta da cabina abriu-se. Ngovi foi o primeiro a sair, seguido por Valendrea. Ambos envergavam as vestes roxas de cerimónia. A presença de Valendrea impunha-se, na sua qualidade de secretário de Estado. Atrás dele vinham dois bispos e o

217

médico do papa, cuja comparência fora solicitada por Michener. O secretário não relatara a Ngovi os pormenores que envolviam a morte, nem tão-pouco ao pessoal da casa de campo; limitara-se a informar o camareiro e a freira, para ter a certeza de que ninguém entraria no quarto.

Passados alguns minutos, a porta abriu-se e os dois cardeais e o médico entraram. Ngovi fechou a porta e correu o ferrolho. O médico aproximou-se da cama e examinou Clemente. Michener deixara tudo como encontrara, inclusive o computador portátil do papa, ainda ligado, que estava acoplado a uma linha telefónica. No monitor via-se um *screen saver* especialmente concebido para Clemente – uma tiara atravessada por duas chaves.

–Conte-me o que aconteceu – disse Ngovi, pousando uma pequena bolsa preta em cima da cama.

Michener explicou o que encontrara e em seguida apontou para a mesa-de-cabeceira. Nenhum dos cardeais tinha reparado no frasco de comprimidos.

–Está vazio.

–Está a dizer que o sumo pontífice da Igreja Católica Romana se matou? – perguntou Valendrea.

Michener não estava com paciência para o aturar.

–Não estou a dizer nada. Apenas que havia trinta comprimidos no frasco.

Valendrea virou-se para o médico.

–Qual é a sua conclusão, doutor?

–Ele estava morto há algum tempo. Há cinco ou seis horas, talvez mais. Não há indícios de traumatismo e nada que aparentemente aponte para uma paragem cardíaca. Nem perdas de sangue nem hematomas. À primeira vista, parece que morreu a dormir.

–Pode ter sido consequência dos comprimidos? – perguntou Ngovi.

–Não posso fazer tal afirmação. Só a autópsia o esclarecerá.

– Isso está fora de questão – apressou-se a dizer Valendrea.

Michener virou-se para o secretário de Estado.

– Nós temos de saber.

– Não temos de saber coisa nenhuma! – respondeu Valendrea, elevando o tom de voz. – Aliás, é preferível que não saibamos nada. Destruam esse frasco de comprimidos! Imaginam o impacte que terá na Igreja o facto de vir a saber--se que o papa pôs termo à vida? Uma simples sugestão causaria danos irreparáveis.

Michener já pensara no assunto, mas estava determinado a lidar melhor com a situação do que quando João Paulo I morrera de repente, em 1978, apenas trinta e três dias após o início do seu pontificado. Os boatos que correram posteriormente e as informações contraditórias, destinadas apenas a ocultar que o corpo fora descoberto por uma freira e não por um sacerdote, só contribuíram para alimentar a teoria dos adeptos da conspiração.

– Concordo – reconheceu Michener. – Um suicídio não pode ser divulgado publicamente. Mas *nós* devemos saber a verdade.

– Para podermos mentir? – insistiu Valendrea. – Assim não sabemos nada.

Era curiosa a preocupação de Valendrea com a mentira, mas Michener não fez comentários.

Ngovi virou-se para o médico.

– Uma análise ao sangue é suficiente?

O médico fez um sinal afirmativo.

– Faça-a!

– Você não tem autoridade para dar tal ordem! – exclamou Valendrea, furioso. – Isso exigiria uma consulta ao Sacro Colégio dos Cardeais. Você não é papa!

Ngovi ficou impassível.

– Eu, pelo menos, quero saber como morreu este homem. A sua alma imortal preocupa-me. – E, virando-se para o médico, acrescentou: – Faça o senhor a análise e depois destrua a amostra de sangue. Comunique-me os resultados, só a mim. Entendido?

O homem inclinou a cabeça em sinal de assentimento.

– Você está a exorbitar, Ngovi! – ameaçou Valendrea.

– Apresente o assunto ao Sacro Colégio dos Cardeais.

O dilema de Valendrea era singular. Não podia demitir Ngovi nem, por motivos óbvios, levar o assunto ao conhecimento dos cardeais, por isso teve o bom senso de se calar, mas Michener receava que ele estivesse apenas a dar a Ngovi lenha para se queimar.

Ngovi abriu o estojo preto que trazia e tirou um martelo de prata. Em seguida aproximou-se da cabeceira da cama. Michener compreendeu que competia ao camerlengo cumprir o ritual, por muito inútil que este fosse.

Ngovi bateu ao de leve na testa de Clemente com o martelo e fez ao defunto a mesma pergunta que era feita há séculos aos cadáveres dos papas:

– Jakob Volkner, está morto?

Passado um minuto, Ngovi repetiu a pergunta. Mais um minuto. A pergunta foi feita pela terceira vez.

Então, Ngovi fez a declaração que lhe competia:

– O papa morreu.

Estendeu o braço e pegou na mão direita de Clemente. No dedo anelar do defunto via-se o Anel do Pescador.

– É estranho. Clemente não costumava usar este anel... – comentou Ngovi

Michener sabia que isto era verdade. O embaraçoso anel de ouro era mais um sinete do que uma jóia. Representava S. Pedro, o pescador, rodeado pelo nome e pela data da investidura de Clemente. Fora enfiado no dedo do papa pelo camerlengo depois do último conclave e era utilizado para selar documentos pontifícios. Era raro ser usado, e Clemente evitava-o particularmente.

– Talvez o papa calculasse que poderíamos andar à procura dele – sugeriu Valendrea.

E tinha razão, pensou Michener. Aparentemente, o acontecimento envolvera um certo planeamento, o que condizia com o carácter de Jakob Volkner.

Ngovi tirou o anel do dedo do papa e guardou-o na bolsa de veludo preto. Mais tarde, na presença dos cardeais reunidos, servir-se-ia do martelo para destruir o anel e o selo de chumbo de Clemente. Desse modo, ninguém poderia autenticar mais nenhum documento até ser eleito um novo papa.

— Já está — disse Ngovi.

Michener constatou que a transferência de poderes estava concluída. O pontificado de trinta e quatro meses de Clemente XV, o ducentésimo sexagésimo sétimo sucessor de S. Pedro, o primeiro alemão a ocupar o trono em nove séculos, terminara. A partir desse momento, cessavam as suas funções de secretário do papa. Ele era apenas um monsenhor na equipa temporária do camerlengo da Santa Igreja Católica Romana.

Katerina entrou no aeroporto Leonardo da Vinci e dirigiu-se para o balcão da Lufthansa. Fizera uma reserva para o voo que partia para Francoforte à uma hora. Não sabia ao certo qual seria o seu destino seguinte, mas deixaria essa preocupação para depois. O mais importante era que tanto Tom Kealy como Colin Michener pertenciam ao passado, e chegara o momento de dar um novo rumo à sua vida. Sentia-se mal por ter enganado Michener, mas como não entrara em contacto com Valendrea e pouco dissera a Ambrosi, talvez ele lhe perdoasse a transgressão.

Estava satisfeita por ter acabado a relação com Tom Kealy, embora duvidasse que ele voltasse sequer a pensar nela. Atravessava uma fase de ascensão e não precisava de ninguém a quem se agarrar, e ela sentia exactamente o mesmo. Era verdade que Kealy necessitava de alguém que lhe fizesse o trabalho pelo qual viria a ser conhecido, mas Katerina tinha a certeza de que apareceria outra mulher que ocuparia o seu lugar.

O terminal fervilhava, mas reparou que as pessoas se agrupavam junto dos televisores espalhados pelo recinto; também viu algumas mulheres a chorar. Por fim, o seu olhar deteve-se nos ecrãs de vídeo instalados num plano superior, que mostravam uma vista aérea da Praça de S. Pedro. Ao aproximar-se mais do monitor, ouviu o seguinte: «Aqui reina uma profunda tristeza. A morte de Clemente XV está a ser sentida por todos os que amavam este papa. Ele vai deixar saudades.»

– O papa morreu? – perguntou em voz alta.

Um homem de sobretudo de lã respondeu:

– Morreu esta noite, enquanto dormia. Foi em Castel Gandolfo. Que Deus aceite a sua alma.

Katerina ficou atónita: morrera um homem que ela odiara durante anos. Nunca chegara a conhecê-lo; uma vez, Michener tentara apresentá-los, mas ela recusara. Nessa época, Jakob Volkner era o arcebispo de Colónia, no qual ela via tudo o que desprezava na religião organizada, já para não falar do outro lado de uma luta pela supremacia que abalara a consciência de Colin Michener. Perdera essa luta e desde então detestava Volkner, não por aquilo que ele pudesse ou não ter feito, mas pelo que simbolizava.

Agora ele morrera. Colin devia estar destroçado.

Sentiu-se tentada a dirigir-se ao balcão da Lufthansa e a partir para a Alemanha. Michener havia de sobreviver, sempre assim acontecera. Mas dentro de pouco tempo haveria um novo papa, novas nomeações. Uma nova vaga de sacerdotes, bispos e cardeais inundaria Roma. Conhecia o suficiente acerca da política do Vaticano para perceber que os aliados de Clemente seriam afastados. A carreira deles terminara.

Nada disso lhe dizia respeito… Contudo, sentia que não era bem assim. Talvez fosse difícil quebrar os velhos hábitos.

Deu meia volta, com a bagagem na mão, e saiu do terminal.

TRINTA E UM

Valendrea observou a assembleia de cardeais. O ambiente era tenso e muitos andavam de um lado para o outro na sala, numa invulgar demonstração de ansiedade. Havia catorze pessoas no salão da casa de campo, sobretudo cardeais adstritos à Cúria e colocados em cargos nos arredores de Roma que tinham recebido há três horas a mensagem enviada a todos os cento e sessenta membros do Sacro Colégio: clemente morreu. venha imediatamente para roma. Àqueles que se encontravam num raio de cento e cinquenta quilómetros do Vaticano foi enviada mais uma mensagem a pedir que comparecessem em Castel Gandolfo às duas da tarde.

Começara o interregno, o espaço compreendido entre a morte de um papa e a eleição de outro, um período de incerteza durante o qual as rédeas do poder papal estavam soltas. Em séculos passados, era nesta fase que os cardeais assumiam o controlo, comprando votos no conclave com promessas ou através da violência. Valendrea sentia a falta desses tempos: vencia o mais forte; o fraco não tinha lugar na cúpula. Mas as eleições papais modernas eram menos violentas. Agora, as batalhas travavam-se com as câmaras de televisão e as sondagens de opinião. Escolher um papa popular era muito mais difícil do que seleccionar um que fosse competente. O que, como Valendrea tantas vezes pensara, explicava, em grande parte, a ascensão de Jakob Volkner.

Sentia-se satisfeito com o modo como a situação evoluíra. Quase todos os presentes estavam do seu lado, embora, segundo a sua última contagem, ainda não tivesse atingido os dois terços mais um de que necessitava para uma primeira vitória nas urnas. No entanto, com a sua astúcia e a ajuda de Ambrosi e dos gravadores, conseguiria assegurar o apoio necessário nas duas semanas seguintes.

Não sabia ao certo o que Ngovi ia dizer. Não haviam voltado a falar desde o encontro no quarto de Clemente. Valendrea só esperava que o africano avaliasse bem a situação. Ngovi estava de pé ao fundo da sala, junto de uma elegante lareira de mármore branco. Todos os outros príncipes da Igreja estavam igualmente de pé.

– Eminências, ainda hoje pedirei a vossa ajuda para prepararmos o funeral e o conclave – disse Ngovi. – Creio que é importante que as cerimónias fúnebres de Clemente sejam de alto nível. As pessoas adoravam-no e deve-lhes ser dada oportunidade de se despedirem dele condignamente. Nesse sentido, acompanharei o regresso do corpo a Roma hoje, ao fim da tarde. Será celebrada missa na Basílica de S. Pedro.

Muitos dos cardeais inclinaram a cabeça em sinal de aprovação.

– Sabe-se como morreu Sua Santidade? – perguntou um dos cardeais.

Ngovi virou-se para ele.

– Isso está a ser averiguado neste momento.

– Há algum problema? – perguntou outro.

Ngovi nem se mexeu.

– Parece que morreu tranquilamente durante o sono. Mas eu sou apenas o camerlengo. O médico dele vai confirmar a causa da morte. Todos nós sabíamos como a saúde de Sua Santidade era precária e, por conseguinte, isto não é inesperado.

Valendrea ficou satisfeito com os comentários de Ngovi, mas também preocupado. Ngovi estava numa posição dominante e o seu estatuto parecia agradar-lhe. Nas últimas horas, o africano ordenara ao mestre-de-cerimónias papal e à Câmara Apostólica que começassem a administrar a Santa Sé. De acordo com a tradição, eram estes dois departamentos que dirigiam a Cúria durante o interregno. Além disso, Ngovi apoderara-se de Castel Gandolfo, dando instruções aos guardas para não deixarem entrar ninguém, incluindo os cardeais, sem a sua aprovação expressa, e ordenara que os aposentos papais no Palácio Apostólico fossem selados.

Por outro lado, entrara em contacto com o gabinete de imprensa do Vaticano, preparara uma declaração oficial sobre a morte de Clemente e delegara em três cardeais a tarefa de comunicarem pessoalmente com os órgãos de informação. Mais ninguém estava autorizado a conceder entrevistas. O corpo diplomático em todo o mundo também fora instado a não manter contactos com a imprensa, mas encorajado a comunicar com os chefes de Estado dos respectivos países. Já tinham chegado condolências dos Estados Unidos, Grã-Bretanha, França e Espanha.

Nenhuma das acções levadas a cabo até então excedia as competências do camerlengo, e portanto Valendrea não podia dizer nada, mas a última coisa de que precisava era que os cardeais fossem buscar força à atitude firme de Ngovi. Na era moderna, só dois camerlengos tinham sido eleitos papas, e portanto o cargo não era, em si mesmo, uma porta de acesso ao papado. Contudo, infelizmente, nenhum deles fora secretário de Estado.

– O conclave começará a tempo? – perguntou o cardeal de Veneza.

– Daqui a quinze dias – respondeu Ngovi. – Estaremos prontos.

Valendrea sabia que, de acordo com as leis estabelecidas na Constituição Apostólica de João Paulo II, todos os conclaves deviam começar o mais depressa possível. O tempo de preparação fora facilitado pela construção da Casa de Santa Marta, uma espécie de hotel que em geral era utilizado pelos seminaristas. Pouco depois, todos os espaços disponíveis tinham sido transformados em aposentos improvisados, e Valendrea regozijara-se com a mudança. Pelo menos, as novas instalações eram confortáveis. Tinham sido usadas pela primeira vez durante o conclave que culminara com a eleição de Clemente, e Ngovi já recebera instruções para mandar aprontá-las para os cento e treze cardeais com menos de oitenta anos, que lá ficariam acomodados durante a votação.

– Cardeal Ngovi, quando será emitida a certidão de óbito? – perguntou Valendrea, chamando a atenção do africano. Só esperava que Ngovi entendesse a verdadeira mensagem que as suas palavras encerravam.

– Pedi ao mestre das celebrações litúrgicas papais, aos prelados, ao secretário e ao chanceler da Câmara Apostólica para estarem no Vaticano hoje à noite. Garantiram-me que a essa hora já se saberá ao certo qual foi a causa da morte.

– Está a ser autopsiado? – perguntou um dos cardeais.

Valendrea sabia que o tema era melindroso. Só um papa fora autopsiado e apenas com o objectivo de apurar se Napoleão o envenenara. Aventara-se a hipótese de autopsiar João Paulo I quando ele morrera inesperadamente, mas os cardeais afastaram a ideia. Contudo, a presente situação era diferente. Um desses papas morrera em circunstâncias suspeitas e o outro de repente. A morte de Clemente não fora inesperada. Havia sido elevado a papa com setenta e quatro anos e, afinal, a maior parte dos cardeais elegera-o precisamente porque sabia que ele não viveria muito tempo.

– Não haverá autópsia! – respondeu Ngovi, categórico.

O seu tom dava a entender que o assunto não estava aberto à discussão. Em geral, Valendrea teria ficado desagradado com tal exorbitância, mas desta vez não. Suspirou de alívio. Aparentemente, o seu adversário resolvera cooperar e nenhum dos cardeais contestara a decisão. Alguns olharam para ele, como se esperassem uma reacção, mas o seu silêncio foi um sinal de que o secretário de Estado se considerava satisfeito com a resolução do camerlengo.

Além das implicações teológicas do suicídio de um papa, Valendrea aceitava com relutância que se criasse uma vaga de simpatia em relação a Clemente. Não era segredo que ele e o papa não se entendiam. Uma facção mais inquisitiva da imprensa poderia fazer perguntas, e não queria ficar na história como o homem que empurrara o papa para a morte. Os cardeais, preocupados com a carreira, poderiam eleger outra pessoa, como Ngovi, que decerto lhe retiraria todo o poder, com ou sem gravações. No último conclave, Valendrea aprendera a não subestimar o poder de uma coligação. Felizmente, ao que parecia, Ngovi concluíra que o bem da Igreja era mais importante do que esta bela oportunidade de eliminar o seu principal rival, e Valendrea congratulava-se com a fraqueza do africano. Ele próprio não teria demonstrado a mesma deferência se os papéis se invertessem.

– Tenho um aviso a fazer – declarou Ngovi.

Mais uma vez, Valendrea não pôde dizer nada. E reparou que o bispo de Nairobi parecia saborear a restrição que ele impusera a si próprio.

– Lembro a todos vós que juraram não discutir o próximo conclave antes de nos fecharmos na Capela Sistina. Não haverá campanha, nem entrevistas à imprensa, nem emissão de opiniões. As opções possíveis não devem ser discutidas.

– Não preciso de sermões!… – esclareceu um cardeal.

– Talvez não, mas há outros que precisam.

Dizendo isto, Ngovi saiu da sala.

TRINTA E DOIS

Sentado numa cadeira ao lado da secretária, Michener observava as duas freiras a lavarem o corpo de Clemente. O médico concluíra o seu exame há umas horas e regressara a Roma com a amostra de sangue. O cardeal Ngovi já dera ordens para não se realizar a autópsia, e como Castel Gandolfo fazia parte do Estado do Vaticano, era território soberano de um país independente, ninguém podia questionar essa decisão. Com poucas e honrosas excepções, era a lei canónica, e não a italiana, que imperava.

Era estranho ver o cadáver desnudado de um homem que ele conhecia há mais de vinte e cinco anos. Recordou os momentos que tinham partilhado. Fora Clemente que o ajudara a compreender que o seu pai biológico pensava mais em si próprio do que no filho, explicando-lhe como funcionava a sociedade irlandesa e chamando-lhe a atenção para as pressões que a sua mãe biológica devia ter sofrido por não ser casada. *Como é que pode acusá-la?*, perguntara Volkner. E ele concordara. Não podia censurá-la. O ressentimento só contribuiria para diluir os sacrifícios que os seus pais adoptivos tinham feito. E finalmente libertara-se do ódio e perdoara à mãe e ao pai que nunca conhecera.

Agora contemplava o corpo sem vida do homem que o ajudara a trilhar o caminho do perdão. Estava ali porque o protocolo exigia a presença de um sacerdote. Em circunstâncias normais, era o mestre-de-cerimónias papal que executava a tarefa, mas esse monsenhor não estava disponível, e Ngovi ordenara que fosse ele a substituí-lo.

Levantou-se da cadeira e aproximou-se da varanda quando as freiras terminaram as abluções e os técnicos funerários entraram. Pertenciam à maior agência de Roma e desde a morte de Paulo VI que se encarregavam de embalsamar os papas. Traziam cinco frascos de soluto rosado e pousaram-nos no chão sem fazer barulho.

Um dos técnicos aproximou-se dele e disse:

– Padre, talvez queira aguardar lá fora. Este espectáculo não é muito agradável para quem não está habituado.

Michener dirigiu-se para o corredor, onde encontrou o cardeal Ngovi, que vinha ter com ele.

– Eles já chegaram? – perguntou o camerlengo.

– A lei italiana exige que passem vinte e quatro horas antes de se realizar o embalsamamento, como sabe. Podemos estar em território do Vaticano, mas já tivemos esta discussão antes. Os italianos exigem que aguardemos.

Ngovi concordou.

– Compreendo, mas o médico telefonou-me de Roma. O sangue de Jakob estava saturado de medicamentos. Ele matou-se, Colin, sem dúvida. Não posso permitir que subsista qualquer indício disto. O médico destruiu a amostra. Ele não pode revelar nada, nem o fará.

– E os cardeais?

– Dir-lhes-ei que morreu de paragem cardíaca. É o que irá figurar na certidão de óbito.

Michener notou a crispação no rosto de Ngovi. Não lhe era fácil mentir.

– Não temos alternativa, Colin, ele tem de ser embalsamado. Não posso preocupar-me com a lei italiana.

Michener passou a mão pelo cabelo. Fora um dia muito longo e ainda não acabara.

– Eu sabia que Clemente andava preocupado com qualquer coisa, mas não havia nada que apontasse para este nível
de perturbação. Como se sentiu ele na minha ausência?

– Voltou à reserva. Disseram-me que o Valendrea esteve
lá com ele.

– Eu sei. – Michener contou a Ngovi a conversa com
Clemente. – Mostrou-lhe o que o padre Tibor enviou, mas
não disse o quê.

Em seguida, Michener falou-lhe de Tibor e do modo
como o papa reagira à morte do búlgaro.

Ngovi abanou a cabeça.

– Nunca pensei que o pontificado dele terminasse desta
maneira.

– Temos de garantir que a sua memória será preservada.

– Com certeza. Até Valendrea será nosso aliado nesse
domínio. – Ngovi apontou para a porta. – Não creio que
ninguém questione a nossa decisão de mandar embalsamá-
-lo tão depressa. Só quatro pessoas sabem a verdade,
e dentro de pouco tempo não haverá provas, se algum de
nós resolver falar, mas é pouco provável que tal aconteça.
O médico está obrigado pelas leis da confidencialidade,
você e eu gostávamos do homem, e Valendrea tem interesse
nisso. Este é um segredo bem guardado.

A porta do quarto abriu-se e um dos técnicos saiu.

– Estamos quase a acabar.

– Vão queimar os fluidos do sumo pontífice? – perguntou Ngovi.

– Sempre foi esse o nosso hábito. A nossa empresa
orgulha-se de estar ao serviço da Santa Sé. Pode confiar em
nós.

Ngovi agradeceu ao homem, que regressou ao quarto.

– E agora? – perguntou Michener.

– As vestes pontifícias foram trazidas de Roma. Você e
eu vamos vesti-lo para o funeral.

Michener compreendeu o significado do gesto e disse:
– Acho que ele teria gostado disso.

O cortejo automóvel dirigiu-se lentamente para o Vaticano debaixo de chuva. Levara quase uma hora a percorrer os trinta quilómetros que separavam Castel Gandolfo de Roma, e ao longo da estrada tinham-se aglomerado milhares de pessoas. Michener seguia na terceira viatura com Ngovi e os outros cardeais vinham numa série de automóveis trazidos à pressa do Vaticano. À frente do cortejo seguia o carro funerário com o corpo de Clemente, estendido na traseira, de sotaina e mitra e iluminado, para que os fiéis pudessem vê-lo. Eram quase seis horas. Na cidade, os romanos enchiam os passeios e a polícia abria caminho para os carros passarem.

A Praça de S. Pedro estava apinhada, mas no mar de chapéus-de-chuva abertos fora reservado um corredor ladeado por cordões de isolamento que conduzia à basílica entre as colunatas. À passagem do cortejo ouviram-se lamentos e gritos de dor. Muitos dos presentes atiravam flores para a capota dos carros, tantas que começava a ser difícil ver através dos pára-brisas. Um dos homens encarregados da segurança afastou-as, mas logo outro retomou a tarefa.

Os carros passaram pelo Arco dos Sinos e deixaram a multidão para trás. Na Praça dos Protomártires, o cortejo contornou a sacristia da Basílica de S. Pedro e dirigiu-se para uma entrada nas traseiras. Aí, em segurança, do outro lado dos muros, com o espaço aéreo restringido, o corpo de Clemente seria preparado para três dias de exposição pública.

Uma chuva miúda envolvia os jardins numa névoa diáfana. Os candeeiros acesos eram vultos esbatidos, como a luz do sol através de nuvens espessas.

Michener tentou imaginar o desenrolar dos acontecimentos à sua volta. Nas oficinas dos *sampietrini*, os operários encarregados da manutenção da Basílica de
S. Pedro, estava a ser construída uma urna com o interior
em bronze, a segunda camada em madeira de cedro e a
exterior em madeira de cipreste. Dentro da Basílica de
S. Pedro já fora montado um catafalco, com uma única
vela acesa ao lado, à espera do corpo que ali ficaria
exposto nos dias seguintes.

Ao entrar na praça, reparara que as equipas das estações
de televisão estavam a montar câmaras nas balaustradas.
Os lugares mais disputados, entre as cento e sessenta e duas
estátuas, seriam os primeiros a ser ocupados. O gabinete
de imprensa do Vaticano estava agora a ser alvo de um
autêntico cerco. Michener colaborara nos preparativos do
funeral do último papa e previa que fossem recebidos
milhares de telefonemas nos dias seguintes. Em breve
começariam a chegar estadistas vindos de todo o mundo e
seria necessário distribuir os núncios que os acompanha-
riam. A Santa Sé orgulhava-se de seguir estritamente o protocolo, mesmo numa ocasião de dor indescritível, e a tarefa
de garantir o sucesso cabia ao melífluo cardeal que ia sentado a seu lado.

Os carros pararam e os cardeais começaram a reunir-se
junto do féretro. Os sacerdotes seguravam nos chapéus-de-
-chuva que abrigavam os príncipes da Igreja. Os cardeais
envergavam sotainas pretas com faixas escarlates, como era
da praxe. À entrada da basílica estava uma guarda de honra
suíça em traje de cerimónia. Clemente poderia contar com
eles nos dias seguintes. Quatro guardas com um esquife aos
ombros avançaram para o carro funerário. O mestre-de-
-cerimónias papal estava presente. Era um padre holandês,
roliço e de barbas. Avançou e disse:

– O catafalco está pronto.

Ngovi respondeu com um gesto de cabeça.

O mestre-de-cerimónias encaminhou-se para o carro funerário e ajudou os técnicos da agência a retirar o corpo de Clemente. Assim que o cadáver foi depositado no centro do esquife e a mitra endireitada, o holandês fez sinal aos homens para que se fossem embora. Em seguida, ele próprio compôs as vestes, vincando lentamente cada prega. Dois sacerdotes protegiam o corpo com chapéus-de-chuva. Um terceiro, mais jovem, avançou, empunhando o pálio. A estreita faixa de lã branca com seis cruzes roxas simbolizava a plenitude do cargo pontifício. O mestre-de-cerimónias colocou-a à volta do pescoço de Clemente, de modo que as cruzes ficassem sobre o peito, os ombros e o abdómen. Fez alguns ajustamentos nos ombros e endireitou a cabeça do defunto. Por fim, ajoelhou-se, indicando que concluíra a sua tarefa.

Com um gesto de cabeça quase imperceptível, Ngovi fez sinal aos guardas suíços para erguerem o esquife. Os sacerdotes que seguravam nos chapéus-de-chuva retiraram-se. Os cardeais formaram uma fila atrás.

Michener não se juntou ao cortejo. Não era um príncipe da Igreja e esta parte da cerimónia não lhe dizia respeito. Teria de desocupar o seu apartamento no palácio no dia seguinte. Também ele ficaria selado até ao conclave. O seu gabinete seria igualmente desocupado. O seu cargo findara quando Clemente exalara o último suspiro. Os que antes tinham gozado de favor partiam para dar lugar a outros.

Ngovi esperou até ao fim para se juntar à fila que entrou na basílica. Antes de se afastar, virou-se e disse em voz baixa:

– Quero que seja você a inventariar o recheio do apartamento do papa e a retirar os seus pertences. Clemente não gostaria que fosse outra pessoa a fazê-lo. Dei instruções aos guardas para o deixarem entrar. Faça isso já.

O guarda abriu o apartamento do papa. Michener entrou, fechou a porta e, depois de ficar sozinho, teve uma sensação estranha. Naquele local em que antes passara bons momentos sentia-se agora um intruso.

Os aposentos estavam exactamente como Clemente os deixara no sábado de manhã: a cama feita, os cortinados abertos e o par de óculos suplementar ainda em cima da mesa-de-cabeceira. A Bíblia com encadernação de couro que em geral também lá estava ficara em Castel Gandolfo, sobre a secretária, junto do computador portátil de Clemente. Em breve seriam ambos trazidos para Roma.

Em cima da secretária, ao lado do computador silencioso, viam-se alguns documentos. Michener achou preferível começar por aqui. Ligou o aparelho e verificou os ficheiros. Sabia que Clemente comunicava com regularidade com parentes afastados e com alguns cardeais por correio electrónico, mas aparentemente não guardara nenhuma dessas mensagens; pelo menos não havia ficheiros. No livro de endereços encontrou cerca de uma dúzia de nomes. Passou a pente fino todos os directórios do disco rígido. A maioria era constituída por relatórios dos departamentos da Cúria, e as palavras escritas eram agora substituídas por zeros e uns num ecrã de vídeo. Apagou os directórios, com um programa especial que retirava todos os vestígios dos ficheiros do disco rígido, e depois desligou o aparelho. O terminal ficava no mesmo sítio e seria utilizado pelo papa seguinte.

Michener olhou à sua volta. Teria de arranjar caixas para acondicionar os pertences de Clemente, mas empilhou tudo no meio da sala. Não era muita coisa. Clemente levava uma vida simples. Poucas peças de mobiliário, alguns livros e objectos de família era tudo o que possuía.

O ruído de uma chave a girar na fechadura despertou-lhe a atenção.

A porta abriu-se e Paolo Ambrosi entrou.

– Espere lá fora – disse Ambrosi ao guarda, antes de entrar e fechar a porta.

Michener virou-se para ele.

– O que está aqui a fazer?

A figura esguia do padre avançou.

– O mesmo que você, a desocupar o apartamento.

– O cardeal Ngovi delegou em mim essa tarefa.

– O cardeal Valendrea disse que você podia precisar de ajuda.

Aparentemente o secretário de Estado enviara uma ama-seca, mas Michener não estava disposto a aturá-lo.

– Saia daqui!

O padre nem se mexeu. Michener era dois palmos mais alto e tinha mais vinte e cinco quilos, mas Ambrosi não se mostrou intimidado.

– O seu tempo passou, Michener.

– Talvez, mas há um ditado na minha terra. *Não ponhas o carro à frente dos bois*.

Ambrosi riu-se.

– Vou sentir a falta do seu humor americano.

Michener reparou que os olhos de réptil de Ambrosi observavam tudo.

– Já lhe disse para sair daqui! Eu posso não ser ninguém, mas Ngovi é o camerlengo. Valendrea não pode ultrapassá-lo.

– Por enquanto…

– Saia, caso contrário interrompo a missa para receber instruções de Ngovi!

Michener sabia que a última coisa que Valendrea queria era uma cena embaraçosa na presença dos cardeais. Os seus apoiantes poderiam não perceber por que motivo ele ordenara a um adjunto que fosse para os aposentos do papa, quando esse dever era claramente do secretário papal.

Mas Ambrosi não se mexeu.

Então, Michener contornou o visitante e dirigiu-se para a porta.

– Como você diz, Ambrosi, o meu tempo passou. Não tenho nada a perder.

E agarrou no puxador da porta.

– Acabe com isso. Vou deixá-lo fazer o seu trabalho. – A voz de Ambrosi mal se ouvia e a sua expressão era desprovida de qualquer sentimento.

Michener perguntou a si próprio como era possível que um homem daqueles tivesse chegado a padre.

Abriu a porta. Os guardas estavam do outro lado e Michener sabia que Ambrosi não faria nada para dar nas vistas. Esboçou um sorriso e disse:

– Tenha uma boa tarde, padre.

Passou por ele e Michener fechou a porta com estrondo, mas só depois de ordenar aos guardas que não deixassem entrar mais ninguém.

Voltou para a secretária. Tinha de acabar o que começara. A tristeza por sair do Vaticano era amenizada pelo alívio de saber que nunca mais teria de lidar com pessoas como Paolo Ambrosi.

Vasculhou as gavetas da secretária. Em quase todas havia material de escritório, canetas, livros e discos de computador. Nada importante, excepto na última gaveta da direita, onde encontrou o testamento de Clemente. Segundo a tradição, o papa redigia o seu próprio testamento, passando ao papel com o seu punho os seus últimos desejos e expectativas para o futuro. Michener desdobrou a única folha e reparou logo na data, 10 de Outubro, há pouco mais de um mês.

Eu, Jakob Volkner, na plena posse das minhas faculdades e desejando manifestar a minha última vontade em testamento, lego tudo o que possuir à data da minha morte a Colin Michener. Os meus pais morreram há muito tempo e os meus irmãos seguiram-nos passados uns anos.

Colin serviu-me durante um longo período, e bem. Ele é a pessoa mais próxima que deixo neste mundo. Peço-lhe que faça com os meus bens o que considerar adequado, usando a mesma sabedoria e discernimento em que me habituei a confiar em vida. Peço que o meu funeral seja simples e que, se possível, eu seja sepultado em Bamberg, na catedral da minha juventude, embora compreenda se a Igreja decidir noutro sentido. Quando aceitei o manto de S. Pedro, aceitei também as responsabilidades inerentes, incluindo o dever de repousar na cripta da basílica, junto dos meus irmãos. Além disso, peço perdão a todos aqueles que possa ter ofendido por palavras ou obras, e em especial a Nosso Senhor e Salvador pelas minhas faltas. Que Ele tenha misericórdia da minha alma.

Os olhos de Michener encheram-se de lágrimas. Também ele esperava que Deus tivesse misericórdia da alma do seu querido amigo. Os ensinamentos da Igreja Católica eram claros: os seres humanos eram obrigados a preservar a dignidade da vida como administradores, e não como proprietários daquilo que o Todo-Poderoso lhes confiara. O suicídio era contrário ao amor do próprio e ao amor de um Deus vivo, quebrava os laços de solidariedade com a família e com a nação. Em suma, era pecado. Mas a salvação eterna daqueles que acabavam com a própria vida não estava completamente perdida. A Igreja ensinava que, por métodos que só Deus conhecia, ser-lhes-ia dada oportunidade de se arrependerem.

E Michener esperava que fosse esse o caso.

Se o Céu existia de facto, Jakob Volkner merecia ser admitido nele. Aquilo que o obrigara a cometer um acto inqualificável não deveria entregar a sua alma à condenação eterna.

Pousou o testamento e tentou não pensar na eternidade.

De súbito, deu consigo a reflectir na sua própria imortalidade. Tinha quase cinquenta anos, não era assim tão velho, mas a vida já não lhe parecia infinita. Admitia que chegasse uma fase em que nem o corpo nem a mente lhe permitissem gozar o que ele esperava. Quanto tempo viveria ainda? Vinte anos? Trinta? Quarenta? Clemente mantivera uma grande vitalidade até cerca dos oitenta anos; havia muitos dias em que trabalhava dezasseis horas. Michener só desejava ter metade dessa energia. Mesmo assim, a sua vida teria um fim. E perguntou a si próprio se as privações e os sacrifícios exigidos pela Igreja e pelo seu Deus valiam a pena. Existiria alguma recompensa na outra vida? Ou não haveria nada?

Porque tu és pó e em pó te hás-de tornar.

Voltou a pensar nos seus deveres.

O testamento que estava à sua frente tinha de ser entregue ao gabinete de imprensa do Vaticano. Era da tradição divulgar o texto, mas antes tinha de ser aprovado pelo camerlengo. Michener guardou a folha dentro da sotaina. Resolveu doar sob anonimato os móveis a uma instituição de beneficência local. Ficaria com os livros e os poucos bens pessoais como recordação de um homem que ele muito estimara. Encostada à parede do fundo estava a arca de madeira que acompanhava Clemente há vários anos. Michener sabia que fora esculpida em Oberammergau, uma cidade bávara no sopé dos Alpes, cujos artesãos eram famosos pelos seus trabalhos em madeira. Tinha o aspecto e o toque de uma Riemenschneider. O exterior não apresentava uma única mancha e era ornamentado com figuras de apóstolos, de santos e da Virgem.

Apesar dos muitos anos que tinham passado juntos, Michener nunca soubera o que Clemente guardava lá dentro. Agora, a arca pertencia-lhe. Aproximou-se e tentou abri-la. Estava fechada à chave. Uma fechadura de latão apontava para a existência de uma chave. Michener não vira nenhuma no apartamento e não queria causar qualquer dano ao arrombar a arca, por isso resolveu guardá-la e deixar para mais tarde a preocupação com o que estava lá dentro.

Voltou para a secretária e acabou de desocupar e limpar as outras gavetas. Na última, encontrou uma folha de papel timbrado do papa dobrada em três partes. Nela, Clemente escrevera à mão o seguinte:

Eu, Clemente XV, nesta data elevei ao estatuto de eminência cardinalícia o reverendo padre Colin Michener.

Michener mal podia acreditar no que acabara de ler. Clemente exercera o seu poder de nomear um cardeal *in petto*, em segredo. Em geral, os cardeais eram informados da sua elevação através de uma certidão assinada pelo sumo pontífice, aberta publicamente, e depois eram investidos pelo papa num elaborado consistório, mas as nomeações secretas de cardeais vulgarizaram-se nos países comunistas, ou em locais onde regimes repressivos pudessem pôr o nomeado em perigo. As regras para as nomeações *in petto* determinavam que a data da passagem a essa categoria superior fosse a da nomeação e não aquela em que a escolha era tornada pública, mas havia uma outra regra que o deixava muito desanimado: se o papa morresse antes de a selecção *in petto* ser divulgada publicamente, a própria nomeação também deixava de ter efeito.

Michener pegou na folha. O documento tinha dois meses.

Estivera muito perto de usar o tricórnio escarlate.

Era provável que Alberto Valendrea fosse o ocupante seguinte do apartamento em que se encontrava, portanto havia poucas hipóteses de que uma nomeação *in petto* de Clemente XV fosse confirmada. Mas, em parte, Michener não se importava. Com tudo o que acontecera nas últimas dezoito horas, nem pensara no padre Tibor, mas nesse momento lembrou-se do velho sacerdote. Talvez regressasse a Zlatna e ao orfanato e concluísse a obra que o búlgaro iniciara. Algo lhe disse que essa era a sua missão. Se a Igreja não aprovasse, mandaria todos para o diabo, a começar por Alberto Valendrea.

Quer ser cardeal? Para isso deve ter consciência da dimensão dessa responsabilidade. Como pode esperar que eu o nomeie se você não vê o que é tão claro?

Clemente pronunciara estas palavras na quinta-feira anterior. Michener ficara admirado com a sua dureza. Sabendo agora que o seu mentor já o tinha escolhido, estava ainda mais admirado. *Como pode esperar que eu o nomeie se você não vê o que é tão claro?*

Ver o quê?

Enfiou o papel no bolso com o testamento.

Ninguém viria a saber o que Clemente fizera. A única coisa importante era que o amigo lhe reconhecera mérito, e isso bastava-lhe.

20.30 h

Michener acabou de embalar tudo nos cinco caixotes que os guardas suíços lhe tinham fornecido. O roupeiro, a cómoda e as mesas-de-cabeceira ficaram vazios. Os móveis estavam a ser transportados por operários que os levariam para um armazém na cave, até que Michener pudesse encarregar-se de doá-los.

Encontrava-se no corredor quando as portas se fecharam pela última vez e lhes foi aposto o selo de chumbo. O mais provável era que nunca mais entrasse nos aposentos do papa. Poucos no seio da Igreja tinham chegado tão longe e ainda menos haviam feito a viagem de regresso. Ambrosi tinha razão: o tempo dele acabara. Os aposentos só seriam reabertos quando um novo papa chegasse à porta e os selos fossem destruídos. Michener estremeceu ao pensar que o novo ocupante poderia ser Alberto Valendrea.

Os cardeais continuavam reunidos na Basílica de S. Pedro e estava a ser celebrada uma missa de corpo presente por Clemente XV, uma das muitas que seriam oferecidas nos nove dias seguintes. Enquanto a cerimónia decorria, ele tinha ainda uma tarefa a executar antes de cessarem as suas obrigações oficiais. Desceu ao terceiro andar.

Tal como no apartamento de Clemente, também no gabinete de Michener havia pouca coisa que fosse sua. Todas as peças de mobiliário tinham sido requisitadas pelo Vaticano. Os quadros, nomeadamente um retrato de Clemente, eram propriedade da Santa Sé. O que pertencia a Michener caberia dentro de um caixote: alguns acessórios de secretária, um relógio bávaro e três fotografias dos pais. Em todos os cargos que ocupara junto de Clemente, tinham-lhe sido fornecidos os objectos tangíveis de que necessitava. Além de algumas peças de vestuário e de um computador portátil, não possuía nada. Ao longo dos anos, conseguira poupar uma parcela considerável do salário e, depois de tirar partido de algumas dicas acerca de investimentos, depositara umas centenas de milhar de dólares em Genebra – o dinheiro da sua reforma –, visto que a Igreja pagava miseravelmente aos ex-sacerdotes. Michener discutira longamente a reforma do seu fundo de pensão, e Clemente mostrara-se inclinado a fazer alguma coisa, mas esse esforço teria agora de esperar pelo próximo pontificado.

Sentou-se à secretária e ligou o computador pela última vez. Precisava de saber se recebera mensagens por correio electrónico e de preparar as instruções para o seu sucessor. Na semana anterior, os seus substitutos tinham tratado de tudo, e concluiu que a maioria das mensagens podia esperar pelo fim do conclave. Talvez precisasse de cerca de uma semana após o conclave para facilitar a transição, mas isso dependia do papa eleito. Se fosse Valendrea a sentar-se no trono de Pedro, era quase certo que Paolo Ambrosi seria o novo secretário e as credenciais do Vaticano de Michener seriam imediatamente revogadas e os seus serviços dispensados. O que aceitaria de bom grado; não faria nada para ajudar Ambrosi.

Continuou a verificar a lista de *e-mails*, lendo cada um deles e apagando-o em seguida. Guardou alguns, acrescentando uma pequena nota destinada ao pessoal. Três eram mensagens de condolências de bispos amigos, aos quais enviou uma resposta breve. E se um deles precisasse de um adjunto? Mas Michener afastou a ideia; não voltaria a fazer isso. O que dissera Katerina em Bucareste? *A tua vida consiste em estares ao serviço de outras pessoas.* Se ele se dedicasse a uma causa tão importante como a do padre Tibor, talvez a alma de Clemente XV alcançasse a salvação. O seu sacrifício poderia ser uma penitência e contrabalançar a falha do amigo.

Este pensamento fê-lo sentir-se melhor.

O programa do papa para o Natal que se aproximava apareceu no ecrã. Fora transmitido para Castel Gandolfo para ser analisado e ostentava as iniciais de Clemente, o que indicava que fora aprovado. Segundo ele, o papa celebraria a tradicional Missa do Galo na Basílica de S. Pedro e no dia seguinte transmitiria a sua mensagem natalícia da varanda. Michener reparou na hora do *e-mail* de resposta de Castel Gandolfo: dez e um quarto da manhã de sábado. Mais ou menos quando ele chegara a Roma vindo de Bucareste, muito antes de voltar a falar com Clemente. E também muito antes de Clemente ter sabido que o padre Tibor fora assassinado. Era estranho que um pontífice suicida tivesse esperado que fosse analisado um programa que não tencionava cumprir.

Michener passou ao *e-mail* seguinte e reparou que não estava identificado. De vez em quando recebia mensagens anónimas de pessoas que tinham conseguido saber o seu endereço na Net. Eram quase todas manifestações inofensivas de devoção de fiéis que pretendiam demonstrar a sua estima pelo papa.

Clicou duas vezes no item e viu a mensagem enviada de Castel Gandolfo com data do dia anterior. Fora recebida às onze e cinquenta e seis da manhã.

A esta hora, Colin, já sabe o que eu fiz. Não espero que compreenda. Saiba apenas que a Virgem voltou e disse-me que chegara a minha hora. O padre Tibor estava junto

d'Ela. Eu esperava que a Virgem me levasse, mas Ela afir-
mou que teria de ser eu a pôr termo à vida. O padre Tibor
disse que era o meu dever, a penitência por ter desobede-
cido, e que tudo se esclareceria mais tarde. Perguntei o
que aconteceria à minha alma, mas disseram-me que o
Senhor estava à espera. Ignorei o Céu durante muito
tempo. Não o farei agora. Você perguntou-me várias vezes
qual era o problema. Vou responder-lhe. Em 1978, Valen-
drea retirou da reserva uma parte da terceira mensagem
que a Virgem transmitiu em Fátima. Apenas cinco pessoas
sabiam o que a princípio se encontrava naquela caixa.
Quatro delas – a irmã Lúcia, João XXIII, Paulo VI e o
padre Tibor – já morreram. Só resta Valendrea. É claro
que ele negará tudo e as palavras que você está a ler serão
consideradas divagações desconexas de um homem que
pôs termo à própria vida, mas saiba que, quando João
Paulo leu o terceiro segredo e o divulgou ao mundo, não
tinha conhecimento da totalidade da mensagem. Compete-
-lhe a si pôr as coisas no seu lugar. Vá a Medjugorje.
É fundamental. Não só por mim, mas pela Igreja. Encare
este pedido como o último de um amigo.

Tenho a certeza de que a Igreja está a preparar-se para
o meu funeral. Ngovi cumprirá bem o seu dever. Peço-lhe
que faça do meu corpo o que entender. Não é a pompa
nem o cerimonial que fazem um homem devoto. Mas, por
mim, preferia a santidade de Bamberg, aquela linda cidade
à beira do rio, e a catedral de que eu tanto gostava. Só
lamento não ter contemplado a sua beleza mais uma vez.
Mas talvez o meu legado ainda lá possa ir parar. Deixo
essa conclusão a outros. Deus fique consigo, Colin, e saiba
que o amei muito, como um pai ama um filho.

A nota de um suicida, directa e simples, escrita por um
homem atormentado que aparentemente fora vítima do delírio. O sumo pontífice da Igreja Católica Romana afirmava

que a Virgem lhe dissera para se matar!... Mas a parte em que falava de Valendrea e do terceiro segredo era interessante. Poderia dar crédito à informação? Perguntou a si próprio se deveria avisar Ngovi, mas concluiu que, quanto menos pessoas soubessem desta mensagem, melhor seria. O corpo de Clemente já estava embalsamado, os seus fluidos tinham sido queimados e a causa da morte nunca seria conhecida. As palavras que via no ecrã eram apenas a confirmação de que o falecido pontífice estava mentalmente doente.

E obcecado.

Clemente insistira mais uma vez para que ele fosse à Bósnia, mas Michener não fizera nada para aceder a esse pedido. De que serviria? Conservava ainda a carta assinada por Clemente e destinada a um vidente, mas a autoridade que sancionava essa ordem emanava agora do camerlengo e do Sacro Colégio dos Cardeais. Alberto Valendrea nunca permitiria que ele andasse a passear pela Bósnia à procura de segredos marianos; tal seria uma conciliação para com um papa que ele desprezava ostensivamente. Além disso, a autorização especial para qualquer viagem exigiria que os cardeais fossem informados da existência do padre Tibor, dos fantasmas do papa e da obsessão de Clemente pelo terceiro segredo de Fátima. A quantidade de perguntas suscitadas por essas revelações seria assustadora. A reputação de Clemente era demasiado preciosa para ser posta em risco. Já era de lamentar que quatro homens tivessem conhecimento do suicídio do papa; não seria com certeza Michener a impugnar a memória de um grande homem. Contudo, talvez Ngovi precisasse ainda de ler as últimas palavras de Clemente. Michener lembrou-se do que o papa lhe dissera em Turim: *Maurice Ngovi é a pessoa mais próxima de mim que você terá. Lembre-se disso no futuro.*

Michener imprimiu uma cópia.

Depois apagou o ficheiro e desligou o aparelho.

TRINTA E QUATRO

Michener entrou no Vaticano pela Praça de S. Pedro, atrás de uma multidão de visitantes que tinham acabado de sair dos autocarros. Desocupara o seu apartamento no Palácio Apostólico há dez dias, pouco antes do funeral de Clemente XV. Ainda estava credenciado com um passe de segurança, mas os deveres para com a Santa Sé terminariam oficialmente assim que tratasse deste último assunto de carácter administrativo.

O cardeal Ngovi pedira-lhe que permanecesse em Roma até à realização do conclave. Sugerira até que ele integrasse o seu pessoal na Congregação para a Educação Católica, mas não podia prometer-lhe qualquer cargo após o conclave. Também a missão de Ngovi no Vaticano terminava com a morte de Clemente, e o camerlengo já afirmara que regressaria a África se Valendrea ascendesse ao pontificado.

A cerimónia fúnebre de Clemente fora simples e realizara-se ao ar livre, em frente da Basílica de S. Pedro. Um milhão de pessoas reunira-se na praça, enquanto a chama de uma única vela colocada junto da urna era fustigada por um vento forte. Michener não se sentara ao lado dos príncipes da Igreja, onde poderia ter estado, se o rumo dos acontecimentos tivesse sido diferente, por isso, ocupou o seu lugar no meio do pessoal que servira o papa com lealdade durante trinta e quatro meses. Tinham comparecido mais de cem chefes de Estado, e a cerimónia fora transmitida pelas rádios e televisões do mundo inteiro.

Ngovi não presidiu às exéquias, delegou os discursos da praxe noutros cardeais. Uma atitude perspicaz, por sinal, que decerto iria granjear a estima dos eleitores pelo camerlengo. Talvez não em dose suficiente para garantir uma eleição no conclave, mas que bastava para chamar a atenção.

Nenhum dos discursos coube a Valendrea, uma omissão que não surpreendeu ninguém e era fácil de justificar. O secretário de Estado concentrava-se nas relações externas da Santa Sé durante o interregno. Toda a sua atenção convergia para os assuntos exteriores, e a tarefa de elogiar Clemente e de conduzir a despedida do sumo pontífice estava, por tradição, reservada a outros. Valendrea levara a peito o cumprimento do seu dever e fora uma presença constante na imprensa durante duas semanas, entrevistado por todas as grandes agências noticiosas mundiais. O toscano mostrara-se parco nas palavras e escolhera-as a dedo.

Quando a cerimónia terminou, os doze homens que transportavam o féretro entraram pela Porta da Morte e desceram à cripta. O sarcófago, aprontado à pressa pelos canteiros, ostentava uma imagem de Clemente II, o papa alemão do século XI que Jakob Volkner tanto admirara, a par das insígnias de Clemente XV. O local do sepultamento ficava perto do de João XXIII, algo que Clemente teria apreciado. Ali estava ele sepultado com cento e quarenta e oito dos seus irmãos.

– Colin!

Ao ouvir chamar pelo seu nome, Michener parou. Katerina vinha nesse momento a atravessar a praça. Desde Bucareste que não a via, quase há três semanas.

– Regressaste a Roma? – perguntou ele.

Estava vestida num estilo diferente: calças largas, uma blusa castanha e bege e um casaco amarelado. Muito mais à moda do que a recordava, mas atraente.

– Nunca cheguei a sair.

– Vieste para cá directamente de Bucareste?

Katerina fez um sinal afirmativo. O vento despenteou-
-lhe os cabelos cor de ébano e ela afastou as madeixas da cara.

– Estava de partida quando soube da morte de Clemente. Então, resolvi ficar.

– O que tens feito?

– Aceitei dois trabalhos como *free-lancer* para efectuar a cobertura do funeral.

– Vi o Kealy na CNN.

Na semana anterior, o padre aparecera regularmente na televisão a fazer análises obscuras sobre o conclave que se aproximava.

– Também eu, mas não me encontrei mais com o Tom desde o dia seguinte à morte de Clemente. Tinhas razão, mereço melhor.

– Fizeste bem. Tenho ouvido o que aquele idiota anda a dizer na televisão. Emitiu opiniões acerca de tudo e a maioria delas está errada.

– Talvez a CNN devesse contratar-te, não achas?

Ele riu-se.

– Era mesmo disso que eu precisava…

– O que vais fazer, Colin?

– Estou aqui para comunicar ao cardeal Ngovi que vou regressar à Roménia.

– Para reveres o padre Tibor?

– Não sabes o que aconteceu?

Katerina ficou intrigada, e Michener contou-lhe que Tibor fora assassinado.

– Pobre homem! Não merecia tal sorte. E aquelas crianças! Só o tinham a ele…

– É exactamente por isso que vou para lá. Tinhas razão, chegou a hora de eu fazer alguma coisa.

– Pareces satisfeito com a decisão.

Michener olhou à sua volta, para a praça por onde antes deambulava com a impunidade de qualquer secretário papal. Agora sentia-se um estranho.

– Chegou a hora de mudar.

– Acabaram-se as torres de marfim?

– No meu futuro, sim. Aquele orfanato de Zlatna será a minha casa durante algum tempo.

Katerina assentou o peso do corpo no outro pé.

– Progredimos muito. Nada de discussões nem ressentimentos. Finalmente, somos amigos.

– Basta que não cometamos os mesmos erros duas vezes. Só podemos aspirar a isso.

Michener percebeu que ela concordava com as suas palavras e congratulou-se por ambos se terem encontrado outra vez, mas Ngovi estava à espera.

– Tem cuidado contigo, Kate.

– E tu também, Colin.

Michener afastou-se, reprimindo o impulso de olhar para trás pela última vez.

* * *

Foi encontrar Ngovi no seu gabinete da Congregação para a Educação Católica. O edifício fervilhava de actividade. O conclave começava no dia seguinte e parecia existir um esforço generalizado para que tudo ficasse pronto a horas.

– Acredito mesmo que estamos preparados – disse Ngovi.

A porta fechou-se e o pessoal recebeu ordens para não os interromper. Michener esperava mais uma proposta de trabalho, dado que fora Ngovi a convocá-lo para o encontro.

– Esperei até agora para falar consigo, Colin. A partir de amanhã, estarei fechado na Capela Sistina. – Ngovi endireitou-se na cadeira. – Quero que você vá à Bósnia.

O pedido surpreendeu-o.

– Para quê? Ambos concordámos que tudo isso era ridículo...

– O assunto incomoda-me. Clemente estava preocupado com alguma coisa, e eu quero que os desejos dele sejam satisfeitos. É o dever de um camerlengo. Ele queria conhecer o décimo segredo. E eu também quero.

Michener não falara a Ngovi no último *e-mail* de Clemente. Meteu a mão no bolso e encontrou-o.

– O senhor tem de ler isto.

O cardeal pôs os óculos e leu a mensagem.

– Clemente enviou isto pouco antes da meia-noite de domingo. Maurice, ele estava a delirar. Se eu andar a vaguear pela Bósnia, só iremos despertar as atenções. Por que não deixamos assentar a poeira?

Ngovi tirou os óculos.

– Agora, mais do que nunca, quero que você lá vá.

– O senhor parece o Jakob. O que lhe deu?

– Só sei que isto era importante e que devemos acabar de fazer o que ele queria. É fundamental que investiguemos depois deste dado novo, depois de sabermos que Valendrea retirou uma parte do terceiro segredo.

Michener não ficou convencido.

– Até agora, Maurice, não foram levantados problemas quanto à morte de Clemente. Quer arriscar?

– Pensei nisso, mas duvido que a imprensa se interesse pelo que você anda a fazer. Todas as atenções estarão concentradas no conclave, portanto, quero que lá vá. Ainda tem a carta dele para o vidente?

Michener inclinou a cabeça em sinal afirmativo.

– Vou dar-lhe uma assinada por mim. Isso deve ser o suficiente.

Michener comunicou a Ngovi o que tencionava fazer na Roménia.

– Não pode ser outra pessoa a tratar disto?

Ngovi abanou a cabeça.

– Você bem sabe qual é a resposta.

O camerlengo parecia mais apreensivo do que era habitual.

– Há mais uma coisa que você precisa de saber, Colin. – Apontou para o *e-mail*. – Tem a ver com isso. Você disse-me que o Valendrea foi à reserva com o papa. Eu fui verificar. Os registos confirmam a visita de ambos na noite da sexta-feira anterior à morte de Clemente. O que você não sabe é que o Valendrea saiu do Vaticano na noite de sábado. A viagem não estava programada. Aliás, ele cancelou todos os compromissos que tinha para arranjar tempo. E esteve ausente até ao princípio da manhã.

Michener ficou impressionado com a rede de informadores de Ngovi que estes dados deixavam entrever.

– Não sabia que o senhor exerce uma vigilância tão apertada...

– Não é só o toscano que tem espiões...

– Sabe onde ele foi?

– Só sei que partiu do aeroporto de Roma num jacto particular ao fim da tarde e que regressou no mesmo avião na manhã seguinte.

Michener recordou a sensação desagradável que tivera no café de Bucareste enquanto Katerina e ele conversavam com o sacerdote. Saberia Valendrea da existência do padre Tibor? Tê-lo-ia seguido?

– Tibor morreu no sábado à noite. O que acha, Maurice?

Ngovi levantou as mãos, na defensiva.

– Estou apenas a cingir-me aos factos. Na reserva, na sexta-feira, Clemente mostrou a Valendrea o que Tibor lhe tinha enviado. O padre foi morto na noite do dia seguinte. Não sei se a viagem súbita de Valendrea no sábado tem alguma relação com o assassínio de Tibor, mas o padre deixou este mundo a uma hora estranha, não acha?

– E considera que há uma resposta para tudo isto na Bósnia?

– Clemente estava convencido disso.

Michener compreendia agora os verdadeiros motivos de Ngovi. Mas quis saber mais.

– E os cardeais? Não deveriam ser informados do que ando a fazer?

– Você não vai em missão oficial. Este assunto fica entre nós os dois. Um gesto para com o nosso amigo que partiu... Além disso, amanhã estarei no conclave. Fechado. Ninguém poderia ser informado.

Michener percebia agora por que motivo Ngovi esperara para falar com ele, mas lembrou-se também do aviso de Clemente acerca de Alberto Valendrea e da falta de privacidade. Olhou à sua volta para as paredes que tinham sido erguidas na época da Revolução Americana. Seria possível que alguém estivesse à escuta? Concluiu que o assunto não tinha importância.

– Está bem, Maurice, eu vou. Mas só porque me pede e porque era essa a vontade de Clemente. Depois disso, vou-me embora.

E desejou que Valendrea tivesse ouvido as suas palavras.

TRINTA E CINCO

16.30h

Valendrea ficou abismado com o volume de informação que os aparelhos de escuta facultavam. Nas duas últimas semanas, Ambrosi trabalhara todas as noites, a fazer a triagem das gravações, a eliminar o que não interessava e a conservar o que era importante. As versões abreviadas, que lhe foram entregues em minicassetes, tinham sido muito reveladoras quanto à atitude dos cardeais, e agradava-lhe saber que estava a tornar-se bastante *papabile* aos olhos de muitos, até mesmo de alguns que não considerava ainda seus apoiantes.

O seu método sóbrio estava a dar resultado. Desta vez, ao contrário do que sucedera no conclave em que Clemente fora eleito, ele manifestara o respeito que era de esperar de um príncipe da Igreja Católica, e os comentadores começavam já a incluir o seu nome na lista de possíveis candidatos, a par do de Maurice Ngovi e de mais quatro cardeais.

Uma contagem informal levada a cabo na véspera revelara que havia quarenta e oito votos a favor confirmados. Ele precisava de setenta e seis para vencer numa primeira volta, partindo do princípio de que os cento e treze cardeais elegíveis se deslocariam a Roma, o que, salvo em caso de doença grave, deveria acontecer. Felizmente, as reformas introduzidas por João Paulo II permitiam alterar o processo após três dias de votações. Se, findo este período, nenhum papa fosse eleito, realizar-se-ia uma série de votações, seguida de um dia destinado à oração e ao debate. Após doze dias de conclave, se ainda não houvesse um papa, bastaria uma maioria simples de cardeais para elegê--lo. Deste modo, o tempo estava do seu lado, visto que possuía uma maioria clara, com votos mais do que suficientes para bloquear a eleição de outro candidato. E podia bloqueá-la, se fosse necessário, desde que o seu grupo de apoiantes se mantivesse inalterável durante doze dias.

Alguns cardeais estavam a levantar problemas. Aparentemente diziam-lhe uma coisa e depois, quando julgavam que o facto de conversarem à porta fechada lhes garantia privacidade, diziam outra. Valendrea descobrira que Ambrosi recolhera algumas informações interessantes acerca de vários traidores – mais do que suficientes para os convencer de que os seus métodos estavam errados –, e tencionava enviar o seu assessor ao encontro de cada um deles antes do amanhecer.

Depois do dia seguinte, seria difícil conquistar mais votos. Podia reforçar as atitudes, mas, no conclave, os aposentos eram exíguos, a privacidade escassa, e havia algo na Capela Sistina que afectava os cardeais. Uns chamavam-lhe influência do Espírito Santo, outros, ambição. E ele sabia que os votos teriam de ser garantidos agora, dado que a assembleia seria apenas a confirmação de que cada um estava disposto a cumprir a sua parte do acordo.

É claro que só a chantagem podia garantir tantos votos. A maioria dos seus apoiantes apenas lhe eram fiéis devido à posição que ocupava na Igreja e ao seu passado, que faziam dele o favorito mais *papabile*, e Valendrea orgulhava--se de não ter feito nada nos últimos dias para alienar esses aliados naturais.

Ainda estava atordoado com o suicídio de Clemente. Nunca pensara que o alemão fizesse alguma coisa para pôr a alma em perigo, mas lembrou-se das palavras que ele lhe dirigira no apartamento papal há três semanas: *Espero sinceramente que herde este cargo. Verá que é muito diferente do que imagina. Talvez você deva ser papa.* E do que dissera naquela noite de sexta-feira, depois de saírem da reserva: *Quis que você soubesse o que o espera.* E por que não o impedira Clemente de queimar a tradução? *Você verá.*

–Raios te partam, Jakob! – disse Valendrea em surdina.

Bateram à porta do gabinete. Ambrosi entrou e aproximou-se da secretária. Trazia um gravador de bolso.

–Ouça. Tirei isto agora mesmo do gravador. Uma conversa entre o Michener e o Ngovi no gabinete deste há cerca de quatro horas.

A conversa durou aproximadamente dez minutos. Valendrea desligou o aparelho.

–Primeiro a Roménia, agora a Bósnia. Eles não param!

–Ao que parece, Clemente deixou um *e-mail* para o Michener.

Ambrosi sabia que Clemente se suicidara. Valendrea contara-lhe isso e outras coisas na Roménia, incluindo o que se passara entre ambos na reserva.

–Tenho de ler esse *e-mail*.

Ambrosi endireitou-se em frente da secretária.

–Não vejo como isso seja possível.

–Podemos voltar a recorrer à namorada do Michener.

–Já me lembrei, mas que interesse tem isso agora? O conclave começa amanhã. Ao pôr do Sol, o senhor provavelmente será papa. De certeza, no dia seguinte.

Era possível, mas também podia ser apanhado numa eleição renhida.

–O que me incomoda é que o nosso amigo africano parece ter a sua própria rede de informadores. Nunca me apercebi de que isso fosse uma prioridade tão grande para ele.

Também o preocupava a facilidade com que Ngovi associara a sua ida à Roménia com o assassínio de Tibor. Isso podia vir a ser um problema.

– Quero que encontre Katerina Lew.

Valendrea não falara propositadamente com ela depois de chegar da Roménia. Não era necessário. Graças a Clemente, apurara tudo o que precisava de saber. Mas irritava-o que Ngovi mandasse enviados em missões privadas, sobretudo quando lhe diziam respeito. Mesmo assim, havia pouco a fazer, visto que não podia arriscar-se a envolver o Sacro Colégio dos Cardeais. Surgiriam muitas perguntas e ele teria poucas respostas para dar. Além disso, a situação poderia fornecer a Ngovi pretexto para abrir um inquérito à sua viagem à Roménia, e Valendrea não estava disposto a presentear o africano com essa oportunidade.

Era o único homem ainda vivo que sabia o que a Virgem dissera. Os três papas tinham morrido. Ele já destruíra uma parte da maldita reprodução de Tibor, eliminara o padre e atirara o texto original da irmã Lúcia para o lixo. Só restava a cópia da tradução que se encontrava na reserva. Ninguém tinha autorização para ler essas palavras. Para ter acesso à caixa ele precisava de ser papa.

Levantou a cabeça e olhou para Ambrosi.

– Infelizmente, Paolo, você tem de ficar aqui nos próximos dias. Vou precisar que esteja perto de mim. Mas é imperioso sabermos o que Michener anda a fazer na Bósnia, e ela é o nosso melhor canal. Portanto, procure a Katerina Lew e requisite de novo o seu apoio.

– Como sabe que ela está em Roma?

– Onde havia de estar?

TRINTA E SEIS

18.15 h

Katerina foi atraída para a cabina da CNN, mesmo junto da colunata sul da Praça de S. Pedro. Avistara Tom Kealy do outro lado do espaço empedrado, debaixo dos holofotes e diante de três câmaras. A praça estava repleta de televisores improvisados. As cadeiras e as barreiras do funeral de Clemente tinham desaparecido e sido substituídas por vendedores de recordações, manifestantes, peregrinos e jornalistas que tinham acorrido a Roma, prontos para o conclave que começaria na manhã seguinte, com as câmaras apontadas para uma chaminé metálica que se erguia na cobertura da Capela Sistina. Dela sairia o fumo branco que indicaria a eleição do novo papa.

Aproximou-se de um círculo de vendedores ambulantes que se amontoavam à volta da plataforma da CNN em que Kealy falava para as câmaras. Kealy vestia uma sotaina de lã preta e colarinho romano, assumindo claramente o aspecto de um padre. Para alguém que se importava tão pouco com a sua profissão, parecia bastante confortável com aquela indumentária.

– ... Exactamente, no passado, os boletins de voto eram queimados depois de cada escrutínio com palha seca ou molhada, consoante o fumo devia ser branco ou negro. Agora juntam um produto químico para lhes dar cor. Nos últimos conclaves, tem-se gerado uma grande confusão quanto ao fumo. Aparentemente, até a Igreja Católica permite, às vezes, que a ciência facilite as coisas.

– O que tem ouvido acerca do acontecimento de amanhã? – perguntou a correspondente que estava sentada ao lado de Kealy.

Ele virou-se para a câmara.

– O meu palpite é que há dois favoritos, os cardeais Ngovi e Valendrea. Ngovi seria o primeiro papa africano desde o século I, e podia fazer muito pelo seu continente. Repare no que João Paulo II fez pela Polónia e pela Europa de Leste. A África também podia usar um vencedor.

– Mas os católicos estão preparados para aceitar um papa negro?

Kealy encolheu os ombros.

– E que importância tem isso hoje em dia? A maior parte dos católicos actuais são da América Latina, da América do Sul e da Ásia. Já não são os cardeais europeus que predominam. Todos os papas desde João XXIII se encarregaram de expandir o Sacro Colégio e enchê-lo de prelados não italianos. Na minha opinião, a Igreja ficará mais bem servida com Ngovi do que com Valendrea.

Katerina sorriu; Kealy parecia estar a vingar-se do probo Valendrea. Era curioso como os ventos mudavam. Há dezanove dias, Kealy estava debaixo do fogo de Valendrea, a dois passos da excomunhão, mas, durante o interregno, o tribunal, e tudo o resto, fora suspenso. E agora, ali estava o acusado nas televisões do mundo inteiro, a amesquinhar o seu principal criminador, um homem que era um sério candidato ao pontificado.

– Por que afirma que a nomeação de Ngovi seria melhor para a Igreja? – perguntou a correspondente.

– Valendrea é italiano. A Igreja afastou-se bastante do domínio italiano; se o elegesse, estaria a retroceder. Além disso, ele é demasiado conservador para os católicos do século XXI.

– Há quem afirme que um regresso às origens seria benéfico...

Kealy abanou a cabeça.

– Vocês passaram quarenta anos, desde o Vaticano II, a tentar modernizar a Igreja, fizeram um bom trabalho ao transformá-la numa instituição mundial, e agora querem atirar tudo pela janela fora? O papa já não é apenas o bispo de Roma, é o chefe de um bilião de fiéis, a grande maioria dos quais não são italianos, nem europeus, nem sequer brancos. Seria um suicídio eleger Valendrea. Sobretudo quando existe alguém como Ngovi, igualmente *papabile*, que é muito mais atractivo aos olhos do mundo.

Katerina sentiu a mão de alguém no seu ombro e assustou-se. Virou-se para trás e deu de caras com Paolo Ambrosi. O padreca irritante estava a poucos centímetros do seu rosto. Katerina sentiu a raiva a apoderar-se dela, mas manteve a calma.

– Parece que ele não gosta do cardeal Valendrea – disse o padre em voz baixa.

– Tire a mão do meu ombro!

Ambrosi esboçou um sorriso e tirou a mão.

– Calculei que estivesse aqui, com o seu amante – acrescentou ele, apontando para Kealy.

Katerina sentiu uma náusea a revolver-lhe as entranhas, mas fez um esforço para não mostrar medo.

– O que pretende?

– Com certeza que não vamos falar aqui, não acha? Se o seu parceiro virasse a cabeça, talvez se admirasse ao vê-la a conversar com uma pessoa tão próxima do cardeal que ele despreza. Até podia ter ciúmes e um ataque de fúria...

– Não creio que ele tivesse motivos para se preocupar em relação a si. Urino sentada, por isso duvido que seja o seu tipo.

Ambrosi não respondeu, mas admitiu que ela tivesse razão. O que queria dizer-lhe exigia privacidade. Katerina começou a andar à frente dele através da colunata, passando pela fila de quiosques que vendiam selos e moedas.

– Que espectáculo revoltante! – exclamou Ambrosi, apontando para os comerciantes. – Eles julgam que isto é uma feira... Todas as oportunidades servem para fazer dinheiro!

– Tenho a certeza de que as caixas das esmolas da Basílica de S. Pedro estão fechadas desde que Clemente morreu...

– Você tem a resposta pronta.

– Porquê? A verdade dói?

Tinham saído do Vaticano. Caminhavam agora pelas ruas de Roma e desciam uma avenida bordejada de edifícios de apartamentos modernos. Katerina tinha os nervos em franja. Parou e não resistiu a perguntar:

– O que pretende?

– Colin Michener vai à Bósnia. Sua Eminência quer que o acompanhe e nos conte o que ele faz.

– Vocês nem sequer se preocuparam com a Roménia! Não lhes ouvi uma palavra até agora!

– Isso deixou de ter relevância. A Bósnia é mais importante.

– Não estou interessada. Além disso, Colin vai para a Roménia.

– Mas não por enquanto. Primeiro, vai à Bósnia, ao santuário de Medjugorje.

Katerina ficou embaraçada. Por que teria Michener necessidade de fazer tal peregrinação, sobretudo levando em conta os seus anteriores comentários?

– Sua Eminência pediu-me que esclarecesse que você continua a ter um amigo no Vaticano. Já para não falar dos dez mil euros que recebeu...

– Ele disse que o dinheiro era meu. Ponto final.

– Interessante... Você não parece uma prostituta barata.

Katerina esbofeteou-o.

Ambrosi não se mostrou surpreendido. Deitou-lhe apenas um olhar penetrante.

–Não voltará a agredir-me.

Havia uma nota de azedume na voz dele que não agradou a Katerina.

–Perdi o interesse em ser a sua espia.

–Você é uma cabra impertinente! A minha única esperança é que Sua Eminência se canse de si depressa. Depois, talvez eu vá visitá-la.

Katerina recuou.

–Por que é que Colin vai à Bósnia?

–Vai à procura de um dos videntes de Medjugorje.

–O quê? Tudo isto está relacionado com os videntes e a Virgem Maria?

–Então, parto do princípio de que você tem conhecimento das aparições na Bósnia.

–São um absurdo. Com certeza você não acredita que a Virgem Maria apareceu àquelas crianças todos os dias durante tantos anos e que continua a aparecer a um deles...

–A Igreja ainda não validou qualquer dessas visões.

–E esse selo de validade vai torná-las reais?

–O sarcasmo é cansativo.

–E você também.

Porém o interesse começava a ganhar forma dentro dela. Não queria fazer nada por Ambrosi nem por Valendrea, e só ficara em Roma por causa de Michener. Soubera que ele saíra do Vaticano – através de Kealy, no âmbito de uma análise da situação após a morte do papa –, mas não fizera qualquer esforço para o seguir. Por sinal, depois do último encontro de ambos, brincara com a ideia de ir atrás dele para a Roménia. Mas agora abria-se outra oportunidade: a Bósnia.

–Quando é que ele parte? – perguntou, odiando-se por se mostrar interessada.

Os olhos de Ambrosi brilharam de satisfação.

– Não sei. – Meteu a mão debaixo da sotaina e tirou um pedaço de papel. – Este é o endereço da casa de Michener. Não é longe daqui. Você podia… confortá-lo. O mentor dele morreu, e a vida do homem está um caos. Dentro de pouco tempo, um inimigo dele será papa…

– Valendrea está muito seguro de si.

– E o nosso problema?

– Você julga que o Colin é vulnerável? Que se abrirá comigo, ou até que me deixará ir com ele?

– É essa a ideia.

– Ele não é assim tão fraco.

Ambrosi sorriu.

– Aposto que é.

TRINTA E SETE

Michener desceu a Via Giotto em direcção ao apartamento. O bairro em que vivia transformara-se num local de encontro para as pessoas do teatro. As ruas estavam cheias de cafés animados que durante muito tempo tinham acolhido intelectuais e políticos radicais. Ele sabia que a subida de Mussolini ao poder fora planeada nas imediações, mas, felizmente, a maioria dos edifícios tinham sobrevivido à purga arquitectónica do *Duce* e continuavam a ostentar uma atmosfera oitocentista.

Michener tornara-se um estudioso de Mussolini. Depois de se mudar para o Palácio Apostólico, lera duas biografias do ditador. Mussolini era um homem ambicioso, que sonhara com os italianos de uniforme e com todos os antigos edifícios de pedra que havia em Roma, com as suas coberturas de telha, substituídos por fachadas de mármore reluzente e obeliscos para comemorar as suas grandes vitórias militares. Mas o *Duce* morrera com uma bala na cabeça e depois fora pendurado pelos tornozelos para todos verem; nada restara do seu plano megalómano. E Michener estava inquieto com a possibilidade de a Igreja poder sofrer um destino semelhante, se Valendrea fosse eleito papa.

A megalomania era uma doença mental com uma forte componente de arrogância. Valendrea sofria claramente dela. A oposição do secretário de Estado ao Vaticano II e a todas as reformas posteriores da Igreja não era segredo para ninguém. A eleição rápida de Valendrea podia dar origem a um mandato cujo principal objectivo fosse uma inversão radical. E o pior era que o toscano podia manter--se no poder durante vinte anos, ou mais, o que lhe permitiria reconfigurar por completo o Sacro Colégio dos Cardeais, à semelhança do que João Paulo II fizera durante o seu longo pontificado. Mas João Paulo II fora um dirigente complacente, um homem de visão. Valendrea era um demónio, e que Deus ajudasse os seus inimigos… O que era mais um motivo para Michener desaparecer nas montanhas dos Cárpatos. Com ou sem Deus, com ou sem Céu, aquelas crianças precisavam dele.

Chegou ao prédio e subiu ao terceiro andar. Um dos bispos ligados à residência papal cedera-lhe graciosamente o apartamento mobilado de duas divisões durante quinze dias, e ele apreciara o gesto. Recebera os móveis de Clemente há uns dias. Os cinco caixotes com os bens pessoais e a arca estavam empilhados no apartamento. Michener tencionava levá-los para a Roménia. A princípio, pensara em sair de Roma no fim da semana, mas no dia seguinte partiria para a Bósnia com um bilhete que Ngovi lhe entregara. Na semana seguinte estaria na Roménia e começaria uma vida nova.

Em parte, sentia-se melindrado com Clemente pelo que ele fizera. A história estava repleta de papas eleitos apenas porque morreriam dentro de pouco tempo, e muitos deles tinham surpreendido todos e durado dez anos, ou mais. Jakob Volkner poderia ter sido um desses pontífices. Era de facto um homem diferente, mas eliminara todas as esperanças ao induzir o seu próprio sono eterno.

Também Michener parecia adormecido. As duas últimas semanas, desde aquela terrível manhã de segunda--feira, pareciam-lhe um sonho. A sua vida, onde antes imperava a ordem, estava agora descontrolada. E ele precisava de ordem.

Mas ao chegar ao patamar do terceiro andar, parou e apercebeu-se de que o esperava uma situação ainda mais caótica. Sentada no chão, à porta do apartamento, estava Katerina Lew.

– Por que não fico admirado por teres voltado a encontrar-me? – perguntou ele. – Como é que conseguiste desta vez?

– Mais segredos que toda a gente sabe.

Katerina levantou-se e sacudiu o pó das calças. Vinha vestida como de manhã e estava encantadora.

Michener abriu a porta do apartamento.

– Sempre vais para a Roménia? – perguntou ela.

Ele atirou a chave para cima de uma mesa.

– Tencionas ir atrás de mim?

– Talvez.

– Eu não faria qualquer reserva para já.

E falou-lhe da ida a Medjugorje e do que Ngovi lhe pedira para fazer, mas omitiu os pormenores do *e-mail* de Clemente. A perspectiva da viagem não lhe agradava, e confessou-o a Katerina.

– A guerra acabou, Colin – disse ela. – A paz já reina há alguns anos naquela zona.

– Graças às tropas americanas e da NATO, mas não é aquilo a que eu chamaria um destino de férias.

– Então por que vais?

– Devo isso a Clemente e a Ngovi – respondeu ele.

– Não achas que já saldaste as tuas dívidas?

– Sei o que vais dizer. Mas eu estava a pensar em abandonar o sacerdócio. Já não me interessa!

Katerina ficou atónita.

– Porquê?

– Estou farto! Não me refiro a Deus nem à felicidade eterna. É por causa da política, da ambição, da ganância. Sempre que penso no lugar em que nasci, fico enojado.

Como é que alguém podia pensar que estava a praticar o bem ali? Havia processos melhores de ajudar aquelas mães, mas ninguém tentou pô-los em prática, limitaram-se a mandar-nos embora. – Levantou-se e deu consigo a olhar para o chão. – E aqueles miúdos na Roménia? Chego a pensar que o Céu se esqueceu deles!...

– Nunca te vi assim.

Michener aproximou-se da janela.

– É provável que Valendrea venha a ser papa. Vai haver uma série de mudanças. Talvez Tom Kealy tivesse razão, afinal.

– Não dês razão a esse cretino em coisa alguma!

Michener apercebeu-se da diferença de tom de Katerina.

– Só falámos de mim. E tu o que tens feito, desde que chegaste de Bucareste?

– Como disse, tenho escrito uns artigos sobre o funeral do papa para uma revista polaca. Também tenho andado a fazer investigação sobre os conclaves. A revista contratou-me para preparar um *dossier* especial sobre este tema.

– Então, como é que podes ir à Roménia?

A expressão dela suavizou-se.

– Não posso. Quem me dera! Mas pelo menos sei onde encontrar-te.

A ideia era reconfortante; Michener sabia que ficaria triste se nunca mais a visse. Lembrou-se da última vez que tinham estado juntos e a sós, há muitos anos. Fora em Munique, pouco antes de se licenciar em Direito e voltar a estar ao serviço de Jakob Volkner. Ela não mudara muito; tinha o cabelo um pouco mais comprido, um rosto ainda mais fresco e o mesmo sorriso sedutor. Passara dois anos a amá-la, sabendo que chegaria o momento em que teria de escolher. Agora, apercebia-se do erro em que caíra. Lembrou-se de uma coisa que lhe dissera na praça: *Não cometas o mesmo erro duas vezes. É o que qualquer de nós pode esperar.*

E tinha razão.

Atravessou a sala e abraçou-a.

Ela não ofereceu resistência.

Michener abriu os olhos e concentrou-se no relógio que se encontrava ao lado da cama: eram dez e quarenta e três da noite. Katerina estava deitada a seu lado. Tinham dormido quase duas horas. Não se sentia culpado pelo que acontecera. Amava-a, e se Deus tivesse algum problema com isso, paciência. Já não se importava.

– O que estás a fazer acordado? – perguntou ela, às escuras.

Michener julgava que ela estava a dormir.

– Não estou habituado a acordar com outra pessoa na minha cama.

Katerina aninhou a cabeça no peito dele.

– E conseguirias habituar-te?

– Estava precisamente a perguntar isso a mim próprio.

– Desta vez não quero ir-me embora, Colin.

Ele beijou-lhe a cabeça.

– Quem disse que tinhas de ir?

– Quero ir contigo para a Bósnia.

– E o teu contrato com a revista?

– Menti, não tenho contrato nenhum. Estou aqui em Roma por tua causa.

A resposta dele nunca esteve em dúvida:

– Então, talvez umas férias na Bósnia nos fizessem bem.

Michener saíra da esfera pública do Palácio Apostólico e entrara num reino em que só ele existia. Clemente XV estava estendido numa urna tripla por baixo da Basílica de S. Pedro e ele estava despido, na cama com a mulher que amava.

Não sabia aonde tudo aquilo iria parar.

Sabia apenas que finalmente estava satisfeito.

TRINTA E OITO

MEDJUGORJE, BÓSNIA-HERZEGOVINA
Terça-feira, 28 de Novembro
13 h

Michener olhou lá para fora pela janela do autocarro. A costa rochosa ficou para trás, tal como o mar Adriático, encapelado por um vento uivante. Ele e Katerina tinham embarcado em Roma e pouco depois aterravam em Split. Os autocarros de turismo formavam filas junto das saídas do aeroporto e os motoristas perguntavam em voz alta quais os passageiros que se dirigiam para Medjugorje. Um dos homens explicou que aquela era a época mais fraca do ano. No Verão, todos os dias chegavam três a cinco mil peregrinos, mas este número baixava para as centenas entre Novembro e Março.

Nas últimas duas horas, uma guia explicara aos cinquenta e tal passageiros que Medjugorje ficava no Sul de Herzegovina, perto da costa, e que uma cadeia montanhosa que se estendia até ao Norte isolava a região tanto em termos climáticos como políticos. Esclareceu ainda que a palavra *Medjugorje* significava «terra no meio dos montes». A população era predominantemente croata e o catolicismo florescia. No princípio dos anos 90, quando o comunismo caiu, os croatas procuraram alcançar a independência, mas os sérvios – os que de facto derrubaram o poder na ex-Jugoslávia – invadiram o território, tentando criar uma Sérvia maior. Durante anos, travou-se uma guerra civil sangrenta. Duzentas mil pessoas perderam a vida, até que a comunidade internacional pôs fim ao genocídio. Estalou então outra guerra entre croatas e muçulmanos, mas terminou rapidamente graças à chegada das forças de manutenção da paz da ONU.

Medjugorje tinha escapado ao terror. A maioria das lutas travaram-se a norte e a oeste. Agora, só cerca de quinhentas famílias viviam na região, mas a gigantesca igreja da cidade abrigava duas mil pessoas, e a guia explicou que uma série de infra-estruturas como hotéis, pensões, estabelecimentos de produtos alimentares e lojas de recordações estavam a transformar a localidade numa Meca religiosa, que já fora visitada por vinte milhões de pessoas vindas de todas as partes do mundo. Segundo os últimos cálculos, tinham-se registado cerca de duas mil aparições, um fenómeno sem precedentes nas visões marianas.

– Acreditas nisto? – perguntou Katerina em voz baixa. – É um pouco exagerado que Nossa Senhora desça à terra todos os dias para conversar com uma mulher de uma aldeia bósnia.

– A vidente acredita, e Clemente também acreditava. Mantém um espírito aberto, está bem?

– Estou a fazer o possível, mas com que vidente vamos falar?

Michener tinha pensado no assunto. Pediu à guia mais elementos acerca dos videntes e ficou a saber que uma das mulheres, agora com trinta e cinco anos, era casada, tinha um filho e vivia em Itália. Outra, com trinta e seis, também casada, tinha três filhos e vivia em Medjugorje, mas era muito reservada e evitava encontrar-se com os peregrinos. Um dos homens, de trinta e poucos anos, tentara duas vezes ser padre, mas falhara, e continuava a ter esperança de um dia vir a ser ordenado. Viajava muito, levando a mensagem de Medjugorje ao mundo, e seria difícil encontrá-lo. O outro homem, o mais novo dos seis, era casado, tinha dois filhos e falava pouco com os visitantes. Outra das mulheres, quase com quarenta anos, era casada e já não vivia na Bósnia. Por fim, a última mulher era a que continuava a ser alvo das aparições. Chamava-se Jasna, tinha trinta e dois anos e vivia sozinha em Medjugorje. As suas visões diárias foram testemunhadas muitas vezes por milhares de pessoas na Igreja de S. Tiago. A guia explicou que Jasna era uma mulher introvertida e de poucas palavras, mas tinha tempo para falar com os que a visitavam.

Michener olhou para Katerina e disse:

– Parece que as nossas opções são limitadas. Vamos começar por ela.

– Mas Jasna não conhece os dez segredos que Nossa Senhora revelou aos outros videntes – dizia a guia na parte da frente do autocarro, e Michener concentrou-se de novo nas explicações da mulher.

– Os outros cinco conhecem os dez segredos. Diz-se que, quando os seis souberem, as aparições acabarão e a Virgem deixará um sinal visível da sua presença para os ateus. *Mas os fiéis não devem esperar por esse sinal para se converterem. Agora é tempo de dar graças, de aprofundar a fé, de conversão, porque, quando o sinal vier, será demasiado tarde para muitos.* São estas as palavras da Virgem. Uma previsão para o nosso futuro.

– O que fazemos agora? – perguntou-lhe Katerina ao ouvido.

– Sugiro que vamos vê-la. Quanto mais não seja, porque estou curioso. Com certeza pode responder às perguntas que tenho a fazer-lhe.

A guia apontou para o monte das Aparições.

– Foi ali que as duas crianças tiveram as primeiras visões, em Junho de 1981. Uma esfera de luz intensa dentro da qual se encontrava uma bela mulher com um bebé ao colo. No dia seguinte, ao anoitecer, voltaram ao mesmo sítio com quatro amigos e a mulher apareceu de novo, mas dessa vez

com uma coroa de doze estrelas e um vestido cinzento-
-pérola. Segundo eles, parecia «vestida pelo sol».

A guia apontou para um carreiro íngreme que ligava a aldeia de Podbrdo a um local onde se erguia uma cruz. Àquela hora, ainda alguns peregrinos subiam a encosta, debaixo das nuvens carregadas que vinham do mar.

O monte do Cruzeiro apareceu pouco depois, a pouco menos de um quilómetro e meio de Medjugorje. O cume arredondado encontrava-se a mais de oitocentos metros de altitude.

–A cruz lá em cima foi construída nos anos 30 pela paróquia local e não tem qualquer ligação com as aparições, apesar de muitos peregrinos terem afirmado que viram sinais luminosos à volta dela. Foi por isso que este local ficou associado ao fenómeno. Façam o possível por subir até ao cimo.

O autocarro abrandou e entrou em Medjugorje. A aldeia era diferente de muitas outras comunidades subdesenvolvidas por onde tinham passado desde Split. Casas de pedra baixas de vários tons de cor-de-rosa, verde e ocre deram lugar a prédios mais altos – hotéis, segundo explicou a guia, abertos há pouco tempo para receber uma avalancha de peregrinos, a par de estabelecimentos *duty-free*, empresas de aluguer de automóveis e agências de viagens. Táxis Mercedes reluzentes deslocavam-se entre os camiões de transporte de mercadorias.

O autocarro parou junta da Igreja de S. Tiago, que se distinguia pelas suas duas torres gémeas. Um cartaz junto da fachada anunciava que a missa do dia estava a ser celebrada em várias línguas. À frente da igreja havia uma praça pavimentada a betão, e a guia explicou que aquele espaço aberto era um local de reunião nocturna para os fiéis. Ao ouvir trovões ao longe, Michener pensou se nessa noite aconteceria o mesmo.

Alguns soldados patrulhavam a praça.

– Fazem parte das forças espanholas de manutenção da paz estacionadas na região, e às vezes são úteis – elucidou a guia.

Pegaram nos sacos de viagem e saíram do autocarro. Michener aproximou-se da guia.

– Desculpe, onde podemos encontrar Jasna?

A mulher apontou para uma rua.

– Ela vive numa casa a cerca de três quarteirões naquela direcção, mas vem à igreja todos os dias às três horas e às vezes ao fim da tarde para rezar. Está quase a chegar.

– E as aparições, onde têm lugar?

– Quase sempre aqui na igreja. É por isso que ela vem. Devo dizer-lhe que não é provável que fale convosco sem aviso prévio.

Michener percebeu a mensagem. Talvez todos os visitantes desejassem encontrar-se com um dos videntes. A guia apontou para um centro de apoio aos peregrinos do outro lado da rua.

– Eles podem combinar um encontro. Em geral, são ao fim da tarde. Falem com eles acerca de Jasna. Ficarão mais bem informados. Eles são sensíveis às vossas necessidades.

Michener agradeceu e afastou-se com Katerina.

– Temos de começar por algum lado, e essa tal Jasna é a que está mais perto. Não me apetece falar na presença de um grupo e não tenho necessidades que exijam qualquer sensibilidade especial. Vamos directamente ao encontro dessa mulher.

TRINTA E NOVE

CIDADE DO VATICANO
14h

Os cardeais saíram em cortejo da Capela Paulina, cantando refrões de *Veni Creator Spiritus*. Vinham de mãos postas e cabisbaixos. Valendrea seguia atrás de Maurice Ngovi. O camerlengo encabeçava o grupo que se dirigia para a Capela Sistina.

Estava tudo preparado. O próprio Valendrea encarregara-se de uma das últimas tarefas há uma hora, quando os empregados da Casa de Gammarelli tinham chegado com cinco caixotes com sotainas de linho branco, chinelas de seda vermelha, sobrepelizes, mozetas, meias de algodão e solidéus de vários tamanhos, todos com a parte de trás e as bainhas descosidas e as mangas por acabar. Os ajustamentos seriam feitos pelo próprio Gammarelli, antes de o cardeal que fosse eleito papa assomar à varanda da Basílica de S. Pedro.

Com o pretexto de inspeccionar tudo, Valendrea certificara-se de que havia um conjunto de paramentos – quarenta e dois a quarenta e quatro no peito, trinta e oito na cintura e chinelas número dez – que exigiria poucas alterações. Depois encomendaria a Gammarelli um sortido de vestes de linho branco tradicionais e alguns modelos novos que arquitectara nos últimos dois anos. Tencionava ser um dos papas mais bem vestidos da história.

Encontravam-se em Roma cento e treze cardeais. Todos usavam sotaina escarlate e uma mozeta aos ombros, tricórnio vermelho e cruzes peitorais de ouro e prata. À medida que avançavam em fila para um portal de dimensões imponentes, as câmaras de televisão transmitiam a cena para biliões de pessoas em todo o mundo. Valendrea reparou nas expressões graves. Talvez os cardeais tivessem prestado atenção ao sermão de Ngovi na missa do meio-dia, quando o camerlengo pedira a todos que deixassem as considerações mundanas à porta da Capela Sistina e, com a ajuda do Espítio Santo, escolhessem *um pastor capaz para a Santa Madre Igreja.*

A palavra *pastor* era um problema. No século XX, raramente um papa fora um *pastor*; a maioria era constituída por intelectuais de carreira ou diplomatas do Vaticano. Nos últimos dias, a imprensa abordara a questão da experiência pastoral como algo que o Sacro Colégio devia procurar. Um cardeal com espírito de missão, que tivesse passado a vida a trabalhar com os fiéis, era com certeza muito mais apelativo do que um burocrata profissional. Valendrea ouvira até, nas gravações, que, na opinião de muitos cardeais, um papa que soubesse dirigir uma diocese seria uma mais-valia. Infelizmente, ele era um produto da Cúria, um administrador nato, sem experiência pastoral – ao contrário de Ngovi, que passara de padre missionário a arcebispo e depois a cardeal. Valendrea acusara o toque do camerlengo e considerava que o comentário fora uma crítica dirigida à sua candidatura – uma estocada subtil, mas mais uma prova de que Ngovi poderia tornar-se um opositor forte nas horas seguintes.

O cortejo parou à entrada da Capela Sistina.

Ouviram-se as vozes do coro vindas do interior.

Ao chegar à porta, Ngovi hesitou, mas depois avançou.

As fotografias davam a impressão de que a Capela Sistina era um espaço enorme, mas a verdade é que dificilmente acomodava cento e treze cardeais. Fora construída há cinco séculos para ser a capela privativa do papa. As suas paredes assentavam em elegantes pilastras e estavam cobertas de frescos. Os do lado esquerdo descreviam a vida de Moisés e os da direita a vida de Cristo. Um libertara Israel, o outro, a humanidade. A *Criação*, no tecto, representava o destino do homem e antevia uma inevitável queda. O *Juízo Final*, por cima do altar, era uma visão terrífica da ira divina, que Valendrea muito admirava.

Duas filas de plataformas elevadas ladeavam a nave central. Cartões com os nomes indicavam onde cada um devia sentar-se e os lugares destinados aos mais velhos. Os espaldares das cadeiras eram a direito, e não agradava a Valendrea a ideia de ficar ali sentado durante muito tempo. Em frente de cada uma, sobre uma pequena secretária, encontrava-se um lápis, um bloco de apontamentos e uma urna individual.

Os homens encaminharam-se para os lugares que lhes estavam destinados. Ainda ninguém pronunciara uma palavra. O coro continuava a cantar.

O olhar de Valendrea recaiu no fogão. Encontrava-se a um canto, assente numa estrutura metálica que o separava do chão de mosaicos. Tinha uma chaminé, que estreitava, formando um tubo que saía por uma das janelas, de onde emanaria o célebre fumo que indicava o êxito ou o fracasso de cada votação. Valendrea esperava que não se acendessem muitas fogueiras lá dentro. Quanto maior fosse o número de votações, menor seria a sua hipótese de vitória.

Ngovi estava em frente da capela, de mãos postas por baixo da sotaina. Valendrea reparou na expressão determinada do africano e fez votos para que o camerlengo gozasse aquele momento.

– *Extra omnes* – disse Ngovi em voz alta.

Todos lá para fora.

O coro, os sacristãos e as equipas de televisão começaram a sair. Só os cardeais e trinta e dois sacerdotes, freiras e técnicos seriam autorizados a ficar.

Fez-se um silêncio incómodo quando dois técnicos de segurança passaram a pente fino a nave central. Competia-lhes garantir que não havia aparelhos de escuta na capela. Ao chegarem à grade de ferro, os homens pararam e fizeram sinal de que estava tudo bem.

Valendrea baixou a cabeça e os dois técnicos retiraram-se. Este ritual repetir-se-ia todos os dias, antes e depois de cada votação.

Ngovi saiu do altar e desceu a nave no meio dos cardeais reunidos. Atravessou um anteparo de mármore e parou junto das portas de bronze que os assistentes estavam a fechar. Reinava o silêncio total na sala. Onde antes se ouviam cânticos e o arrastar dos pés nos tapetes que protegiam o chão de mosaicos, havia agora uma quietude total. Do outro lado das portas, lá fora, ouviu-se uma chave a entrar na fechadura e a girar.

Ngovi experimentou os puxadores.

As portas estavam bem fechadas.

– *Extra omnes* – exclamou.

Ninguém respondeu. Nem era de esperar que o fizesse. O silêncio era uma indicação de que começara o conclave. Valendrea sabia que estavam a ser colocados selos de chumbo do lado de fora que simbolizavam a privacidade. Havia outra maneira de entrar e sair da Capela Sistina – o trajecto diário de ida e volta da Casa de Santa Marta –, mas a selagem das portas era o método tradicional de iniciar o processo eleitoral.

Ngovi regressou ao altar, virou-se para os cardeais e disse as palavras que Valendrea ouvira naquele mesmo local, há trinta e quatro meses.

– Que o Senhor vos abençoe a todos. Vamos começar.

QUARENTA

MEDJUGORJE, BÓSNIA-HERZEGOVINA
14.30 h

Michener examinou a casa de pedra só de um piso, com manchas que pareciam ser de humidade. À frente, via-se um caramanchão onde as trepadeiras se entrelaçavam; o único toque alegre era conferido pela madeira trabalhada sobre as janelas. Ao lado da casa havia uma horta, sequiosa por receber a chuva que se aproximava. Ao longe, viam-se as montanhas.

Só depois de perguntarem a duas pessoas conseguiram dar com a casa. Ambas se tinham mostrado relutantes em ajudá-los até Michener revelar que era padre e precisava de falar com Jasna.

Michener dirigiu-se para a entrada principal, seguido de Katerina, e bateu à porta.

Quem a abriu foi uma mulher alta, de pele cor de amêndoa e cabelos escuros. Era magra como uma árvore nova, tinha um rosto prazenteiro e uns olhos cor de avelã que irradiavam ternura. Examinou-o com uma expressão comedida que Michener considerou desagradável. Devia ter uns trinta anos e trazia um rosário ao pescoço.

– Estão à minha espera na igreja e não tenho tempo para conversar. Se quiserem, poderei falar convosco depois da missa – disse, em inglês.

– Não estamos aqui pelo motivo que julga – declarou ele. E explicou-lhe quem era e por que estava ali.

A mulher não reagiu, como se todos os dias fosse abordada por um enviado do Vaticano. Por fim, convidou-os a entrar.

O mobiliário da casa era escasso e a decoração muito incaracterística, tal era a mistura. O sol entrava a jorros pelas janelas entreabertas, que tinham diversos vidros rachados. Por cima da lareira estava um retrato de Maria rodeado de velas acesas. A um canto encontrava-se uma imagem da Virgem, que envergava um manto cinzento com enfeites azul-claros. Tinha um véu branco e cabelos castanhos ondulados bem em evidência. Os olhos da imagem eram expressivos e ternos. Nossa Senhora de Fátima, se a memória de Michener não o atraiçoava.

–Porquê a Virgem de Fátima? – perguntou ele apontando para a imagem.

–Foi um presente de um peregrino. Agrada-me. Até parece que está viva...

Michener reparou num leve tremor no olho direito de Jasna, e a expressão vazia e a voz suave da mulher incomodavam-no. Interrogou-se se ela estaria a pensar em alguma coisa.

–Você já não acredita, pois não? – perguntou Jasna em voz baixa.

–Por que diz isso?

–É raro um padre vir aqui na companhia de uma mulher. Sobretudo um padre sem colarinho.

Michener não tencionava responder à pergunta. Continuavam de pé, a mulher ainda não os convidara a sentar-se, e as coisas estavam a começar mal.

Jasna virou-se para Katerina.

–Você não acredita mesmo, e há muitos anos. Como a sua alma deve estar atormentada!

–Essas opiniões são para nos impressionar?

Se o comentário de Jasna incomodara Katerina, ela não iria deixar transparecer.

– Para si, o que é real é apenas aquilo em que pode tocar. Mas há muito mais. Tanto que você nem imagina! E apesar de não podermos tocar-lhe, nem por isso deixa de ser real.

– Estamos aqui numa missão do papa – disse Michener.

– Clemente está junto da Virgem.

– Essa é a minha esperança.

– Mas está a prejudicá-lo ao não acreditar.

– Jasna, venho para conhecer o décimo segredo. Clemente e o camerlengo entregaram-me uma directiva escrita para que ele me seja revelado.

A mulher virou-lhe as costas.

– Não o conheço. Nem quero. A Virgem deixará de aparecer quando isso acontecer. As Suas mensagens são importantes. O mundo precisa delas.

Michener conhecia as mensagens diárias de Medjugorje, que eram enviadas por fax e por correio electrónico para todo o mundo. A maioria eram simples pedidos de fé e de paz no mundo, que seriam alcançadas através do jejum e da oração. Na véspera, lera algumas das mais recentes na biblioteca do Vaticano. Havia sítios na Internet que cobravam dinheiro para fornecer os mandatos do Céu, o que levava Michener a duvidar dos motivos de Jasna, mas, a avaliar pela simplicidade da casa e pelo vestuário modesto da mulher, ela não retirava qualquer lucro dessa actividade.

– Compreendemos que não saiba o segredo, mas pode dizer-nos com qual dos videntes devemos falar para ficarmos a conhecê-lo?

– Todos receberam ordens para não divulgar a informação até que a Virgem o permita.

– A autoridade de Sua Santidade não é suficiente?

– Sua Santidade morreu.

Michener estava a ficar cansado da atitude da mulher.

– Por que dificulta tanto as coisas?

– O Céu pediu o mesmo.

Michener não pôde deixar de comparar o que estava a ouvir com as lamentações de Clemente, umas semanas antes de morrer.

– Tenho rezado pelo papa. A sua alma precisa das nossas orações – acrescentou.

Michener ia perguntar o que queria ela dizer com estas palavras, mas a mulher aproximou-se da imagem que estava ao canto. De repente, o seu olhar tornou-se distante e fixo. Ajoelhou-se num genuflexório, sem dizer nada.

– O que está ela a fazer? – perguntou Katerina em surdina.

Michener encolheu os ombros.

Um sino repicou três vezes, e Michener lembrou-se de que a Virgem aparecia a Jasna todos os dias às três da tarde. A mulher tocou no rosário que usava ao pescoço com uma das mãos. Agarrou nas contas e começou a murmurar palavras que ele não entendia. Debruçou-se e seguiu o olhar dela até à imagem, mas não viu nada, excepto o estóico rosto de madeira da Virgem Maria.

Lembrou-se da investigação que levara a cabo. Em Fátima, as testemunhas afirmavam ter ouvido um zumbido e sentido uma brisa quente durante as aparições, mas na sua opinião isso fazia apenas parte de uma histeria colectiva que atacava as almas daqueles analfabetos que queriam desesperadamente acreditar. Perguntou a si próprio se estaria a presenciar uma aparição mariana ou apenas o delírio de uma mulher.

Aproximou-se mais.

O olhar dela parecia preso a qualquer coisa que estava para além da parede. A mulher não deu pela presença de Michener e continuou a murmurar. Por um momento, julgou vislumbrar um lampejo nas pupilas dela – dois clarões rápidos de uma imagem reflectida –, uma espiral de azul e ouro. Virou a cabeça para a esquerda, à procura da origem, mas não viu nada, apenas o canto iluminado pelo sol e a imagem silenciosa. Aparentemente, o que quer que estivesse a acontecer só dizia respeito a Jasna.

Por fim, a mulher deixou cair a cabeça e disse:

– A Senhora foi-se embora.

Levantou-se, aproximou-se de uma mesa e começou a escrever num bloco. Quando acabou, entregou a folha a Michener.

Meus filhos, grande é o amor de Deus. Não fecheis os olhos, não tapeis os ouvidos. Grande é o Seu amor. Aceitai o chamamento e o pedido que vos faço. Consagrai o vosso coração e edificai dentro dele uma casa para o Senhor. Que Ele possa habitar nela para sempre. Os Meus olhos e o Meu coração estarão aqui mesmo quando eu deixar de aparecer. Conduzi-vos em tudo tal como vos peço e sereis conduzidos ao Senhor. Não rejeiteis o nome de Deus, para não serdes rejeitados. Aceitai as Minhas mensagens para que sejais aceites. Chegou a hora das decisões, meus filhos. Sede rectos e inocentes de coração para que Eu possa conduzir-vos ao vosso Pai. Porque a minha presença aqui é o Seu grande amor.

– Foi isto que a Virgem me disse – esclareceu Jasna.

Michener voltou a ler a mensagem.

– Isto é dirigido a mim?

– Só você pode tirar essa conclusão.

Michener estendeu a folha a Katerina.

– A senhora ainda não respondeu à minha pergunta. Quem é que pode contar-nos o décimo segredo?

– Ninguém.

– Os outros cinco dispõem dessa informação. Um deles pode contar-nos.

– Não pode, excepto se a Virgem consentir, e eu sou a única que Ela continua a visitar todos os dias. Os outros teriam de esperar para receber autorização.

– Mas a senhora não conhece o segredo – interpôs Katerina –, portanto, não importa que seja a única que não está a par dele. Nós não precisamos da Virgem, precisamos do décimo segredo.

– Uma coisa está ligada à outra – insistiu Jasna.

Michener não conseguia perceber se estava na presença de uma fanática religiosa ou de alguém verdadeiramente abençoado pelo Céu. A atitude impertinente da mulher não ajudava. Aliás, só contribuía para aumentar a sua desconfiança. Resolveu que ficariam na cidade e tentariam, pelos seus próprios meios, chegar à fala com os outros videntes que residiam perto. Se não conseguisse saber nada, regressaria a Itália, onde poderia contactar o vidente que lá vivia.

Agradeceu a Jasna e encaminhou-se para a porta, seguido por Katerina.

A anfitriã deixou-se ficar sentada na cadeira, com a mesma expressão vazia que tinha quando eles chegaram.

– Não se esqueça de Bamberg – disse Jasna.

Michener sentiu um calafrio na espinha.

– Por que disse isso?

– Recebi ordens nesse sentido.

– O que sabe a senhora acerca de Bamberg?

– Nada. Nem sequer sei o que é.

– Então por que falou nisso?

– Não questiono nada, só faço o que me ordenam. Talvez seja por isso que a Virgem fala comigo. Um servo fiel tem sempre alguma coisa a dizer.

QUARENTA E UM

Valendrea começava a ficar impaciente. A preocupação com as cadeiras justificava-se, ao fim de estar sentado cerca de duas horas penosas com as costas direitas na austera Capela Sistina. Durante esse tempo, cada um dos cardeais tinha-se dirigido ao altar e jurado perante Ngovi e Deus que não aceitaria qualquer interferência das autoridades seculares na eleição e que, se fosse eleito, seria *munus Petrinum* – pastor da Igreja universal – e defenderia os direitos espirituais e temporais da Santa Sé. Também ele se perfilara diante de Ngovi, cujo olhar penetrante não se desviara enquanto as palavras eram ditas e repetidas.

Foi necessária mais meia hora para que o pessoal de apoio ao conclave jurasse guardar sigilo. Em seguida, Ngovi mandou sair toda a gente da Capela Sistina, excepto os cardeais, e as outras portas fecharam-se. Virou-se para a assembleia e perguntou:

– Querem proceder a uma votação a esta hora?

A Constituição Apostólica de João Paulo II permitia que se realizasse de imediato uma primeira votação, se os membros do conclave assim o desejassem. Um dos cardeais franceses levantou-se e respondeu afirmativamente. Valendrea ficou satisfeito. O francês era um dos seus homens.

– Se alguém tiver algo a opor, que fale agora – disse Ngovi.

Fez-se silêncio na capela. Noutros tempos, naquele momento, podia ocorrer uma eleição por aclamação, presumivelmente resultado de uma intervenção directa do Espírito Santo. Seria proclamado um nome espontaneamente e todos aceitariam que ele fosse o novo papa. Mas João Paulo II eliminara este tipo de eleição.

– Muito bem. Vamos começar – disse Ngovi.

O cardeal-diácono, um brasileiro moreno e gordo, avançou e escolheu três nomes que retirou de um cálice de prata. Os seleccionados seriam os escrutinadores, aos quais caberia contar e registar os votos de cada urna. Se não fosse eleito nenhum papa, queimariam os boletins de voto no fogão. Foram retirados mais três nomes do cálice, desta vez os dos revisores. A sua função seria supervisionar os escrutinadores. Por fim, foram escolhidos três *infirmarii* para recolher os votos dos cardeais que porventura adoecessem. Dos nove, só quatro podiam ser considerados afectos a Valendrea. O facto de o cardeal-arquivista ser um dos escrutinadores era particularmente inquietante. O velho patife podia aproveitar a oportunidade para se vingar.

À frente de cada cardeal, além do bloco e do lápis, estava um cartão rectangular com cinco centímetros de comprimento. No cimo, impresso a negro, lia-se: ELIGO IN SUMMUM PONTIFICEM. Elejo como sumo pontífice. Por baixo havia um espaço em branco, pronto a receber um nome. Valendrea sentia-se especialmente ligado ao boletim de voto, que fora concebido pelo seu estimado Paulo VI.

No altar, por baixo do agónico *Juízo Final* de Miguel Ângelo, Ngovi retirou os nomes restantes do cálice de prata. Os papéis seriam queimados com os resultados da primeira votação. Em seguida dirigiu-se à congregação, em latim, e repetiu o regulamento da eleição. Quando terminou, desceu do altar e foi sentar-se no meio dos outros cardeais. As suas funções de camerlengo estavam a chegar ao fim e, nas horas seguintes, a sua intervenção seria cada vez menor. O processo passaria a ser controlado pelos escrutinadores até que fosse necessário proceder a mais uma votação.

Um dos escrutinadores, um cardeal argentino, disse:

– Por favor, escrevam um nome no boletim de voto. Se assinalarem mais do que um nome, o voto e o escrutínio serão considerados nulos. Depois dobrem o boletim e aproximem-se do altar.

Valendrea olhou para a esquerda e para a direita. Os cento e treze cardeais encontravam-se muito perto uns dos outros, ombro a ombro, e a privacidade era quase nula. Ele queria vencer cedo e acabar com a ansiedade, mas sabia que era raro um papa ganhar num primeiro escrutínio. Em geral, os eleitores votavam inicialmente numa pessoa especial – num cardeal favorito, num amigo íntimo, em alguém do seu país ou até em si próprios, embora nenhum o admitisse. Era uma maneira de ocultarem as suas verdadeiras intenções e de colherem os benefícios do apoio que viriam a prestar, visto que nada tornava os favoritos mais generosos do que um futuro imprevisível.

Valendrea escreveu o seu próprio nome no boletim, tendo o cuidado de disfarçar tudo o que pudesse contribuir para a identificação da sua letra. Depois dobrou-o em quatro e esperou a sua vez de se aproximar do altar.

Os votos eram depositados na urna por ordem hierárquica. Os cardeais-bispos antes dos cardeais-sacerdotes e os cardeais-diáconos em último lugar. Por sua vez, dentro de cada grupo, era a data da investidura que ditava a sequência. O cardeal-bispo mais velho, um veneziano de cabelos grisalhos, subiu os quatro degraus até ao altar e exibiu o boletim dobrado para que todos vissem.

Chegou a vez de Valendrea. Como sabia que os outros cardeais estavam a observá-lo, ajoelhou-se para uns momentos de oração, mas não disse nada a Deus. Esperou algum tempo antes de voltar a levantar-se. Depois repetiu em voz alta o que todos os cardeais deviam dizer:

– Apelo à minha testemunha, Cristo Senhor, que será o meu juiz, para que o meu voto seja dado àquele que, perante Deus, eu considero que deve ser eleito.

Depositou o boletim na patena, ergueu a bandeja reluzente e deixou que ele escorregasse para dentro do cálice. Este método pouco ortodoxo garantia que a cada cardeal correspondia um único voto. Valendrea pousou a patena com um gesto suave, pôs as mãos em sinal de oração e voltou para o seu lugar.

A votação demorou cerca de uma hora. Depois de o último voto ter escorregado para dentro do cálice, este foi levado para outra mesa. Aí, foi agitado e em seguida cada voto foi contado pelos três escrutinadores. Os revisores observavam tudo, sem tirar os olhos da mesa. À medida que cada boletim era desdobrado, o nome que lá estava escrito era anunciado. Todos faziam os seus cálculos. O número total de votos deveria ser cento e treze, caso contrário os boletins seriam destruídos e a votação anulada.

Quando leram o último nome, Valendrea examinou os resultados. Recebera trinta e dois votos. Nada mau, para uma primeira votação. Mas Ngovi arrecadara vinte e quatro. Os restantes cinquenta e sete votos estavam espalhados por duas dúzias de candidatos.

Valendrea contemplou a assembleia.

Era óbvio que todos pensavam o mesmo que ele.

Iria haver dois cavalos na corrida.

QUARENTA E DOIS

MEDJUGORJE, BÓSNIA-HERZEGOVINA
18.30 h

Michener arranjou dois quartos num dos hotéis mais recentes. Começara a chover precisamente quando eles saíram de casa de Jasna e, assim que chegaram ao hotel, o céu explodiu num espectáculo de pirotecnia. Era a estação das chuvas, segundo explicou o recepcionista. As chuvadas eram breves, alimentadas pelo ar quente vindo do Adriático que se misturava com os ventos frios de norte.

Jantaram num café repleto de peregrinos que ficava ali perto. As conversas, quase sempre em inglês, francês e alemão, centravam-se no santuário. Alguém observou que dois videntes tinham estado na Igreja de S. Tiago nesse dia. Jasna era esperada, mas não aparecera, e um dos peregrinos comentou que às vezes ela ficava sozinha durante a aparição diária.

– Amanhã vamos à procura desses dois videntes – disse Michener a Katerina, enquanto comiam. – Espero que o contacto com eles seja mais fácil.

– Ela é rija, não é?

– Ou é uma impostora completa ou é o paradigma da autenticidade.

– Por que é que a referência a Bamberg te incomodou? Não é segredo que o papa gostava muito da sua cidade natal. Não acredito que ela não saiba o que o nome significa.

288

Michener contou-lhe o que Clemente escrevera no seu último *e-mail* acerca de Bamberg. *Peço-lhe que faça do meu corpo o que entender. Não é a pompa nem o cerimonial que fazem um homem devoto. Mas, por mim, preferia a santidade de Bamberg, essa linda cidade à beira do rio, e a catedral de que eu tanto gostava. Só lamento não ter contemplado a sua beleza mais uma vez. Mas talvez o meu legado ainda lá possa ir parar.* Porém omitiu que a mensagem era a última declaração de um papa que acabara com a própria vida. O que lhe fez lembrar outra coisa que Jasna dissera. *Tenho rezado pelo papa. A sua alma precisa das nossas orações.* Era um disparate pensar que ela sabia a verdade acerca da morte de Clemente.

– Não acreditas mesmo que presenciámos uma aparição esta tarde, pois não? – perguntou Katerina. – Aquela mulher estava perturbada.

– Creio que as visões de Jasna são apenas dela.

– Essa é a tua maneira de dizer que Nossa Senhora não esteve lá hoje?

– Não mais do que em Fátima, Lourdes ou La Salette.

– Ela faz-me lembrar a Lúcia – disse Katerina. – Quando estivemos com o padre Tibor em Bucareste, eu não disse nada, mas pelo artigo que escrevi há uns anos, recordo-me que Lúcia era uma rapariga perturbada. O pai era alcoólico. Ela foi criada pelas irmãs mais velhas; era a mais nova de sete irmãos. Pouco antes do início das aparições, o pai perdeu uma parte das terras da família, duas irmãs casaram e as outras saíram de casa para arranjar emprego. Ela ficou sozinha com o irmão, a mãe e o pai bêbedo.

– Alguns desses dados constam do relatório da Igreja – referiu ele. – O bispo encarregado do inquérito não lhes atribuiu importância, considerando que eram vulgares para a época. O que mais me impressionou foram as semelhanças entre Fátima e Lourdes. O pároco de Fátima verificou até que algumas palavras da Virgem eram quase iguais às de

Lourdes. As visões de Lourdes eram conhecidas em Fátima, e Lúcia estava ao corrente delas. – Michener bebeu um gole de cerveja. – Li todos os relatos das aparições dos últimos quatrocentos anos. Há muitos pormenores que condizem. Sempre pastores, em especial crianças do sexo feminino com pouca ou nenhuma cultura. Visões em florestas. Senhoras lindas. Segredos do Céu. Muitas coincidências.

– E ainda por cima, todos os relatos que existem foram escritos depois das aparições – afirmou Katerina. – Seria fácil acrescentar pormenores para simular uma maior autenticidade. Não é estranho que nenhum dos videntes tenha revelado as mensagens logo a seguir à aparição? Passam-se sempre algumas décadas, e depois vêm a lume uns quantos fragmentos soltos.

Michener concordou. A irmã Lúcia só fornecera um relato pormenorizado do fenómeno de Fátima em 1925, e depois em 1944. Muitos garantiam que ela disfarçara as suas mensagens com factos posteriores, como a referência ao pontificado de Pio XI, à Segunda Guerra Mundial, à ascensão da Rússia e a tudo o que aconteceu muito depois de 1917. E após a morte de Francisco e Jacinta, não havia ninguém para contradizer o seu testemunho.

E havia outro facto que continuava a intrigar a sua mente analítica.

Em Junho de 1917, a Virgem de Fátima, no âmbito do segundo segredo, falara da consagração da Rússia ao Seu Imaculado Coração. Nessa época, a Rússia era uma nação profundamente cristã; os comunistas só subiram ao poder passados uns meses. Então, para que servia a consagração?

– Os videntes de La Salette estavam completamente confusos – dizia Katerina. – Maxime, o rapaz, sabes? A mãe morreu quando ele era pequeno e a madrasta batia-lhe. Quando foi entrevistado pela primeira vez depois da aparição, interpretou o que viu como uma mãe a queixar-se de que o filho lhe batia, e não como a Virgem Maria.

Michener concordou.

– As versões publicadas dos segredos de La Salette estão nos arquivos do Vaticano. Maxime referiu-se a uma Virgem vingativa, que falou da fome e comparou os pecadores a cães.

– O tipo de coisa que uma criança perturbada podia dizer acerca de um parente agressivo. A madrasta costumava privá-lo de comida para o castigar.

– Acabou por morrer novo, falido e amargo – disse ele.

– Aconteceu o mesmo a uma das primeiras videntes aqui na Bósnia. Perdeu a mãe dois meses antes da primeira visão. E os outros também tinham problemas.

– São tudo alucinações, Colin. Crianças perturbadas que se tornaram adultos perturbados, convencidos da veracidade do que imaginaram. A Igreja não quer que ninguém conheça as suas vidas, o que deitaria tudo por terra. Suscitaria dúvidas.

A chuva tamborilava no telhado do café.

– Por que é que Clemente te mandou cá?

– Isso gostava eu de saber! Ele estava obcecado com o terceiro segredo e este sítio tem algo a ver com isso.

Michener resolveu falar-lhe da visão de Clemente, mas omitiu qualquer referência ao pedido da Virgem para que o papa pusesse termo à vida. Falou em surdina.

– Estás aqui porque a Virgem disse a Clemente que te enviasse? – perguntou ela.

Michener chamou a atenção da empregada de mesa e fez-lhe sinal para trazer mais duas cervejas.

– Parece-me que Clemente estava a perder o juízo.

– Precisamente por isso é que o mundo nunca há-de saber o que aconteceu.

– Talvez devesse saber.

Michener não gostou do comentário.

– Tenho falado contigo numa base de confiança.

– Eu sei. Estou apenas a dizer que talvez o mundo devesse ter conhecimento disso.

Michener sabia que tal nunca poderia acontecer, dadas as circunstâncias da morte de Clemente. Olhou para a rua inundada pela chuva. Havia uma coisa que queria saber.

–E nós, Kate?

–Sei para onde tenciono ir.

–O que farias na Roménia?

–Ajudaria aquelas crianças. Poderia passar a experiência a escrito, escrever sobre ela para que o mundo soubesse, para chamar a atenção.

–Que raio de vida!

–É a minha terra. Não me estás a dizer nada que eu não saiba.

–Os ex-padres não ganham muito.

–Não é preciso ganhar muito para viver lá.

Michener concordou e teve vontade de lhe pegar na mão, mas não seria uma atitude inteligente, naquele sítio.

Ela pareceu adivinhar-lhe os pensamentos e sorriu.

–Espera até voltarmos para o hotel.

QUARENTA E TRÊS

CIDADE DO VATICANO
19 h

– Convoco uma terceira votação – exclamou o cardeal holandês.

Era o arcebispo de Utreque e um dos apoiantes mais ferrenhos de Valendrea. O italiano combinara com ele na véspera que, se as duas primeiras votações não fossem conclusivas, deveria convocar imediatamente uma terceira.

Valendrea não estava satisfeito. Os vinte e quatro votos de Ngovi no primeiro escrutínio tinham sido uma surpresa. Esperava que o africano recolhesse cerca de uma dúzia, não mais. Os seus trinta e dois estavam bem, mas a uma grande distância dos setenta e seis que eram necessários para a eleição.

Porém, o resultado do segundo escrutínio deixou-o abalado, e Valendrea teve de recorrer a toda a sua reserva de diplomacia para se controlar. Os apoiantes de Ngovi eram agora trinta e os seus uns míseros quarenta e um. Os restantes quarenta e dois votos estavam dispersos por outros três candidatos. A experiência dos conclaves anteriores indicava que devia haver um candidato que se fosse destacando cada vez mais dos outros e recolhendo um número crescente de apoios à medida que as votações se sucediam. Se isto não acontecesse, seria um sintoma de fraqueza, e sabia-se que os cardeais abandonavam os candidatos fracos. Muitas

293

vezes tinham surgido vencedores inesperados após a segunda votação. João Paulo I e João Paulo II haviam sido eleitos desta maneira, tal como Clemente XV. Valendrea não queria que a situação se repetisse.

Imaginou os «crânios» na praça a reflectir acerca do fumo negro que já saíra por duas vezes da chaminé da Capela Sistina. Tipos irritantes como Tom Kealy estariam a dizer ao mundo que os cardeais se encontravam certamente divididos e que nenhum candidato se distanciava dos outros. E Valendrea seria mais uma vez o bombo da festa. Com certeza Kealy tiraria um prazer sádico ao vingar-se das calúnias que lançara sobre ele nas duas últimas semanas, e Valendrea era obrigado a admitir que fora esperto. Nunca fizera comentários pessoais, não se referira uma única vez à sua excomunhão iminente. Pelo contrário, o herege avançara o argumento italianos *versus* mundo, que aparentemente dera resultado. Valendrea devia ter forçado o tribunal a destituir Kealy das funções sacerdotais há umas semanas. Pelo menos, se já não fosse padre, a sua credibilidade levantaria suspeitas. Assim, o tresloucado era encarado como um dissidente que desafiava os poderes estabelecidos, um David contra Golias, sem hipótese de sucesso para o gigante.

O cardeal-arquivista começou a distribuir mais boletins de voto. O velho fez o seu percurso em silêncio, ao longo da fila, e deitou a Valendrea um nítido olhar de desafio ao entregar-lhe um cartão em branco. Mais um problema que devia ter sido resolvido há muito tempo.

Os lápis voltaram a tocar no papel e repetiu-se o ritual de depositar os boletins no cálice de prata. Os escrutinadores misturaram-nos e iniciaram a contagem. Valendrea ouviu o seu nome cinquenta e nove vezes; o de Ngovi foi repetido quarenta e três vezes. Os restantes onze votos continuavam dispersos.

A situação era crítica.

Valendrea necessitava de mais dezassete votos para ser eleito. Mesmo que conseguisse arrecadar todos os votos dispersos, ainda precisava dos de seis apoiantes de Ngovi, e o africano estava a ganhar força a um ritmo alarmante. A perspectiva mais aterradora era que cada um dos onze votos dispersos que ele não conseguia controlar tivesse de vir do total de Ngovi, e isso começava a parecer impossível. Os cardeais tinham tendência para estabilizar depois da terceira votação.

Estava farto. Levantou-se.

– Eminência, creio que por hoje já temos a nossa conta. Proponho que vamos jantar e descansar e que retomemos os trabalhos pela manhã.

Não era um pedido; qualquer participante tinha o direito de interromper a votação. O olhar de Valendrea percorreu o interior da capela, demorando-se de vez em quando nos homens de cuja traição desconfiava. Esperava que a mensagem fosse bem clara.

O fumo negro que dentro de pouco tempo sairia da chaminé da Capela Sistina condizia com o seu estado de espírito.

QUARENTA E QUATRO

MEDJUGORJE, BÓSNIA-HERZEGOVINA
23.30h

Michener despertou de um sono profundo. Katerina dormia a seu lado. Sentia um certo mal-estar, não pelo facto de terem feito amor – não tinha sentimentos de culpa por haver quebrado de novo os seus votos de sacerdote –, mas assustava-o que aquilo por que trabalhara a vida inteira tivesse tão pouca importância. Talvez fosse apenas porque a mulher deitada a seu lado tinha um maior significado para ele. Michener passara vinte anos ao serviço da Igreja e de Jakob Volkner. Mas o seu querido amigo estava morto e na Capela Sistina forjava-se um futuro que não o incluía. Dentro de pouco tempo seria eleito o ducentésimo sexagésimo oitavo sucessor de S. Pedro. E embora tivesse estado a dois passos de usar o solidéu, isso não iria acontecer. Aparentemente, o seu destino estava noutro lado.

Foi assaltado por outro sentimento bizarro, um misto estranho de ansiedade e tensão. Antes, em sonhos, ouvira Jasna. *Não se esqueça de Bamberg... Tenho rezado pelo papa. A sua alma precisa das nossas orações.* Estaria ela a tentar transmitir-lhe alguma coisa? Ou apenas a convencê-lo?

Levantou-se da cama.

Katerina nem se mexeu. Bebera várias cervejas ao jantar e o álcool deixava-a sempre sonolenta. Lá fora, a tempestade continuava. A chuva batia nos vidros e os relâmpagos iluminavam o quarto.

Michener aproximou-se da janela e olhou lá para fora. A água cobria os telhados dos edifícios do outro lado da rua e caía em cascata dos algerozes. Na rua calma, havia automóveis estacionados dos dois lados.

No meio do pavimento ensopado estava um vulto solitário.

Michener apurou a vista.

Era Jasna.

Levantara a cabeça e olhava para a janela do quarto dele. Ao avistá-la, ficou sobressaltado e quis cobrir a sua nudez, embora se apercebesse rapidamente de que ela não poderia vê-lo. Os cortinados estavam parcialmente corridos, entre ele e a janela de guilhotina havia umas cortinas de renda e o vidro exterior estava salpicado de chuva. Encontrava-se afastado da janela, no quarto às escuras, e lá fora o negrume era ainda maior. Mas à luz dos candeeiros da rua, quatro andares mais abaixo, Michener viu que Jasna observava o prédio.

Algo o impeliu a revelar a sua presença.

Afastou as cortinas.

A mulher agitou o braço direito e fez-lhe sinal para descer. Repetiu o gesto com um simples aceno de mão. Vestia as mesmas roupas e calçava os mesmos ténis. O vestido estava colado ao seu corpo magro. Tinha os cabelos ensopados, mas parecia indiferente ao vendaval.

Acenou outra vez.

Michener espreitou Katerina. Devia acordá-la? Em seguida, olhou de novo lá para fora. Jasna abanava a cabeça e continuava a chamá-lo.

Raios! Saberia no que ele estava a pensar?

Concluiu que não tinha alternativa e vestiu-se à pressa.

Saiu do hotel.

Jasna continuava na rua.

Relampejava e caiu mais uma chuvada do céu escuro como breu. Michener não tinha guarda-chuva.

– O que está a senhora aqui a fazer?

– Se quer conhecer o décimo segredo, venha comigo.

– Aonde?

– Tem de questionar tudo? Não aceita nada por fé?

– Estamos à chuva...

– A chuva purifica o corpo e a alma.

A mulher assustava-o. Porquê? Michener não tinha a certeza. Talvez se sentisse compelido a fazer o que ela dizia.

– O meu carro está ali – disse ela.

Um Ford Fiesta *coupé* muito velho encontrava-se estacionado na rua. Michener foi atrás dela. Jasna saiu da cidade e parou no sopé de uma colina escura, num parque de estacionamento vazio. À luz dos faróis via-se uma tabuleta onde se lia: MONTE DO CRUZEIRO.

– Porquê para aí? – perguntou ele.

– Não faço ideia.

Michener teve vontade de lhe perguntar quem é que faria ideia, mas desistiu; era óbvio que este era o espectáculo de Jasna e ela pretendia conduzi-lo à sua maneira.

Subiram debaixo de chuva em direcção a um carreiro. O terreno estava ensopado e as pedras escorregadias.

– Vamos até ao cimo? – perguntou ele.

Jasna virou-se para trás.

– Para onde havíamos de ir?

Michener tentou lembrar-se dos pormenores que a guia fornecera sobre o monte do Cruzeiro durante a viagem de autocarro. Tinha mais de oitocentos metros de altura e uma cruz no cimo que fora construída nos anos 30 pela paróquia local. Embora não tivesse qualquer ligação com as aparições, a subida ao cimo do monte fazia parte da «experiência de Medjugorje». Mas nessa noite ninguém estava disposto a compartilhar nada, e a ideia de se encontrar a oitocentos metros de altitude no meio de uma trovoada também não entusiasmava Michener. No entanto, Jasna não parecia afectada por isso e, curiosamente, Michener ia buscar força à coragem dela.

Seria isso a fé?

A subida foi dificultada pela água que descia em torrentes pela encosta. Michener tinha a roupa ensopada, os sapatos enlameados, e só os relâmpagos iluminavam o caminho. Abriu a boca e deixou que a chuva lhe humedecesse a língua. Continuava a trovejar. Era como se a tempestade desabasse mesmo sobre eles.

Após vinte minutos de árdua escalada, apareceu o cimo do monte. Michener tinha dores nas coxas e sentia a parte de trás dos tornozelos a latejar.

Diante deles erguia-se o contorno de uma cruz branca maciça, talvez com uns doze metros de altura. Os ramos de flores depositados na base de cimento eram fustigados pela tempestade e o vento espalhara alguns objectos que alguém ali deixara.

– Vem gente de todo o mundo – explicou Jasna, apontando para as flores. – Sobem o monte, deixam oferendas e rezam à Virgem. Mas Ela nunca apareceu aqui. No entanto, as pessoas continuam a vir. A sua fé é admirável!

– E a minha não é?

– O senhor não tem fé. A sua alma está em risco.

O tom era banal, como o de uma mulher que dissesse ao marido para levar o lixo lá para fora. O ribombar dos trovões parecia um tambor a rufar. Michener esperou pelo inevitável relâmpago e a descarga dividiu o céu em raios fracturados de luz azul e branca. Resolveu confrontar a vidente.

– O que há aqui que inspire fé? A senhora não sabe nada de religião!

– Só de Deus. A religião é uma criação do homem. Pode ser alterada ou completamente rejeitada. Nosso Senhor é outra coisa.

– Mas os homens invocam o poder de Deus para justificar as suas religiões.

– Isso não quer dizer nada. Homens como o senhor têm de mudar isso.

– Como?

– Acreditando, tendo fé, amando Nosso Senhor e fazendo o que Ele pede. O seu papa tentou mudar as coisas. Prossiga os esforços dele.

– Já não estou em posição de fazer nada.

– O senhor está na mesma situação em que Cristo estava, e Ele mudou tudo.

– Por que viemos aqui?

– Esta noite, terá lugar a última aparição de Nossa Senhora. Ela disse-me que viesse aqui a esta hora e que o trouxesse. E vai deixar um sinal visível da Sua presença. Prometeu-mo quando apareceu pela primeira vez e agora vai cumprir a Sua promessa. Tenha fé neste momento e não mais tarde, quando tudo for muito claro.

– Eu sou padre, Jasna, não preciso de ser convertido.

– O senhor duvida, mas não faz nada para dissipar essa dúvida. O senhor, mais do que outra pessoa qualquer, precisa de se converter. Este é um momento de graça. O momento de aprofundar a fé, de conversão. Foi o que a Virgem me disse ontem.

– A que se referia quando falou em Bamberg?

– O senhor sabe ao que eu me referia.

– Isso não é resposta. Explique-me o que queria dizer.

A chuva aumentou de intensidade e um golpe de vento empurrou as gotas de água, que pareciam alfinetes na face de Michener. O padre fechou os olhos. Quando voltou a abri-los, Jasna estava de joelhos, de mãos postas em oração e com o mesmo olhar distante da véspera fixo na negrura do céu.

Michener ajoelhou-se ao lado dela.

A mulher parecia muito vulnerável e já não a vidente provocatória e aparentemente mais virtuosa do que toda a gente. Michener olhou para o céu e não viu nada, excepto os contornos escuros da cruz. O clarão de um relâmpago deu momentaneamente vida à imagem. Depois, a cruz mergulhou de novo na escuridão.

– Eu consigo lembrar-me, eu sei que consigo – disse ela no meio da tempestade.

Ouviu-se mais um trovão.

Tinham de sair dali, mas Michener hesitava em interrompê-la. Aquilo que não era uma realidade para ele era-o para ela.

– Querida Senhora, eu não fazia ideia – a sua voz perdeu-se no vento.

Um raio coruscante caiu no solo e a cruz explodiu numa onda de calor que os envolveu.

O corpo de Michener elevou-se, afastou-se do solo e foi projectado para trás.

Michener sentiu um estranho formigueiro nas pernas e nos braços. Bateu com a cabeça num objecto duro. Foi atingido por uma onda de atordoamento e depois por uma náusea insuportável. A sua visão obnubilou-se. Tentou concentrar-se e manter a consciência, mas não conseguiu.

Por fim, tudo ficou em silêncio.

QUARENTA E CINCO

Valendrea abotoou a sotaina e saiu do seu quarto na Casa de Santa Marta. Como secretário de Estado, tinha direito a um dos espaços maiores, que em geral era ocupado pelo prelado responsável pelo dormitório dos seminaristas. Privilégio semelhante fora concedido ao camerlengo e ao director do Sacro Colégio dos Cardeais. Os aposentos não eram aqueles a que estava habituado, mas tinham melhorado muito desde o tempo em que participar num conclave implicava dormir num catre e urinar para um balde.

O percurso entre o dormitório e a Capela Sistina fazia-se por uma série de corredores fechados. Era uma mudança em relação ao último conclave, quando os cardeais se deslocavam de autocarro, sob escolta, entre o dormitório e a capela. A presença de um acompanhante ofendera muitos, e por isso fora criada uma passagem através dos corredores do Vaticano, utilizada exclusivamente pelos participantes nos conclaves.

Durante o jantar, Valendrea esclarecera tranquilamente que pretendia encontrar-se mais tarde com três cardeais, que o aguardavam agora dentro da Capela Sistina, no extremo oposto ao altar, junto do portal de mármore. Valendrea sabia que, do outro lado da entrada selada, no corredor exterior, estavam os guardas suíços, prontos a abrir as portas de bronze assim que o fumo branco se elevasse no céu. Ninguém esperava que isso acontecesse antes da meia-noite, e por conseguinte a capela era um lugar seguro para uma conversa discreta.

Valendrea aproximou-se dos três cardeais e nem lhes deu oportunidade de falarem.

– Tenho apenas algumas coisas a esclarecer – disse ele, falando em voz baixa. – Recordo-me do que vocês os três disseram há dias. Garantiram-me apoio e depois, quando se apanharam a sós, traíram-me. Porquê, só vocês sabem. O que eu quero é que a quarta votação seja a última, caso contrário, nenhum de vocês será membro deste colégio daqui a um ano.

Um dos cardeais começou a falar, mas Valendrea levantou a mão direita e mandou-o calar.

– Não vos quero ouvir dizer que votaram em mim. Todos vocês apoiaram o Ngovi. Mas isso vai mudar amanhã. Além do mais, antes da primeira sessão, quero que outros também mudem. Espero alcançar a vitória na quarta votação, e compete-vos fazer que tal aconteça.

– Isso é irrealista! – exclamou um dos cardeais.

– O que é irrealista é o modo como você escapou à justiça espanhola por ter desviado fundos da Igreja. Eles sabiam perfeitamente que você era ladrão, mas não dispunham de provas. Eu tenho essas provas, que me foram fornecidas de bom grado por uma jovem que conhece bem. E quanto a vocês os dois, não deviam ser tão presunçosos. Possuo *dossiers* semelhantes acerca de cada um, e os dados não são nada lisonjeiros. Sabem o que eu pretendo. Desencadeiem um movimento, invoquem o Espírito Santo. Não me interessa saber como, mas tratem disso. Se eu vencer, garanto-vos que permanecerão em Roma.

– E se nós não quisermos ficar em Roma? – perguntou um dos três.

– Preferem a prisão?

Os observadores do Vaticano gostavam muito de especular sobre o que acontecia num conclave. Os arquivos estavam repletos de diários de homens devotos em luta com a sua consciência. No último conclave, Valendrea apercebera-se de que, para alguns cardeais, a sua juventude era uma desvantagem, porque a Igreja não lidava bem com um pontificado longo. Cinco ou dez anos era o ideal. Para além disso, surgiam problemas. E essa conclusão tinha o seu quê de verdade. A autocracia e a infalibilidade podiam constituir uma mistura explosiva. Mas também podiam ser os ingredientes da mudança. O trono de S. Pedro era o púlpito por excelência, e um papa forte não podia ser ignorado. Valendrea tencionava ser esse tipo de papa, e não estava disposto a que três idiotas lhe arruinassem os planos.

– Só quero ouvir o meu nome lido setenta e seis vezes amanhã de manhã. Se eu tiver de esperar, haverá consequências. Hoje, a minha paciência foi posta à prova. Não aconselho que a situação se repita. Se a minha cara sorridente não aparecer na varanda da Basílica de S. Pedro amanhã à tarde, antes de regressarem à Casa de Santa Marta para fazer as malas já a vossa reputação terá ido por água abaixo.

Valendrea deu meia volta e saiu, sem lhes dar oportunidade de pronunciarem uma palavra.

QUARENTA E SEIS

MEDJUGORJE, BÓSNIA-HERZEGOVINA

Michener viu o mundo a andar à roda no meio de uma névoa cerrada. Sentia a cabeça a latejar e o estômago às voltas. Tentou levantar-se, mas não conseguiu. A bílis veio--lhe à boca e a visão começou a turvar-se.

Continuava ao relento, mas agora só uma chuva miúda lhe ensopava a roupa já saturada. O ribombar dos trovões confirmou-lhe que a tempestade não se apaziguara. Aproximou o relógio de pulso dos olhos, mas não conseguiu ler o mostrador luminoso. Massajou a testa e sentiu um aperto na nuca.

Não sabia onde estava Jasna, e ia chamá-la quando uma luz intensa apareceu no céu. A princípio, julgou tratar-se de mais um raio, à semelhança do que já acontecera, mas esta esfera era mais pequena, mais confinada. Admitiu tratar-se de um helicóptero, mas o clarão azul e branco não foi antecedido de qualquer som.

A imagem ficou a pairar diante dele, alguns metros acima do solo. A cabeça e o estômago de Michener não lhe permitiram levantar-se, e deixou-se ficar deitado de costas sobre o terreno pedregoso, a olhar para cima.

O brilho intensificou-se.

O calor que ele irradiava proporcionou-lhe uma sensação de bem-estar. Levantou o braço para proteger os olhos e, pelos intervalos entre os dedos, viu uma imagem.

Uma mulher.

Usava um vestido cinzento enfeitado de azul-claro. Sobre a cara, caía-lhe um véu branco que realçava os longos cabelos ondulados de um tom castanho-avermelhado. Tinha uns olhos expressivos, e as cores da sua silhueta oscilavam entre o branco, o azul e o amarelo-pálido.

Michener reconheceu o rosto e o vestido. Eram os da imagem que vira em casa de Jasna. Nossa Senhora de Fátima.

O brilho diminuiu de intensidade, e apesar de não conseguir distinguir nada que estivesse a mais de alguns centímetros de distância, via a mulher com nitidez.

– Levante-se, padre Michener – disse Ela com uma voz melodiosa.

– Eu... tentei... Mas não consigo – gaguejou.

– Levante-se!

Michener fez um esforço para se levantar. Já não tinha a cabeça à roda, o estômago acalmara. Virou-se para a luz.

– Quem é você?

– Não sabe quem sou?

– A Virgem Maria?...

– Pronuncia essas palavras como se fossem mentira.

– Não foi essa a minha intenção.

– A sua resistência é grande. Percebo agora por que foi escolhido.

– Escolhido para quê?

– Há muito tempo, eu disse às crianças que deixaria um sinal para todos os que não acreditam.

– Então a Jasna já conhece o décimo segredo?

Michener enfureceu-se consigo próprio por ter feito esta pergunta. Já era lamentável que estivesse com alucinações; agora conversava com a sua própria imaginação!

– Ela é uma mulher abençoada. Tem feito o que o Céu pediu. Outros que se consideram devotos não podem dizer o mesmo.

– Refere-se a Clemente XV?

– Sim, Colin, eu sou um deles.

A voz tornara-se mais profunda e a imagem transformou--se em Jakob Volkner. Usava todas as insígnias papais – o amicto, a faixa, a estola, a mitra e o pálio. A visão assustou Michener. O que estava a acontecer ali?

– Jakob?

– Não ignore mais o Céu. Faça o que lhe pedi. Lembre--se de que um servo fiel tem sempre alguma coisa a dizer.

Fora exactamente isto que Jasna afirmara. Mas por que motivo a sua alucinação havia de incluir informações de que ela já dispunha?

– Qual é o meu destino, Jakob?

A visão transformou-se no padre Tibor. O sacerdote tinha o mesmo aspecto de quando ambos se haviam conhecido no orfanato.

– Ser um sinal para o mundo, um farol de arrependimento. O mensageiro capaz de anunciar que Deus está bem vivo.

Antes que Michener pudesse dizer alguma coisa, a imagem da Virgem voltou.

– Faça o que lhe ditar o coração. Não há nada de mal nisso. Mas não renuncie à sua fé, porque no fim só ela restará.

A visão começou a elevar-se, a transformar-se numa bola de luz que acabou por dissolver-se na escuridão da noite. Quanto mais se afastava, mais a cabeça de Michener lhe doía. Assim que a luz desapareceu por completo, o mundo à volta dele começou a andar à roda e o estômago descarregou.

QUARENTA E SETE

O ambiente era soturno na sala de jantar da Casa de Santa Marta ao pequeno-almoço. Quase metade dos cardeais comiam ovos, presunto, fruta e pão em silêncio. Muitos optavam apenas por um café ou um sumo, mas Valendrea saiu da fila do bufete com um tabuleiro cheio. Queria mostrar a todos que não se deixara afectar pelo que acontecera na véspera e que o seu apetite lendário não se alterara.

Sentou-se numa mesa perto da janela com um grupo de cardeais de proveniências muito diversas – Austrália, Venezuela, Eslováquia, Líbano e México. Dois eram seus apoiantes firmes, mas os outros três, na opinião dele, encontravam-se ainda no grupo dos onze não-alinhados. Reparou que Ngovi entrava nesse momento na sala de jantar. O africano embrenhou-se numa conversa animada com dois cardeais. Talvez tentasse também não dar mostras de inquietação.

– Alberto – disse um dos cardeais sentado à mesa.

Valendrea olhou para o australiano.

– Tenha fé no dia de hoje. Rezei durante toda a noite e sinto que algo vai acontecer esta manhã.

Valendrea manteve um ar estóico.

– O desejo de Deus é que nos faz avançar. A minha única esperança é que o Espírito Santo esteja hoje connosco.

– Você é a escolha lógica – afirmou o cardeal libanês, num tom de voz mais alto do que era necessário.

– É verdade – anuiu um cardeal sentado a outra mesa.

Valendrea levantou a cabeça e viu que era o espanhol da noite anterior. O homenzinho gorducho levantou-se da cadeira.

– A Igreja perdeu a força – continuou o espanhol. – Chegou a hora de fazer alguma coisa. Recordo-me do tempo em que o papa infundia respeito, quando todos os governantes a caminho de Moscovo se preocupavam com o que Roma fazia. Hoje não somos nada. Os nossos padres estão proibidos de se envolver na política, os bispos são aconselhados a não tomar atitudes firmes. Os papas complacentes estão a destruir-nos.

Levantou-se mais um cardeal. Era um homem de barbas dos Camarões. Valendrea mal o conhecia e considerava-o um dos apoiantes de Ngovi.

– Na minha opinião, Clemente XV não foi complacente. Foi amado em todo o mundo e fez muita coisa durante o seu breve pontificado.

O espanhol levantou as mãos.

– Não quero desrespeitar ninguém. Isto não é pessoal. Trata-se do que é melhor para a Igreja. Felizmente, temos entre nós um homem que é respeitado em todo o mundo. O cardeal Valendrea seria um papa exemplar. Por que havemos de baixar o nosso nível de exigência?

Valendrea olhou para Ngovi. Se o camerlengo tinha ficado ofendido com o comentário, não o demonstrou.

Este era um dos momentos que seria analisado mais tarde pelos comentadores: o modo como o Espírito Santo tinha descido e agitado o conclave. Embora a Constituição Apostólica proibisse campanhas eleitorais antes do conclave, essa regra terminava a partir do momento em que os cardeais se fechavam na Capela Sistina. Aliás, a discussão franca era o objectivo principal da reunião secreta. Valendrea ficou impressionado com a táctica do espanhol. Nunca pensara que o idiota fosse capaz de tal representação.

–Não considero que o cardeal Ngovi corresponda a um baixo nível de exigência – disse por fim o cardeal camaronês. – É um homem de Deus, um homem da Igreja. Irrepreensível. Daria um excelente pontífice.

–E Valendrea não? – tartamudeou o cardeal francês, levantando-se.

Valendrea estava deliciado com o que via: príncipes da Igreja, devidamente ataviados, a discutir abertamente entre si. Noutras circunstâncias, ter-se-iam afastado uns dos outros para evitar o confronto.

–Valendrea é novo. É do que a Igreja precisa. A cerimónia e a retórica não fazem um líder. O que orienta os fiéis é o carácter de um homem. Ele já provou que tem carácter, já serviu muitos papas...

–É exactamente aí que eu quero chegar – atalhou o cardeal camaronês. – Ele nunca esteve numa diocese. Quantas pessoas ouviu em confissão? A quantos funerais presidiu? Quantos paroquianos aconselhou? São estas experiências pastorais que o trono de S. Pedro exige.

O atrevimento do camaronês era impressionante. Valendrea não compreendia que um homem com aquela firmeza de carácter envergasse ainda as vestes de cardeal. Revelando uma grande intuição, invocara a temível qualificação da *experiência pastoral*. Valendrea registou que seria preciso mantê-lo debaixo de olho.

–E que importância tem isso? – perguntou o francês. – O papa não é um pastor. É uma descrição que os eruditos gostam muito de lhe associar, uma desculpa de que nos servimos para votarmos num e não noutro. Isso não tem importância alguma. O papa é um administrador. Tem de gerir a Igreja, e para tal tem de entender a Cúria, conhecer o seu funcionamento. Valendrea sabe fazer isso melhor do que qualquer de nós. Temos tido papas pastorais. Dêem-me um líder!

– Talvez ele nos conheça demasiado bem – disse o cardeal-arquivista.

Valendrea não estremeceu por pouco. Ali estava o membro mais velho do colégio eleitoral. A sua opinião teria muito peso nos onze membros dispersos.

– Explique-se! – exigiu o espanhol.

O arquivista deixou-se ficar sentado.

– A Cúria já tem poder a mais. Queixamo-nos da burocracia, mas não fazemos nada. Porquê? Porque ela satisfaz as nossas necessidades, ergue um muro entre nós e aquilo que não queremos que aconteça. É muito fácil responsabilizar a Cúria por tudo. Por que motivo um papa tão enraizado nessa instituição havia de fazer alguma coisa para a ameaçar? Sim, haveria mudanças, todos os papas deitam remendos, mas nenhum destruiu para voltar a construir. – O olhar do velho fixou-se em Valendrea. – Sobretudo um que é produto desse sistema. O que temos de perguntar a nós próprios é se Valendrea teria esse arrojo. – O velho fez uma pausa. – Creio que não.

Valendrea bebeu o café. Por fim, pousou a chávena e disse ao arquivista, sem perder a calma:

– Aparentemente, eminência, o seu voto é claro.

– Quero que a minha última votação conte.

Valendrea inclinou a cabeça num gesto casual.

– Está no seu direito, eminência. Nem eu pensaria em interferir.

Ngovi dirigiu-se para o centro da sala.

– Talvez o debate já seja suficiente. Por que não terminamos a nossa refeição e voltamos para a capela? Lá poderemos retomar o assunto e discuti-lo mais em pormenor.

Ninguém levantou objecções.

Valendrea estava encantado com toda aquela exibição. Um certo espectáculo podia ser muito útil.

QUARENTA E OITO

MEDJUGORJE, BÓSNIA-HERZEGOVINA
9 h

Katerina começava a preocupar-se. Acordara há uma hora e Michener ainda não aparecera. A tempestade dissipara-se, mas a manhã estava quente e enevoada. Primeiro, admitira que ele estivesse lá em baixo a tomar o café, mas quando fora verificar, Michener não se encontrava na sala de jantar. Perguntou à recepcionista, mas a mulher não sabia de nada. Pensando que ele poderia ter ido a pé até à Igreja de S. Tiago, dirigiu-se para lá. Também não o encontrou. Colin não costumava sair sem dizer para onde ia, e o saco de viagem, a carteira e o passaporte dele estavam no quarto.

Katerina encontrava-se agora na praça em frente da igreja, sem saber se havia de dirigir-se a um dos soldados e pedir-lhe ajuda. Os autocarros começavam a chegar e despejavam mais um grupo de peregrinos. As ruas estavam a ficar congestionadas por causa do trânsito e os empregados dos estabelecimentos preparavam as montras.

Tinham passado um serão maravilhoso. A conversa no restaurante fora estimulante e o que viera a seguir revelara-se ainda melhor. Katerina resolvera não contar nada a Alberto Valendrea. Viera para a Bósnia para estar junto de Michener e não para fazer espionagem. Ambrosi e Valendrea que pensassem dela o que lhes apetecesse. Sentia-se feliz por estar ali. Verdadeiramente, a carreira de jornalista já não lhe interessava. Iria para a Roménia e trabalharia com as crianças. Daria motivos de orgulho aos pais. E a si própria. Por uma vez, praticaria o bem.

Durante muitos anos, guardara ressentimento em relação a Michener, mas acabara por reconhecer que a falta também fora dela. Só que as suas limitações eram maiores. Michener amava o seu Deus e a Igreja; ela só gostava de si própria. Mas isso ia mudar. Encarregar-se-ia desse assunto. Durante o jantar, Michener lamentara-se por nunca ter salvo uma alma. Talvez estivesse errado. Talvez a dela fosse a primeira.

Atravessou a rua e entrou no posto de informações. Fez a descrição de Michener, mas ninguém o tinha visto. Continuou a descer o passeio, espreitando para o interior das lojas, admitindo que ele pudesse andar a investigar, a tentar saber onde residiam os outros videntes. Cedendo a um impulso, tomou a direcção da véspera, passou pela mesma fila de casas de estuque branco com cobertura de telhas vermelhas e voltou à residência de Jasna.

Quando lá chegou, bateu à porta.

Ninguém respondeu.

Voltou para a rua. As portadas estavam fechadas. Esperou por um sinal vindo do interior. Nada! Reparou que o carro de Jasna já não estava estacionado na berma, e resolveu voltar para o hotel.

De súbito, uma mulher saiu a correr da casa em frente, gritando, em croata:

– Que desgraça, que desgraça! Que Jesus nos ajude!

A sua aflição era alarmante.

– O que se passa? – perguntou Katerina no seu melhor croata.

A mulher, mais velha do que ela, parou. Estava em pânico.

– Foi a Jasna. Encontraram-na no monte. Ela e a cruz foram atingidas por um raio.

–Ela está bem?

–Não sei. Estão a examiná-la neste momento.

A mulher parecia desvairada, à beira da histeria. Tinha os olhos marejados de lágrimas. Benzia-se, agarrada a um rosário, rezava uma ave-maria em voz baixa e soluçava ao mesmo tempo.

–Mãe de Jesus, salva-a! Não a deixes morrer! Ela está abençoada!

–O seu estado é assim tão grave?

–Quase não respirava quando a encontraram.

Katerina lembrou-se de uma coisa.

–Ela estava sozinha?

A mulher não deu mostras de ouvir a pergunta e continuou a rezar em surdina, pedindo a Deus que salvasse Jasna.

–Ela estava sozinha? – insistiu Katerina.

A mulher conteve-se e pareceu ouvir a pergunta.

–Não, estava lá um homem. Muito mal, como ela.

QUARENTA E NOVE

CIDADE DO VATICANO
9.30h

Valendrea subiu as escadas em direcção à Capela Sistina acreditando que o pontificado estava ao seu alcance. O único escolho no seu caminho era um cardeal do Quénia que tentava colar-se às políticas falhadas de um papa que se matara. Se a decisão dependesse dele – e poderia vir a depender antes do fim do dia –, o corpo de Clemente seria retirado da Basílica de S. Pedro e recambiado para a Alemanha. Talvez pudesse mesmo fazer isso, dado que no próprio testamento, cujo conteúdo fora publicado há uma semana, Clemente manifestava o desejo de ficar sepultado em Bamberg. O gesto podia ser interpretado como uma homenagem carinhosa da Igreja ao seu defunto pontífice, a qual desencadearia decerto uma reacção positiva e, ao mesmo tempo, libertaria o solo sagrado de uma alma débil.

Ainda não se esquecera do espectáculo do pequeno-almoço. Todas as diligências feitas por Ambrosi nos dois últimos anos começavam a dar dividendos. Os aparelhos de escuta tinham sido ideia de Paolo. A princípio ficara nervoso com a possibilidade de virem a ser descobertos, mas Ambrosi tinha razão. Devia recompensá-lo. Lamentava não o ter trazido consigo para o conclave, mas Ambrosi ficara lá fora, com ordens expressas para retirar os aparelhos de gravação e de escuta enquanto decorria a eleição.

315

Era o momento ideal para executar essa tarefa, dado que o Vaticano estava «em hibernação». Todas as atenções se concentravam na Capela Sistina.

Subiu uma estreita escada de mármore. Ngovi estava lá em cima, aparentemente à espera.

– É o dia do juízo, Maurice – disse ele, ao pisar o último degrau.

– É uma maneira de encarar a situação.

O cardeal mais próximo encontrava-se a quinze metros de distância e não vinha ninguém a subir atrás dele. A maioria já tinha entrado. Valendrea esperou até ao último momento para o fazer.

– Não vou sentir falta dos seus enigmas. Nem dos seus nem dos de Clemente.

– A resposta a esses enigmas é que me interessa.

– Desejo-lhe as maiores felicidades no Quénia. Goze o calor.

Valendrea começou a afastar-se.

– Você não vai ganhar – disse Ngovi.

Valendrea virou-se para trás. Não gostou do ar presunçoso do africano, mas não pôde deixar de perguntar:

– Porquê?

Ngovi não respondeu. Limitou-se a passar por ele e entrou na Capela Sistina.

Os cardeais ocuparam os lugares que lhes estavam destinados. Ngovi permanecia de pé diante do altar, uma figura quase insignificante junto da visão caótica e profusamente colorida que era o *Juízo Final* de Miguel Ângelo.

– Antes de começar a votação, tenho uma declaração a fazer.

Os cento e treze cardeais viraram a cabeça para Ngovi. Valendrea respirou fundo. Não podia fazer nada; o camerlengo ainda estava em funções.

–Parece que alguns de vós pensam que devo ser eu a suceder ao nosso muito estimado e defunto Santo Padre. Apesar de a vossa confiança ser lisonjeira para mim, tenho de recusar. Se for escolhido, não aceitarei. Cientes disto, orientem devidamente o vosso voto.

Desceu do altar e tomou o seu lugar no meio dos outros cardeais.

Valendrea percebeu que nenhum dos quarenta e três homens que apoiavam Ngovi ficaria com ele a partir deste momento. Queriam fazer parte de uma equipa vencedora. Como o seu candidato acabara de desistir, apoiariam outro. Com poucas hipóteses de que surgisse um terceiro candidato numa fase tão avançada do processo, Valendrea apressou-se a fazer as contas. Precisava apenas de manter os seus actuais cinquenta e nove cardeais e de acrescentar uma pequena parcela do bloco decapitado de Ngovi.

O que não era difícil.

Apeteceu-lhe perguntar a Ngovi por que tomara aquela decisão. O seu gesto não fazia sentido. Embora negasse que aspirava ao pontificado, alguém orquestrara os quarenta e três votos do africano, e Valendrea tinha a certeza absoluta de que o Espírito Santo não contribuíra para isso. Esta era uma luta entre homens, organizada e travada por homens. Um ou mais dos que o rodeavam era claramente um inimigo, embora encoberto. Um bom candidato a cabecilha era o cardeal-arquivista, que possuía a estatura e o saber adequados. Valendrea esperava que a força de Ngovi não estivesse associada a uma rejeição da sua pessoa. Iria precisar de lealdade e entusiasmo nos anos seguintes, e os dissidentes receberiam uma lição. Essa seria a primeira tarefa de Ambrosi. Todos teriam de entender que havia um preço a pagar por uma opção errada. No entanto, era obrigado a reconhecer o mérito do africano que estava sentado à sua frente. *Você não vai ganhar.* Não. Ngovi estava apenas a entregar-lhe o pontificado. Mas isso não tinha importância. Uma vitória era sempre uma vitória.

A votação durou uma hora. Depois do anúncio-surpresa de Ngovi, todos pareciam ansiosos pelo fim do conclave.

Valendrea não apontou o número de votos; limitou-se a fazer a soma mentalmente de cada vez que o seu nome era lido em voz alta. Quando chegou a septuagésima sexta vez, deixou de ouvir. Só quando os escrutinadores declararam que ele fora eleito com cento e dois votos é que se concentrou no altar.

Como se interrogara acerca das sensações que este momento despertaria! Agora seria só ele a ditar aquilo em que um bilião de católicos acreditaria ou não. Nunca mais um cardeal contestaria a sua autoridade. Seria tratado por *Sua Santidade*, e todas as suas necessidades seriam satisfeitas até ao dia da sua morte. Vários cardeais se tinham curvado e chorado neste momento. Alguns haviam até fugido da capela, exibindo a sua rejeição. Valendrea reparou que todos os olhares convergiam para ele. Já não era o cardeal Alberto Valendrea, bispo de Florença e secretário de Estado da Santa Sé. Era o papa!

Ngovi aproximou-se do altar. Valendrea percebeu que o africano se preparava para cumprir o seu último dever como camerlengo. Depois de um momento de oração, Ngovi percorreu em silêncio a nave central e parou diante dele.

– Reverendíssimo senhor cardeal, aceita a sua eleição como sumo pontífice, que se realizou segundo a lei canónica?

Há séculos que os vencedores ouviam estas palavras.

Valendrea fitou os olhos penetrantes de Ngovi e tentou adivinhar-lhe os pensamentos. Por que se recusara a ser candidato, sabendo que um homem que desprezava seria quase de certeza eleito sumo pontífice? Tanto quanto sabia, o africano era um católico devoto, um homem que faria tudo o que fosse necessário para proteger a Igreja, que não era cobarde. Contudo, afastara-se de um combate que podia ter ganho.

Expulsou estes pensamentos confusos da mente e respondeu com voz clara:

– Aceito.

Desde há várias décadas, era a primeira vez que a resposta a esta pergunta era dada em italiano.

Os cardeais levantaram-se e aplaudiram.

O desgosto pela morte do papa dava agora lugar ao entusiasmo com o novo pontífice. Valendrea imaginou a cena no exterior da Capela Sistina, quando os observadores ouvissem a agitação, o primeiro sinal de que já havia uma decisão. Observou o escrutinador que levava as urnas de voto para o fogão. Daí a pouco, o fumo branco encheria o céu da manhã, e irromperiam os aplausos na praça.

A ovação foi diminuindo de tom. Era necessário fazer mais uma pergunta.

– Por que nome será conhecido? – indagou Ngovi em latim.

Fez-se silêncio dentro da capela.

A escolha do nome indiciava uma grande parte do que viria a seguir. João Paulo I proclamara o seu legado ao seleccionar os nomes dos seus dois antecessores, um sinal de que esperava imitar a bondade de João e a firmeza de Paulo. João Paulo II transmitira uma mensagem semelhante ao optar pelo nome duplo do seu antecessor. Durante muitos anos, Valendrea pensara no nome que havia de escolher entre as opções mais populares – Inocêncio, Bento, Gregório, Júlio, Sexto. Jakob Volkner optara por Clemente em homenagem ao seu antepassado alemão, mas Valendrea pretendia com o seu nome enviar uma mensagem sem ambiguidades – o pontificado imperial regressara.

– Pedro II.

Ouviram-se exclamações abafadas no interior da capela. A expressão de Ngovi não se alterou. Dos duzentos e sessenta e sete papas, tinha havido vinte e três Joões, seis Paulos, trinta Leões, doze Pios, oito Alexandres e muitos outros.

Mas só um Pedro.

O primeiro papa.

Tu és Pedro e sobre esta pedra edificarei a Minha Igreja.

As suas ossadas estavam apenas a alguns metros, por baixo do maior local de culto da Cristandade. Pedro era o primeiro santo da Igreja Católica e o mais venerado. Há mais de dois milénios que ninguém escolhia o seu nome.

Valendrea levantou-se da cadeira.

Acabara o tempo da simulação. Todos os rituais tinham sido cumpridos. A sua eleição fora confirmada, ele fora formalmente aceite e anunciara o seu nome. Era agora bispo de Roma, vigário de Jesus Cristo, príncipe dos Apóstolos, *Pontifex Maximus* encarregado da primazia da jurisdição sobre a Igreja Universal, arcebispo e metropolita da Província Romana, primaz de Itália, patriarca do Ocidente.

Servo dos servos de Deus.

Virou-se para os cardeais e não deixou margem para dúvidas.

– Escolho o nome de Pedro II – afirmou em italiano.

Ninguém pronunciou uma palavra.

Em seguida, um dos três cardeais com quem se reunira na noite anterior começou a bater palmas. A pouco e pouco, outros secundaram-no. Em breve ecoavam aplausos estrondosos na capela. Valendrea saboreou a alegria absoluta da vitória que nenhum homem poderia tirar-lhe. No entanto, houve duas coisas que afectaram o seu êxtase.

Um sorriso que se desenhou lentamente nos lábios de Maurice Ngovi e o facto de o camerlengo se ter juntado aos aplausos.

CINQUENTA

MEDJUGORJE, BÓSNIA-HERZEGOVINA
11h

Katerina estava sentada ao lado da cama e vigiava Michener. A imagem dele, inconsciente, a ser transportado para o hospital continuava bem viva na sua mente, e sabia o que a perda deste homem significaria.

Odiava-se ainda mais por estar a enganá-lo. Ia contar-lhe a verdade e esperava que ele lhe perdoasse. Só acedera aos pedidos de Valendrea para ficar outra vez mais perto de Michener. Talvez precisasse de encorajamento, pois a raiva e o orgulho poderiam tê-la impedido de o redescobrir. O primeiro encontro de ambos na Praça de S. Pedro, há três semanas, fora um desastre. As propostas de Valendrea tinham facilitado claramente as coisas, mas o método estava errado.

Michener entreabriu os olhos.

– Colin...

– Kate?

Michener tentou apurar a vista.

– Estou aqui.

– Ouço-te, mas não consigo ver-te. É como se tivesse os olhos abertos debaixo de água. O que aconteceu?

– Um raio atingiu a cruz no cimo do monte. Tu e a Jasna estavam muito perto.

Michener estendeu o braço e esfregou a testa. Passou os dedos pelos cortes e pelos arranhões.

– Ela está bem?

– Parece que sim. Perdeu os sentidos, como tu. O que estavas a fazer naquele sítio?

– Mais tarde.

– Com certeza. Toma, bebe um pouco de água. O médico disse que tens de beber.

Katerina aproximou uma chávena da boca de Michener, que bebeu uns goles.

– Onde estou?

– Numa enfermaria local que o governo põe à disposição dos peregrinos.

– Eles sabem o que eu tenho?

– Não tens traumatismos. Apanhaste um grande choque; se fosse um pouco mais forte, terias morrido. Não tens fracturas, mas fizeste um galo com mau aspecto e um corte na nuca.

A porta abriu-se e entrou um homem de meia idade, de barbas.

– Como está o doente? – perguntou em inglês. – Sou o médico que o tratou, padre. Como se sente?

– Como se tivesse sido atingido por uma avalancha – respondeu Michener.

– É compreensível, mas vai ficar bom. Fez um pequeno golpe, porém não há fracturas no crânio. Recomendo-lhe um exame completo quando regressar ao seu país. Aliás, considerando o que aconteceu, o senhor teve muita sorte.

Depois de fazer um exame rápido e dar mais alguns conselhos ao paciente, o médico foi-se embora.

– Como sabia ele que eu era padre?

– Tive de identificar-te. Pregaste-me um susto terrível!

– E o conclave? Soubeste alguma coisa? – perguntou ele.

– Não me admiro que seja essa a primeira coisa a vir-te à cabeça!

– Não tens interesse em saber?

Por sinal, Katerina também estava curiosa.

– Até há uma hora, não havia novidades.

Pegou-lhe na mão. Michener virou a cabeça para ela e disse:

– Quem me dera conseguir ver-te...

– Amo-te, Colin.

Sentiu-se mais aliviada depois de pronunciar estas palavras.

– Também te amo, Kate. Devia ter dito isto há uns anos.

– Pois devias.

– Devia ter feito uma série de coisas de maneira diferente. Só sei que quero que o meu futuro te inclua.

– E Roma?

– Fiz tudo o que prometi. A minha tarefa está concluída. Quero ir para a Roménia, contigo.

Os olhos de Katerina encheram-se de lágrimas. Estava satisfeita por ele não a ver a chorar. Assoou-se.

– Vamos sair-nos bem por lá – disse ela, tentando disfarçar o tremor da voz.

Ele apertou-lhe mais a mão.

E ela correspondeu.

CINQUENTA E UM

Valendrea aceitou as felicitações dos cardeais, saiu da Capela Sistina e entrou num espaço caiado conhecido por Sala de Provas. Ali, encontravam-se as vestes da Casa de Gammarelli penduradas em filas. O próprio Gammarelli estava presente, à disposição do novo papa.

– Onde está o padre Ambrosi? – perguntou Valendrea a um dos sacerdotes que o assistia.

– Estou aqui, Vossa Santidade – respondeu Ambrosi, entrando na sala.

Agradou-lhe o som destas palavras saídas da boca do seu acólito.

O sigilo do conclave terminara assim que ele saíra da capela. As portas principais tinham sido abertas, ao mesmo tempo que o fumo branco saía pela chaminé. A essa hora, o nome de *Pedro II* era repetido em todo o palácio e talvez até lá fora, na Praça de S. Pedro. As pessoas iriam ficar maravilhadas com a sua escolha, e os sábios espantados com a sua audácia. Por uma vez, talvez ficassem sem fala.

– Agora, você é o meu secretário papal – disse ele, despindo a sotaina escarlate pela cabeça. – É a minha primeira ordem.

Valendrea sorriu ao pensar que a promessa feita em segredo entre ambos fora cumprida.

Ambrosi baixou a cabeça, submisso.

Valendrea apontou para as vestes que já espreitara na véspera.

– Pode ser aquele conjunto.

O alfaiate pegou nas vestes escolhidas e apresentou-as, dizendo:

– Vossa Santidade.

Valendrea aceitou o cumprimento, reservado exclusivamente aos papas, enquanto as suas roupas de cardeal eram dobradas. Sabia que seriam limpas e guardadas em caixas e, segundo era costume, quando ele morresse, entregues ao membro mais velho do clã Valendrea.

Vestiu uma sotaina de linho branco e abotoou-a. Gammarelli ajoelhou-se e começou a apertá-la na costura com agulha e linha. O trabalho não iria ficar perfeito, mas seria suficiente para as duas horas seguintes. Nessa altura, já um conjunto de vestes, feitas à medida, estaria pronto.

Valendrea examinou o corte.

– Está um pouco justo. Emende-o!

Gammarelli desfez a costura e tentou de novo.

– Veja se a costura está bem segura.

A última coisa que ele queria era que algo corresse mal.

Quando o alfaiate acabou o seu trabalho, Valendrea sentou-se numa cadeira. Um dos padres ajoelhou-se à frente dele e tirou-lhe os sapatos e as meias. Começava a agradar a Valendrea a perspectiva de ter quem o servisse nas mínimas circunstâncias. Apresentaram-lhe um par de meias brancas e de sapatos de couro vermelho. Experimentou-os. Estavam perfeitos. Fez sinal para que lhos calçassem.

Levantou-se.

Entregaram-lhe um *zucchetto* branco. Antigamente, quando os prelados usavam a cabeça rapada, os chapéus protegiam a pele durante o Inverno; agora eram uma parte essencial da indumentária de qualquer clérigo bem posicionado na hierarquia da Igreja. Desde o século XVIII que o do papa

325

era formado por oito triângulos de seda branca, cosidos. Valendrea pegou-lhe pelas pontas e, como se fosse um imperador que aceitasse a sua coroa, pôs o chapéu na cabeça.

Ambrosi esboçou um sorriso de aprovação.

Chegara a hora de o mundo o conhecer.

Mas, primeiro, um último dever.

Saiu da Sala de Provas e voltou a entrar na Capela Sistina. Os cardeais estavam de pé nos seus lugares. Fora colocado um trono em frente do altar. Valendrea foi direito a ele e sentou-se. Deixou passar alguns segundos e disse:

– Sentem-se.

O ritual que se seguiria era um elemento necessário do processo eleitoral canónico. Todos os cardeais deviam avançar, um por um, ajoelhar-se e beijar o anel do novo pontífice.

Valendrea fez sinal ao cardeal-bispo, um dos seus apoiantes, que se levantou e iniciou o processo. João Paulo II interrompera uma prática muito antiga, segundo a qual os papas permaneciam sentados em frente dos cardeais, e passara a cumprimentar o colégio de pé, mas agora principiava uma nova era e todos podiam também começar a adaptar-se. Aliás, até deviam estar satisfeitos, visto que em séculos passados o ritual incluíra beijar o sapato do papa.

Deixou-se ficar sentado e deu o anel a beijar.

Ngovi aproximou-se, integrado no cortejo. Ajoelhou-se e fez menção de chegar ao anel. Valendrea reparou que os lábios do africano nem tocaram no ouro. Em seguida, Ngovi levantou-se e foi-se embora.

– Não me felicita? – perguntou Valendrea.

Ngovi parou e virou-se para trás.

– Que o seu reinado lhe dê tudo o que merece.

Valendrea teve vontade de dar uma lição ao presumido, mas não era aquele o momento nem o local indicados. Talvez fosse uma atitude intencional, uma provocação para suscitar uma primeira demonstração de arrogância, por isso Valendrea acalmou-se e disse apenas:

– Aceito essas palavras como um voto de felicidades.

– Nem mais.

Quando o último cardeal se afastou do altar, Valendrea levantou-se.

– Agradeço a todos. Darei o meu melhor pela Santa Madre Igreja. Agora creio que chegou o momento de me apresentar ao mundo.

Desceu a nave central, atravessou o portal de mármore e transpôs a entrada principal da capela. Entrou na basílica e atravessou as Salas Real e Ducal. O percurso escolhido agradava-lhe; os quadros enormes nas paredes realçavam a superioridade do pontificado em relação ao poder temporal.

Valendrea entrou na *loggia* central.

Há cerca de uma hora que fora eleito e já os boatos se propagavam. As informações contraditórias que tinham transpirado para o exterior eram com certeza tantas que ninguém devia saber ainda nada ao certo, e era seu desejo que assim continuasse a acontecer. A confusão podia ser uma arma eficaz, desde que a fonte dessa confusão fosse ele próprio. A escolha do nome daria, só por si, origem a uma dose considerável de especulação. Nem sequer os grandes papas-guerreiros ou os diplomatas santificados que haviam conseguido ser eleitos nos últimos cem anos se tinham atrevido a dar tal passo.

Valendrea entrou no vão que dava acesso à varanda, mas não sairia imediatamente. Primeiro apareceria o cardeal-arquivista, como cardeal-diácono mais velho, e só depois o papa, seguido pelo presidente do Sacro Colégio e pelo camerlengo.

Valendrea aproximou-se do cardeal-arquivista, ainda lá dentro, e disse-lhe ao ouvido:

– Eu bem lhe disse, eminência, que seria paciente. Agora, cumpra o seu último dever.

Os olhos do velho não denunciaram qualquer sentimento. Com certeza já sabia qual era o seu destino.

Sem dizer uma palavra, o arquivista entrou na varanda.

As vozes de quinhentas mil pessoas atroaram os ares.

Em frente da balaustrada estava um microfone. O arquivista aproximou-se dele e anunciou:

– *Annuntio vobis gauduium magnum.*

O anúncio tinha de ser feito em latim, mas Valendrea sabia bem qual era a tradução.

Temos um papa.

A multidão entrou em delírio. Valendrea não via as pessoas, mas sentia-as. O cardeal-arquivista falou de novo ao microfone:

– *Cardinalem Sanctae Romanae Ecclesiae…* Valendrea.

Os aplausos eram ensurdecedores. Um italiano reconquistara o trono de S. Pedro. Os vivas aumentaram de intensidade.

O arquivista parou para olhar para trás e Valendrea reparou na sua expressão fria. Era óbvio que o velho não aprovava o que ia dizer. Virou-se para o microfone e exclamou:

– *Qui sibi imposuit nomen…*

As palavras fizeram eco. O nome escolhido foi…

– Pedro II!

O eco propagou-se na praça imensa, como se as estátuas que encimavam as colunatas estivessem a conversar umas com as outras e perguntassem se tinham ouvido bem. Por instantes, as pessoas ficaram a pensar no nome; depois, compreenderam.

Os aplausos subiram de tom.

Valendrea começou a dirigir-se para a porta da varanda, mas reparou que ia um único cardeal atrás dele. Virou-se para trás; Ngovi nem se mexera.

– Você vem?

– Não vou.

– É seu dever, como camerlengo.

– É a minha vergonha.

Valendrea recuou até ao vão da janela.

– Tolerei a sua insolência na capela. Não me provoque outra vez!

– O que faria você? Mandava-me prender? Confiscava os meus bens? Despojava-me dos meus títulos? Não estamos na Idade Média!

O outro cardeal que estava ao pé deles ficou visivelmente atrapalhado. Era um apoiante ferrenho de Valendrea e, como tal, era necessário mostrar um certo poder.

– Mais tarde trato de si, Ngovi.

– E o Senhor tratará de si.

O africano deu meia volta e afastou-se.

Valendrea não deixaria que alguém estragasse aquele momento. Virou-se para o outro cardeal.

– Vamos, eminência?

E entrou na varanda soalheira, de braços abertos, num abraço caloroso à multidão que gritava e apoiava a sua eleição.

CINQUENTA E DOIS

MEDJUGORJE, BÓSNIA-HERZEGOVINA
12.30 h

Michener sentia-se melhor. Já não tinha a vista turva, e a cabeça e o estômago haviam finalmente acalmado. Via agora com clareza que a enfermaria era um cubículo, com paredes de escória prensada pintadas de amarelo-claro. As cortinas de renda da única janela deixavam entrar a luz, mas era impossível ver lá para fora, porque os vidros estavam cobertos por uma espessa camada de tinta.

Katerina fora informar-se do estado de Jasna. O médico não tinha dito mais nada e esperava que a vidente se encontrasse bem.

A porta abriu-se.

– Ela está bem – disse Katerina, aproximando-se da cama. – Parece que vocês os dois escaparam por um triz. Só ficaram com uns galos na cabeça. E há mais notícias.

Michener olhou para ela, satisfeito por rever o seu lindo rosto.

– Valendrea é papa. Soube a notícia pela televisão. Acabou de dirigir-se à multidão na Praça de S. Pedro e pediu a todos que regressassem às origens da Igreja. E, repara bem nisto, escolheu o nome de Pedro II.

– A Roménia parece-me cada vez melhor...

Katerina esboçou um sorriso.

– Conta-me, valeu a pena ir lá acima?

330

– O que queres dizer com isso?

– Refiro-me ao que tu e Jasna foram fazer ao monte do Cruzeiro ontem à noite.

– Estás com ciúmes?

– Sobretudo com curiosidade.

Michener percebeu que lhe devia uma explicação.

– Ela prometeu contar-me o décimo segredo.

– No meio de uma tempestade?

– Não me peças que seja racional. Acordei e ela estava na rua, à minha espera. Como se fosse um fantasma. Mas senti necessidade de acompanhá-la.

Michener resolveu não fazer referência à alucinação, mas a recordação que tinha dela era ainda muito clara, como um sonho que teimasse em não se desvanecer. O médico afirmara que tinha estado inconsciente várias horas, por isso, o que quer que tivesse visto ou ouvido era apenas uma manifestação do que soubera nos últimos meses através de dois mensageiros que tinham muito peso na sua mente. E Nossa Senhora? Talvez não fosse mais do que a imagem que vira na véspera em casa de Jasna…

Ou seria?

– Ouve, não sei o que a Jasna tencionava fazer. Disse-me que tinha de ir com ela para saber o segredo, e eu fui.

– Não achaste a situação um pouco estranha?

– Tudo isto é muito estranho.

– Ela vem cá.

– O quê?

– A Jasna disse que vinha cá ver-te. Estavam a prepará-la quando a deixei.

A porta abriu-se e Jasna entrou no quarto. Vinha numa cadeira de rodas empurrada por uma mulher mais velha. Tinha um ar cansado e trazia a testa e o braço direito ligados.

– Queria ver se o senhor estava bem – disse ela com voz débil.

331

– E eu queria saber o mesmo a respeito de si.

– Só o levei porque a Senhora me mandou. Não foi minha intenção fazer-lhe mal.

Pela primeira vez, Jasna falava como um ser humano.

– Não a acuso de nada. Fui eu que quis ir.

– Disseram-me que a cruz está sempre riscada. Tem um corte escuro na parte branca.

– É esse o vosso sinal para os ateus? – perguntou Katerina com um toque de ironia na voz.

– Não faço ideia – respondeu Jasna.

– Talvez a mensagem de hoje aos fiéis possa esclarecer tudo.

Katerina não tencionava desperdiçar nenhuma oportunidade.

Michener teve vontade de a mandar sair, mas sabia que ela ficaria aborrecida, que estava a descarregar a sua frustração sobre o alvo mais fácil.

– A Senhora veio pela última vez.

Michener examinou as feições da mulher que estava sentada à sua frente. Tinha um rosto triste, os olhos pisados, e a sua expressão não era igual à da véspera. Supostamente, durante mais de vinte anos falara com a Mãe de Deus. Real ou não, a experiência era importante para ela. Agora tudo isso acabara, e a dor pela sua perda era evidente. Michener calculou que fosse igual à da morte de um ente querido – uma voz que ela nunca mais ouviria, o fim dos conselhos e do conforto moral. Algo semelhante ao que ele próprio sentira com a ausência dos pais. E de Jakob Volkner.

De repente, também ele ficou muito triste.

– Ontem à noite, a Virgem revelou-me o décimo segredo, no cimo do monte.

Michener recordou o pouco que ela dissera durante a tempestade. *Eu consigo lembrar-me, sei que consigo. Querida Senhora, eu não fazia ideia.*

– Eu escrevi o que Ela disse. – Jasna entregou-lhe uma folha de papel dobrada. – A Senhora mandou que lhe entregasse isto.

– E disse mais alguma coisa?

– Depois desapareceu. – Jasna fez sinal à mulher que estava atrás da cadeira de rodas. – Vou para o meu quarto. As melhoras, padre Michener. Rezarei por si.

– E eu por si, Jasna – disse ele, com sinceridade.

Jasna saiu do quarto.

– Colin, aquela mulher é uma impostora. Não percebes?

A voz de Katerina começava a subir de tom.

– Não sei quem ela é, Kate. Se é uma impostora, é das boas. Ela acredita no que diz. E mesmo que seja uma impostora, o embuste terminou. As visões acabaram.

Katerina apontou para a folha de papel.

– Não lês isso? Desta vez não há nenhuma ordem papal que o proíba.

E era verdade. Michener abriu a folha, mas o esforço da leitura provocou-lhe dores de cabeça. Entregou-a a Katerina.

– Não consigo. Lê tu em voz alta.

CINQUENTA E TRÊS

Na sala de audiências, Valendrea aceitava as felicitações do pessoal da secretaria de Estado. Ambrosi já manifestara o desejo de deslocar muitos padres e a maioria dos secretários para o gabinete papal. Valendrea não contestara. Se esperava que Ambrosi satisfizesse todas as necessidades, o mínimo que podia fazer era permitir-lhe que escolhesse os seus próprios subordinados.

Desde manhã que Ambrosi praticamente não o abandonara, e mantivera-se no seu posto à varanda quando ele se dirigira à multidão reunida na Praça de S. Pedro. Em seguida acompanhara os noticiários da rádio e da televisão, que considerava positivos, sobretudo em relação ao título escolhido por Valendrea. Os comentadores reconheciam que o seu pontificado poderia ser *importante*. Valendrea imaginou até Tom Kealy a estremecer no momento em que o ouviu pronunciar as palavras *Pedro II*. Não haveria mais padres com excesso de protagonismo durante o seu pontificado. Os clérigos fariam o que lhes mandassem, caso contrário, seriam punidos, a começar por Kealy. Valendrea dera instruções a Ambrosi para destituir o idiota no fim da semana.

E não haveria mais mudanças.

A tiara papal seria ressuscitada e já estava prevista uma coroação. As trombetas soariam à sua chegada. Os flabelos e os sabres desembainhados voltariam a acompanhá-lo

334

durante as cerimónias litúrgicas, e regressaria a cadeira gestatória. Paulo VI é que fora o autor da maior parte destas mudanças – lapsos momentâneos de uma mente lúcida, ou talvez a reacção à sua própria época –, mas Valendrea iria rectificar tudo isso.

Assim que a última pessoa a apresentar cumprimentos se afastou, Valendrea chamou Ambrosi de parte.

– Tenho uma coisa para fazer. Acabe com isto – ordenou em voz baixa.

Ambrosi virou-se para os presentes.

– Meus senhores, Sua Santidade está com fome. Não comeu nada desde o pequeno-almoço, e bem sabemos todos como o nosso pontífice aprecia as suas refeições.

Ouviu-se uma gargalhada geral.

– Para aqueles com quem ele ainda não falou, reservarei uns minutos mais tarde, ainda hoje.

– Que o Senhor vos abençoe – disse Valendrea.

Foi atrás de Ambrosi desde a sala até ao seu gabinete na secretaria de Estado. Os apartamentos papais tinham sido abertos há meia hora, e muitos dos pertences de Valendrea que se encontravam no terceiro andar estavam a ser transportados para o quarto. Nos dias seguintes, visitaria os museus e os armazéns, na cave. Já entregara a Ambrosi uma lista dos objectos que queria que fizessem parte da decoração do apartamento. Orgulhava-se da sua capacidade de organização. A maioria das decisões implementadas nas últimas horas já tinham sido ponderadas há muito tempo e a imagem era a de um papa responsável, que fazia a coisa certa no momento certo.

Já no gabinete, fechou a porta e virou-se para Ambrosi.

– Descubra o cardeal-arquivista. Diga-lhe que esteja à porta da reserva daqui a um quarto de hora.

Ambrosi fez uma vénia e retirou-se.

Valendrea entrou na casa de banho contígua ao seu gabinete. Ainda estava exasperado com a arrogância de

Ngovi. O africano tinha razão: pouco podia fazer além de voltar a destacá-lo para um posto longe de Roma. Isso, porém, não seria sensato. O já quase ex-camerlengo recolhera um número surpreendente de apoiantes. Seria um disparate passar ao ataque tão cedo. A paciência era a palavra de ordem. Mas isso não queria dizer que se esquecesse de Maurice Ngovi.

Passou a cara por água e limpou-a com uma toalha.

A porta do gabinete abriu-se e Ambrosi entrou.

– O arquivista está à espera.

Valendrea atirou a toalha para cima do tampo de mármore.

– Óptimo. Vamos.

Saiu do gabinete à pressa e desceu ao rés-do-chão. O ar sobressaltado dos guardas suíços demonstrava que não estavam habituados a que um papa aparecesse sem avisar.

Entrou nos arquivos.

As salas de leitura e de recolha estavam vazias; ninguém fora autorizado a ir lá desde que Clemente morrera. Valendrea entrou na sala principal e atravessou o chão de mosaicos, em direcção ao gradeamento de ferro. O cardeal-arquivista estava do lado de fora. Mais ninguém se encontrava presente além de Ambrosi.

Valendrea aproximou-se do velho.

– Escusado será dizer que os seus serviços já não são necessários. Eu retirava-me, se estivesse no seu lugar. Partiria no fim-de-semana.

– Já tirei tudo da minha secretária.

– Não esqueci os comentários que fez esta manhã, ao pequeno-almoço.

– Não esqueça. Quando comparecermos ambos diante do Senhor, quero que os repita.

Valendrea teve vontade de esbofetear o italiano atrevido, mas limitou-se a perguntar:

– O cofre está aberto?

O velho fez um sinal afirmativo.

Valendrea virou-se para Ambrosi:

– Espere aqui.

Durante muito tempo, outros tinham mandado na reserva. Paulo VI, João Paulo II, Clemente XV, até o irritante arquivista. Isso acabara.

Apressou-se a entrar, aproximou-se da gaveta e abriu-a. Viu imediatamente a caixa de madeira. Tirou-a e levou-a para a mesma mesa a que Paulo VI costumava sentar-se.

Abriu a caixa e viu duas folhas de papel dobradas e enfiadas uma na outra lá dentro. Uma, visivelmente mais antiga, era a primeira parte do terceiro segredo de Fátima – escrito pela mão da irmã Lúcia –, em cujo verso se via ainda a marca do Vaticano aposta em 2000, quando a mensagem fora divulgada publicamente. A outra, mais recente, era a tradução italiana feita pelo padre Tibor em 1960, também ela marcada.

Mas devia lá estar mais uma folha!…

O fax recente do padre Tibor, que o próprio Clemente guardara na caixa. Onde estaria? Ele encontrava-se ali para concluir o trabalho, para proteger a Igreja e preservar a sua própria sanidade mental.

Mas o documento tinha desaparecido.

Saiu da reserva a correr e aproximou-se do arquivista. Agarrou o velho pelas roupas; estava furibundo. O cardeal ficou sobressaltado.

– Onde está? – vociferou.

– A que… se refere? – perguntou o velho, a gaguejar.

– Não tenho paciência para brincadeiras! Onde está?

– Não toquei em nada, juro-lhe por Deus!

Valendrea percebeu que o velho estava a ser sincero. O problema não vinha dali. Largou-o e o cardeal recuou, claramente assustado com a investida.

– Desapareça daqui! – disse ele ao arquivista.

O velho saiu sem demora.

Valendrea lembrou-se de uma coisa. Clemente. Naquela noite de sexta-feira, quando o papa deixara que ele destruísse metade do que Tibor enviara.

Quero que você saiba o que o espera, Alberto.
Por que não me impediu de queimar o papel?
Verá, Alberto.

E quando ele exigira a outra parte, a tradução de Tibor.

Não, Alberto. Isso fica na caixa.

Devia ter empurrado o patife e arrumado o assunto, quer o guarda lá estivesse quer não.

Agora percebia tudo com clareza.

A maldita tradução nunca estivera na caixa. Existiria, ao menos? Sim, existia. Sem dúvida. E Clemente quisera que ele soubesse.

Era preciso encontrá-la.

Valendrea virou-se para Ambrosi.

– Vá à Bósnia, traga o Colin Michener. Não há desculpas, nem excepções. Quero que ele esteja aqui amanhã. Diga-lhe que, se não vier, arranjarei um mandado de prisão.

– E qual é a acusação, Vossa Santidade? – perguntou Ambrosi, quase com naturalidade. – Para eu poder responder-lhe, se ele perguntar.

Valendrea pensou um pouco e respondeu:

– Cumplicidade no assassínio do padre Andrej Tibor.

Quarta parte

CINQUENTA E QUATRO

MEDJUGORJE, BÓSNIA-HERZEGOVINA
18h

Katerina sentiu um aperto no estômago ao ver o padre Ambrosi entrar no hospital. Reparou logo no debrum escarlate e na faixa vermelha da sotaina preta de lã, o que indicava que fora elevado a monsenhor. Aparentemente, Pedro II não perdera tempo a distribuir os despojos.

Michener estava a descansar no quarto. Os resultados das análises que fizera tinham sido negativos, e o médico prometera dar-lhe alta no dia seguinte. Tencionavam partir para Bucareste à hora do almoço, mas a presença de Ambrosi na Bósnia não augurava nada de bom.

Ambrosi viu-a e aproximou-se.

– Disseram-me que o padre Michener esteve às portas da morte.

Katerina ficou irritada com a falsa preocupação do sacerdote, que era claramente para impressionar.

– Vá-se lixar, Ambrosi! – replicou em voz baixa. – Esta fonte secou!

Ele abanou a cabeça com um gesto que pretendia ser de desprezo.

– Não há dúvida de que o amor tudo vence. Não importa. Não precisamos mais de si.

Mas precisava ela.

– Não quero que o Colin saiba nada do que se passou entre nós.

– Não duvido.

– Eu própria lhe contarei, percebe?

Ele não respondeu.

O décimo segredo, escrito por Jasna, estava na algibeira de Katerina. Tirou o papel quase à força e obrigou Ambrosi a lê-lo, mas as pretensões do Céu não despertaram o interesse do clérigo arrogante. Nunca se saberia se a mensagem era da Mãe de Deus ou se se tratava apenas das lamentações de uma mulher convencida de que fora escolhida pelo Altíssimo. Todavia, Katerina interrogava-se como é que a Igreja e Alberto Valendrea explicariam o décimo segredo, sobretudo depois de terem aceite os nove segredos anteriores de Medjugorje.

– Onde está Michener? – perguntou Ambrosi num tom inexpressivo.

– O que quer dele?

– Eu não quero nada, mas o papa é outra conversa.

– Deixe-o em paz!

– Olá… A leoa mostra as garras.

– Saia daqui, Ambrosi!

– Lamento, mas não é você que me diz o que devo fazer. As palavras do secretário do papa teriam muito peso aqui, imagino. Muito mais, com certeza, que as de uma jornalista desempregada.

Ambrosi contornou-a.

Katerina apressou-se a vedar-lhe a passagem.

– Estou a falar a sério, Ambrosi. Desande! Diga a Valendrea que o Colin está farto de Roma.

– Ele continua a ser um sacerdote da Igreja Católica Romana, sujeito à autoridade do papa. Terá de obedecer às ordens ou sofrer as consequências.

– O que quer Valendrea?

– Vamos ter com o Michener, que eu depois explico. Garanto-lhe que vale a pena ouvir – respondeu Ambrosi.

Katerina entrou no quarto, seguida de Ambrosi. Michener estava sentado na cama e o seu rosto crispou-se ao ver o visitante.

– Trago-lhe cumprimentos de Pedro II – disse Ambrosi. – Soubemos o que aconteceu...

– E você resolveu meter-se num avião e vir manifestar-me a sua profunda preocupação.

Ambrosi ficou impassível. Katerina perguntou a si própria se ele nascera com essa capacidade ou se a exercitara durante anos de dissimulação.

– Estamos a par do que o trouxe à Bósnia – continuou Ambrosi. – Vim cá para indagar se soube alguma coisa dos videntes.

– Absolutamente nada.

Katerina ficou impressionada com a capacidade de Michener para mentir.

– Terei de ser eu a descobrir se você está a dizer a verdade?

– Faça o que entender.

– Segundo as informações que circulam na cidade, o décimo segredo foi revelado à vidente, Jasna, ontem à noite, e as aparições acabaram. Os sacerdotes estão muito inquietos com essa perspectiva.

– Não há mais turistas? A árvore das patacas secou? – ironizou Katerina, sem conseguir conter-se.

Ambrosi virou-se para ela.

– Talvez seja melhor esperar lá fora. Este é um assunto que diz respeito à Igreja.

– Ela não sai daqui – declarou Michener. – Com tanta coisa que você e o Valendrea tiveram de fazer nestes dois últimos dias, e estão preocupados com o que acontece aqui na Bósnia? Porquê?

Ambrosi pôs as mãos atrás das costas.

– Eu é que faço as perguntas.

– Então desembuche!

– Sua Santidade ordena-lhe que regresse a Roma.

– Você sabe o que tem a dizer a Sua Santidade.

– Que falta de respeito! Nós, pelo menos, não troçámos abertamente de Clemente XV.

Michener ficou muito sério.

– Isso é para me impressionar? Vocês fizeram sempre o possível por boicotar os seus actos.

– Eu já esperava que você levantasse problemas...

O tom do comentário de Ambrosi inquietou Katerina. O homem parecia deleitado.

– Devo informá-lo que, se não for voluntariamente, o governo italiano emitirá um mandado com vista à sua prisão.

– O que está para aí a dizer? – perguntou Michener.

– O núncio apostólico em Bucareste informou Sua Santidade do seu encontro com o padre Tibor. Ele ficou descontente por não ter sido avisado daquilo que você e Clemente andavam a fazer. As autoridades romenas também estão interessadas em falar consigo. Tal como nós, têm curiosidade em saber o que pretendia o falecido papa daquele padre tão velho.

Katerina sentiu um nó na garganta. A situação estava a resvalar para um terreno perigoso. Contudo, Michener parecia imperturbável.

– Quem é que disse que Clemente estava interessado no padre Tibor?

Ambrosi encolheu os ombros.

– Você? Clemente? Que interesse tem isso? O que importa é que você foi vê-lo e a polícia romena quer falar consigo. A Santa Sé pode impedir essa diligência ou colaborar. O que prefere?

– Tanto me faz.

Ambrosi virou-se para Katerina.

–E você? Tanto lhe faz?

Katerina percebeu que o patife estava a jogar o seu trunfo. Ou Michener regressava imediatamente a Roma ou ficava a saber, naquele momento, como o encontrara com tanta facilidade em Bucareste e em Roma.

–O que tem ela a ver com isto? – apressou-se a indagar Michener.

Ambrosi hesitou durante uma pausa agónica. Katerina teve vontade de o esbofetear, como fizera em Roma, mas conteve-se.

Ambrosi virou-se de novo para Michener.

–Eu não sabia o que ela poderia pensar. Sei que nasceu na Roménia e que conhece a polícia do seu país. Calculo que os métodos de interrogatório locais sejam de evitar.

–Importa-se de me dizer como sabe tanta coisa a respeito dela?

–O padre Tibor esteve com o núncio apostólico em Bucareste e disse-lhe que Miss Lew estava presente quando você foi falar com ele. Fiquei apenas a conhecer o passado dela.

Katerina sentiu-se impressionada com a explicação de Ambrosi. Se não soubesse a verdade, ela própria teria acreditado.

–Afaste-a disto – disse Michener.

–E você regressa a Roma?

–Sim.

A resposta surpreendeu Katerina.

Ambrosi inclinou a cabeça num gesto de aprovação.

–Tenho um avião à minha disposição em Split. Quando sai do hospital?

–Amanhã de manhã.

–Esteja pronto às sete da manhã. – Ambrosi dirigiu-se para a porta. – Esta noite vou rezar… pelo seu rápido restabelecimento.

E saiu.

– Se ele vai rezar por mim, fico mesmo em apuros – disse Michener assim que a porta se fechou.

– Por que concordaste em regressar? Ele estava a fazer *bluff* em relação à Roménia!...

Michener mudou de posição na cama e Katerina ajudou-o a acomodar-se.

– Tenho de falar com Ngovi. Ele precisa de saber o que Jasna disse.

– Para quê? Não podes acreditar no que ela escreveu. Aquilo é absurdo!

– Talvez seja, mas é o décimo segredo de Medjugorje, acreditemos ou não. Tenho de entregá-lo a Ngovi.

Ela aconchegou-lhe a almofada.

– Já ouviste falar de aparelhos de fax?

– Não quero discutir acerca deste assunto, Kate. Além disso, tenho curiosidade em saber o que é tão importante que tenha levado Valendrea a enviar o seu moço de recados. Aparentemente, há algo muito importante envolvido, e eu acho que sei o que é.

– O terceiro segredo de Fátima?

Ele fez um sinal afirmativo.

– Mas mesmo assim não faz sentido. O mundo conhece esse segredo.

Katerina recordou-se do que o padre Tibor escrevera na mensagem enviada a Clemente. *Faça o que Nossa Senhora disse... Qual o nível de intolerância que o Céu permite?*

– Tudo isto ultrapassa a lógica – redarguiu Michener.

– Tu e o Ambrosi sempre foram inimigos? – quis saber Katerina.

Michener assentiu.

– Não compreendo como é que um homem destes chegou a padre. Se não fosse o Valendrea, ele nunca teria conseguido ir para Roma. Estão bem um para o outro! – Michener hesitou, com ar pensativo. – Calculo que haverá muitas mudanças.

– Isso não te diz respeito – atalhou ela, esperando que Michener não mudasse de ideias quanto ao futuro de ambos.

– Não te preocupes, não tenho nada na manga. No entanto, gostaria de saber se as autoridades romenas estão verdadeiramente interessadas em mim.

– O que queres dizer com isso?

– Pode ser uma cortina de fumo.

Katerina não percebeu.

– Clemente enviou-me um *e-mail* na noite em que morreu. Disse-me que era possível que Valendrea tivesse retirado uma parte do original do terceiro segredo de Fátima quando trabalhava para Paulo VI.

Katerina escutava-o com um interesse visível.

– Clemente e Valendrea foram à reserva juntos na noite anterior à morte de Clemente. Além disso, no dia seguinte, Valendrea saiu de Roma numa viagem que não estava programada.

Katerina percebeu imediatamente aonde ele queria chegar.

– No sábado em que o padre Tibor foi assassinado?

– Se juntarmos as peças soltas, começa a formar-se uma imagem.

Passou-lhe pela cabeça a recordação de Ambrosi, com o joelho encostado ao seu peito e a apertar-lhe o pescoço. Estariam Valendrea e Ambrosi implicados no assassínio de Tibor? Apeteceu-lhe contar a Michener o que sabia, mas tinha consciência de que a sua explicação suscitaria muitas questões às quais não estava preparada para responder nesse momento. E perguntou:

– Será possível que Valendrea tenha estado envolvido na morte do padre Tibor?

– É difícil dizer, mas seria capaz disso, assim como o Ambrosi. No entanto, continuo a pensar que o Ambrosi está a fazer *bluff*. A última coisa que o Vaticano quer é atrair as atenções. Aposto que o nosso novo papa fará tudo o que puder para não estar em foco.

– Mas o Valendrea podia desviar as atenções para outro lado...

Michener acompanhou o raciocínio dela.

– Para alguém como eu.

Katerina concordou.

– Nada melhor do que um ex-funcionário da Santa Sé para ser o bode expiatório.

Valendrea vestiu uma das sotainas brancas que a Casa de Gammarelli confeccionara durante a tarde. De manhã, apresentara-se bem; depois de lhe tirarem as medidas, fora fácil ajustar as peças de vestuário num curto espaço de tempo. As costureiras tinham feito bem o seu trabalho. Ele admirava a competência e prometeu a si próprio dizer a Ambrosi que apresentasse um agradecimento oficial.

Não tivera notícias de Ambrosi desde que ele partira para a Bósnia, mas não duvidava de que o amigo cumpriria a sua missão. Ambrosi sabia o que estava em jogo; Valendrea elucidara-o naquela noite na Roménia. Colin Michener tinha de vir para Roma. Clemente XV demonstrara inteligência na previsão dos acontecimentos – era obrigado a reconhecer esse dote ao alemão –, e aparentemente concluíra que seria Valendrea a suceder-lhe, por isso retirara de propósito a tradução mais recente de Tibor, sabendo que ele não poderia iniciar o seu pontificado com o espectro desse desastre potencial.

Mas onde estaria o documento?

Michener devia saber.

O telefone tocou.

Valendrea encontrava-se no seu quarto, no terceiro andar do palácio. Os apartamentos papais ainda não estavam prontos.

O telefone tocou de novo.

Quem seria o autor da interrupção? Eram quase oito da noite. Estava a tentar vestir-se para o seu primeiro jantar oficial, desta vez uma festa de agradecimento com os cardeais, e dera instruções para não ser incomodado.

Mais um toque.

Valendrea levantou o auscultador.

– Vossa Santidade, o sacerdote Paolo Ambrosi está ao telefone e pede que eu lhe passe a chamada. Diz que é importante.

– Eu atendo.

Depois de uns estalidos, ouviu-se a voz de Ambrosi:

– Fiz o que me pediu.

– E a reacção?

– Ele chega aí amanhã.

– E a saúde dele?

– Nada de grave.

– E a companheira de viagem?

– Encantadora como sempre.

– Mantenha-a satisfeita, por enquanto.

Ambrosi contara-lhe que Katerina o agredira em Roma. Nesse momento, ela era o melhor contacto de que dispunham para chegar até Michener, mas a situação alterara-se.

– Pela minha parte, pode ficar descansado.

– Então, até amanhã – disse Valendrea. – Boa viagem.

CINQUENTA E CINCO

Michener estava sentado no banco de trás de um automóvel do Vaticano, com Katerina a seu lado. Ambrosi ia à frente e deu ordem para passarem por baixo do Arco dos Sinos e entrarem na privacidade do Pátio de S. Damasceno. À volta deles, uma série de edifícios antigos impedia a passagem do sol do meio-dia e projectava no pavimento um tom anilado.

Pela primeira vez, não se sentia bem no Vaticano. Agora, os homens que estavam no poder eram manipuladores, inimigos. Tinha de ser cauteloso, medir as palavras e perceber o mais depressa possível o que iria acontecer.

Assim que o automóvel parou, saíram todos.

Ambrosi conduziu-os a uma sala com janelas de vitral e murais impressionantes, onde, durante séculos, os papas tinham recebido os seus convidados. Atravessaram um labirinto de *loggias* e galerias repletas de candelabros e tapeçarias, em cujas paredes se viam inúmeras imagens de papas a receberem a homenagem de imperadores e reis.

Michener sabia para onde iam. Ambrosi parou junto de uma porta de bronze que dava acesso à biblioteca papal, que já recebera a visita de Gorbachev, Mandela, Carter, Ieltsin, Reagan, Bush, Clinton, Rabin e Arafat.

– Miss Lew fica à espera na *loggia* da frente, enquanto você estiver ocupado – disse Ambrosi. – Entretanto, não será incomodado.

Ao contrário do que seria de esperar, Katerina não protestou por ser excluída e saiu na companhia de Ambrosi.

Michener abriu a porta e entrou.

Através de três janelas com vidros chumbados, entravam ondas descontínuas de luz que iluminavam as estantes com cinco séculos. Valendrea estava sentado a uma secretária, a mesma que os papas usavam há quinhentos anos. Atrás dele, um painel representando a Madona embelezava a parede. Em frente da secretária estava uma cadeira acolchoada, mas Michener sabia que só os chefes de Estado gozavam do privilégio de se sentar diante do papa.

Valendrea levantou-se e contornou a secretária. Estendeu-lhe a mão, com a palma virada para baixo; Michener sabia o que esperavam dele. Fitou o toscano com um olhar penetrante. Era o momento da submissão. Pensou no que havia de fazer, mas concluiu que a discrição era a melhor atitude, pelo menos até saber o que pretendia aquele demónio. Ajoelhou-se e, ao beijar o anel, reparou que os joalheiros do Vaticano já haviam criado uma nova peça.

– Disseram-me que Clemente tinha prazer em obrigar o cardeal Bartolo, de Turim, a fazer um gesto semelhante. Transmitirei ao bom cardeal o seu respeito pelo protocolo da Igreja.

Michener levantou-se.

– O que pretende? – perguntou, omitindo o tratamento de *Vossa Santidade*.

– Como vão os seus ferimentos?

– Com certeza que isso não lhe interessa.

– O que o leva a pensar assim?

– O respeito que demonstrou por mim nos últimos três anos.

Valendrea recuou até à secretária.

351

—Presumo que esteja a tentar provocar uma resposta. Vou ignorar o seu tom.

Michener repetiu a pergunta:

—O que pretende?

—Quero aquilo que Clemente tirou da reserva.

—Eu não sabia que faltava alguma coisa.

—Não estou com paciência... Clemente contava-lhe tudo!

Michener recordou algumas frases de Clemente. *Autorizei o Valendrea a ler o que está na caixa de Fátima... Em 1978, ele retirou da reserva uma parte da terceira mensagem da Virgem.*

—Parece-me que o ladrão é você.

—Mas que palavras tão atrevidas para o seu papa... Está em condições de provar o que acaba de dizer?

Michener não ia morder o isco. O filho-da-mãe que pensasse o que quisesse.

Valendrea aproximou-se dele. Parecia muito à vontade, vestido de branco, com o solidéu quase perdido no meio da cabeleira espessa.

—Eu não estou a pedir, Michener. Estou a ordenar que me diga onde está o texto!

Havia uma nota de desespero nesta ordem que o levou a perguntar a si próprio se as divagações do *e-mail* de Clemente seriam algo mais do que as palavras de uma alma deprimida às portas da morte.

—Eu não sabia que faltava alguma coisa, até há pouco.

—E espera que eu acredite nisso?

—Acredite no que lhe apetecer.

—Mandei revistar os apartamentos papais e Castel Gandolfo. Você é que tem os objectos pessoais de Clemente. Quero que eles sejam verificados.

—E o que procura?

Valendrea deitou-lhe um olhar desconfiado.

—Não consigo perceber se você está a ser sincero ou não.

Michener encolheu os ombros.

– Acredite que estou.

– Muito bem. O padre Tibor reproduziu a terceira mensagem de Fátima escrita pela irmã Lúcia, e enviou a Clemente a cópia tanto do original que a boa freira escreveu como da tradução. Agora a tradução desapareceu da reserva.

Michener começava a entender.

– E você retirou uma parte do terceiro segredo em 1978.

– Eu só quero saber o que esse padre inventou. Onde estão os pertences de Clemente?

– Ofereci os móveis a instituições de beneficência. O resto tenho eu.

– Já lhe deu uma vista de olhos?

Michener mentiu:

– Evidentemente.

– E não encontrou nada do padre Tibor?

– Acreditava em mim se eu respondesse?

– Por que havia de acreditar?

– Porque sou um tipo muito simpático.

Valendrea não disse nada. Também Michener manteve o silêncio.

– O que soube você na Bósnia?

Michener registou a mudança de assunto.

– Que não devia subir a um monte debaixo de chuva torrencial.

– Compreendo por que motivo Clemente gostava tanto de si: raciocínio rápido e uma grande perspicácia. – Valendrea fez uma pausa. – Agora responda à minha pergunta!

Michener enfiou a mão na algibeira, tirou o bilhete de Jasna e entregou-o ao papa.

– É o décimo segredo de Medjugorje.

Valendrea aceitou a oferta e começou a ler. Respirou fundo, olhando alternadamente para a folha de papel e para a cara de Michener. Deixou escapar um gemido e, sem avisar, avançou e agarrou na sotaina preta de Michener com as duas mãos, sem largar o papel. Estava louco de fúria.

– Onde está a tradução de Tibor?

Michener foi apanhado de surpresa com a agressão, mas manteve a compostura.

– Achei que as palavras de Jasna não faziam sentido. Por que o incomodam?

– As divagações dela não significam nada, o que eu quero é a cópia do padre Tibor...

– Se as palavras não fazem sentido, por que estou a ser agredido?

Valendrea apercebeu-se da situação e largou-o.

– A tradução de Tibor é propriedade da Igreja. Quero que seja devolvida!

– Então tem de ordenar à Guarda Suíça que a descubra.

– Você tem quarenta e oito horas para a entregar, caso contrário arranjo um mandado de captura para que o prendam.

– Com base em que acusação?

– Roubo de bens do Vaticano. Também o denunciarei à polícia romena. Eles querem saber pormenores acerca da sua visita ao padre Tibor.

As palavras de Valendrea tresandavam a autoridade.

– Tenho a certeza de que eles também vão querer falar da sua visita.

– Que visita?

Michener tinha de convencer Valendrea de que sabia muito mais do que sabia na realidade.

– Você saiu do Vaticano no dia em que Tibor foi morto.

– Já que parece ter todas as respostas, diga-me onde é que fui.

– Sei o bastante.

– Acredita mesmo que pode continuar a fazer *bluff*? Tenciona implicar o papa num caso de homicídio? Não iria longe...

Michener experimentou outro truque.

– Você não estava só.

– A sério? Conte-me mais coisas.

– Esperarei que a polícia me interrogue. Os romenos vão adorar, garanto-lhe.

Valendrea ficou rubro.

– Você nem imagina o que está em jogo neste caso. Isto é mais importante do que julga!

– Você parece o Clemente a falar.

– Nisto ele tinha razão. – Por um momento, Valendrea desviou o olhar, mas depois virou-se de novo para ele. – Clemente contou-lhe que ficou a olhar para mim enquanto eu queimava uma parte do que Tibor lhe enviou? Ficou ali especado, na reserva, e deixou que eu destruísse aquilo. E também quis que eu soubesse que o resto do que Tibor mandou, uma cópia da tradução da mensagem completa da irmã Lúcia, estava lá, dentro da caixa. Mas agora desapareceu. Clemente não queria que acontecesse nada a esse documento, e por isso entregou-lho.

– Por que é essa tradução tão importante?

– Não tenciono dar-lhe explicações. Só quero que o documento seja devolvido.

– Como sabe que ele lá estava?

– Não sei, mas ninguém voltou aos arquivos depois dessa noite de sexta-feira, e Clemente morreu dois dias mais tarde.

– E também o padre Tibor.

– O que quer isso dizer?

– O que você quiser.

– Farei tudo para reaver esse documento.

– Acredito – disse Michener com um certo azedume. Tinha de sair dali. – Posso ir-me embora?

– Saia! Mas é preferível que eu tenha notícias suas dentro de dois dias, caso contrário poderá não gostar do meu próximo mensageiro.

Michener não percebeu o que ele queria dizer. Estaria a referir-se à polícia? A mais alguém? Era difícil saber.

– Já se deu ao trabalho de pensar como é que Miss Lew o descobriu na Roménia? – perguntou Valendrea com toda a naturalidade quando ele se dirigia para a porta.

Teria ouvido bem? O que sabia Valendrea acerca de Katerina? Michener parou e olhou para trás.

– Ela estava lá porque eu lhe paguei para saber o que você andava a fazer.

Michener ficou petrificado, mas não disse nada.

– E na Bósnia também. Foi vigiá-lo. Eu disse-lhe que recorresse aos talentos habituais para ganhar a sua confiança, e parece que foi o que ela fez.

Michener avançou para ele, mas Valendrea pegou num pequeno comando preto.

– Se eu carregar uma vez, os guardas suíços entram no quarto. Agredir o papa é um crime grave.

Michener parou e reprimiu um arrepio.

– Você não é o primeiro homem a ser enganado por uma mulher. Ela é esperta. Mas aviso-o, cuidado com as pessoas em quem confia, Michener. Há muita coisa em jogo. Pode não se aperceber disso, mas talvez eu seja o seu único amigo quando tudo isto acabar.

CINQUENTA E SEIS

Michener saiu da biblioteca. Ambrosi estava à espera cá fora, mas não o acompanhou até à *loggia*, limitando-se a dizer que o automóvel o levaria para onde ele quisesse.

Katerina estava sentada, sozinha, numa cadeira dourada. Michener tentava compreender o que a levara a enganá-lo. Ficara intrigado quando ela o encontrara em Bucareste e depois aparecera no apartamento em Roma. Queria acreditar que o que se passara entre ambos era sincero, mas não podia deixar de pensar que fora apenas uma representação, destinada a abalar as suas emoções e a reduzir as suas defesas. Preocupara-se com o pessoal doméstico e com os aparelhos de escuta e, afinal, a única pessoa em quem confiava tornara-se a emissária perfeita do seu inimigo.

Em Turim, Clemente avisara-o. *Você não imagina até que ponto Alberto Valendrea é sinistro. Julga que pode lutar com Valendrea? Não, Colin. Você não está ao nível dele. Você é demasiado decente, demasiado crédulo.*

Sentiu um aperto na garganta ao aproximar-se de Katerina. Talvez a expressão crispada lhe traísse os pensamentos.

– Valendrea falou-te de mim, não foi? – perguntou ela com voz triste.

– Estavas à espera disso?

–Ambrosi esteve à beira de fazer o mesmo, ontem, e calculei que Valendrea não se inibiria. Já não lhes sou útil.

Michener sentiu-se invadido por uma série de emoções contraditórias.

–Eu não lhes contei nada, Colin, absolutamente nada. Aceitei o dinheiro do Valendrea e fui para a Roménia e para a Bósnia, é verdade, mas porque eu quis ir, e não porque *eles* queriam que eu fosse. Servi-me deles, tal como eles se serviram de mim.

Estas palavras soaram bem, mas não foram suficientes para aliviar o sofrimento de Michener, que perguntou tranquilamente:

–A verdade significa alguma coisa para ti?

Katerina mordeu o lábio, e Colin reparou que tinha o braço direito a tremer. A raiva, que era a forma como ela costumava reagir a um confronto, não viera à superfície. Como ela não respondeu, acrescentou:

–Confiei em ti, Kate. Contei-te coisas que nunca contaria a mais ninguém.

–E eu não traí essa confiança.

–Como queres que creia em ti? – perguntou, ansioso por acreditar nela.

–O que disse o Valendrea?

–O suficiente para que estejamos a ter esta conversa.

Michener estava à beira da insensibilidade. Os pais tinham morrido, assim como Jakob Volkner. Agora, Katerina traíra-o. Pela primeira vez na vida estava só, e de repente sentiu o peso de ter sido um bebé indesejado, nascido numa instituição e privado da mãe. Sentia-se perdido, em muitos domínios, e não tinha ninguém a quem recorrer. Pensara que, depois da morte de Clemente, a mulher que se encontrava à sua frente era a solução para o seu futuro. Estava até disposto a trocar vinte e cinco anos da sua vida pela oportunidade de a amar e de ser retribuído. Mas agora, como seria isso possível?

Seguiram-se momentos de um silêncio tenso, desagradáveis e embaraçosos.

–Está bem, Colin, entendi a mensagem. Vou-me embora – disse ela, finalmente.

E deu meia volta.

Afastou-se, deixando atrás de si o ruído dos saltos dos sapatos a bater no chão de mármore. Michener teve vontade de lhe dizer que estava tudo bem. *Não te vás embora. Pára.* Mas não conseguiu pronunciar uma palavra.

Começou a andar no sentido contrário, direito ao rés-do-chão. Não estava disposto a servir-se do automóvel que Ambrosi pusera à sua disposição. Não queria mais nada daquele sítio, excepto ficar sozinho.

Circulava no interior do Vaticano sem credenciais nem escolta, mas o seu rosto era tão conhecido que nenhum guarda questionou a sua presença. Percorreu uma extensa *loggia* cheia de planisférios e globos. Ngovi aguardava-o à porta.

–Soube que você estava cá – disse Ngovi quando ele se aproximou. – Também sei o que aconteceu na Bósnia. Você está bem?

Michener fez um sinal afirmativo.

–Tencionava telefonar-lhe mais tarde – assegurou.

–Temos de conversar.

–Onde?

Ngovi compreendeu e fez-lhe sinal para que o seguisse. Em silêncio, encaminharam-se para os arquivos. As salas de leitura estavam de novo cheias de investigadores, historiadores e jornalistas. Ngovi encontrou o cardeal-arquivista, e os três homens dirigiram-se para uma das salas de leitura. Já lá dentro, e depois de fechar a porta, Ngovi disse:

–Creio que este local nos proporciona uma privacidade razoável.

Michener virou-se para o arquivista.

– Julguei que o senhor já tinha sido demitido.

– Recebi ordens para sair no fim-de-semana. O meu substituto chega depois de amanhã.

Michener sabia o que aquele cargo representava para o velho.

– Lamento, mas creio que fará melhor em sair daqui.

– O que lhe queria o nosso pontífice? – perguntou Ngovi.

Michener deixou-se cair numa cadeira.

– Ele julga que eu tenho um documento que devia estar na reserva, algo que o padre Tibor enviou a Clemente e que diz respeito ao terceiro segredo de Fátima. A cópia de uma tradução. Não faço ideia do que se trata.

Ngovi deitou um olhar enigmático ao arquivista.

– O que é? – perguntou Michener.

Ngovi falou-lhe da ida de Valendrea à reserva na véspera.

– Parecia um louco – afirmou o arquivista. – Só dizia que desaparecera uma coisa da caixa. Fiquei mesmo assustado com ele... Que Deus ajude a Igreja!

– Valendrea deu alguma explicação? – perguntou Ngovi.

O velho contou-lhes o que o papa dissera.

– Nessa sexta-feira à noite, quando Clemente e Valendrea foram à reserva juntos, queimaram qualquer coisa – explicou arquivista. – Encontrámos cinzas no chão.

– Clemente não lhe falou nisso? – perguntou Michener.

O arquivista abanou a cabeça.

– Nem uma palavra.

Muitas peças começavam a juntar-se, mas ainda havia um problema.

– Tudo isto é estranho. A própria irmã Lúcia verificou em 2000 a autenticidade do terceiro segredo antes de ele ser divulgado por João Paulo II – disse Michener.

Ngovi assentiu.

– Eu estava presente. O texto original foi levado, dentro da caixa, da reserva para Portugal, e ela confirmou que o documento era o mesmo que redigira em 1944. Mas, Colin, dentro da caixa estavam apenas duas folhas de papel. Eu próprio verifiquei quando a abriram. Havia um texto original e uma tradução italiana. Mais nada.

– Se a mensagem estivesse incompleta, a irmã Lúcia não teria dito alguma coisa? – perguntou Michener.

– Ela estava tão velha e fraca... – respondeu Ngovi. – Recordo-me que mal olhou para a folha e disse que sim com a cabeça. Consta que via mal e já não ouvia.

– Maurice pediu-me que verificasse – disse o arquivista. – Valendrea e Paulo VI entraram na reserva em 18 de Maio de 1978. Valendrea voltou uma hora depois, por ordem expressa de Paulo, e ficou lá, sozinho, durante quinze minutos.

Ngovi confirmou.

– Aparentemente, o que o padre Tibor enviou a Clemente abriu uma porta que Valendrea julgava fechada há muito tempo.

– E pode ter custado a vida a Tibor – disse Michener, pensativo. – Valendrea chamou àquilo que desapareceu *cópia de uma tradução*. Tradução de quê?

– Colin, o terceiro segredo de Fátima parece incluir algo mais do que conhecemos – disse Ngovi.

– E Valendrea julga que isso está em meu poder.

– E está? – perguntou Ngovi.

Michener abanou a cabeça.

– Se estivesse, eu tinha entregado ao Valendrea o maldito documento. Estou farto disto e só quero sair daqui!

– Imagina o que Clemente terá feito à reprodução de Tibor?

Michener nem sequer pensara no assunto.

– Não faço ideia. Clemente não era pessoa para roubar o que quer que fosse.

Nem para se suicidar, pensou ele, mas não disse nada. O arquivista ignorava as circunstâncias da morte de Clemente. Porém, a avaliar pela expressão de Ngovi, o queniano estava a pensar na mesma coisa.

– E quanto à Bósnia? – perguntou Ngovi.

– É mais estranho do que a Roménia.

E mostrou-lhe a mensagem de Jasna. Entregara uma cópia a Valendrea e ficara com o original.

– Não podemos dar demasiado crédito a isto – disse Ngovi, referindo-se às palavras de Jasna. – Medjugorje mais parece um espectáculo de feira do que uma experiência religiosa. Este décimo segredo pode ser apenas fruto da imaginação da vidente e, com toda a franqueza, considerando o seu alcance, duvido seriamente que não seja.

– É o que eu também penso – concordou Michener. – Jasna convenceu-se de que é real e parece ter sido apanhada na experiência. Mas Valendrea exasperou-se violentamente ao ler a mensagem.

Michener contou-lhes o que tinha acontecido.

– Foi assim que ele reagiu na reserva – acrescentou o arquivista. – Parecia doido!

Michener olhou fixamente para Ngovi.

– O que se passa aqui, Maurice?

– Estou desorientado. Há anos, quando era bispo, eu e outros passámos três meses a estudar o terceiro segredo a pedido de João Paulo II. Essa mensagem era muito diferente das duas primeiras. Estas eram claras, pormenorizadas, mas o terceiro segredo parecia uma parábola. Sua Santidade reconheceu que, para ser interpretada, carecia da orientação da Igreja, e eu concordei, mas nunca admitimos que a mensagem estivesse incompleta.

Ngovi apontou para um livro enorme que estava em cima da mesa. O volumoso manuscrito era antigo, e as folhas tão velhas que pareciam queimadas. A capa estava escrita em latim e ornamentada com iluminuras coloridas que pareciam representar papas e cardeais. As palavras LIGNUM VITAE, escritas a tinta vermelha desmaiada, mal se viam.

Ngovi sentou-se numa cadeira e perguntou a Michener:

– O que sabe de S. Malaquias?

– O suficiente para pôr em dúvida que o homem fosse sincero.

– Garanto-lhe que as profecias dele são reais. Este livro foi publicado em Veneza, em 1595, por um historiador dominicano, Arnold Wion, e o seu conteúdo corresponde ao relato escrito que o próprio S. Malaquias fez das suas visões.

– Maurice, essas visões registaram-se em meados do século XII. Só quatro séculos depois é que Wion começou a escrever o livro. Ouvi as histórias todas. Quem sabe o que disse Malaquias, se é que disse alguma coisa? As palavras *dele* não sobreviveram.

– Mas as palavras de Malaquias estavam aqui em 1595 – interpôs o arquivista. – Os nossos índices mostram-no. E, por conseguinte, Wion teria tido acesso a elas.

– E se o livro de Wion sobreviveu, por que não sobreviveu o texto de Malaquias?

Ngovi apontou para o livro.

– Mesmo que a escrita de Wion seja uma falsificação, as profecias *dele* são de um rigor notável. Sobretudo depois do que aconteceu nos dois últimos dias.

Ngovi apresentou três folhas dactilografadas. Michener examinou-as e verificou que se tratava de um resumo da narrativa.

Malaquias era irlandês e nasceu em 1094. Aos vinte e cinco anos era padre e aos trinta, bispo. Em 1139 saiu da Irlanda e foi para Roma, onde prestou contas da sua diocese ao papa Inocêncio II. Durante a sua estada em Roma, teve uma estranha visão do futuro, uma longa lista de homens que um dia seriam chefes da Igreja. Registou a sua visão num pergaminho e presenteou Inocêncio com o manuscrito. O papa leu a oferta e fechou-a nos arquivos, onde permaneceu até 1595, quando Arnold Wion registou mais uma vez a lista de pontífices que Malaquias tinha visto, a par dos cognomes proféticos de Malaquias. A lista começava com Celestino II, em 1143, e totalizava cento e onze papas, terminando com o suposto último pontífice.

– Não há provas de que Malaquias alguma vez tenha tido visões – insistiu Michener. – Tanto quanto me lembro, tudo isso foi acrescentado à história no fim do século XIX com base em fontes indirectas.

– Leia alguns cognomes – disse Ngovi tranquilamente.

Michener olhou de novo para as folhas que tinha na mão. Segundo a profecia, o octogésimo primeiro papa era *O Lírio e a Rosa*. Urbano VIII, que foi papa nessa época, veio de Florença, cujo símbolo era o lírio vermelho. Além disso, era bispo de Spoletto, que adoptava a rosa como símbolo. Dizia-se que o nonagésimo quarto papa era *Uma Rosa da Úmbria*. Clemente XIII, antes de ser papa, era governador da Úmbria. *Vagabundo Apostólico* era a divisa prevista para o nonagésimo sexto papa. Pio VI terminaria os seus dias como prisioneiro errante dos revolucionários franceses. Leão XIII foi o centésimo segundo papa. O cognome que lhe foi atribuído era *Uma Luz no Céu*. As insígnias papais de Leão incluíam um cometa. Dizia-se que João XXIII seria *Pastor e Marinheiro*, uma designação apropriada, visto que ele comparou o seu pontificado ao trabalho de um pastor; além disso, o símbolo do Vaticano II, que ele convocou, ostentava uma cruz e um barco. Por outro lado, antes de ser eleito, João era patriarca de Veneza, antiga capital marítima.

Michener levantou a cabeça.

– É interessante, mas isto tem a ver com quê?

– Clemente foi o centésimo décimo primeiro papa. Malaquias apelidou-o *Da Glória da Oliveira*. Recorda-se do Evangelho de S. Mateus, capítulo vinte e quatro, dos sinais do fim dos tempos?

Michener recordava-se. Jesus saiu do templo e ia a afastar-se quando os seus discípulos elogiaram a beleza do edifício. *Em verdade vos digo que não ficará aqui pedra sobre pedra; tudo será destruído*, disse Ele. Mais tarde, no monte das Oliveiras, os discípulos imploraram-Lhe que revelasse quando isso iria acontecer e qual seria o sinal do fim dos tempos.

– Cristo anunciou a segunda vinda nessa passagem. Mas, Maurice, acredita mesmo que o fim dos tempos está a chegar?

– Talvez não seja algo tão catastrófico, mas o fim não deixará dúvidas e haverá um recomeço. Segundo as profecias, Clemente seria o precursor desse acontecimento. E há mais. Dos papas que Malaquias descreveu, a partir de 1143, o último dos cento e doze é o papa actual. Em 1138, Malaquias previu que ele se chamaria *Petrus Romanus*.

Pedro, «o Romano».

– Mas isso é uma falácia – contrapôs Michener. – Há quem diga que Malaquias nunca previu nenhum Pedro e que este nome foi acrescentado às suas profecias numa publicação do século XIX.

– Eu gostava que isso fosse verdade – disse Ngovi, calçando um par de luvas de algodão e abrindo o volumoso manuscrito com todo o cuidado. O pergaminho antigo estalou com o esforço. – Leia isto.

Michener olhou para as palavras, escritas em latim:

Na perseguição final da Santa Igreja Romana reinará Pedro, «o Romano», que alimentará o seu rebanho no meio de muitas atribulações, e depois, na cidade das sete colinas, o temível juiz julgará todas as pessoas.

– Valendrea escolheu o nome *Pedro* por sua livre vontade. Percebem agora por que estou tão preocupado? Estas são palavras de Wion, supostamente também de Malaquias, escritas há séculos. Quem somos nós para as questionar? Talvez Clemente tivesse razão. Inquirimos demasiado e fazemos o que nos apetece, e não o que devíamos fazer.

– Como explica que este livro tenha aproximadamente quinhentos anos e que as designações fossem atribuídas aos papas há tanto tempo? – perguntou o cardeal-arquivista.

– Que dez ou vinte estejam correctas é uma coincidência, mas noventa por cento representa algo mais, e é disso que estamos a falar. Só dez por cento dos cognomes parecem não ter qualquer significado. A grande maioria é de uma precisão extraordinária. E o último, Pedro, recai exactamente no centésimo décimo segundo. Até estremeci quando Valendrea anunciou este nome!

Os acontecimentos sucediam-se muito depressa. Primeiro, a revelação sobre Katerina; agora, a possibilidade de que o fim do mundo estivesse para breve. *E depois, na cidade das sete colinas, o temível juiz julgará todas as pessoas.* Há muito tempo que Roma era conhecida por *cidade das sete colinas.* Michener olhou para Ngovi. A inquietação era o traço dominante no rosto do velho prelado.

– Colin, tem de encontrar a cópia da tradução de Tibor. Se Valendrea considera que esse documento é crucial, devemos fazer o mesmo. Você conhecia o Jakob melhor do que ninguém. – Ngovi fechou o manuscrito. – Talvez seja a última vez que temos acesso a este arquivo. Está a instalar-se uma mentalidade de cerco. Valendrea começou a sanear todos os dissidentes. Quis que você visse isto, que compreendesse a sua gravidade. O que a vidente de Medjugorje disse está aberto à discussão, mas o que a irmã Lúcia escreveu e o padre Tibor traduziu, isso é muito diferente.

– Não faço ideia onde possa estar esse documento. Nem sequer consigo perceber como é que o Jakob o retirou do Vaticano.

– Eu era o único que tinha a combinação do cofre, e só o abri para Clemente – disse o cardeal-arquivista.

Michener teve uma sensação de vazio ao lembrar-se da traição de Katerina. Talvez fosse aconselhável concentrar--se noutra coisa, mesmo que fosse por pouco tempo.

– Verei o que posso fazer, Maurice. A questão é que nem sequer sei por onde hei-de começar.

A expressão de Ngovi não perdeu a solenidade.

– Colin, não quero dramatizar este assunto mais do que é necessário, mas o futuro da Igreja pode estar nas suas mãos.

CINQUENTA E SETE

15.30h

Valendrea desculpou-se perante as muitas personalidades que tinham comparecido na sala de audiências para o felicitar. O grupo viera de Florença para o cumprimentar e, antes de se retirar, ele garantiu-lhes que a sua primeira viagem fora do Vaticano seria à Toscana.

Ambrosi aguardava-o no quarto andar. O secretário papal abandonara a sala de audiências há meia hora e Valendrea tinha curiosidade em saber porquê.

— Vossa Santidade, Michener encontrou-se com Ngovi e com o cardeal-arquivista depois de o deixar.

Valendrea compreendia agora a urgência.

— De que falaram?

— A conversa foi à porta fechada numa das salas de leitura. O padre que eu tenho nos arquivos não conseguiu saber nada, excepto que eles consultaram um livro antigo, um daqueles que em geral só pode ser manuseado pelo arquivista.

— Qual?

— *Lignum Vitae*.

— As profecias de Malaquias? Deve estar a brincar! Isso é um absurdo. Mesmo assim, é uma vergonha que não saibamos do que falaram.

— Ando a tratar da reinstalação dos aparelhos de escuta, mas vai levar algum tempo.

– Quando é que Ngovi se vai embora?

– O gabinete dele já está desocupado. Disseram-me que parte para África daqui a uns dias. Por enquanto, ainda está no apartamento.

E ainda era camerlengo. Valendrea tinha de tratar da substituição, de escolher entre três cardeais que não haviam hesitado em apoiá-lo durante o conclave.

– Tenho estado a pensar nos bens pessoais de Clemente. A cópia de Tibor deve encontrar-se junto deles. Clemente calculava que só Michener mexeria nas suas coisas.

– O que quer dizer, Vossa Santidade?

– Não acredito que Michener nos entregue nada. Ele despreza-nos. Não, ele vai confiar isso ao Ngovi, e eu não posso deixar que tal aconteça!

Valendrea olhou para Ambrosi à espera de uma reacção, e o seu velho amigo não o desiludiu.

– Quer agir primeiro? – perguntou o secretário.

– Temos de mostrar ao Michener que não estamos a brincar. Mas desta vez não será você, Paolo. Telefone aos nossos amigos e requisite a ajuda deles.

Michener entrou no apartamento que ocupava desde a morte de Clemente. Há duas horas que andava a passear pelas ruas de Roma. Começara a doer-lhe a cabeça há meia hora, uma daquelas dores de cuja recorrência o médico bósnio o avisara, por isso foi direito à casa de banho e tomou duas aspirinas. O médico também o aconselhara a fazer um *checkup* completo assim que regressasse a Roma, mas agora não havia tempo para isso.

Desabotoou a sotaina e atirou-a para cima da cama. No relógio da mesa-de-cabeceira eram seis e meia da tarde. Ainda sentia as mãos de Valendrea em cima dele. Que

Deus ajudasse a Igreja Católica! Um homem sem medo era perigoso. Valendrea parecia ter passado ao ataque, impassível, e o poder absoluto dava-lhe rédea solta. Depois, havia o que S. Malaquias supostamente afirmara. Sabia que devia ignorar o que era absurdo, mas sentiu o terror crescer dentro dele. Havia problemas no horizonte, disso tinha a certeza.

Vestiu uns *jeans* e uma camisa. Em seguida dirigiu-se para a sala da frente e instalou-se no sofá. Propositadamente, não acendeu as luzes.

Teria Valendrea tirado alguma coisa da reserva há várias décadas? E teria Clemente feito o mesmo há pouco tempo? O que estava a acontecer? Era como se a realidade estivesse de pernas para o ar. Tudo e todos à sua volta pareciam contaminados. E, para cúmulo, um bispo irlandês que vivera há novecentos anos tinha previsto o fim do mundo com a chegada de um papa chamado Pedro!

Esfregou as têmporas e tentou aliviar a dor. Pelas janelas entravam uns raios de luz difusa da rua. Na sombra, debaixo do peitoril, encontrava-se a arca de carvalho de Jakob Volkner. Michener recordou-se de que estava fechada à chave no dia em que se mudara do Vaticano. Parecia ser um sítio onde Clemente podia ter escondido qualquer coisa importante. Ninguém se teria atrevido a ver o que estava lá dentro.

Rastejando na carpete, aproximou-se da arca.

Pegou-lhe, acendeu um dos candeeiros e examinou a fechadura. Como não queria arrombá-la, recostou-se e pensou na melhor maneira de a abrir.

A caixa de cartão que trouxera dos apartamentos papais no dia seguinte à morte de Clemente estava ali, a uns metros dele. Tudo o que pertencera a Clemente encontrava-se lá dentro. Michener puxou a caixa para si e remexeu os vários objectos que tinham alindado os aposentos do papa. Quase todos despertavam recordações afectuosas – um relógio da

Floresta Negra, umas canetas especiais, uma fotografia emoldurada dos pais de Clemente.

Dentro de um saco de papel cinzento estava a Bíblia pessoal de Clemente. Fora enviada de Castel Gandolfo no dia do funeral. Michener nem a abrira; limitara-se a levá-la para o apartamento e a guardá-la na caixa.

Tinha agora ocasião de admirar a encadernação de couro branco, cuja cercadura dourada estava danificada pelo tempo. Com uma atitude reverente, abriu-a. Na folha de rosto, lia-se em alemão: POR OCASIÃO DA TUA ORDENAÇÃO. DOS TEUS PAIS, QUE TE ADORAM.

Clemente falara-lhe muitas vezes dos pais. Os Volkner tinham pertencido à aristocracia bávara no tempo de Luís I e assumido uma posição antinazi. Nunca haviam suportado Hitler, mesmo no período glorioso antes da guerra. Contudo, tinham sido prudentes e mantido reserva quanto à sua dissidência, fazendo à socapa tudo o que podiam para ajudar os judeus de Bamberg. O pai de Volkner guardara as poupanças de duas famílias locais até ao fim da guerra. Infelizmente, ninguém aparecera a reclamar o dinheiro, que fora enviado para Israel. Um presente do passado para alimentar a esperança no futuro.

A visão da última noite passou como um relâmpago pela sua mente.

O rosto de Jakob Volkner.

Não ignore mais o Céu. Faça o que lhe pedi. Lembre-se que um servo fiel tem sempre alguma coisa a dizer.

Qual é o meu destino, Jakob?

Mas foi a imagem do padre Tibor que respondeu.

Ser um sinal para o mundo, um farol de arrependimento. O mensageiro capaz de anunciar que Deus está bem vivo.

O que significava tudo aquilo? Era real, ou apenas o delírio de um cérebro atingido por um raio?

Michener folheou lentamente a Bíblia. As folhas eram finas e macias como tecido. Algumas tinham sublinhados e notas escritas à margem. Começou a reparar nas passagens assinaladas.

Actos 5:29: *Importa mais obedecer a Deus do que aos homens.*

Tiago 1:27: *A religião pura e sem mácula diante de Deus, nosso Pai, é esta: visitar os órfãos e as viúvas nas tribulações e conservar-se isento da corrupção deste mundo.*

Mateus 15:3: *E vós por que transgredis o mandamento de Deus por causa da vossa tradição? E assim anulastes a palavra de Deus em nome da vossa tradição.*

Mateus 5:19: *Portanto, se alguém violar um destes mais pequenos preceitos e ensinar assim aos homens, será o menor no Reino dos Céus.*

Daniel 4:23: *Se se ordenou deixar intactos o tronco das raízes da árvore, é que a realeza te será confirmada, conquanto tenhas reconhecido a soberania do Céu.*

João 8:28: *Então sabereis quem sou e que por Mim nada faço, mas conforme o Pai Me ensinou é que falo.*

Escolhas interessantes. Mais mensagens de um papa perturbado, ou apenas passagens escolhidas ao acaso?

Da parte inferior do livro saíam quatro fitas de seda colorida, unidas mais ou menos a três quartos. Michener pegou nelas e procurou as páginas assinaladas.

Enfiada na encadernação estava uma chave de prata pequena.

Teria Clemente feito isto de propósito? A Bíblia encontrava-se em Castel Gandolfo, em cima da sua mesa-de-cabeceira. O papa podia ter partido do princípio de que mais ninguém, excepto Michener, examinaria o livro.

Retirou a chave, ciente do que ela abria. Enfiou-a na fechadura da arca; os gonzos cederam e a tampa abriu-se.

Lá dentro estavam diversos envelopes. Cem, ou mais, todos dirigidos a Clemente numa letra feminina. Os endereços variavam – Munique, Colónia, Dublin, Cairo, Cidade do Cabo, Varsóvia, Roma. Todas as cidades em que Clemente fora colocado. O remetente era sempre o mesmo. Michener conhecia-o por ter manuseado a correspondência de Clemente durante um quarto de século. Chamava-se Irma Rahn, uma amiga de infância. Michener nunca fizera muitas perguntas acerca dela, e Clemente limitara-se a explicar que tinham crescido juntos em Bamberg.

O papa correspondia-se regularmente com alguns amigos de longa data, mas todos os envelopes que estavam dentro da arca eram de Rahn. Por que deixara Clemente tal legado? Por que não o destruíra? As suas implicações podiam ser mal interpretadas, sobretudo por inimigos como Valendrea. Aparentemente, porém, Clemente concluíra que valia a pena correr o risco.

Como as cartas eram agora propriedade sua, Michener abriu um dos envelopes, tirou a carta e começou a ler.

CINQUENTA E OITO

Jakob, fiquei destroçada com as notícias de Varsóvia. Vi o teu nome incluído na lista das pessoas que lá estavam quando estalaram os tumultos. Nada melhor para os comunistas do que fazerem de vós vítimas, tu e os outros bispos. Senti-me aliviada ao receber a tua carta e contente por saber que não ficaste ferido. Gostava que Sua Santidade te colocasse em Roma, onde estarias seguro. Sei que nunca farias um pedido desses, mas rezo a Nosso Senhor para que isso aconteça. Espero que possas vir a casa no Natal. Seria óptimo passar umas férias junto de ti. Se for possível, avisa-me. Como sempre, fico à espera da tua próxima carta. Gosto muito de ti, meu querido Jakob.

Jakob,
Ontem fui visitar a campa dos teus pais. Cortei a relva e limpei as lápides. Deixei lá um ramo de lírios com o teu nome. Que pena eles não serem vivos, para testemunharem a tua ascensão! Arcebispo da Igreja e talvez, um dia, cardeal. O que tens feito é uma homenagem a eles. Os meus pais e os teus sofreram tanto... Todos os dias rezo pela libertação da Alemanha. Talvez, graças a homens bons como tu, o nosso legado possa ser útil. Espero que estejas bem de saúde. Eu estou óptima. Parece que fui

abençoada com uma constituição forte. É possível que vá passar as próximas três semanas a Munique. Se for, telefono-te. Estou desejosa de voltar a ver-te. As palavras preciosas que me dirigiste na última carta têm sido um bálsamo para mim. Cuida de ti, querido Jakob. O meu amor, sempre e para sempre.

Jakob,
Cardeal Eminência. Um título que muito mereces. Deus abençoe João Paulo II por finalmente te ter nomeado. Mais uma vez obrigada por me teres deixado assistir ao consistório. Com certeza ninguém sabia quem eu era. Sentei-me de lado e não falei com ninguém. O teu Colin Michener estava lá e pareceu-me muito orgulhoso. Ele é exactamente como o descreveste, um jovem atraente. Faz dele o filho que sempre desejámos. Investe nele, como o teu pai investiu em ti. Deixa um legado, Jakob, através dele. Não há nada de mal nisso, nada nos votos à Igreja ou a Deus que o proíba. Ainda hoje me vêm as lágrimas aos olhos ao lembrar-me do papa a pôr-te o solidéu na cabeça. Nunca me senti tão orgulhosa na minha vida! Amo-te, Jakob, e a minha única esperança é que a nossa união nos dê força. Cuida de ti, meu querido, e escreve depressa.

Jakob,
Karl Haigl morreu há uns dias. No funeral, lembrei-me dos tempos em que éramos pequenos e brincávamos no rio nos dias quentes de Verão. Era um homem impecável e, se não fosses tu, talvez me tivesse apaixonado por ele. Mas desconfio que já sabias. A mulher morreu há uns anos e

375

*vivia sozinho. Os filhos são uns ingratos e uns egoístas.
O que aconteceu à nossa juventude? Não gosta das suas
origens? Muitas vezes lhe levei o jantar e ficámos os dois
a conversar. Ele admirava-te bastante. O pequeno e magri-
zela Jakob, elevado a cardeal da Igreja Católica! Agora é
secretário de Estado; está a dois passos do pontificado. Ele
gostava muito de ter voltado a ver-te, e é uma pena que isso
não tenha sido possível. Bamberg não esqueceu o seu bispo
e eu sei que o seu bispo não esqueceu a terra em que passou
a juventude. Tenho rezado muito por ti nestes últimos
dias, Jakob. O papa não está bem. Em breve será escolhido
um novo pontífice. Tenho pedido ao Senhor que vele por
ti. Talvez Ele ouça o pedido de uma velha que ama profundamente o seu Deus e o seu cardeal. Cuida de ti.*

*Jakob,
Vi-te na televisão quando apareceste à varanda da
Praça de S. Pedro. É impossível descrever o orgulho e o
amor que senti! O meu Jakob é agora Clemente. Foi uma
escolha sábia. Quando soube, recordei-me dos tempos em
que tu e eu íamos à catedral e visitávamos o túmulo.
Lembro-me da ideia que tinhas de Clemente II: um alemão que chegara a papa. Já nesse tempo havia força no teu
olhar. De certo modo, ele fazia parte de ti. Agora, como
Clemente XV, és papa. Sê sensato, querido Jakob, mas
corajoso. Tanto podes moldar a Igreja como destruí-la.
Deixa que recordem Clemente XV com orgulho. Seria
maravilhoso que voltasses a Bamberg em peregrinação.
Pensa no assunto e trata disso. Já há tanto tempo que não
te vejo! Alguns momentos, mesmo em público, seriam
suficientes. Entretanto, deixa que o que temos te conforte
e tranquilize. Conduz o rebanho com força e dignidade.
Como sempre, o meu coração está contigo.*

CINQUENTA E NOVE

Katerina aproximou-se do prédio onde Michener vivia. A rua escura estava deserta e cheia de carros estacionados. Através das janelas abertas, ouviam-se conversas, gritos de crianças e música. Da avenida, cinquenta metros mais atrás, vinha o ruído do trânsito.

A luz estava acesa no apartamento de Michener, e Katerina refugiou-se numa porta do outro lado da rua. Protegida pela sombra, olhou para o terceiro andar.

Precisavam de conversar. Ele tinha de compreender. Ela não o atraiçoara, não contara nada a Valendrea. Mesmo assim, traíra a sua confiança. Colin não ficara tão zangado quanto ela esperava; ficara sobretudo magoado, o que a fazia sentir-se ainda pior. Quando é que aprenderia? Por que continuava a cometer os mesmos erros? Não podia, ao menos uma vez, fazer a coisa certa pelo motivo certo? Era capaz de ser melhor, mas havia sempre alguma coisa que a impedia.

Estava ali às escuras, confortada pela solidão, bem ciente do que tinha a fazer. Não havia sinais de movimento na janela do terceiro andar, e Katerina admitiu mesmo que Michener não estivesse em casa.

Tentava reunir coragem para atravessar a rua quando um automóvel saiu lentamente da avenida e se dirigiu para

377

o prédio. Os faróis iluminaram o pavimento e ela encostou-se à parede, mergulhando na escuridão.

Os faróis apagaram-se e o automóvel parou.

Era um Mercedes *coupé* preto.

A porta de trás abriu-se e saiu um homem. À luz que vinha do interior do automóvel, Katerina viu que era alto, com um rosto magro em que se destacava o nariz comprido e aquilino. Vestia um fato cinzento, largo, e tinha um brilho nos olhos escuros de que ela não gostou. Já vira homens como aquele. Dentro do automóvel ficaram outros dois, um ao volante e o outro no banco de trás. Aquilo não lhe cheirava bem. Certamente estavam ali a mando de Ambrosi.

O homem entrou no prédio de Michener.

O Mercedes avançou um pouco mais, em direcção ao fundo da rua. No apartamento de Michener, a luz continuava acesa.

Não havia tempo para chamar a polícia.

Katerina saiu do umbral da porta e atravessou a rua a correr.

Michener acabou de ler a última carta e olhou para os envelopes espalhados à sua volta. Passara duas horas a ler o que Irma Rahn escrevera. Com certeza não se encontrava na arca toda a correspondência de uma vida inteira. Talvez Clemente tivesse guardado só as cartas que tinham alguma importância. A mais recente era de há dois meses – mais um texto comovente em que Irma lamentava o estado de saúde de Clemente, preocupada com o que via na televisão e pedindo-lhe que se cuidasse.

Tentou recuar no tempo. Compreendia agora alguns comentários de Volkner, sobretudo quando falavam de Katerina.

Julga que foi o único padre a sucumbir? E foi assim tão grave, afinal? Acha que foi grave, Colin? O seu coração diz-lhe que foi imperdoável?

E precisamente antes de morrer. A frase curiosa de Clemente quando o inquirira acerca de Katerina e do tribunal. *Faz bem em interessar-se, Colin. Ela faz parte do seu passado. Uma parte que você não deve esquecer.*

Michener percebeu que o amigo não estava apenas a confortá-lo. Compreendia agora que havia algo mais.

Mas isso não significa que não possam ser amigos. Partilhem as vossas vidas através de palavras e sentimentos, gozem a intimidade que a amizade sincera pode proporcionar. A Igreja não proíbe esse prazer.

Michener lembrou-se das perguntas que Clemente fizera em Castel Gandolfo, poucas horas antes de morrer. *Por que é que os padres não podem casar? Por que têm de manter a castidade? Se isso é aceitável para os outros, por que não é para os clérigos?*

Não pôde deixar de perguntar a si póprio até onde teria ido a relação entre ambos. Teria o papa violado os seus votos de celibato? Teria feito o mesmo de que Tom Kealy era acusado? Não havia nada nas cartas que desse a entender tal coisa, mas isso era irrelevante. Afinal, quem passaria ao papel uma coisa dessas?

Endireitou-se no sofá e esfregou os olhos.

A tradução do padre Tibor não estava na arca. Michener verificara todos os envelopes, lera todas as cartas, não fosse Clemente ter escondido o documento num deles. Aliás, não havia qualquer referência, ainda que remota, a Fátima. A sua tentativa parecia tê-lo conduzido a mais um beco sem saída. Estava exactamente no mesmo ponto em que começara, mas agora sabia da existência de Irma Rahn.

Não se esqueça de Bamberg.

Fora isto que Jasna lhe dissera. E o que escrevera Clemente na sua última mensagem? *Por mim, preferia a santi-*

dade de Bamberg, essa linda cidade à beira do rio, e a catedral de que eu tanto gostava. Só lamento não ter contemplado a sua beleza mais uma vez. Mas talvez o meu legado ainda lá possa ir parar.

Depois, fora a tarde no solário de Castel Gandolfo, e o que Clemente dissera em voz baixa.

Deixei que o Valendrea lesse o que estava na caixa de Fátima.

O que está lá?

Uma parte daquilo que o padre Tibor me enviou.

Uma parte? Só nesse momento atentou na frase.

Relembrou a ida a Turim e os comentários acalorados sobre a sua lealdade e as suas capacidades. E o envelope. *Envia-me isto pelo correio, por favor?* Era dirigido a Irma Rahn. Michener nem pensara mais no assunto. Remetera tantas cartas para Irma ao longo dos anos... Mas era estranho que Clemente lhe tivesse pedido para mandar a carta dali e para o fazer pessoalmente.

Clemente fora à reserva na noite anterior. Michener e Ngovi tinham aguardado no exterior, enquanto o papa examinava o conteúdo da caixa. Essa teria sido uma oportunidade perfeita para ele retirar fosse o que fosse. O que significava que, passados uns dias, quando Clemente e Valendrea tinham ido à reserva, a cópia da tradução já lá não estava. O que perguntara ele a Valendrea?

Como sabe que isso chegou a estar aqui?

Não sei. Mas ninguém voltou aos arquivos depois dessa noite de sexta-feira e Clemente morreu passados dois dias.

A porta do apartamento abriu-se de repente.

A sala estava iluminada por um único candeeiro e, da sombra, saiu um homem alto e magro que se atirou a ele. Michener deu um salto, mas levou um murro na barriga.

Ficou sem respiração.

O assaltante aplicou-lhe mais um murro no peito que o fez recuar até ao quarto, a cambalear. O choque do momento paralisou-o. Nunca lutara com ninguém. O instinto aconselhou-o a levantar os braços para se proteger, mas o homem investiu de novo e deu-lhe um soco no estômago que o deixou estendido em cima da cama.

A arfar, olhou para o vulto escuro, sem saber o que se seguiria. O homem tirou qualquer coisa da algibeira. Era um objecto preto, rectangular, com cerca de quinze centímetros de comprimento, com umas pontas metálicas salientes de um lado que pareciam pinças. De repente, fez-se um clarão no meio das pontas.

Era um atordoador eléctrico.

A Guarda Suíça usava-o para proteger o papa sem recorrer ao uso de balas. A arma tinha-lhe sido apresentada e a Clemente. Uma carga de nove vóltios podia transformar-se noutra com duzentos mil que imobilizava rapidamente uma pessoa. Michener viu a corrente azul e branca a saltar de um eléctrodo para o outro, provocando uma faísca.

O homem esboçou um sorriso.

– Agora é que nos vamos divertir – disse ele em italiano.

Michener reuniu todas as suas forças, levantou a perna e deu um pontapé no braço estendido do homem. A arma voou em direcção à porta aberta.

O gesto surpreendeu o agressor, mas logo recuperou e deu um soco na cara de Michener, atirando-o de novo para cima da cama.

O homem meteu a mão noutra algibeira. Ouviu-se um estalido e apareceu uma navalha. Agarrando na arma com firmeza, avançou, com a mão erguida. Michener cruzou os braços à frente do corpo, interrogando-se como se sentiria ao ser esfaqueado.

Mas não sentiu nada.

Ouviu-se um estouro e o homem estremeceu. Rolou os olhos nas órbitas, os braços ficaram inertes e o corpo foi sacudido por fortes espasmos. A faca caiu quando os músculos perderam a força, e ele estatelou-se no chão.

Michener sentou-se.

Atrás do seu agressor estava Katerina, que atirou o ator-doador para o lado e correu para ele.

– Estás bem?

Michener tinha a mão na barriga e tentava respirar.

– Colin, estás bem?

– Que diabo foi… aquilo?

– Não há tempo para explicações. Estão mais dois lá em baixo.

– O que sabes… que eu não sei?

– Explico-te mais tarde. Temos de sair daqui!

A mente de Michener recomeçou a funcionar.

– Pega no meu saco de viagem… Ali em cima. Ainda não o desfiz desde que cheguei da Bósnia.

– Vais para algum lado?

Michener não quis responder-lhe, e ela deu mostras de compreender o seu silêncio.

– Não me vais dizer.

– Por que… estás aqui?

– Vim falar contigo, tentar explicar-te, mas entretanto saíram três homens de um carro, este e mais dois.

Michener tentou levantar-se da cama, mas uma dor aguda obrigou-o a deitar-se.

– Estás ferido – disse ela.

Ele tossiu para expelir o ar que tinha nos pulmões.

– Sabias que este tipo vinha cá?

– Nem quero acreditar que me estás a fazer essa pergunta!…

– Responde-me!

– Vim cá para falar contigo e ouvi o atordoador. Quando lhe deste um pontapé, vi a faca. Então, apanhei o atordoador do chão e fiz o que podia. Julguei que me ficarias agradecido.

– E fico. Diz-me o que sabes.

– O Ambrosi agrediu-me na noite em que nos encontrá-mos com o padre Tibor em Bucareste, e avisou-me que, se eu não colaborasse, far-me-ia a vida num inferno. – Apontou para o homem estendido no chão. – Estou convencida de que este homem está ligado a ele, mas não sei por que veio atrás de ti.

– O Valendrea deve ter ficado descontente com a conversa de hoje e resolveu forçar a nota. Disse-me que eu não iria gostar do mensageiro seguinte.

– Temos de sair daqui! – insistiu ela.

Michener aproximou-se do saco de viagem e calçou uns ténis. A dor fez-lhe vir as lágrimas aos olhos.

– Eu amo-te, Colin. Cometi um erro, mas foi pelo motivo certo.

As palavras saíram depressa, como se ela tivesse necessidade absoluta de as pronunciar.

Michener fitou-a.

– É difícil discutir com uma pessoa que acabou de me salvar a vida.

– Não quero discutir.

Nem ele queria. Talvez não devesse ser tão severo. Além disso, não fora totalmente honesto para com ela. Inclinou-se e tomou o pulso do seu agressor.

– É provável que acorde furioso. Não quero estar por aqui.

Dirigiu-se para a porta do apartamento e olhou para as cartas e os envelopes espalhados no chão. Tinham de ser destruídos. Fez menção de os apanhar.

– Colin, temos de sair daqui antes que os outros resolvam subir!

– Preciso de apanhar estes…

Ouviu alguém a subir a escada.

– Colin, não temos tempo!

Michener agarrou num punhado de cartas e meteu o que podia no saco de viagem, mas cerca de metade ficou de fora. Levantou-se e saíram ambos do apartamento. Apontou para cima, e, ao ouvirem o ruído de passos que se aproximavam, subiram em bicos de pés até ao andar seguinte. A dor de lado dificultava-lhe os movimentos, mas a adrenalina obrigava-o a andar.

– Como conseguiremos sair daqui? – perguntou ela em surdina.

– Há outra escada nas traseiras do prédio. Vai dar a um pátio. Vem atrás de mim.

Desceram o corredor com cautela e passaram pelas portas fechadas dos outros apartamentos, afastando-se da fachada do prédio que dava para a rua. Michener encontrou a escada de serviço precisamente quando dois homens apareceram cerca de quinze metros atrás deles.

Caminhava aos solavancos, pois a dor no abdómen era insuportável, e o saco de viagem encostado às costelas, cheio de cartas, só aumentava o seu sofrimento. Viraram no patamar, chegaram ao rés-do-chão e saíram à pressa do prédio.

O pátio das traseiras estava repleto de carros, que foram obrigados a contornar. Michener, que ia à frente, passou por debaixo de um arco e desembocou na avenida movimentada. Os automóveis passavam de um lado e do outro e os passeios estavam cheios de gente. Graças a Deus, os romanos jantavam tarde.

Michener avistou um táxi junto do passeio, uns quinze metros mais à frente.

Agarrou no braço de Katerina e desatou a correr para o carro poeirento. Espreitou por cima do ombro e viu os dois homens a sair do pátio.

Eles reconheceram-no e foram no seu encalço.

Assim que Michener chegou ao pé do táxi, abriu a porta de trás. Saltaram os dois lá para dentro.

– Arranque! – gritou ele em italiano.

O carro pôs-se em andamento. Pelo vidro traseiro, Michener viu que os homens os perseguiam.

– Para onde vamos? – perguntou Katerina.

– Trazes o teu passaporte?
– Na minha mala.
– Para o aeroporto – disse ele ao motorista.

SESSENTA

Valendrea ajoelhou-se diante do altar numa capela que o seu muito estimado Paulo VI tinha encomendado pessoalmente. Clemente evitara usá-la e preferia uma sala mais pequena ao fundo do corredor, mas ele tencionava utilizar o espaço decorado com opulência para celebrar uma missa de manhã, quando cerca de quarenta convidados especiais partilhassem uma celebração com o seu pontífice. Depois, alguns minutos do seu tempo e uma fotografia para cimentar a lealdade dos presentes. Clemente nunca se servira das ostentações inerentes ao seu cargo – mais uma das suas falácias –, mas Valendrea pretendia tirar partido daquilo que a maioria dos papas se tinha esforçado por alcançar há séculos.

O pessoal já se retirara e Ambrosi estava a tratar de Colin Michener. Valendrea agradeceu os momentos de solidão, pois tinha de rezar a um Deus que ele sabia que estava a ouvi-lo.

Hesitou entre oferecer o tradicional pai-nosso ou outra oração, mas por fim concluiu que uma conversa franca seria mais adequada. Além disso, era o sumo pontífice da Igreja apostólica de Deus. Se ele não tivesse o direito de falar abertamente com o Senhor, quem teria?

Percebeu que o que acontecera antes com Michener – a sua capacidade de ler o décimo segredo de Medjugorje – era um sinal do Céu. Fora-lhe dado conhecer as mensagens de Medjugorje e de Fátima por um motivo. Era óbvio que o assassínio do padre Tibor se justificara. Embora um dos mandamentos proibisse matar, ao longo dos séculos os papas tinham eliminado milhões de pessoas. E o momento presente não era excepção. A ameaça à Igreja Católica era uma realidade. Apesar de Clemente XV ter morrido, o seu protegido estava vivo e o seu legado continuava a existir. Valendrea não podia permitir que os riscos aumentassem para além das suas já perigosas proporções. O problema exigia uma resolução definitiva. Tal como sucedera com o padre Tibor, Colin Michener teria de ser eliminado.

Valendrea pôs as mãos e contemplou o rosto atormentado de Cristo no crucifixo. Lançou uma súplica reverente ao Filho de Deus para que o orientasse. Era evidente que fora eleito papa por uma razão. Além disso, sentira-se motivado a escolher o nome de Pedro. Até então julgara que estas duas coisas eram resultado da sua própria ambição, mas agora sabia que não era assim. Ele era o veio de transmissão. Pedro II. Na sua opinião, só havia um rumo a seguir, e agradecia ao Senhor por ter força para fazer o que devia ser feito.

– Vossa Santidade…

Valendrea benzeu-se e levantou-se do genuflexório. O vulto de Ambrosi destacava-se na soleira da porta de trás da capela pouco iluminada.

– O Michener?

– Foi-se embora. Com Miss Lew. Mas descobrimos uma coisa.

Valendrea examinou atentamente as cartas e ficou deliciado com esta última surpresa. Clemente XV tivera uma amante! Embora nada o levasse a admitir que fora cometido um pecado mortal – e, para um padre, uma violação do sacramento da ordem seria um pecado mortal grave –, o significado era indiscutível.

– Continuo muito admirado – disse a Ambrosi, levantando a cabeça.

Estavam na biblioteca, na mesma sala onde já confrontara Michener. Lembrou-se de uma coisa que Clemente lhe dissera há um mês, quando soubera que o padre Kealy deixara poucas opções ao tribunal. *Talvez devêssemos apenas dar ouvidos a um ponto de vista oposto.* Agora percebia por que Volkner se mostrara tão tolerante. Aparentemente, o celibato era um conceito que o alemão não levava a sério. Valendrea olhou para Ambrosi.

– Isto é tão importante como o suicídio. Nunca julguei que Clemente fosse tão complicado.

– E, pelos vistos, desembaraçado – acrescentou Ambrosi. – Tirou o documento do padre Tibor da reserva, sabendo o que Vossa Santidade tencionava fazer.

Valendrea não gostou muito que Ambrosi lhe recordasse a sua própria previsibilidade, mas não disse nada. Limitou-se a dar uma ordem:

– Destrua essas cartas.

– Não devíamos guardá-las?

– Nunca poderemos fazer uso delas, como eu gostaria. A memória de Clemente tem de ser preservada. Desacreditá-lo só contribuiria para desmerecer este cargo, e não posso dar-me a esse luxo. Seríamos nós os prejudicados, se atacássemos um homem morto. Rasgue-as.

E perguntou aquilo que verdadeiramente queria saber:

– Para onde foram Michener e Miss Lew?

– Os nossos amigos estão a tentar descobrir, junto da empresa de táxis. Em breve saberemos.

Valendrea chegara a admitir que a arca pessoal de Clemente fosse o seu esconderijo, mas, dado o que sabia agora sobre a personalidade do seu velho inimigo, o alemão fora decerto muito mais esperto. Pegou num dos envelopes e leu o remetente: Irma rahn, hinterholz 19, bamberg, deutschland.

Ouviu-se uma música suave, e Ambrosi tirou um telefone celular da sotaina. A conversa foi curta.

Valendrea continuava a olhar para o envelope.

– Deixe-me adivinhar. Foram para o aeroporto.

Ambrosi confirmou, baixando a cabeça.

O papa entregou o envelope ao amigo.

– Descubra essa mulher, Paolo, e encontrará aquilo que procuramos. Michener e Miss Lew também lá estarão. Devem ir a caminho neste momento.

– Como pode estar tão certo disso?

– Nunca podemos ter a certeza de nada, mas é um pressuposto seguro. Trate do assunto pessoalmente.

– Não é um passo arriscado?

– É um risco que temos de correr. Tenho a certeza de que saberá ocultar a sua presença.

– Com certeza, Vossa Santidade.

– Quero que destrua a tradução de Tibor assim que a encontrar. Não me interessa como, mas destrua-a, Paolo. Conto consigo para resolver isto. Se alguém, seja quem for – essa mulher de Clemente, o Michener, a Lew, não me interessa quem –, ler essas palavras ou tiver conhecimento delas, mate. Não hesite, elimine essas pessoas!

Os músculos do rosto do secretário nem se mexeram. Os olhos, semelhantes aos de uma ave de rapina, fitaram-no com um brilho intenso. Valendrea sabia tudo acerca da dissenção entre Ambrosi e Michener, e até a encorajara, pois não havia melhor garantia de lealdade do que um ódio comum. As próximas horas podiam revelar-se extremamente gratificantes para o seu velho amigo.

– Não o desiludirei, Vossa Santidade – respondeu Ambrosi num tom melífluo.

– Não é com a minha desilusão que deve preocupar-se. Estamos a cumprir uma missão para o Senhor, e há muita coisa em jogo. Muita, mesmo.

SESSENTA E UM

Depois de vaguear pelas ruas empedradas de Bamberg, Michener compreendeu rapidamente por que motivo Jakob Volkner gostava tanto da sua cidade. Nunca lá estivera. Das poucas vezes que Volkner voltara à sua terra natal, fora sempre sozinho. Tinham planeado uma missão papal para o ano seguinte, incluída num périplo por várias cidades alemãs. Volkner confidenciara-lhe que tencionava visitar a sepultura dos pais, celebrar missa na catedral e rever velhos amigos. O que tornava o seu suicídio ainda mais desconcertante, visto que a elaboração do programa dessa deliciosa viagem estava em curso quando Clemente morreu.

Bamberg ficava no ponto de confluência do tumultuoso rio Regnitz e do sinuoso Meno. A zona eclesiástica da cidade concentrava-se no cimo das colinas e incluía uma residência real, um mosteiro, a catedral e as cristas florestadas que outrora tinham acoitado os príncipes-bispos. Na parte mais baixa das encostas, nas margens do Regnitz, ficava a zona secular, onde sempre tinham predominado as empresas e o comércio. O encontro simbólico das duas partes era o rio, onde há séculos políticos astutos tinham mandado erigir o edifício da câmara municipal, em cujas paredes as vigas de madeira alternavam com frescos de cores vivas. A *Rathaus* ficava numa ilha, no meio das duas zonas. A ponte de pedra sobre o rio intersectava o edifício e ligava os dois mundos.

Michener e Katerina tinham partido de Roma para Munique e passado a noite nos arredores do aeroporto. De manhã alugaram um carro e dirigiram-se para norte, para o centro da Baviera, através dos montes da Francónia. Após duas horas de viagem, estavam agora na Maxplatz, onde um mercado animado enchia a praça. Faziam-se também os preparativos para a feira de Natal, que seria inaugurada nesse mesmo dia. Michener tinha os lábios gretados pelo frio. O sol aparecia apenas de vez em quando e o pavimento estava coberto de neve. Como não vinham preparados para a mudança de temperatura, tinham passado por um armazém e comprado casacos, luvas e botas de couro.

À esquerda de Michener, a Igreja de S. Martinho projectava uma longa sombra sobre a praça apinhada de gente. Michener pensara que talvez fosse útil ter uma conversa com o prior da igreja; ele devia conhecer o paradeiro de Irma Rahn. O padre mostrara-se acolhedor e admitira que ela estivesse em S. Gangolfo, a igreja paroquial que ficava uns quarteirões para norte, do outro lado de um canal.

Foram encontrá-la a tratar de uma das capelas laterais, sob o olhar pesaroso de um Cristo crucificado. Lá dentro cheirava a incenso e a cera. Irma era uma mulher franzina, e a pele clara e as feições vincadas denunciavam ainda uma beleza que pouco se alterara desde a juventude. Se Michener não soubesse que rondava os oitenta anos, juraria que tinha sessenta e tal.

Viram-na ajoelhar-se, reverente, sempre que passava em frente do crucifixo. Michener avançou e atravessou um portão de ferro que se encontrava aberto. Teve uma sensação estranha. Estaria a intrometer-se em alguma coisa que não era da sua conta? Mas afastou este pensamento. Afinal, fora o próprio Clemente que lhe indicara o caminho.

– A senhora chama-se Irma Rahn? – perguntou em alemão.

A mulher virou-se para ele. Os cabelos brancos chegavam-lhe aos ombros. Os ossos do rosto e a pele amarelada não sabiam o que era maquilhagem. O queixo arredondado, apesar das rugas, era bonito, e os olhos expressivos e ternos.

Irma aproximou-se e disse:

– Tenho estado à sua espera.

– Como sabe quem sou? Nunca nos vimos.

– Mas eu conheço-o.

– Esperava que eu viesse?

– Oh, sim! O Jakob garantiu que o senhor viria, e ele acertava sempre... Sobretudo no que lhe dizia respeito.

Só então Michener percebeu.

– Ah, a carta dele! Aquela que veio de Turim. Jakob falou-lhe de mim?

Ela fez um sinal afirmativo.

– A senhora tem o que eu quero, não tem?

– Isso depende. Vem sozinho ou em nome de alguém?

A pergunta era estranha, e Michener foi cauteloso na resposta:

– Venho pela minha Igreja.

Ela sorriu outra vez.

– O Jakob disse-me que o senhor responderia assim. Ele conhecia-o bem.

Michener apontou para Katerina e apresentou-a. A velha acolheu-a com um sorriso terno e as duas mulheres cumprimentaram-se com um aperto de mão.

– Que prazer em conhecê-la! O Jakob admitiu que a senhora também viesse.

SESSENTA E DOIS

CIDADE DO VATICANO
10.30h

Valendrea folheou o *Lignum Vitae*. À sua frente estava o arquivista. Ordenara ao velho que se apresentasse no quarto andar e trouxesse o livro. Queria ver com os seus próprios olhos o que tanto interessava Ngovi e Michener.

Na perseguição final da Santa Igreja Romana reinará Pedro, «o Romano», que alimentará o seu rebanho no meio de muitas atribulações, e depois, na cidade das sete colinas, o temível juiz julgará todas as pessoas.

– Você acredita mesmo nestas patranhas? – perguntou ele ao arquivista.

– O senhor é o centésimo décimo segundo papa da lista de Malaquias, o último que é referido, e ele disse que escolheria esse nome.

– Com que então a Igreja enfrenta o apocalipse? *Na cidade das sete colinas, o temível juiz julgará todas as pessoas.* Você acredita nisto! Não pode ser tão ignorante!

– Roma é a cidade das sete colinas. Assim é conhecida desde a Antiguidade. E o seu tom não me agrada.

– Não me interessa o que lhe agrada. Só quero saber do que falaram, você, o Ngovi e o Michener.

– Não direi absolutamente nada.

Valendrea apontou para o manuscrito.

– Então explique-me por que acredita na profecia.

– Como se aquilo que eu penso tivesse importância…

Valendrea levantou-se.

– Tem muita importância, eminência. Considere que é a última coisa que faz pela Igreja. Este é o seu último dia, acredite.

A expressão do velho não deixou transparecer o pesar que devia sentir. O cardeal estivera ao serviço de Roma durante cerca de cinquenta anos, e decerto recebera a sua quota-parte de alegria e tristeza. Mas era o homem que orquestrara o apoio a Ngovi durante o conclave – isso ficara muito claro na véspera, quando os cardeais tinham finalmente começado a falar – e fizera um trabalho de mestre na conferência dos votos. Era uma pena que não tivesse optado pela facção vencedora.

Contudo, igualmente inquietante era um debate sobre a profecia de Malaquias que surgira na imprensa há dois dias. Valendrea desconfiava que o homem que estava à sua frente era a fonte desses artigos, apesar de os jornalistas não citarem ninguém e se referirem apenas à habitual *fonte oficial não identificada do Vaticano*. As previsões de Malaquias não eram novidade – há muito que os adeptos das teorias conspiratórias tinham alertado para elas –, mas os jornalistas começavam agora a estabelecer uma ligação. O centésimo décimo segundo papa escolhera de facto o nome de *Pedro II*. Como é que um monge do século XI ou um cronista do século XVI podiam ter adivinhado o que iria acontecer? Seria coincidência? Talvez, mas num sentido levado ao extremo.

Por sinal, Valendrea fizera a mesma pergunta a si próprio. Alguns diriam que tinha escolhido o nome por saber que ele constava dos arquivos do Vaticano, mas *Pedro* fora sempre a sua preferência, desde os tempos de João Paulo II, quando resolvera tentar ascender ao pontificado. Não falara no assunto a ninguém, nem mesmo a Ambrosi, e nunca lera as previsões de Malaquias.

Fitou de novo o arquivista, à espera de que ele respondesse à sua pergunta.

Por fim, o cardeal respondeu:

– Não tenho nada a dizer.

– Então, talvez possa dar algumas pistas quanto à localização do documento que desapareceu.

– Ignoro que tenha desaparecido algum documento. Está lá tudo o que consta do inventário.

– Este documento não faz parte do seu inventário. Clemente guardou-o na reserva.

– Não sou responsável por aquilo que não conheço.

– Não? Então fale-me do que conhece. Do tema da sua conversa com o cardeal Ngovi e monsenhor Michener.

O arquivista não disse nada.

– Do seu silêncio, deduzo que o assunto foi o documento desaparecido e que você esteve envolvido na sua remoção.

Valendrea sabia que a estocada deixaria o velho destroçado. Como arquivista, era seu dever preservar os documentos da Igreja; o facto de um deles ter desaparecido mancharia para sempre a sua reputação.

– Limitei-me a abrir a reserva por ordem de Sua Santidade, Clemente XV.

– E eu acredito, eminência. Estou convencido de que foi o próprio Clemente que o tirou de lá, sem eu saber. O que quero é encontrá-lo.

Valendrea falou num tom mais brando, dando a entender que aceitaria uma explicação.

– Também eu queria…

O arquivista interrompeu a frase, como se pudesse dizer mais do que devia.

– Continue. Conte-me tudo, eminência.

– Estou tão chocado como o senhor por ter desaparecido alguma coisa, mas não faço ideia quando é que isso aconteceu nem onde possa encontrar-se.

O seu tom deixou bem claro que a história lhe pertencia e que não tencionava partilhá-la.

– Onde está o Michener?

Valendrea já calculava qual seria a resposta, mas pensou que a verificação afastaria qualquer preocupação de que Ambrosi estivesse a seguir a pista errada.

– Não sei – retorquiu o arquivista com um leve tremor na voz.

– E Ngovi? Qual é o interesse dele nisto? – perguntou Valendrea, indo direito ao assunto.

A expressão do arquivista denotou compreensão.

– O senhor tem medo dele, não é verdade?

Valendrea não permitiu que o comentário o afectasse.

– Não tenho medo de ninguém, eminência. Só não compreendo porque é que o camerlengo está tão interessado em Fátima.

– Eu não disse que ele estava interessado.

– Mas esse assunto foi discutido na reunião de ontem, não foi?

– Eu também não disse isso.

Valendrea deixou que o seu olhar vagueasse até chegar ao livro, um sinal subtil de que a obstinação do velho não estava a afectá-lo.

– Eminência, eu demiti-o. Poderia facilmente voltar a colocá-lo no cargo. Não gostaria de morrer aqui, no Vaticano, como cardeal-arquivista da Igreja Católica? Não lhe agradaria que o documento desaparecido fosse devolvido? O seu dever não é mais importante para si do que quaisquer sentimentos pessoais em relação a mim?

O velho transferiu o peso do corpo para o outro pé. Talvez o seu silêncio fosse um indício de que estava a pensar na proposta.

– O que pretende? – perguntou finalmente o arquivista.

– Diga-me para onde foi o padre Michener.

–Esta manhã, disseram-me que ele foi para Bamberg – respondeu o velho, com uma voz cheia de resignação.

–Então mentiu-me?

–O senhor perguntou se eu sabia onde ele estava. Não sei. Só sei o que me disseram.

–E qual é o objectivo da viagem?

–O documento que procura pode lá estar.

–E Ngovi?

–Espera um telefonema do padre Michener.

Valendrea agarrou-se à aresta da mesa. Não se dera ao trabalho de calçar luvas. Que importância tinha isso? No dia seguinte, o documento estaria reduzido a cinzas. Seguiu--se a parte crítica.

–O Ngovi está à espera para saber o que diz o documento desaparecido?

O velho respondeu afirmativamente com a cabeça, como se lhe custasse ser sincero.

–Eles querem saber aquilo que aparentemente o senhor já sabe.

SESSENTA E TRÊS

Michener e Katerina atravessaram Maxplatz atrás de Irma Rahn, seguiram na direcção do rio e desembocaram numa estalagem com cinco andares. Uma tabuleta de ferro forjado indicava o nome, Königshof, e a data, 1614, em que o prédio fora construído, segundo explicou Irma.

Há várias gerações que a propriedade pertencia à família, e ela herdara-a do pai, depois de o irmão ter perdido a vida na Segunda Guerra Mundial. A estalagem era ladeada por antigas casas de pescadores. A princípio, fora um moinho, cuja mó desaparecera há séculos, mas o tecto negro em mansarda, as varandas de ferro e os pormenores barrocos ainda lá estavam. Irma acrescentara-lhe um bar e um restaurante. Michener e Katerina entraram e sentaram-se a uma mesa vazia junto de uma janela com doze vidraças. Lá fora, as nuvens escureciam o céu matinal. Aparentemente, vinha mais neve a caminho. A anfitriã serviu-lhes uma caneca de cerveja.

– Só abrimos ao jantar – explicou Irma. – A essa hora, a sala enche-se. O nosso cozinheiro é muito popular.

– Há pouco, na igreja, a senhora disse que Jakob a avisara de que eu e Katerina havíamos de aparecer. Ele escreveu isso mesmo na sua última carta?

Irma confirmou.

– Disse-me que ficasse à sua espera e que talvez uma linda mulher o acompanhasse. O meu Jakob era intuitivo, sobretudo no que lhe dizia respeito, Colin. Posso tratá-lo assim? Sinto que o conheço muito bem.

– Nem eu gostaria que me tratasse de outra maneira.

– E eu sou a Katerina.

Irma presenteou-os com um sorriso que agradou a Michener.

– E que mais disse Jakob?

– Falou-me do seu dilema, da sua crise de fé. Como está aqui, presumo que leu as minhas cartas.

– Nunca me apercebi da profundidade da vossa relação.

Pela janela, viram uma barcaça ruidosa que se dirigia para norte.

– O meu Jakob era um homem adorável. Dedicou a sua vida aos outros. Entregou-se a Deus.

– Mas não totalmente, ao que parece... – atalhou Katerina.

Michener ficara à espera de que ela tocasse no cerne da questão. Na noite anterior, tinha lido as cartas que ele conseguira salvar, e ficara chocada com a relação clandestina de Volkner.

– Fiquei ressentida com ele – disse Katerina num tom impassível. – Imaginei-o a pressionar o Colin para que ele escolhesse, a pedir-lhe que pusesse a Igreja à frente de tudo e de todos, mas enganei-me. Compreendo agora que, de todas as pessoas, ele era quem melhor devia ter percebido o que eu sentia.

– E era verdade. Ele falou-me do sofrimento do Colin. Quis contar-lhe a verdade, provar-lhe que não estava só, mas eu recusei a ideia. Não era a altura indicada. Eu não quis que ninguém soubesse nada a nosso respeito, era uma coisa muito íntima. – Irma virou-se para ele. – O Jakob queria que você continuasse a ser padre. Para mudar as coisas, precisava da sua ajuda. Creio que sabia, já nessa altura, que um dia você e ele fariam a diferença.

Michener viu-se obrigado a dizer:

– Ele tentou mudar as coisas. Não através do confronto, mas da razão. Era um homem de paz.

– Mas acima de tudo, Colin, ele era um homem. – A voz de Irma foi diminuindo de intensidade, como se tivesse sido visitada por uma recordação fugaz que não queria ignorar. – Apenas um homem, fraco e pecador, como todos nós.

Katerina estendeu o braço e pegou na mão da velha. Ambas tinham os olhos brilhantes.

– Quando é que a vossa relação começou? – perguntou Katerina.

– Quando éramos pequenos. Eu sabia que o amava e que o amaria sempre. – Irma mordeu o lábio. – Mas também sabia que nunca o teria completamente. Já nessa época ele queria ser padre. De certo modo, sempre me contentei em ser dona do seu coração.

Michener queria saber uma coisa. Porquê, não tinha a certeza. O assunto não lhe dizia respeito, mas sentiu que devia fazer a pergunta.

– Esse amor nunca foi consumado?

Irma fitou-o durante uns segundos e esboçou um sorriso antes de responder.

– Não, Colin, o seu Jakob nunca violou o juramento que fez à Igreja. Isso seria impensável tanto para ele como para mim. – Irma olhou para Katerina. – Todos nós devemos julgar-nos consoante o tempo em que vivemos. Jakob e eu éramos de outra época. Já foi suficientemente mau para nós amarmo-nos. Teria sido impensável levar isso mais longe.

Michener lembrou-se do que Clemente dissera em Turim. *O amor reprimido não é agradável*.

– Sempre tem vivido aqui, sozinha?

– Tenho a minha família, este negócio, os amigos e o meu Deus. Conheci o amor de um homem que se entregou totalmente a mim, não no sentido físico, mas em todos os outros. Poucas pessoas podem afirmar o mesmo.

– O facto de não estarem juntos nunca foi problema? – perguntou Katerina. – Não me refiro à parte sexual, mas à questão física, à proximidade. Isso deve ter sido duro...

– Eu preferia que as coisas tivessem sido diferentes, mas isso escapava ao meu controlo. Jakob foi chamado cedo ao sacerdócio. Eu sabia e não fiz nada para interferir. Amava-o o suficiente para o partilhar... mesmo com o Céu.

Uma mulher de meia-idade atravessou uma porta de batente e disse qualquer coisa a Irma sobre o mercado e os víveres. Pela janela passou mais uma barcaça no rio de águas castanho-acinzentadas. Alguns flocos de neve atingiram as vidraças.

– Alguém sabe da relação que teve com Jakob? – perguntou Michener depois de a mulher se afastar.

Irma abanou a cabeça.

– Nunca nenhum de nós falou nisso. Há muita gente aqui na cidade que sabe que eu e o Jakob éramos amigos de infância.

– A morte dele deve ter sido terrível para si... – disse Katerina.

Irma suspirou.

– Nem imagina!... Eu sabia que ele estava com mau aspecto. Vi-o na televisão. Percebi que era apenas uma questão de tempo. Estávamos ambos a envelhecer. Mas a hora dele chegou de repente. Ainda continuo à espera de carta dele, como tantas vezes aconteceu. – A voz de Irma tornou-se mais suave, embargada pela emoção. – O meu Jakob partiu, e vocês são as primeiras pessoas com quem falei acerca disto. Ele disse-me que confiasse em si, Colin, que a sua visita me traria paz. E tinha razão. O simples facto de falar deste assunto faz-me sentir melhor.

Michener perguntou a si próprio o que sentiria esta mulher tão bondosa se soubesse que Volkner pusera termo à própria vida. Teria o direito de saber? Irma abrira-se com eles, e Michener estava cansado de mentir. A memória de Clemente estaria em segurança com ela.

– Jakob matou-se.

Durante muito tempo, Irma não disse uma palavra.

Michener reparou no olhar de Katerina, que perguntou:

– O papa acabou com a própria vida?

Michener fez um sinal afirmativo.

– Tomou comprimidos para dormir. Afirmou que a Virgem lhe dissera que tinha de pôr termo à vida pelas suas próprias mãos. Era a penitência pela desobediência. Ele disse que ignorara o Céu durante muito tempo, mas não desta vez.

Irma continuava em silêncio. Limitava-se a olhar para ele com um ar enlevado.

– Já sabia? – perguntou Michener.

Ela baixou a cabeça.

– Jakob veio ter comigo há pouco tempo... em sonhos. Disse-me que está bem, que foi perdoado e que, de qualquer modo, já faltava pouco para ir juntar-se a Deus. Não compreendi o que ele quis dizer.

– Já teve visões quando está acordada? – perguntou Michener.

Irma abanou a cabeça.

– Apenas sonhos. – A sua voz era distante. – Dentro de pouco tempo estarei junto dele. É só isso que me faz continuar a viver. Jakob e eu estaremos juntos na eternidade. É o que ele me diz no sonho. – Irma olhou para Katerina. – Você perguntou-me como era estarmos afastados. Esses anos de separação são inconsequentes quando comparados com a eternidade. Quanto mais não seja, sou uma mulher paciente.

Michener tinha de sensibilizá-la para o aspecto mais importante.

– Irma, onde está aquilo que Jakob lhe enviou?

Ela fitou a caneca de cerveja.

– Tenho um envelope que o Jakob me disse para lhe entregar.

– Preciso dele.

Irma levantou-se da mesa.

– Está aqui ao lado, em minha casa. Volto já.

A velha saiu do restaurante, com um passo arrastado.

– Por que não me disseste o que aconteceu a Clemente? – perguntou Katerina, assim que a porta se fechou. O tom frio condizia com a temperatura lá fora.

– Julguei que a resposta era óbvia.

– Quem é que sabe?

– Poucas pessoas.

Katerina levantou-se da mesa.

– Sempre a mesma coisa, não é? Há muitos segredos no Vaticano! – exclamou, vestindo o casaco e encaminhando--se para a porta. – Algo com que pareces conviver bem.

– Tal como tu!

Michener sabia que não devia ter dito isto.

Ela parou.

– Boa piada. Eu mereço-a. Qual é a tua desculpa?

Como ele não disse nada, Katerina virou-lhe as costas, preparando-se para sair.

– Onde vais?

– Dar um passeio. Tenho a certeza de que tu e a namorada de Clemente têm muito mais coisas a dizer um ao outro que também não me incluem.

Katerina estava muito confusa. Michener não depositara confiança nela ao omitir-lhe que Clemente XV se suicidara. Valendrea devia saber; de outro modo, Ambrosi teria insistido com ela para que apurasse o que pudesse sobre a morte do papa. Que diabo estava a acontecer? Documentos desaparecidos, videntes que falavam com Maria, um papa que se suicidava depois de ter amado uma mulher em segredo durante sessenta anos... Ninguém acreditaria em nada daquilo!

Saiu da estalagem, abotoou o casaco e resolveu voltar a Maxplatz e dar largas à sua frustração. Em toda a parte se ouviam sinos a repicar para assinalar o meio-dia. Katerina sacudiu os flocos de neve que se acumulavam rapidamente no seu cabelo. A atmosfera estava fria, seca e soturna, como o seu humor.

A conversa com Irma Rahn fora muito esclarecedora. Há anos, ela obrigara Michener a fazer uma opção, afastara-o, e, ao fazê-lo, magoara ambos, enquanto Irma escolhera um caminho menos egoísta, que reflectia amor e não posse. Talvez a velha tivesse razão. O que importava não era a relação física; o que contava era possuir o coração e o espírito.

Perguntou a si própria se ela e Michener poderiam ter vivido uma relação semelhante. Talvez não. Os tempos eram diferentes. No entanto, aqui estava ela, de novo com o mesmo homem, aparentemente no mesmo caminho sinuoso do amor perdido, reencontrado, posto à prova e... Esta era a pergunta: e o quê?

Continuou a andar. Desembocou na praça principal, atravessou um canal e reconheceu a Igreja de S. Gangolfo pelas cúpulas bulbosas das suas torres gémeas.

A vida era tão complicada!

Ainda tinha bem presente a imagem do homem curvado sobre Michener, de faca na mão, na noite anterior. Não hesitara em atacá-lo. Depois sugerira que comunicassem o sucedido às autoridades, mas Michener recusara a ideia. Agora percebia porquê: não podia arriscar-se a que se soubesse que o papa se suicidara. Jakob Volkner era tão importante para ele! Talvez demasiado. E compreendia também o que o levara à Bósnia: fora procurar respostas para as perguntas que Clemente deixara. Era óbvio que esse capítulo da vida dele não podia ser encerrado, porque o seu fim ainda tinha de ser escrito. Katerina pensou se isso viria alguma vez a acontecer.

Continuou a andar e deu consigo de novo à porta da Igreja de S. Gangolfo. Sentiu-se atraída pelo ar quente que vinha lá de dentro. Entrou e verificou que o portão de acesso à capela lateral que Irma Rahn estivera a limpar continuava aberto. Passou por ele e parou junto de outra capela. Uma imagem da Virgem Maria com o Menino Jesus ao colo fitava-a com a expressão amorável de uma mãe orgulhosa. Era decerto uma obra medieval – da autoria de um branco anglo-saxónico –, mas também uma imagem que o mundo se habituara a venerar. Maria vivera em Israel, numa região em que o sol escaldante conferia à pele humana uma tonalidade acastanhada. As suas feições deviam ser as de uma árabe, com o cabelo de cor escura e o corpo roliço. Todavia, os católicos europeus nunca tinham aceitado esta realidade. Representavam-na como uma mulher ocidental, e desde então a Igreja colara-se a esta representação.

E seria virgem? Teria o Espírito Santo depositado no Seu ventre o filho de Deus? Mesmo que isto fosse verdade, a decisão fora certamente d'Ela. Só Maria teria consentido na gravidez. Assim sendo, por que é que a Igreja se opunha ao aborto com tanta veemência? Desde quando uma mulher não tinha direito a escolher se queria ou não dar à luz? Não estabelecera Maria esse direito? E se se tivesse recusado? Teria sido obrigada, mesmo assim, a levar essa gravidez de origem divina até ao fim?

Katerina estava cansada de dilemas e enigmas. A verdade é que havia muitos sem resposta. Deu meia volta, decidida a sair dali.

A um metro dela, estava Paolo Ambrosi.

Ao vê-lo, ficou sobressaltada.

Ambrosi avançou, obrigou-a a virar em sentido contrário e empurrou-a para dentro da capela da Virgem. Forçou-a a encostar-se à parede, torcendo-lhe o braço esquerdo atrás das costas; com a outra mão, apertou-lhe o pescoço. Katerina ficou com a cara encostada à pedra rugosa.

– Estava a pensar como havia de separá-la do Michener, mas você facilitou-me a tarefa.

Ambrosi aumentou a pressão no braço dela. Katerina abriu a boca para gritar.

– Mau, mau… Não faça isso! Além do mais, não está aqui ninguém que a ouça.

Ela tentou libertar-se, servindo-se das pernas.

– Esteja quieta. Estou a perder a paciência consigo!

Katerina continuou a debater-se.

Ambrosi afastou-a bruscamente da parede e passou-lhe um braço à volta do pescoço. No mesmo instante, Katerina sentiu um aperto na traqueia. Tentou livrar-se de Ambrosi, enterrando-lhe as unhas na pele, mas a perda de oxigénio começou a turvar-lhe a visão.

Abriu a boca para gritar, mas faltou-lhe o ar para pronunciar quaisquer palavras.

Revirou os olhos. A última coisa que viu foi a imagem da Virgem, que não lhe ofereceu consolação naquele momento difícil.

SESSENTA E CINCO

Enquanto esperava por Irma, Michener contemplou o rio através da janela. Ela voltou pouco depois de Katerina se ter ido embora, com um envelope azul-cinza que lhe era familiar e que estava agora em cima da mesa.

– O meu Jakob matou-se – disse ela em voz baixa, falando sozinha. – Que tristeza! Mas continua sepultado na Basílica de S. Pedro, em solo consagrado – acrescentou, virada para Michener.

– Não podíamos divulgar publicamente o que aconteceu.

– Essa era a única censura que ele fazia à Igreja. A verdade é tão rara! É uma ironia que o seu legado esteja agora dependente de uma mentira.

O que, aparentemente, nada tinha de invulgar. Tal como Jakob Volkner, toda a carreira de Michener assentava numa mentira. Era curioso como se tinham tornado semelhantes.

– Ele sempre a amou?

– O que quer saber é se houve outras pessoas? Não, Colin. Só eu.

– Seria natural que, passado um certo tempo, ambos tivessem necessidade de se separar. A Irma não gostava de ter um marido, e filhos?

– Filhos, sim. É a única coisa de que me arrependo na vida. Mas percebi cedo que queria pertencer ao Jakob, e ele esperava o mesmo de mim. Tenho a certeza de que você percebeu que foi, em todos os aspectos, como um filho para ele.

Ao pensar nisso, os olhos de Michener encheram-se de lágrimas.

– Li que foi você que encontrou o corpo dele. Deve ter sido horrível!...

Michener nem queria pensar na imagem de Clemente deitado na cama e das freiras a prepararem-no para o funeral.

– Era um homem extraordinário, mas hoje em dia sinto que ele foi um estranho.

– Não há necessidade de pensar dessa maneira. A questão é que havia aspectos nele que eram só seus. E tenho a certeza de que também você tem facetas de carácter que Jakob nunca conheceu.

E era bem verdade.

Irma apontou para o envelope.

– Não fui capaz de ler o que ele me enviou.

– Mas tentou?

Ela fez um sinal afirmativo.

– Abri o envelope. Estava com curiosidade. Mas só depois de o Jakob morrer. Está escrito noutra língua.

– Em italiano.

– Explique-me do que se trata.

Michener começou a contar-lhe a história, que ela escutava, atónita, tendo o cuidado de a avisar de que mais ninguém do mundo dos vivos, excepto Alberto Valendrea, tinha conhecimento do que dizia o documento que estava dentro do envelope.

– Eu sabia que alguma coisa preocupava o Jakob. Nos últimos meses, as suas cartas eram deprimentes, cínicas, até. Nem pareciam dele, e nunca me disse nada.

– Também eu tentei, mas ele não disse uma palavra.

– Às vezes, ele era assim.

Da entrada do prédio veio o barulho de uma porta a abrir-se e depois a fechar-se com estrondo. Seguiu-se o ruído de passos no soalho de madeira. O restaurante ficava nas traseiras, por detrás de uma pequena sala e das escadas que davam acesso aos pisos superiores. Julgou que fosse Katerina a voltar.

– Posso ajudá-lo? – perguntou Irma.

Michener, que estava de costas para a porta e de frente para o rio, virou-se e deu de caras com Paolo Ambrosi, a poucos metros de si. O italiano vestia uns *jeans* pretos largos e uma camisa de cor escura, um sobretudo cinzento que lhe chegava aos joelhos e um cachecol castanho--avermelhado.

Michener levantou-se.

– Onde está Katerina?

Ambrosi não respondeu. Michener não gostou da expressão presunçosa do patife. Avançou para ele, mas Ambrosi, imperturbável, tirou uma arma da algibeira do sobretudo, o que o obrigou a parar.

– Quem é este homem? – perguntou Irma.

– Sinónimo de sarilhos.

– Sou o padre Paolo Ambrosi. A senhora deve ser Irma Rahn.

– Como é que sabe o meu nome?

Michener ficou entre eles, esperando que Ambrosi não reparasse no envelope que estava em cima da mesa.

– Eu li as suas cartas. Não consegui apanhá-las todas ontem à noite antes de sair de Roma.

Irma levou a mão à boca e sufocou um grito.

– O papa sabe?

Michener apontou para Ambrosi.

– Se este filho-da-mãe sabe, o Valendrea também.

Irma benzeu-se.

Michener olhou para Ambrosi e compreendeu o gesto.

– Diga-me onde está Katerina.

A arma continuava apontada para ele.

– Por agora, em segurança, mas você sabe o que eu quero.

– E como sabe que sou eu que tenho o que você quer?

– Ou é você ou é esta mulher.

– Julguei que Valendrea dissera que me competia a mim descobri-lo – ripostou Michener, pedindo a todos os santos que Irma não abrisse a boca.

– O cardeal Ngovi seria o destinatário de qualquer coisa que você enviasse.

– Não sei o que teria feito.

– Creio que agora já sabe.

Michener teve vontade de responder à arrogância de Ambrosi com um murro, mas tinha ainda o problema da arma para resolver.

– Katerina está em perigo? – perguntou Irma.

– Está bem – respondeu Ambrosi.

– Sinceramente, Ambrosi, a Katerina é um problema *seu*, ela foi sua espia. Já não quero saber dela para nada.

– Tenho a certeza de que vai ficar destroçada ao saber que você disse isso.

Michener encolheu os ombros.

– Como ela é que se meteu nesta confusão, terá de ser ela a resolvê-la.

Perguntou a si próprio se não estaria a pôr em risco a segurança de Katerina, mas qualquer demonstração de fraqueza seria fatal.

– Quero a tradução de Tibor! – exigiu Ambrosi.

– Não a tenho.

– Mas Clemente enviou-a para cá. Correcto?

– Ainda não sei... – Michener precisava de tempo. – Talvez possa descobrir. E há outra coisa. Quando a encontrar, quero que esta senhora fique à margem de tudo. O assunto não lhe diz respeito – acrescentou, apontando para Irma.

– Foi Clemente que a envolveu, e não eu.

– Se quiser a tradução, esta é a condição. De outro modo, entregá-la-ei à imprensa.

Houve um estremecimento momentâneo na postura fria de Ambrosi. Michener conteve um sorriso. Acertara em cheio. Valendrea mandara o seu homem de confiança para destruir a informação e não para a recuperar.

– Ela pode não ter nada a ver com isto, contanto que não tenha lido o documento – disse Ambrosi.

– Ela não sabe italiano.

– Mas sabe você, portanto não se esqueça do aviso. Limitará drasticamente as minhas opções se ignorar o que lhe estou a dizer.

– Como saberia você se eu a li, Ambrosi?

– Parto do princípio de que seja difícil esconder a mensagem. Ela assustou vários papas. Portanto, desista, Michener. Isto já não lhe diz respeito.

– Para uma coisa que não me diz respeito, parece que estou mesmo no meio dela. Como o visitante que você mandou ontem à noite...

– Não sei do que está a falar.

– Eu diria o mesmo, se estivesse no seu lugar.

– E Clemente? – perguntou Irma, com uma súplica na voz. Era óbvio que continuava a pensar nas cartas.

Ambrosi encolheu os ombros.

– A memória dele está nas suas mãos. Não quero a imprensa metida nisto, mas se tal acontecer, estamos preparados para dar a conhecer determinados factos que serão, pelo menos, devastadores para a memória dele... e para a sua.

– Dirão ao mundo como é que ele morreu? – perguntou Irma.

Ambrosi olhou para Michener.

– Ela sabe?

– Tal como você, ao que parece.

– Ainda bem, isso facilita as coisas. Sim, é o que faremos, mas não directamente. Os boatos são muito mais perniciosos. As pessoas continuam a acreditar que o bom João Paulo I foi assassinado. Imagine o que escreveriam sobre Clemente! Já para não falar da sua relação com ele... As poucas cartas que temos são mais do que suficientes. Se gosta muito dele, como eu acredito, colabore neste caso, e nunca virá a saber-se nada.

Irma não respondeu, mas as lágrimas correram-lhe pela face.

– Não chore – acrescentou Ambrosi. – O padre Michener fará o que tem a fazer, como sempre. – Recuou até à porta e parou. – Disseram-me que o famoso circuito do presépio de Bamberg começa esta noite. Em todas as igrejas serão exibidas cenas alusivas à Natividade. Será celebrada missa na catedral, e vai lá estar muita gente. Começa às oito. Por que não nos antecipamos e fazemos a nossa troca às sete horas? Na catedral. – Apontou para a janela e para o edifício no cimo da colina, do outro lado do rio. – Bastante às claras, e todos nos sentiremos melhor. Ou, se preferir, podemos fazer a troca já.

– Às sete horas na catedral. E agora desande daqui!

– Lembre-se do que eu disse, Michener. Não abra o documento. Faça um favor a Miss Lew, a Miss Rahn e a si próprio.

Ambrosi saiu.

Irma soluçava. Por fim, disse:

– Aquele homem é mau.

– Ele e o nosso novo papa.

– Ele está ligado a Pedro?

– É o secretário papal.

– O que está a acontecer, Colin?

– Para saber, tenho de ler o que se encontra dentro desse envelope. – Mas Michener também precisava de salvaguardar Irma. – Saia, por favor. Não quero que saiba nada disto.

– Por que vai abri-lo?

Michener pegou no envelope.

– Tenho de saber o que há aqui de tão importante.

– Mas aquele homem foi muito claro ao dizer que não queria que você o fizesse.

– O Ambrosi que vá para o diabo! – exclamou Michener, surpreendido com a dureza do seu próprio tom.

Irma ficou a pensar na situação difícil em que ele se encontrava.

– Vou tomar providências para que não seja incomodado.

Dizendo isto, retirou-se e fechou a porta. Os gonzos chiaram ligeiramente, e Michener lembrou-se do mesmo som que ouvira, vindo dos arquivos, numa manhã de chuva, há cerca de um mês, quando alguém estava à espreita.

Paolo Ambrosi, de certeza.

Deixou-se ficar em silêncio. Ouviu ao longe o som abafado de uma buzina. Do outro lado do rio, os sinos assinalaram uma hora da tarde.

Sentou-se e abriu o envelope.

Lá dentro estavam duas folhas de papel, uma azul e outra creme. Michener leu primeiro a azul, manuscrita por Clemente:

Colin, a esta hora já deve saber que a Virgem disse mais coisas. Confio-lhe as Suas palavras. Seja sensato no uso que fizer delas.

As mãos tremeram-lhe ao pôr de parte a folha azul. Aparentemente, Clemente sabia que ele acabaria por ir a Bamberg e leria o que estava dentro do envelope.

Desdobrou a folha creme.

Estava escrita a tinta azul-clara e o papel era novo e estaladiço. Leu com atenção o texto em italiano, fazendo mentalmente a tradução. Uma segunda leitura permitiu-lhe aperfeiçoar a linguagem. Leu o documento pela terceira

414

vez e ficou a saber o que a irmã Lúcia tinha escrito em 1944 – o resto do terceiro segredo que a Virgem lhe confiara – e o que o padre Tibor traduzira algures em 1960.

Antes de partir, a Virgem afirmou que havia uma última mensagem que o Senhor queria transmitir só a mim e à Jacinta. Ela disse-nos que era a Mãe de Deus e pediu-nos que transmitíssemos esta mensagem ao mundo inteiro na devida altura. Ao fazê-lo, encontraremos uma forte resistência. Ouçam bem e com atenção, foi o que Ela ordenou. Os homens têm de emendar-se. Eles pecaram e espezinharam o que lhes foi dado. Minha filha, disse Ela, o casamento é um estado santificado. O seu amor não tem limites. O que o coração sente é sincero, não interessa por quem ou porquê, e Deus não traçou limites àquilo que é uma união sã. Lembra-te que a felicidade é o único e verdadeiro critério para avaliar o amor. Lembra-te também que as mulheres fazem parte da Igreja de Deus tal como os homens. Ser chamado ao serviço de Deus não é um exclusivo masculino. Os sacerdotes do Senhor não devem ser privados do amor e da companhia, nem da alegria de terem filhos. Servir a Deus não é ignorar o coração. Os padres devem ter fartura em todos os sentidos. Por fim, disse Ela, lembra-te que o teu corpo te pertence. Tal como Deus Me confiou o Seu filho, o Senhor confia-te, e a todas as mulheres, os filhos por nascer. Só tu decidirás o que é melhor. Ide, minhas filhas, e proclamai a glória destas palavras. Para isso, estarei sempre ao vosso lado.

Michener ficou com as mãos a tremer. Estas palavras, de tão provocatórias, não podiam ser da irmã Lúcia. Tinham outra origem qualquer.

Meteu a mão na algibeira e encontrou a mensagem que Jasna escrevera há dois dias. As palavras que a Virgem lhe dirigira no cimo de um monte da Bósnia. O décimo segredo de Medjugorje. Michener abriu a folha e voltou a ler a mensagem:

Não temas, eu sou a Mãe de Deus, que te fala e te pede que transmitas esta mensagem ao mundo inteiro. Ao fazê-lo, encontrarás uma forte resistência. Ouve bem e toma atenção ao que te digo. Os homens têm de emendar-se. Com humildes súplicas, têm de pedir perdão pelos pecados que cometeram e que hão-de cometer. Proclama em Meu nome que um grande castigo se abaterá sobre a humanidade; não hoje, nem amanhã, mas dentro de pouco tempo, se não acreditarem nas Minhas palavras. Já revelei isto aos abençoados em La Salette, outra vez em Fátima, e hoje repito-o a ti, porque a humanidade pecou e espezinhou a dádiva que Deus lhe deu. Chegará o tempo dos tempos e o fim de todos os fins se a humanidade não se converter; e se tudo ficar como está, ou piorar ainda mais, os grandes e os poderosos perecerão com os pequenos e os fracos.

Presta atenção a estas palavras. Porquê perseguir o homem ou a mulher que ama de uma maneira diferente dos outros? Esta perseguição não agrada ao Senhor. Lembra-te de que o casamento deve ser partilhado por todos sem restrições. O contrário é a loucura do homem, e não a palavra do Senhor. Deus tem as mulheres em grande apreço. Há muito que o seu serviço na Igreja é proibido, e esta repressão desagrada ao Céu. Os sacerdotes de Cristo devem ser felizes e fartos. A alegria do amor e dos filhos nunca lhes deve ser negada, e o Santo Padre faria melhor em compreender isto. As Minhas últimas palavras são as mais importantes. Lembra-te de que escolhi livremente ser a Mãe de Deus. A escolha de um filho compete à mulher, e o homem não deve interferir nessa decisão. Agora vai, transmite ao mundo a Minha mensagem e proclama a bondade do Senhor, mas lembra-te de que estarei sempre ao teu lado.

Michener levantou-se da cadeira e ajoelhou-se. As implicações não estavam em causa. Duas mensagens. Uma escrita por uma freira portuguesa em 1944, uma mulher com pouca cultura e um domínio reduzido da língua, e traduzida por um padre em 1960 – o relato do que fora transmitido em 13 de Julho de 1917, a data em que a Virgem Maria teria aparecido. A outra, escrita por uma mulher há dois dias, uma vidente que presenciara centenas de aparições – o relato do que lhe fora comunicado numa noite de tempestade, no cimo de um monte, quando a Virgem Maria lhe aparecera pela última vez.

Cerca de cem anos separavam os dois acontecimentos.

A primeira mensagem fora fechada no Vaticano, lida apenas por dois papas e um tradutor búlgaro, nenhum dos quais sabia quem era o portador da segunda mensagem. O receptor da segunda mensagem também não poderia saber o conteúdo da primeira. No entanto, o conteúdo das duas mensagens era idêntico, e o denominador comum era o mensageiro: Maria, a Mãe de Deus.

Há dois mil anos que os cépticos exigiam provas da existência de Deus, algo tangível que demonstrasse, sem margem para dúvidas, que Ele era um ser vivo, conhecedor do mundo, vivo em todo o sentido da palavra. Nem uma parábola nem uma metáfora, mas o senhor do Céu, aquele que tudo concedia ao homem, aquele que velava pela Criação. A sua própria visão da Virgem atravessou a mente de Michener.

Qual é o meu destino?, perguntara ele.

Ser um sinal para o mundo, um farol de arrependimento. O mensageiro capaz de anunciar que Deus está bem vivo.

Michener julgara que tudo aquilo não passara de uma alucinação; agora sabia que fora real.

Benzeu-se e, pela primeira vez, rezou ciente de que Deus o escutava. Pediu perdão pela Igreja e pela loucura dos homens, sobretudo a dele próprio. Se Clemente estava certo, e já não havia motivos para duvidar disso, em 1978 Valendrea retirara a parte do segredo que ele acabara de ler. Imaginou o que Valendrea devia ter pensado ao ler aquelas palavras pela primeira vez: dois mil anos de ensinamentos da Igreja derrubados por uma criança portuguesa analfabeta! As mulheres podem exercer o sacerdócio? Os padres devem casar e ter filhos? A homossexualidade não é pecado? O aborto é uma decisão da mulher? Então, na véspera, quando Valendrea lera a mensagem de Medjugorje, devia ter concluído imediatamente o que Michener sabia agora.

Tudo isso era a Palavra de Deus.

Recordou o que a Virgem lhe dissera: *Não renuncies à tua fé, porque no fim só ela restará.*

Michener fechou os olhos com força. Clemente tinha razão, os homens eram loucos. O Céu tentara orientar a humanidade para o bom caminho, e os insensatos haviam ignorado esse esforço. Pensou nas mensagens desaparecidas dos videntes de La Salette. Teria outro papa feito, há um século, o mesmo que Valendrea tentara fazer? Isso poderia explicar por que motivo a Virgem aparecera mais tarde em Fátima e Medjugorje. Uma nova tentativa. Mas Valendrea sabotara todas as revelações ao destruir as provas. Clemente, pelo menos, tentara. *A Virgem voltou e disse-me que chegara a minha hora. O padre Tibor estava junto d'Ela. Esperava que a Virgem me levasse, mas Ela afirmou que eu tinha de pôr termo à vida. O padre Tibor disse que era o meu dever, a penitência por ter desobedecido, e que tudo se esclareceria mais tarde. Perguntei o que aconteceria à minha alma, mas disseram-me que o Senhor estava à espera. Ignorei o Céu durante muito tempo. Não o farei agora.* Estas palavras não eram delírios de uma alma perturbada, nem a mensagem de um suicida instável. Michener entendia agora por que motivo Valendrea não podia permitir que a tradução reproduzida pelo padre Tibor fosse comparada com a mensagem de Jasna.

As repercussões seriam devastadoras.

Ser chamado ao serviço de Deus não é um exclusivo masculino. A Igreja adoptara uma posição inflexível em relação ao sacerdócio das mulheres. Desde os tempos da antiga Roma que os papas tinham convocado concílios para reafirmar a tradição. Cristo era homem e, por conseguinte, os sacerdotes também deviam ser homens.

Os sacerdotes de Cristo devem ser felizes e fartos. A alegria do amor e dos filhos nunca lhes deve ser negada. O celibato era um conceito criado e imposto pelos homens. Cristo fora condenado ao celibato. O mesmo deveria acontecer com os seus padres.

Porquê perseguir o homem ou a mulher que ama de uma maneira diferente dos outros? Segundo o Génesis, um homem e uma mulher uniram-se como se fossem *um só corpo* para transmitir vida um ao outro, e foi por isso que, durante muito tempo, a Igreja ensinou que de uma união que não conseguia gerar vida só vinha o pecado.

Tal como Deus Me confiou o Seu filho, o Senhor confia-te, e a todas as mulheres, os filhos por nascer. Só tu decidirás o que é melhor. A Igreja opusera-se a todos os métodos contraceptivos. Os papas tinham afirmado repetidamente que um embrião tinha alma, que um ser humano merecia viver e que a vida tinha de ser preservada, mesmo que fosse à custa da existência da mãe.

Para o homem, o conceito de «Palavra de Deus» parecia ser muito diferente da «Palavra» propriamente dita. Pior, durante séculos, a mensagem de Deus fora transmitida através de atitudes inflexíveis com a chancela da infalibilidade papal, que, afinal, se revelava agora falsa, dado que nenhum papa fizera o que o Céu desejava. O que afirmara Clemente? *Nós somos apenas homens, Colin, nada mais. Sou tão infalível como você. Contudo, autoproclamamo-nos príncipes da Igreja. Os clérigos devotos preocupam-se apenas em agradar a Deus, enquanto nós só agradamos a nós próprios.*

Ele tinha razão… Que Deus santificasse a sua alma!

Com a leitura de umas simples palavras escritas por duas mulheres abençoadas, esclareciam-se milhares de anos de erros crassos. Michener voltou a rezar, desta vez para rogar a Deus que perdoasse à humanidade, e em seguida pediu a Clemente que velasse por ele nas horas seguintes.

Não podia entregar de maneira alguma a tradução do padre Tibor a Ambrosi. A Virgem dissera-lhe que ele era um sinal para o mundo, um farol de arrependimento, o mensageiro destinado a anunciar que Deus estava vivo. Para isso, precisava de manter em seu poder a versão completa do terceiro segredo de Fátima. Os investigadores tinham de estudar o texto e eliminar o que era explicável, deixando apenas uma conclusão.

Mas, se mantivesse em seu poder o texto do padre Tibor, poria em risco a vida de Katerina.

Michener voltou a rezar, desta vez para pedir orientação.

SESSENTA E SEIS

Katerina tentou libertar os pés e as mãos da fita adesiva grossa que a amarrava. Tinha os braços dobrados atrás das costas e estava estendida em cima de um colchão alto forrado com uma colcha áspera que cheirava a tinta. Através da janela solitária, viu a noite aproximar-se. Tinha a boca tapada com fita adesiva e fez o possível por manter a calma e respirar lentamente pelo nariz.

Como fora ali parar era um mistério. Só se lembrava de Ambrosi a ter sufocado e de mergulhar na escuridão. Acordara talvez duas horas depois e não ouvia nada senão uma voz de vez em quando, na rua. Aparentemente encontrava--se num andar alto, talvez num dos edifícios barrocos que bordejavam as ruas antigas de Bamberg nas imediações da Igreja de S. Gangolfo, visto que Ambrosi a levara para aqueles lados. O ar frio secava-lhe as narinas; ainda bem que não despira o casaco.

Por instantes, na igreja, pensara que a sua hora chegara, mas, pelos vistos, tinha mais valor se se mantivesse viva – era com certeza a moeda de troca de que Ambrosi se serviria para obrigar Michener a fazer o que ele queria.

Tom Kealy tinha razão a respeito de Valendrea, mas enganara-se quanto à sua capacidade de se desenvencilhar sozinha. As paixões destes homens ultrapassavam tudo o

421

que conhecia. No tribunal, Valendrea dissera a Kealy que ele estava claramente com o Demónio. Se isso fosse verdade, então Kealy e Valendrea tinham o mesmo companheiro.

Ouviu uma porta a abrir-se e depois a fechar-se, o ruído de passos que se aproximavam. A porta do quarto abriu-se e Ambrosi entrou.

– Confortável? – perguntou, tirando as luvas.

Os olhos dela seguiram-lhe os movimentos. Ambrosi atirou o sobretudo para cima de uma cadeira e sentou-se na cama.

– Eu diria que você julgou que ia morrer na igreja. A vida é uma grande dádiva, não é? Claro que não pode responder, mas não faz mal. Gosto de responder às minhas próprias perguntas.

O homem parecia satisfeito consigo mesmo.

– A vida é realmente uma dádiva, e eu concedi-lhe essa dádiva. Podia tê-la matado e acabado com o problema que você é.

Katerina estava completamente imóvel. Ambrosi percorreu o seu corpo com o olhar.

– O Michener gozou-te, não foi? Um prazer enorme, tenho a certeza. O que é que me disseste em Roma? Que mijas sentada e, portanto, eu não estaria interessado. Julgas que não sinto desejo por uma mulher? Pensas que não saberia o que havia de fazer? Porque sou padre? Ou porque sou invertido?

Katerina perguntou-se a quem se destinaria este espectáculo: a ela ou a ele próprio?

– O teu amante disse que se estava nas tintas para o que te acontecesse – continuou, claramente divertido. – Objectou que eras minha espia, que eras um problema meu e não dele. Talvez tenha razão. Afinal, fui eu que te contratei.

Katerina tentou manter um olhar calmo.

– Julgas que foi Sua Santidade que requisitou a tua ajuda? Não, eu é que sabia da tua relação com o Michener, eu é que pensei nisso. Pedro não saberia de nada, se não fosse eu.

De repente deu-lhe um safanão, obrigou-a a levantar-se e arrancou-lhe a fita adesiva da boca. Antes que ela pudesse pronunciar uma palavra, puxou-a para si e colou a boca à dela. O contacto com a língua dele era repugnante, e Katerina tentou encolher-se, mas Ambrosi manteve-a presa. Empurrou-lhe a cabeça levemente para o lado, agarrou-lhe os cabelos e sugou-lhe o ar que vinha dos pulmões. A sua boca sabia a cerveja. Por fim, ela cravou-lhe os dentes na língua. Ambrosi recuou e Katerina atirou-se para a frente, rachando-lhe o lábio inferior, que começou a sangrar.

– Cabra! – gritou ele, largando-a em cima da cama.

Katerina cuspiu a saliva dele que tinha na boca, como se exorcizasse o mal. Ambrosi deu um salto para a frente e esbofeteou-a com as costas da mão. A bofetada doeu, e Katerina sentiu o sabor do sangue. Ele agrediu-a mais uma vez, com tal força que ela bateu com a cabeça na parede ao lado da cama.

O quarto começou a rodopiar.

– Eu devia matar-te...

– Vá-se lixar! – conseguiu ela dizer.

Rebolou para ficar deitada de costas, mas sentia-se cada vez mais atordoada.

Ambrosi limpou o sangue do lábio com a manga da camisa.

Da boca de Katerina caiu uma gota de sangue. Balouçou--se e esfregou a cara na colcha, que ficou manchada.

– É melhor matar-me, porque, se não o fizer, mato-o eu na primeira oportunidade.

– Nunca terás hipótese!

Katerina percebeu que estaria em segurança até ele obter o que pretendia. Colin agira bem ao dar a entender ao idiota que ela não era importante.

Ambrosi voltou a aproximar-se da cama e afagou o lábio.

– Só espero que o teu amante ignore o que eu lhe disse. Vou gostar de assistir à vossa morte.

– Que palavras tão grandes para um homem tão pequeno!

Ambrosi atirou-se para a frente, espalmou-a na cama, abriu-lhe as pernas e escarranchou-se nela. Katerina sabia que não iria matá-la, por enquanto, pelo menos.

– O que se passa, Ambrosi? Não sabe o que há-de fazer a seguir?

Ele tremia de raiva. Ela estava a provocá-lo, mas sem resultado.

– Eu bem disse a Pedro que te deixasse em paz, depois da Roménia!

– Então é por isso que estou a ser agredida pelo lulu dele.

– Tens sorte em eu ficar por aqui...

– O Valendrea podia sentir ciúmes. E se isto ficasse apenas entre nós?

O sarcasmo custou-lhe um apertão na garganta, não o suficiente para a impedir de respirar, mas para perceber que tinha de se calar.

– Você é um homem duro para uma mulher atada de pés e mãos. Desate-me e mostre até onde vai a sua coragem.

Ambrosi largou-a.

– Tu nem vales o esforço. Só temos mais duas horas. Vou ver se janto antes de acabar com isto. Para sempre! – rematou, com um olhar penetrante.

SESSENTA E SETE

Valendrea passeava pelos jardins e desfrutava um fim de tarde de Dezembro invulgarmente ameno. Este primeiro sábado do seu pontificado fora agitado. Celebrara missa de manhã e em seguida recebera uma série de pessoas que se tinham deslocado expressamente a Roma para o felicitar. A tarde começara com uma reunião de cardeais. Eram cerca de oitenta os que se encontravam na cidade, e reunira--se com eles durante três horas para lhes descrever, em linhas gerais, alguns dos seus planos. Haviam feito as perguntas habituais, mas desta vez tivera oportunidade de anunciar que todas as audiências marcadas por Clemente XV se manteriam até à semana seguinte. A única excepção era o cardeal-arquivista, que, segundo afirmou, apresentara a demissão por motivos de saúde. O novo arquivista seria um cardeal belga que já regressara ao seu país, mas que vinha a caminho de Roma. Além disto, Valendrea não tomara outras decisões, e só voltaria a fazê-lo depois do fim-de-semana. Reparou na expressão de muitos dos que se encontravam na sala, que esperavam que ele cumprisse algumas promessas feitas antes do conclave, mas ninguém contestou as duas declarações. Isto agradou-lhe.

À sua frente estava o cardeal Bartolo, à espera no sítio em que tinham combinado encontrar-se antes da reunião

425

dos cardeais. O prefeito de Turim insistira em que falassem nesse dia. Valendrea sabia que lhe prometera o cargo de secretário de Estado e agora, aparentemente, o homem exigia que a promessa fosse cumprida. Apesar de ter sido Ambrosi a comprometer-se com o cardeal, aconselhara-o a protelar o mais possível esta nomeação; afinal, Bartolo não fora o único a quem tinha sido garantido o lugar... Quanto aos vencidos, teriam de ser encontradas desculpas para que não se tornassem dissidentes – motivos suficientes para sufocar a amargura e evitar a retaliação. É claro que alguns poderiam ser contemplados com outros cargos, mas Valendrea sabia bem que vários cardeais mais velhos cobiçavam o lugar de secretário de Estado.

Bartolo estava junto do Pasetto di Borgo. O corredor medieval atravessava o muro do Vaticano e desembocava no Castel Sant'Angelo, um forte que noutros tempos protegera os papas dos invasores.

– Eminência... – disse Valendrea, cumprimentando-o quando ele se aproximou.

Bartolo, um homem de barbas, mais velho do que ele, fez-lhe uma vénia e disse, sorrindo:

– Vossa Santidade... Este título soa-lhe bem, não é verdade, Alberto?

– Faz eco.

– Você tem andado a evitar-me.

Valendrea desvalorizou a observação.

– Nunca!

– Conheço-o muito bem. Não sou o único a quem foi oferecido o cargo de secretário de Estado.

– Os votos são difíceis de obter. O que temos de fazer tem muita força.

Valendrea tentava não endurecer o tom, mas percebeu que Bartolo não era ingénuo.

– Eu fui directamente responsável por uma dúzia dos seus votos, pelo menos.

– Os quais, como se verificou, não vieram a ser necessários.

Os músculos do rosto de Bartolo crisparam-se.

– Só porque o Ngovi se retirou. Imagino que esses doze votos teriam sido cruciais se a luta tivesse continuado.

O velho falava cada vez mais alto, o que parecia retirar força às suas palavras, transformando-as numa súplica. Valendrea resolveu ir direito ao assunto.

– Gustavo, você é demasiado velho para ser secretário de Estado. O cargo é muito exigente, é necessário viajar frequentemente.

Bartolo deitou-lhe um olhar fulminante. Este homem ia ser um aliado difícil de aplacar. Era verdade que o cardeal tinha angariado diversos votos, o que fora confirmado pelos aparelhos de escuta, e que fora o seu campeão desde o início, mas Bartolo tinha fama de ser indolente e pouco culto e de não possuir experiência diplomática. A sua escolha para qualquer cargo não seria bem aceite, sobretudo tratando-se de um tão crítico como o de secretário de Estado. Havia mais três cardeais igualmente diligentes, com um passado exemplar e que gozavam de um prestígio muito maior no Sacro Colégio. Mesmo assim, Bartolo oferecia uma garantia em relação aos outros: uma obediência constante, o que não era de desprezar.

– Gustavo, se eu admitisse nomeá-lo, imporia condições.

Valendrea estava a apalpar o terreno para ver até que ponto este seria convidativo.

– Sou todo ouvidos.

– Tenciono encarregar-me pessoalmente da política externa. Todas as decisões seriam tomadas por mim, e não por si. Você teria de fazer exactamente o que eu dissesse.

– Você é o papa.

A resposta foi lesta, revelando que o desejo existia.

– Eu não toleraria dissensões nem actos de indisciplina.

– Alberto, sou padre há quase cinquenta anos e sempre obedeci aos papas. Até me ajoelhei e beijei o anel de Jakob Volkner, um homem que desprezava. Não vejo como possa questionar a minha lealdade.

Valendrea esboçou um sorriso forçado.

– Eu não estou a questionar nada, só quero que você conheça as regras do jogo.

Valendrea desbravou um pouco o caminho e Bartolo foi atrás dele. Apontou para cima e disse:

– Antigamente, os papas fugiam do Vaticano por aquele corredor. Escondiam-se como se fossem crianças com medo do escuro. Só de pensar nisso, fico doente.

– Os exércitos já não invadem o Vaticano.

– As tropas, não, mas os exércitos continuam a invadi--lo. Hoje em dia, os infiéis são repórteres e escritores. Trazem as câmaras e os blocos de apontamentos e tentam destruir os alicerces da Igreja, ajudados por liberais e dissidentes. Por vezes, Gustavo, até o papa é um aliado deles, como aconteceu com Clemente.

– Foi uma bênção ele ter morrido.

Valendrea gostava do que estava a ouvir e sabia que não se tratava de lugares-comuns.

– Tenciono devolver a glória ao pontificado. O papa comanda um milhão, ou mais, de pessoas quando se desloca a qualquer parte do mundo. Os governos deviam ter receio deste potencial. Pretendo ser o papa mais viajado da história.

– E precisaria do apoio constante do secretário de Estado para alcançar tudo isso.

Tinham avançado um pouco mais.

– Adivinhou os meus pensamentos, Gustavo.

Valendrea olhou de novo para o corredor de tijolo e lembrou-se do último papa que fugira do Vaticano quando os mercenários alemães haviam invadido Roma. Sabia a data exacta: 6 de Maio de 1527. Nesse dia tinham morrido cento e quarenta e sete guardas suíços para defender o seu pontífice. O papa conseguira escapar por um triz através do corredor, despindo as vestes brancas para que ninguém o reconhecesse.

– Nunca fugirei do Vaticano – esclareceu, para que Bartolo o ouvisse, mas também as próprias paredes.

De repente, deixou-se levar pelas circunstâncias do momento e resolveu ignorar o conselho de Ambrosi.

– Está bem, Gustavo. Farei o anúncio na segunda-feira. Você será o meu secretário de Estado. Sirva-me bem.

O velho ficou radiante.

– Poderá contar com a minha dedicação total.

Estas palavras fizeram Valendrea pensar no seu aliado mais fiel.

Ambrosi telefonara há duas horas e comunicara-lhe que a tradução de Tibor estaria em seu poder às sete da tarde. Até então, não havia indícios de que alguém a tivesse lido, o que o deixara satisfeito.

Olhou para o relógio. Eram seis e meia.

– Tem algum compromisso, Vossa Santidade?

– Não, eminência. Estava só a pensar noutro assunto que está a ser resolvido neste momento.

SESSENTA E OITO

BAMBERG
18.50h

Michener subiu uma ruela íngreme que ia dar à Catedral de S. Pedro e S. Jorge e entrou numa praça oblonga e inclinada. Lá em baixo, uma paisagem de coberturas de telha e de torres de pedra destacava-se da zona mais característica, iluminada por vários pontos de luz dispersos pela cidade. Do céu escuro caíam flocos de neve em espiral, numa cadência forte, que, no entanto, não impediam a multidão de se dirigir para a igreja, cujas quatro agulhas irradiavam um brilho azul-esbranquiçado.

Há mais de quatro séculos que as igrejas e as praças de Bamberg celebravam o Advento com representações decorativas da Natividade. Michener soubera por Irma Rahn que o circuito começava sempre na catedral e que, depois da bênção do bispo, toda a gente se espalhava pela cidade para admirar as novidades desse ano. Muitos vinham da Baviera, e Irma avisara-o de que as ruas estariam apinhadas e barulhentas.

Michener consultou o relógio. Eram quase sete horas.

Olhou à sua volta e observou as famílias que se dirigiam para a entrada da catedral. Muitas crianças falavam ininterruptamente da neve, da quadra natalícia e do Pai Natal. À direita formara-se um grupo à volta de uma mulher embrulhada num espesso casaco de lã. Estava empoleirada num muro baixo e falava sobre Bamberg e a catedral. Era uma espécie de excursão.

Michener perguntou a si próprio o que pensariam as pessoas se soubessem o que ele sabia agora: que não fora o homem que criara Deus e que, tal como os teólogos e os santos tinham afirmado desde o início dos tempos, Deus estava presente, atento, muitas vezes satisfeito, com certeza, outras frustrado ou irritado. O melhor conselho parecia ser o mais antigo: servi-Lo bem e com lealdade.

Continuava com receio do que seria necessário para expiar os seus pecados. Talvez esta missão fizesse parte da sua penitência. De qualquer modo sentia-se aliviado por saber que o seu amor por Katerina, pelo menos do ponto de vista do Céu, não fora pecado. Quantos padres tinham abandonado a Igreja depois de situações semelhantes? Quantos homens bons tinham morrido convencidos de que haviam prevaricado?

Ia a passar pelo grupo de turistas quando uma coisa que a mulher disse lhe chamou a atenção.

– ... a cidade das sete colinas.

Michener ficou imóvel.

– Era assim que os antigos chamavam a Bamberg, devido às sete elevações de terreno que envolvem o rio. É difícil vê-las neste momento, mas há sete colinas distintas, e, no passado, cada uma era ocupada por um príncipe, um bispo ou uma igreja. Na época de Henrique II, quando Bamberg era a capital do Sacro Império Romano, a analogia aproximou este centro político de Roma, também conhecida pela *cidade das sete colinas*.

Na perseguição final da Santa Igreja Romana reinará Pedro, «o Romano», que alimentará o seu rebanho no meio de muitas atribulações, e depois, na cidade das sete colinas, o temível juiz julgará todas as pessoas. Fora isto que S. Malaquias previra no século XI. Michener convencera-se de que a *cidade das sete colinas* era uma referência a Roma. Não sabia que Bamberg era conhecida pelo mesmo epíteto.

Fechou os olhos e rezou. Seria esta outra mensagem? Algo crucial para o que estava prestes a acontecer?

Levantou a cabeça e contemplou a entrada afunilada para a catedral. O tímpano, inundado de luz, representava Cristo no Juízo Final. João e Maria, aos Seus pés, pediam que as almas se erguessem das sepulturas. Os abençoados juntavam-se atrás de Maria, a caminho do Céu, os condenados eram arrastados para o Inferno por um demónio sorridente. Teriam dois mil anos de arrogância cristã ruído nessa noite, num local onde há cerca de um milénio um sacerdote irlandês canonizado previra que a humanidade afluiria?

Aspirou uma lufada de ar frio, encheu-se de coragem e abriu caminho em direcção à nave. Lá dentro, as paredes de calcário estavam envolvidas numa luz suave. Michener contemplou os pormenores das abóbadas de nervuras, das colunas robustas, da estatuária e das janelas altas. Num extremo, lá no alto, havia um coro. O outro extremo era preenchido pelo altar-mor. Atrás do altar, encontrava-se o túmulo de Clemente II, o único papa sepultado em solo alemão e o homónimo de Jakob Volkner.

Parou junto de uma pia de mármore e mergulhou o dedo na água benta. Benzeu-se e ergueu mais uma prece pelo que ia fazer. Do órgão saía uma melodia suave.

Michener olhou à sua volta para a multidão que enchia os bancos corridos. Os acólitos, paramentados, afadigavam-se nos preparativos. À esquerda, lá em cima, diante de uma sólida balaustrada de pedra, estava Katerina, e a seu lado Ambrosi, com o mesmo sobretudo de cor escura e cachecol. À esquerda e à direita da balaustrada erguiam-se duas escadas iguais, cujos degraus estavam cheios de gente. No meio encontrava-se o túmulo imperial. Clemente também falara dele – um Riemenschneider ricamente esculpido que representava Henrique II e a sua rainha, cujos corpos ali repousavam há quinhentos anos.

Pareceu-lhe ver uma arma junto de Katerina, mas não acreditava que Ambrosi se arriscasse a fazer qualquer disparate naquele local. Gostaria de saber se haveria reforços disfarçados no meio da multidão. Manteve-se imóvel, enquanto as pessoas passavam por ele em fila.

Ambrosi fez-lhe sinal para subir a escada da esquerda.

Ele não se mexeu.

Ambrosi repetiu o sinal.

Ele abanou a cabeça.

O olhar de Ambrosi endureceu.

Michener tirou o envelope da algibeira e mostrou-o ao seu perseguidor. Pela expressão do secretário papal, este reconhecera o envelope que tinha visto no restaurante e que se encontrava, na sua inocência, em cima da mesa.

Michener abanou a cabeça outra vez.

Depois lembrou-se do que Katerina lhe tinha dito. Ambrosi conseguira ler-lhe os lábios quando ela o amaldiçoara na Praça de S. Pedro.

Vá-se lixar, Ambrosi!, disse Michener em surdina.

E verificou que o padre entendera o que ele dissera.

Guardou o envelope na algibeira e encaminhou-se para a saída, esperando não vir a arrepender-se do que iria acontecer.

* * *

Katerina viu que Michener dissera qualquer coisa e que depois se dirigira para a saída. Não oferecera resistência no caminho para a catedral, porque Ambrosi dissera-lhe que não estava sozinho e que, se não aparecessem lá às sete horas, Michener morreria. Duvidava que houvesse mais pessoas envolvidas, mas concluiu que era preferível ir à igreja e esperar que surgisse uma oportunidade, por isso, assim que

Ambrosi percebeu que Michener o traíra, ignorou o cano da arma apontada às suas costas e pisou Ambrosi com o salto do sapato esquerdo. Afastou o padre com um encontrão e tirou-lhe a pistola, que caiu ruidosamente no chão de mosaicos.

Katerina precipitou-se para a arma no momento em que a mulher que estava ao seu lado deu um grito. Aproveitou a confusão para pegar na pistola e correu para a escada, olhando de esguelha para Ambrosi, que tentava levantar-se.

Os degraus estavam cheios de gente. Tentou abrir caminho, mas era impossível, por isso resolveu saltar por cima da balaustrada para a cripta imperial. Aterrou sobre a efígie de pedra de uma mulher deitada ao lado de um homem de túnica e em seguida saltou para o chão. Levava a arma na mão. As vozes subiram de tom e o pânico instalou-se no interior da igreja. Katerina empurrou as pessoas que se tinham concentrado à porta e conseguiu sair, respirando o ar frio da noite.

Meteu a pistola no bolso, procurou Michener com o olhar e avistou-o na ruela que dava acesso ao centro da cidade. Ouviu um burburinho atrás de si e percebeu que Ambrosi também tentava sair da catedral.

Então, desatou a correr.

Michener julgou ver Katerina quando começou a descer a ruela sinuosa, mas não podia parar. Tinha de continuar a andar. Se era Katerina, viera atrás dele, e Ambrosi vinha no seu encalço. Desceu o estreito caminho de pedra a passos largos, tropeçando nas pessoas que seguiam em sentido contrário.

Conseguiu chegar ao fundo da rua e correu para a ponte da câmara municipal. Atravessou o rio por uma porta que dividia ao meio o frágil edifício de madeira e entrou na fervilhante Maxplatz.

Aí abrandou o passo e olhou de relance para trás.

Katerina estava a cinquenta metros e caminhava na sua direcção.

Katerina teve vontade de gritar e de pedir a Michener que esperasse, mas ele avançava com determinação para a concorrida feira de Natal de Bamberg. Levava a arma na algibeira, porém, atrás dela, Ambrosi ganhava terreno. Procurara um polícia, qualquer representante da autoridade, mas essa noite de divertimento parecia ser feriado nacional. Não havia uniformes à vista.

Katerina tinha de acreditar que Michener sabia o que estava a fazer. Mostrara-se de propósito a Ambrosi, aparentemente apostando que o agressor não a atacaria em público. O conteúdo da tradução do padre Tibor devia ser muito importante, para Michener não querer que Ambrosi ou Valendrea lhe deitassem a mão. No entanto interrogava-se se ela seria suficientemente importante para arriscar o que ele parecia ter decidido apostar neste jogo perigoso.

Mais à frente, Michener desapareceu no meio das pessoas que se aglomeravam diante das tendas repletas de objectos natalícios. Luzes intensas iluminavam o mercado ao ar livre como se fosse de dia. Cheirava a salsichas grelhadas e a cerveja.

Também Katerina abrandou o passo, quando as pessoas a envolveram.

Michener avançou no meio dos foliões, mas não muito depressa, para não atrair as atenções. A feira prolongava-se por cerca de cem metros na sinuosa ruela empedrada, ladeada por edifícios emoldurados por barrotes de madeira. As pessoas e as tendas formavam uma coluna congestionada.

Quando se aproximou da última tenda, a afluência era menor.

Recomeçou a correr. As solas de borracha fizeram-se ouvir no empedrado quando abandonou o recinto barulhento da feira e se dirigiu para o canal. Atravessou uma ponte de pedra e entrou numa zona calma da cidade.

Atrás dele ouviam-se outros passos. Lá em cima, avistou a Igreja de S. Gangolfo. Toda a festa estava centralizada em Maxplatz ou do outro lado do rio, nas imediações da catedral, e contava com uma certa privacidade pelo menos durante os minutos seguintes.

Só esperava não estar a desafiar o destino.

Katerina viu Michener a entrar na Igreja de S. Gangolfo. O que estaria lá a fazer? Era uma estupidez! Ambrosi continuava a segui-la, mas Colin encaminhara-se deliberadamente para a igreja. Devia saber que ela ia atrás dele, assim como o seu agressor.

Olhou para os edifícios que a rodeavam. Eram poucas as janelas em que se viam luzes acesas e a rua estava deserta. Correu para as portas da igreja, abriu-as de par em par e entrou. Começava a perder o fôlego.

– Colin!

Não houve resposta.

Voltou a chamá-lo. Mais uma vez, não obteve resposta.

Desceu a nave central em direcção ao altar, passando pelos bancos vazios, que desenhavam sombras esguias na penumbra. Apenas algumas lâmpadas iluminavam a nave. Aparentemente, a igreja não participava na celebração desse ano.

– Colin!

Havia agora desespero na sua voz. Onde estava ele? Por que não respondia? Teria saído por outra porta? Teria ficado ali sozinha?

As portas abriram-se atrás dela.

Katerina enfiou-se numa fila de bancos, agachou-se e, arrastando-se no chão de pedra rugosa, tentou chegar ao outro lado.

O ruído de passos impediu que avançasse.

Michener viu um homem entrar na igreja. Um feixe de luz revelou a face de Paolo Ambrosi. Há pouco, Katerina entrara e chamara-o, mas não respondera de propósito. Ela estava agora agachada no chão, no meio dos bancos.

– Você anda depressa, Ambrosi! – gritou ele.

A voz de Michener ecoou nas paredes, dificultando a sua localização. Viu Ambrosi a encaminhar-se para a direita, na direcção dos confessionários, a inclinar a cabeça para um lado e para o outro, tentando perceber de onde vinha o som. Esperava que Katerina não denunciasse a sua própria presença.

– Por que torna isto tão difícil, Michener? – perguntou Ambrosi. – Você sabe o que eu quero.

– Você disse-me que as coisas seriam diferentes se eu lesse o texto. Por uma vez, teve razão.

– Você nunca foi obediente.

– E o padre Tibor? Obedeceu?

Ambrosi aproximava-se do altar; deslocava-se com cautela, sempre à procura de Michener.

– Nunca falei com Tibor – disse Ambrosi.

– Ai isso é que falou!

Michener olhou lá para baixo. Estava escondido no púlpito, dois metros e meio acima de Ambrosi.

– Saia daí, Michener. Vamos resolver isto.

Quando Ambrosi se virou, ficou momentaneamente de costas para ele, e Michener saltou. Os dois homens atiraram-se um ao outro e rolaram no chão.

Ambrosi conseguiu libertar-se e levantou-se.

Michener começou também a levantar-se.

Um movimento à sua direita chamou-lhe a atenção. Viu Katerina a correr para eles, com uma arma na mão. Ambrosi contornou uma fila de bancos e atirou-se a ela. Deu-lhe um pontapé no peito e deitou-a ao chão. Michener ouviu um ruído surdo, a cabeça de alguém a embater na pedra. Ambrosi desapareceu momentaneamente no meio dos bancos e reapareceu com a arma na mão. Obrigou Katerina a levantar-se e encostou-lhe o cano da pistola ao pescoço.

– Muito bem, Michener. Basta!

Michener não se mexeu.

– Entregue-me a tradução do Tibor.

Michener deu alguns passos na direcção deles e tirou o envelope do bolso.

– É isto que você quer?

– Atire o envelope para o chão e recue. – Ambrosi preparou a arma para disparar. – Não me provoque, Michener! Olhe que eu tenho coragem para fazer o que é preciso, porque o Senhor dá-me força.

– Talvez Ele esteja a pô-lo à prova para ver o que você faz.

– Cale-se! Não preciso de lições de teologia.

– Talvez eu seja a melhor pessoa para o fazer neste momento.

– Por causa das palavras? – O tom era zombeteiro, como o de um aluno a inquirir o professor. – Elas dão-lhe coragem?

Michener farejou qualquer coisa.

– O que é, Ambrosi? O Valendrea não lhe contou tudo? Que pena! Guardou a melhor parte.

Ambrosi aumentou a pressão sobre Katerina.

– Atire o envelope para o chão e afaste-se!

A expressão desesperada de Ambrosi indicava que seria capaz de cumprir a ameaça, e Michener atirou o envelope para o chão.

Ambrosi largou Katerina e empurrou-a para Michener. Ele agarrou-a e verificou que ela ficara estonteada com a pancada na cabeça.

– Estás bem? – perguntou.

Ela tinha os olhos vítreos, mas fez um sinal afirmativo.

– Muito bem, já tem o que pretende.

Ambrosi examinava o conteúdo do envelope.

– Como sabe que é isso que o Valendrea quer?

– Não sei, mas as instruções que recebi foram claras: conseguir o que pudesse e eliminar as testemunhas.

– E se eu tiver tirado uma fotocópia?

Ambrosi encolheu os ombros.

– É um risco que corremos. Mas, felizmente para nós, você não estará cá para falar. Esta é a parte de que eu mais gosto – disse ele, apontando-lhes a pistola.

Um vulto saiu da sombra e aproximou-se lentamente de Ambrosi, por detrás. Os seus passos não se ouviam. O homem vestia umas calças pretas e um casaco solto do mesmo tom. Empunhava uma pistola, que aproximou devagar da têmpora direita de Ambrosi.

– Garanto-lhe, padre, que também eu vou gostar desta parte – disse o cardeal Ngovi.

– O que está a fazer aqui? – perguntou Ambrosi.

– Vim falar consigo, portanto, baixe a arma e responda a umas perguntas. Depois pode ir-se embora.

– Você quer o Valendrea, não é?

– Por que julga você que ainda está vivo?

Michener susteve a respiração, enquanto Ambrosi ponderava as suas opções. Ao telefonar a Ngovi, confiara no instinto de sobrevivência de Ambrosi. Partira do princípio de que, embora Ambrosi desse mostras de grande lealdade, quando se tratasse de escolher entre ele próprio e o seu papa, não haveria alternativa possível.

– Acabou, Ambrosi – disse Michener, apontando para o envelope. – Eu li o que está lá dentro. O cardeal Ngovi também. A esta hora, há muitas pessoas que já sabem. Você não consegue ganhar.

– E que importância tinha tudo isso? – perguntou Ambrosi, cujo tom dava a entender que estava a avaliar a proposta.

– Baixe a arma e veja.

Seguiu-se mais um longo momento de silêncio. Por fim, Ambrosi baixou a mão. Ngovi agarrou na arma e recuou, mantendo a sua pistola apontada ao padre.

Ambrosi virou-se para Michener.

– Você foi o isco? A ideia era que eu viesse atrás de si?

– Mais ou menos.

Ngovi avançou.

– Temos umas perguntas a fazer. Colabore, e não haverá polícia nem prisão. Você desaparece, e pronto! É um bom acordo, dadas as circunstâncias.

– Que circunstâncias?

– O assassínio do padre Tibor.

Ambrosi riu-se.

– Está a fazer *bluff*… Vocês os dois querem é derrubar Pedro II!

Michener levantou-se.

– Não. Você é que quer derrubar o Valendrea, o que não tem qualquer importância; ele far-lhe-ia o mesmo, se os papéis se invertessem.

Não havia dúvidas de que o homem que se encontrava diante deles estivera envolvido na morte do padre Tibor, e com certeza fora ele próprio a assassiná-lo, mas Ambrosi era suficientemente esperto para perceber que a situação se alterara.

– Está bem – concordou. – Façam as vossas perguntas.

O cardeal meteu a mão na algibeira do casaco e tirou um gravador.

* * *

Michener ajudou Katerina a entrar em Königshof. Irma veio ao encontro deles à porta principal

– Correu bem? – perguntou a velhota a Michener. – Há uma hora que estou numa pilha de nervos.

– Correu bem.

– Graças a Deus! Estava tão preocupada!

Katerina ainda continuava atordoada, mas sentia-se melhor.

– Vou levá-la lá acima – disse ele.

Michener ajudou-a a chegar ao segundo andar. Assim que entraram no quarto, ela perguntou logo:

– O que estava o Ngovi a fazer ali?

– Telefonei-lhe esta tarde e comuniquei-lhe o que tinha apurado. Ele apanhou o avião para Munique e chegou pouco antes de eu ir para a catedral. Competia-me atrair Ambrosi à Igreja de S. Gangolfo. Precisávamos de um sítio longe das festas, e a Irma lembrou-se de que a igreja não expunha o presépio este ano. Disse ao Ngovi que falasse com o padre da paróquia. Ele não sabe nada, excepto que os funcionários do Vaticano precisavam da sua igreja por algum tempo. – Michener sabia o que ela estava a pensar. – Ouve, Kate, o Ambrosi não faria mal a ninguém até ter em seu poder a tradução de Tibor, porque não teria a certeza de nada. Tivemos de montar esta encenação.

– Então eu fui o chamariz?

– Tu e eu. Desafiá-lo era a única maneira de termos a certeza de que ele se viraria contra o Valendrea.

– O Ngovi é dos duros!

– Foi criado nas ruas de Nairobi, sabe tomar conta de si.

Tinham passado a última meia hora com Ambrosi, a gravar o que seria necessário para o dia seguinte. Katerina ouvira e agora estava ao corrente de tudo, excepto quanto ao segredo de Fátima. Michener tirou um envelope da algibeira.

– Aqui está o que o padre Tibor enviou a Clemente. É a cópia que entreguei a Ambrosi. Ngovi tem o original.

Ela leu e depois comentou:

– É semelhante ao que Jasna escreveu. Ias entregar a Ambrosi a mensagem de Medjugorje?

Ele abanou a cabeça.

– Essas não são as palavras de Jasna, são as da Virgem de Fátima, escritas por Lúcia dos Santos em 1944 e traduzidas pelo padre Tibor em 1960.

– Não podes estar a falar a sério! Apercebes-te do que isso significaria se o conteúdo das duas mensagens fosse essencialmente o mesmo?

– Apercebo, desde esta tarde – disse Michener em voz baixa e serena, esperando que Katerina reflectisse nas implicações. Tinham falado muitas vezes da ausência de fé dela, mas ele nunca a julgara, considerando as suas próprias falhas. *E depois, na cidade das sete colinas, o temível juiz julgará todas as pessoas.* Talvez Katerina fosse a primeira de muitos que se julgariam a si próprios.

– Parece que o Senhor regressou – disse ele.

– É incrível! Mas que outra coisa poderia ser? Como é possível que estas mensagens sejam iguais?

– É impossível, considerando o que tu e eu sabemos, mas os cépticos dirão que nós alterámos a tradução do padre Tibor para que ela condissesse com a mensagem de Jasna, que tudo isto é uma farsa. Os originais desapareceram e os seus autores já morreram. Somos os únicos que sabemos a verdade.

– Então, continua a ser uma questão de fé. Tu e eu sabemos o que aconteceu, mas as outras pessoas teriam de limitar-se a aceitar o que dizemos. – Katerina abanou a cabeça. – Parece que Deus está destinado a ser sempre um mistério.

Michener já ponderara todas as hipóteses. Na Bósnia, a Virgem dissera-lhe que ele seria *um sinal para o mundo, um farol de arrependimento. O mensageiro capaz de anunciar que Deus está bem vivo*. Mas a Virgem dissera outra coisa igualmente importante: *Não renuncies à tua fé, pois no fim só ela restará*.

– Existe uma consolação. Há uns anos, recriminei-me muito por ter violado o sacramento da ordem. Amei-te, mas julguei que aquilo que sentia, e que fiz, era pecado. Agora sei que não foi, aos olhos de Deus.

Michener recordou de novo as palavras que João XXIII proferira no Concílio Vaticano II, pedindo aos tradicionalistas e aos progressistas que trabalhassem em consonância *para que a cidade terrena possa ser construída à imagem e semelhança da cidade celestial, onde reina a verdade*. Só agora compreendia totalmente o que o papa quisera dizer.

– Clemente fez o que pôde – disse Katerina. – Lamento a ideia que criei dele.

– Acho que ele entende.

– E agora? – perguntou ela, sorrindo.

– Regresso a Roma. Amanhã, tenho uma reunião com Ngovi.

– E depois?

Michener sabia onde ela queria chegar.

– Vamos para a Roménia. Aquelas crianças estão à nossa espera.

– Julguei que estavas com dúvidas.

Ele apontou para o céu.

– Creio que Lhe devo isto. Não achas?

SESSENTA E NOVE

CIDADE DO VATICANO
Sábado, 2 de Dezembro
11 h

Michener e Ngovi desceram a *loggia,* em direcção à biblioteca papal. O sol, radioso, entrava pelas janelas enormes que rasgavam dos dois lados o corredor amplo. Ambos envergavam as respectivas vestes clericais. Ngovi ia de roxo e Michener de preto.

O gabinete papal já fora contactado e o assistente de Ambrosi encarregado de falar directamente com Valendrea. Ngovi pretendia uma audiência papal. Não fora avançado qualquer tema, mas Michener esperava que Valendrea compreendesse a importância do que ele e Ngovi tinham a dizer-lhe, e Paolo Ambrosi desaparecera. Aparentemente, a táctica dera resultado. O papa autorizara-os a entrar no palácio e reservara quinze minutos para a audiência.

– Podem tratar do vosso assunto neste espaço de tempo? – perguntara o assistente de Ambrosi.

– Creio que sim – respondera Ngovi.

Valendrea fizera-os esperar cerca de meia hora. Os dois homens dirigiram-se à biblioteca, entraram e fecharam a porta. Valendrea encontrava-se diante de uma janela de vidros chumbados, e o seu corpo robusto, vestido de branco, estava inundado de sol.

– Devo confessar que me aguçaram a curiosidade quando pediram uma audiência; eram as duas últimas pessoas que

444

esperava ver aqui numa manhã de sábado. Julguei que você estava em África, Maurice. E você, Michener, na Alemanha.

– Não errou completamente – disse Ngovi. – Estivemos os dois na Alemanha.

A expressão de Valendrea denotava curiosidade.

Michener resolveu ir direito ao assunto.

– Não voltará a ter notícias de Ambrosi.

– O que quer dizer com isso?

Ngovi tirou o gravador da sotaina e ligou-o. A voz de Ambrosi encheu a biblioteca, com as suas explicações sobre o assassínio do padre Tibor, os aparelhos de escuta, os *dossiers* relativos aos cardeais e a chantagem feita para garantir os votos no conclave. Valendrea ouviu, impassível, a revelação dos seus pecados. Ngovi desligou o aparelho.

– Fomos suficientemente claros?

O papa não disse nada.

– Temos em nosso poder a versão completa do terceiro segredo de Fátima e o décimo segredo de Medjugorje – acrescentou Michener.

– Eu julgava que estava na posse do segredo de Medjugorje.

– Tem uma cópia. Agora sei por que é que reagiu com tanta veemência quando leu a mensagem de Jasna.

Valendrea parecia nervoso. Por uma vez, este homem obstinado não conseguia dominar-se.

Michener aproximou-se mais dele.

– Você tinha de eliminar essas palavras.

– Até o seu amigo Clemente tentou fazer o mesmo – replicou Valendrea com ar de desafio.

Michener abanou a cabeça.

– Ele sabia o que você faria, e tomou a precaução de tirar daqui a tradução de Tibor. Fez mais do que outra pessoa qualquer: ofereceu a própria vida. Clemente é melhor do que qualquer de nós. Acreditou no Senhor… sem provas.

– Michener sentia o bater do seu próprio coração, tal era o

seu entusiasmo. – Sabia que Bamberg se chamava a *cidade das sete colinas*? Lembra-se da profecia de Malaquias? *E depois, na cidade das sete colinas, o temível juiz julgará todas as pessoas.* Para si, o temível juiz é a verdade.

–Essa gravação é apenas o delírio de um homem perturbado. Não prova nada – declarou Valendrea.

Michener não se deixou impressionar.

–Ambrosi falou-nos da vossa ida à Roménia e forneceu-nos pormenores mais do que suficientes para sustentar uma acusação e obter uma condenação, em especial num país do bloco ex-comunista, onde o ónus da prova é, digamos, vago.

–Está a fazer *bluff*!...

Ngovi tirou outra minicassete do bolso.

–Mostrámos-lhe a mensagem de Fátima e a de Medjugorje. Não foi preciso explicar-lhe a importância de ambas; até um homem amoral como Ambrosi compreendeu a grandeza do que o espera. Depois, começou a responder livremente. Pediu-me que o ouvisse em confissão. – Ngovi apontou para a cassete. – Mas não antes de ter falado para a máquina.

–Ele é uma boa testemunha – disse Michener. – Como vê, existe, de facto, uma autoridade superior à sua.

Valendrea começou a andar de um lado para o outro, no meio das estantes. Parecia um animal enfurecido a examinar a jaula.

–Há muito tempo que os papas ignoram Deus. A mensagem de La Salette desapareceu dos arquivos há um século. Aposto que a Virgem disse a mesma coisa a esses videntes.

–Esses homens podem ser perdoados – atalhou Ngovi. – Eles consideraram que as mensagens eram dos videntes, e não da Virgem, foram cautelosos no modo como racionalizaram o desafio. Faltavam-lhes as provas que estavam em seu poder. Você sabia que as palavras eram divinas e mesmo assim teria matado Michener e Katerina só para as suprimir.

Os olhos de Valendrea chisparam.

– Seu beato! O que havia eu de fazer? Deixar que a Igreja se desmoronasse? Não percebe o que esta revelação provocará? Ao fim de dois mil anos, prova-se que o dogma era falso!

– Não nos compete manipular o destino da Igreja – retorquiu Ngovi. – A palavra de Deus só a Ele pertence, e aparentemente a Sua paciência esgotou-se.

Valendrea abanou a cabeça.

– Compete-nos preservar a Igreja. Qual o católico neste mundo que daria ouvidos a Roma se soubesse que mentíamos? E não estamos a falar de minudências... O celibato? A ordenação das mulheres? O aborto? A homossexualidade? Até a essência da infalibilidade papal!

Ngovi não se deixou afectar pela argumentação.

– Preocupa-me mais o modo como vou explicar ao meu Senhor por que ignorei a Sua autoridade.

Michener olhou de frente para Valendrea.

– Quando você voltou à reserva em 1978, o décimo segredo de Medjugorje não existia. No entanto, retirou uma parte da mensagem. Como sabia que as palavras da irmã Lúcia eram verdadeiras?

– Vi medo no olhar de Paulo quando as leu. Se um homem como ele estava assustado, era porque havia motivos para isso. Naquela noite de sexta-feira, na reserva, quando Clemente me falou da tradução mais recente de Tibor e depois me mostrou uma parte da mensagem original, foi como se o Demónio tivesse voltado.

– De certo modo, foi exactamente o que aconteceu – disse Michener.

Valendrea fitou-o.

– Se Deus existe, o Demónio também.

– E qual deles provocou a morte do padre Tibor? – perguntou Valendrea em tom de desafio. – Foi o Senhor, para que a verdade fosse revelada? Ou o Demónio, para que a verdade fosse revelada? Ambos se sentiriam motivados para atingir o mesmo objectivo, não é assim?

– Foi por isso que você matou o padre Tibor? Para evitar que tal acontecesse? – perguntou Michener.

– Em todos os movimentos religiosos houve mártires – redarguiu Valendrea, sem um resquício de remorso.

Ngovi avançou.

– Isso é verdade. E nós queremos que haja mais um.

– Já percebi o que têm em mente. Vão instaurar-me um processo?

– De maneira alguma – respondeu Ngovi.

Michener entregou a Valendrea um pequeno frasco cor de caramelo.

– Esperamos que se junte à lista dos mártires.

Valendrea franziu o sobrolho, estarrecido.

– São os mesmos comprimidos para dormir que Clemente tomava. A dose é mais do que suficiente para matar. Se, amanhã de manhã, encontrarem o seu corpo, terá um funeral digno de um papa e será sepultado na cripta da Basílica de S. Pedro com toda a pompa. O seu pontificado será breve, mas você será recordado, tal como João Paulo I – disse Michener. – Por outro lado, se estiver vivo amanhã, o Sacro Colégio dos Cardeais será informado de tudo o que sabemos, e você será o primeiro papa da história a enfrentar um julgamento.

Valendrea não aceitou o frasco.

– Quer que eu me mate?

Michener nem pestanejou.

– Pode morrer como um papa glorioso, ou cair em desgraça como um criminoso. Pessoalmente, prefiro a segunda hipótese, por isso espero que não tenha coragem de fazer o mesmo que Clemente.

– Posso bater-me consigo...

– Perderia. Com aquilo que sabemos, aposto que haveria muita gente no Sacro Colégio dos Cardeais à espera da oportunidade de o deitar abaixo. As provas são irrefutáveis. O seu ajudante será o seu principal acusador. Nunca conseguiria ganhar.

Valendrea continuava renitente. Então, Michener despejou o conteúdo do frasco em cima da secretária e fitou-o.

– A opção é sua. Se gosta tanto da Igreja como apregoa, sacrifique a sua vida para que ela possa sobreviver. Não perdeu tempo a acabar com a vida do padre Tibor; veremos se é tão liberal com a sua. O temível juiz deliberou e a sentença é a morte.

– Você está a pedir-me que morra… – disse Valendrea.

– Estou a pedir-lhe que salve esta instituição da humilhação de o afastar à força.

– Eu sou papa, ninguém pode afastar-me!

– A não ser o Senhor. E, de certo modo, é Ele que está a fazê-lo.

Valendrea virou-se para Ngovi.

– Você será o próximo papa, não é verdade?

– É quase certo.

– E podia ter ganho as eleições no conclave?

– Havia uma hipótese razoável.

– Então, por que a deixou cair?

– Porque Clemente me disse que o fizesse.

Valendrea ficou perplexo.

– Quando?

– Uma semana antes de morrer. Ele avisou-me que poderíamos ficar empatados naquela luta, mas disse que você devia ganhar.

– E por que é que lhe deu ouvidos?

Ngovi ficou muito sério.

– Ele era o meu papa.

Valendrea abanou a cabeça.

– E tinha razão.

– Também tenciona fazer o que a Virgem disse?

– Abolirei todos os dogmas que sejam contrários à Sua mensagem.

– Pode contar com a revolta.

Ngovi encolheu os ombros.

– Os que não concordarem, são livres de sair e de criar a sua própria religião. A opção é deles. Não terão a minha oposição. Mas a Igreja fará o que lhe mandarem.

Valendrea mostrou-se incrédulo.

– Julga que será assim tão fácil? Os cardeais nunca o permitirão!

– Isto não é uma democracia – acrescentou Michener.

– Então ninguém ficará a conhecer as verdadeiras mensagens?

Ngovi abanou a cabeça.

– Não será necessário. Os cépticos diriam que a tradução do padre Tibor fora alterada para condizer com a mensagem de Medjugorje, e a própria mensagem, em toda a sua magnitude, só serviria para suscitar críticas. A irmã Lúcia e o padre Tibor morreram, nenhum pode verificar nada. Não é necessário que o mundo saiba o que aconteceu. Sabemos nós os três, e isso é que interessa. Estarei atento às palavras. Este será um acto *meu*, e só *meu*. Serei eu a receber os elogios e as críticas.

– O papa seguinte inverterá pura e simplesmente a sua política – resmungou Valendrea.

Ngovi abanou a cabeça.

– Você é um homem de pouca fé. – Deu meia volta e dirigiu-se para a porta. – Ficaremos à espera da notícia amanhã de manhã. Consoante ela for, assim voltaremos a ver-nos ou não.

Michener hesitou antes de sair.

– O próprio Demónio vai ter dificuldade em lidar consigo – disse ele.

E saiu, sem esperar pela resposta.

SETENTA

Valendrea olhou para os comprimidos que estavam em cima da secretária. Durante décadas, sonhara com o pontificado e dedicara toda a sua vida de adulto a atingir esse objectivo. Agora era papa. Devia ter reinado vinte ou mais anos, tornar-se a esperança do futuro reclamando o passado. Ainda na véspera estivera uma hora a rever os pormenores da sua entronização, uma cerimónia para a qual faltavam apenas quinze dias. Dera uma volta pelo Museu do Vaticano, inspeccionara pessoalmente os adornos que os seus antecessores tinham enviado para exposição e dera ordem para que começassem os preparativos para o acontecimento. Queria que o momento em que o líder espiritual de um bilião de pessoas tomasse as rédeas do poder fosse um espectáculo a que todos os católicos pudessem assistir com orgulho.

Já pensara na homilia. Seria um apelo à tradição, uma rejeição das inovações – o regresso a um passado sagrado. A Igreja poderia ser uma arma contra a mudança. Acabariam as denúncias impotentes que os líderes mundiais ignoravam. O fervor religioso seria utilizado para forjar uma nova política internacional, uma política que emanasse dele, *o* Vigário de Cristo. *O* papa.

Contou lentamente as cápsulas que estavam em cima da secretária. Eram vinte e oito.

Se as engolisse, seria recordado como um papa cujo pontificado durara quatro dias, um líder que sucumbira, levado demasiado cedo pelo Senhor. E a morte súbita suscitaria muitas interrogações. João Paulo I fora um cardeal insignificante; agora era venerado apenas porque morrera trinta e três dias após o conclave. Alguns tinham reinado ainda menos, outros, a maioria, muito mais, mas nenhum se vira na situação em que ele se encontrava.

Pensou na traição de Ambrosi. Nunca julgara que fosse tão desleal. Há muitos anos que lidavam um com o outro. Talvez Ngovi e Michener tivessem subestimado o seu velho amigo e Ambrosi fosse o seu legado, o homem à altura de garantir que o mundo nunca esqueceria Pedro II. Esperava estar certo ao acreditar que Ngovi poderia um dia lamentar ter deixado Paolo Ambrosi à solta.

Voltou a olhar para os comprimidos. Pelo menos, não seria um processo doloroso, e Ngovi trataria de evitar a autópsia; o africano ainda era camerlengo. Imaginou o patife debruçado sobre ele, a bater-lhe na testa com o martelo de prata e a perguntar três vezes se estava morto.

Sabia que, se estivesse vivo no dia seguinte, Ngovi o acusaria. Embora não houvesse antecedentes, como estava implicado no assassínio do padre Tibor, nunca seria autorizado a manter-se em funções.

E aqui residia a sua maior preocupação.

Se fizesse o que Ngovi e Michener tinham pedido, em breve responderia pelos seus pecados. E o que diria?

A prova de que Deus existia implicava também a existência de uma incomensurável força do mal que desorientava o espírito humano. A vida parecia um esforço contínuo entre estes dois extremos. Como é que explicaria os seus pecados? Existiria o perdão ou apenas o castigo? Continuava a pensar, apesar de tudo o que sabia, que os padres deviam ser homens. A Igreja de Deus fora criada por homens e, durante dois milénios, fora derramado sangue masculino para preservar esta instituição. A intromissão das mulheres num domínio decididamente masculino parecia-lhe um sacrilégio. As mulheres e os filhos eram meras distracções, e matar um feto humano parecia-lhe impensável. O dever de uma mulher era gerar vida, não obstante as circunstâncias da concepção, fosse o filho desejado ou não. Como era possível que Deus tivesse cometido tantos erros?

Mexeu nos comprimidos que estavam em cima da secretária.

A Igreja ia mudar, nunca mais seria a mesma. Ngovi faria o possível para que o extremismo prevalecesse. E este pensamento deu-lhe volta ao estômago.

Sabia o que o esperava. Haveria uma contabilidade, mas ele não era homem para recuar perante o desafio. Encararia o Senhor e dir-lhe-ia que fizera o que julgava estar certo. Se fosse condenado ao Inferno, teria outros companheiros; não era o primeiro papa a desafiar o Céu.

Estendeu o braço e dividiu as cápsulas em grupos de sete. Pegou num e agitou-o na palma da mão.

De facto, nos derradeiros momentos da vida, criava-se uma certa perspectiva.

O seu legado no mundo dos homens era seguro. Ele era Pedro II, papa da Igreja Católica Romana, e ninguém poderia privá-lo desta honra. Até Ngovi e Michener seriam obrigados a venerar publicamente a sua memória!

E esta expectativa consolava-o.

A par de um assomo de coragem.

Meteu os comprimidos na boca e pegou no copo de água. Retirou mais sete e engoliu-os. Enquanto tinha forças, juntou os que faltavam e deixou que a água os empurrasse para o estômago.

Espero que você não tenha coragem de fazer o mesmo que Clemente.

Vá-se lixar, Michener!

Atravessou a sala e aproximou-se de um genuflexório dourado em frente de um retrato de Cristo. Ajoelhou-se, benzeu-se e pediu ao Senhor que lhe perdoasse. Deixou-se ficar de joelhos durante dez minutos, até começar a sentir a cabeça à roda. A sua memória só ficaria a ganhar com o facto de ter sido chamado por Deus enquanto rezava.

A sensação de entorpecimento tornou-se sedutora, e por instantes lutou contra o impulso de capitular. Em parte, estava aliviado por não ficar ligado a uma igreja que era contrária a tudo aquilo em que acreditava. Talvez fosse preferível repousar na cripta da basílica como o último papa afecto à tradição. Imaginou os romanos a afluírem à praça no dia seguinte, destroçados com a perda do seu bem-amado Santíssimo Padre. Milhões de pessoas assistiriam ao seu funeral e a imprensa de todo o mundo escreveria sobre ele com respeito. Pouco depois, surgiriam livros acerca dele. Valendrea esperava que os tradicionalistas o utilizassem para reunir as hostes da oposição a Ngovi. E havia sempre Ambrosi, o querido e doce Paolo, que ainda cá ficava. E este pensamento agradou-lhe.

Os músculos pediam-lhe sono, e já não conseguia lutar mais contra isso. Cedeu ao inevitável e caiu no chão.

Olhou para o tecto e por fim deixou que os comprimidos se apoderassem dele. A sala ora aparecia ora desaparecia. Já não conseguiu impedir a queda.

Deixou que a sua mente se dissipasse, esperando que Deus fosse de facto misericordioso.

SETENTA E UM

Michener e Katerina seguiram a multidão que se dirigia para a Praça de S. Pedro. À sua volta, homens e mulheres choravam ostensivamente. Muitos levavam rosários na mão. Os sinos da basílica dobravam a finados com a solenidade que o momento exigia.

O anúncio surgira há duas horas, uma declaração lacónica, no estilo habitual do Vaticano – o Santo Padre tinha falecido durante a noite. O camerlengo, cardeal Maurice Ngovi, fora chamado e o médico papal confirmara que uma trombose coronária roubara a vida a Alberto Valendrea. Cumprira-se o ritual apropriado com o martelo de prata, e a Santa Sé fora declarada *vacante*. Os cardeais estavam a ser chamados a Roma mais uma vez.

Michener não contara a Katerina o que se passara na véspera. Era melhor assim. De certo modo, ele era um assassino, embora não se sentisse como tal. Pelo contrário, sentia-se recompensado. Sobretudo por causa do padre Tibor. Um erro fora reparado com outro, num sentido perverso de equilíbrio que só as circunstâncias estranhas das últimas semanas podiam ter criado.

Dentro de quinze dias realizar-se-ia outro conclave e seria eleito um novo papa. O ducentésimo sexagésimo nono desde Pedro e o primeiro que não constava da lista de S. Malaquias. O temível juiz fizera o seu julgamento; os pecadores tinham sido castigados. Agora competiria a Ngovi assegurar que seria feita a vontade do Céu. Havia poucas dúvidas de que ele seria o próximo papa. Na véspera, à saída do palácio, Ngovi pedira-lhe que ficasse em Roma e participasse nos acontecimentos, mas ele recusara. Ia para a Roménia com Katerina. Queria partilhar a vida com ela, e Ngovi compreendeu. Desejou-lhe felicidades, assegurando que as portas do Vaticano estariam sempre abertas para ele.

As pessoas continuavam a avançar, enchendo a praça entre as colunatas de Bernini. Michener não sabia ao certo por que viera, mas algo parecia chamá-lo, e invadiu-o uma paz interior que não sentia há muito tempo.

– Esta gente nem imagina como era o Valendrea... – disse Katerina em voz baixa.

– Para elas, era o seu papa, um italiano, e não conseguiríamos convencê-las de outra coisa. A sua memória será esta.

– Nunca me hás-de contar o que se passou ontem, pois não?

Michener reparara que ela o observava, na noite anterior. Katerina percebera que se passara qualquer coisa importante com Valendrea, mas Michener não quisera adiantar nada e ela não insistira.

Antes que pudesse responder-lhe, uma idosa que se encontrava junto de uma das fontes caiu, com um ataque de comoção. Deus levara um papa tão bom! A mulher soluçava de forma incontrolável e dois homens ajudaram-na a refugiar-se na sombra.

Os repórteres espalhavam-se pela praça, entrevistando pessoas. Dentro de poucas horas, a imprensa mundial concentrar-se-ia na reunião do Sacro Colégio dos Cardeais no interior da Capela Sistina.

– Aposto que Tom Kealy vai voltar – disse ele.

– Estava a pensar na mesma coisa. O homem de todas as respostas.

Katerina esboçou um sorriso que ele entendeu.

Aproximaram-se da basílica e pararam, tal como as outras pessoas, junto das barreiras. A igreja estava encerrada e lá dentro faziam-se os preparativos para o funeral. A varanda ostentava drapejamentos negros. Michener olhou para a sua direita. As portadas do quarto papal mantinham-se fechadas. Lá dentro, há umas horas, fora encontrado o corpo de Alberto Valendrea. Segundo a imprensa, o papa estava a rezar quando o coração parou, e o cadáver foi encontrado no chão, por baixo de um retrato de Cristo. Michener sorriu ao pensar na derradeira audácia de Valendrea.

Alguém lhe agarrou no braço.

Michener virou-se.

O homem que estava à sua frente usava barbas, tinha um nariz adunco e uma farta cabeleira arruivada.

– Diga-me, padre, o que havemos de fazer? Por que é que o Senhor nos levou o nosso Santo Padre? O que significa isto?

Michener partiu do princípio de que a sua sotaina preta fora a responsável pelas perguntas, e a resposta formou-se logo na sua mente.

– Por que tem de haver sempre um significado? Não consegue aceitar o que o Senhor fez sem O questionar?

– Pedro seria um grande papa. Finalmente havia de novo um italiano no trono. Depositávamos tantas esperanças nele!

– Há muitas pessoas na Igreja capazes de ser grandes papas, e não têm de ser italianas. – O seu interlocutor deitou-lhe um olhar estranho. – O que interessa é a sua devoção ao Senhor.

Michener sabia que, dos milhares de pessoas reunidas à sua volta, só ele e Katerina compreendiam verdadeiramente o que se passava. Deus estava vivo. Estava ali. À escuta.

457

Desviou o olhar do homem e concentrou-se na magnífica fachada da basílica. Apesar da sua magnificência, não era mais do que cimento e pedra. A passagem do tempo e os elementos acabariam por destruí-la, mas o que ela simbolizava, o que significava, perduraria para sempre. *Tu és Pedro e sobre esta pedra edificarei a Minha Igreja e as portas do Inferno nada poderão contra ela. Dar-te-ei as chaves do Reino dos Céus, e tudo quanto ligares na terra ficará ligado nos Céus, e tudo quanto desligares na terra será desligado nos Céus.*

Michener virou-se de novo para o homem, que estava a dizer qualquer coisa.

– Acabou-se, padre. O papa morreu. Tudo acabou ainda antes de ter começado.

Michener não iria aceitar esta atitude nem permitir que o desconhecido cedesse ao derrotismo.

– O senhor está enganado, nada acabou. Aliás, está apenas a começar – disse ele, contemplando o homem com um sorriso reconfortante.

Nota do Autor

No âmbito da investigação que levei a cabo para escrever este romance, desloquei-me a Itália e à Alemanha. Porém, este livro nasceu da minha educação católica precoce e do fascínio que desde sempre Fátima exerceu em mim. Nos últimos duzentos anos, o fenómeno das visões marianas registou-se com uma regularidade surpreendente. Nos tempos modernos, as visões de La Salette, Lourdes, Fátima e Medjugorje são as que mais se destacam, embora haja muitas outras experiências menos conhecidas. Tal como nos meus dois primeiros romances, pretendi que a informação contida na história constituísse simultaneamente uma fonte de conhecimento e de entretenimento. Ainda mais do que nos dois primeiros livros, este inclui uma profusão de elementos reais.

A cena de Fátima, descrita no prólogo, baseia-se em relatos de testemunhas oculares, sobretudo da própria Lúcia, que publicou a sua versão do que aconteceu no início do século XX. As palavras da Virgem são d'Ela, tal como a maioria das de Lúcia. Os três segredos, citados no sétimo capítulo, foram retirados do texto actual. Só a alteração a que procedi em pormenor no sexagésimo quinto capítulo é ficcionada.

O que aconteceu a Francisco e Jacinta, a par da história curiosa do terceiro segredo – que permaneceu fechado no

Vaticano até Maio de 2000 e só foi lido pelos papas (sétimo capítulo) –, é tudo verdade, assim como o facto de a Igreja ter negado autorização à irmã Lúcia para falar publicamente de Fátima. Embora o romance se situe numa época posterior à morte da irmã Lúcia, ela continua a viver num convento de clausura[1].

As visões de La Salette em 1846, tal como são referidas nos décimo nono e quadragésimo segundo capítulos, são narradas com rigor, assim como a história dos dois videntes, os seus comentários mordazes em público e as observações comoventes do papa Pio IX. Essa visão mariana é uma das mais estranhas de que há registo e foi envolvida pelo escândalo e pela dúvida. Os segredos que faziam parte da aparição e os textos originais desapareceram de facto dos arquivos do Vaticano, o que só contribui para obscurecer ainda mais o que possa ter acontecido nessa aldeia dos Alpes franceses.

Medjugorje é semelhante, embora seja um caso isolado no domínio das visões marianas. Não se resume a um acontecimento, nem tão-pouco a diversas visões ocorridas durante alguns meses; Medjugorje envolve milhares de aparições ao longo de mais de duas décadas. A Igreja ainda não reconheceu oficialmente nada que diga respeito ao que possa ter acontecido, apesar de a aldeia bósnia se ter transformado num centro de peregrinação popular. Tal como refiro no trigésimo oitavo capítulo, há dez segredos associados a Medjugorje. O cenário que faz parte do enredo pareceu-me irresistível, e o que acontece no sexagésimo quinto capítulo, que liga o décimo segredo de Medjugorje e o terceiro segredo de Fátima, evolui na perfeição para provar que Deus existe. Contudo, como refere Michener no sexagésimo nono capítulo, mesmo com esta prova, a crença remete sempre para a fé.

---

[1] Como se sabe, a irmã Lúcia faleceu em 2005. (*N. da T.*)

As profecias atribuídas a S. Malaquias, tal como são referidas em pormenor no quinquagésimo sexto capítulo, são todas verdadeiras. O rigor dos nomes adoptados associado aos papas é fantástico. A última profecia, respeitante ao centésimo décimo segundo papa, que viria a escolher o nome de Pedro II, a par da sua afirmação – «na cidade das sete colinas, o temível juiz julgará todas as pessoas» –, também é certeira. João Paulo II é o centésimo décimo papa da lista de S. Malaquias. Faltam mais dois para verificarmos se se cumprirá a profecia. À semelhança de Roma, Bamberg, na Alemanha, era conhecida no passado pela *cidade das sete colinas*. Tive conhecimento disso quando lá estive e, depois da visita, concluí que era imperioso incluir esse local encantador no meu livro.

Infelizmente, os centros irlandeses de apoio à natalidade descritos no décimo quinto capítulo existiram, bem como todo o sofrimento que causaram. Milhares de bebés foram tirados às mães e entregues para adopção. Pouco ou nada se sabe das suas origens e muitas dessas crianças, que hoje são adultos, enfrentaram a incerteza da sua existência. Felizmente, esses centros já não existem.

De igual modo triste é a situação difícil dos órfãos romenos descrita no décimo quarto capítulo. A tragédia que se abate sobre essas crianças subsiste. A doença, a pobreza e o desespero – já para não falar da exploração a que estão sujeitas pelos pedófilos de todo o mundo – continuam a dizimar milhares de almas inocentes.

Todos os procedimentos e cerimónias da Igreja são descritos com rigor, excepto o ritual do martelo de prata mencionado nos trigésimo e septuagésimo primeiro capítulos. Este processo já não se utiliza, mas foi-me difícil ignorar o dramatismo que o caracterizava.

As divisões no seio da Igreja entre conservadores e liberais, italianos e não italianos, europeus e naturais de outros continentes são reais. Actualmente, a Igreja debate-se com esta divergência, e esta luta pareceu-me um pano de fundo natural para os dilemas individuais de Clemente XV e Alberto Valendrea.

Os versículos da Bíblia referidos no quinquagésimo sétimo capítulo são exactos, evidentemente, e interessantes quando inseridos no contexto do romance. Também as palavras de João XXIII citadas nos sétimo e sexagésimo oitavo capítulos são as que ele proferiu em 1962, na sessão inaugural do Concílio Vaticano II. A esperança que ele deposita nas reformas – *e a cidade terrena talvez possa vir a comparar-se a essa cidade celestial em que reina a verdade* – é fascinante, se nos lembrarmos que foi o primeiro papa a ler o terceiro segredo de Fátima.

O terceiro segredo propriamente dito foi dado a conhecer ao mundo em Maio de 2000. Tal como os cardeais Ngovi e Valendrea discutiram no décimo sétimo capítulo, as referências a um possível assassínio do papa poderiam explicar a relutância da Igreja em divulgar a mensagem mais cedo, mas, de um modo geral, os enigmas e as parábolas que a terceira mensagem encerra são muito mais misteriosos do que ameaçadores, o que levou diversos observadores a interrogar-se se a versão do terceiro segredo, tal como foi divulgada, estaria completa.

A Igreja Católica é uma instituição única. Não só existe há mais de dois milénios, como continua a crescer e a prosperar. Todavia, muitos perguntam qual será o seu destino no próximo século. Uns, como Clemente XV, pretendem fundamentalmente mudá-la. Outros, como Alberto Valendrea, desejam o regresso às origens. Mas Leão XIII, em 1881, fez uma afirmação lapidar.

A Igreja só precisa da verdade.